Das Buch

Die Psychologin Helen Hudson ist eine anerkannte Expertin für Serienmörder – und wird dadurch zu deren »Pin-Up-Girl«, ihrer Zielscheibe. Nur knapp einem Anschlag entkommen, entwickelt Helen eine so starke Agoraphobie, daß sie nicht mehr in der Lage ist, ihr luxuriöses Apartement zu verlassen: Von Alpträumen verfolgt, lebt Helen vollkommen abgeschottet, wie eine Gefangene. Ihre einzige Verbindung zur Außenwelt besteht durch ihren Mitbewohner Andy und durch das Internet.

Während Helen von ihren Ängsten zermürbt wird und mit Hilfe von Alkohol und Tabletten durch die Tage dämmert, schickt sich ein neuer Serienmörder an, den grausigen Ruf seiner Vorgänger zu übertreffen. Die Polizei ist ratlos, und auch die beiden Detectives M. J. Monahan und Ruben Getz tappen im dunkeln. Als M. J. auf Helen aufmerksam wird, bittet sie die Psychologin um Hilfe – zunächst ohne Erfolg. Doch schließlich erwacht Helens verloren geglaubter Jagdinstinkt. Schnell hat sie das Vorgehen des Killers analysiert, ist ihm auf der Spur – und ahnt nicht, daß er genau das geplant hat …

Der Film

Hauptdarstellerin Sigourney Weaver (Helen Hudson) wurde durch die »Alien«-Trilogie bekannt und feierte große Erfolge u.a. in »Die Waffen der Frauen«, »Gorillas im Nebel« und »Der Tod und das Mädchen«. Sie wurde mehrfach für den Oscar nominiert und erhielt bisher zwei Golden Globe Awards.

Holly Hunter (M. J. Monahan) wurde durch den Film »Nachrichtenfieber« bekannt, der ihr außerdem eine erste Oscar nominierung einbrachte. Es folgte eine Nominierung für »Die Firma« und schließlich der Oscar für ihre herausragende Leistung in »Das Piano«.

Regisseur Jon Amiel (»Sommersby«) belebt mit »Copykill« ein Genre neu, das seit »Das Schweigen der Lämmer« als ausgereizt galt: »Ich fühlte, daß ich bereit war, einen Blick in die dunklen Abgründe des Lebens zu werfen. Ich wollte einen Thriller machen, der zwar dem Genre entspricht, aber neuartig und realistisch ist, aufregend und furchteinflößend.«

LAURIE MAEROV

COPYKILL

Der Roman zum Film

nach einem Drehbuch von David Madsen.
Überarbeitungen von Anne Biderman,
Jay Presson Allen, Frank Pierson,
Charles H. Eglee

Aus dem Amerikanischen
von Evelin Sudakowa

Deutsche Erstausgabe

WILHELM HEYNE VERLAG
MÜNCHEN

HEYNE ALLGEMEINE REIHE
Nr. 01/9364

Titel der Originalausgabe
COPYCAT

Umwelthinweis:
Das Buch wurde auf
chlor- und säurefreiem Papier gedruckt.

Redaktion: Werner Heilmann

Wilhelm Heyne Verlag GmbH & Co. KG, München
Printed in Germany 1996
Umschlag- und Innenillustrationen: Warner Bros. Film GmbH
Umschlaggestaltung: Atelier Ingrid Schütz, München
Satz: Compumedia, Gesellschaft für
Informationsgestaltung mbH, München
Druck und Bindung: Pressedruck, Augsburg

ISBN 3-453-08673-2

Und des frisch erkämpften Weibes
freut sich der Atrid und strickt
um den Reiz des schönen Leibes
seine Arme hochbeglückt.
Böses Werk muß untergehen,
Rache folgt der Freveltat,
denn gerecht in Himmelshöhen
waltet des Kroniden Rat!
Böses muß mit Bösem enden,
an dem frevelnden Geschlecht
rächet Zeus das Gastesrecht,
wägend mit gerechten Händen.

Aus Friedrich Schiller: ›Das Siegesfest‹

PROLOG

Berkeley

»Wissen Sie eigentlich, daß ich zur Zeit Ihr Buch lese, Dr. H.?«

»Was? Entschuldigen Sie, Joe. Ich war gerade in den Anblick des Meeres versunken.« Dr. Helen Hudson saß auf dem rechten Vordersitz von Officer Joe Shields Polizeiwagen und versuchte halbherzig, sich mit Tagträumereien abzulenken, während sie die Bucht von San Francisco überquerten.

Joe erkannte allein schon an der komischen Art, wie sie ihre Stirn in Falten legte und den rechten Zeigefinger unter die Nase hielt, wodurch ihr Gesicht halb verdeckt wurde, daß sie sich wieder Sorgen machte. In den vergangenen Wochen hatte er sie vier-, fünfmal bei dieser Geste ertappt, und zwar immer dann, wenn ein öffentlicher Auftritt, wie die Talkshow in Burbank oder am Tag zuvor die Buchsignierung in Los Angeles, bevorstand.

»Letzte Woche habe ich mir eines Ihrer Bücher gekauft.«

»O Joe, warum haben Sie nichts gesagt? Ich hätte Ihnen eines gegeben. In meinem Büro stapeln sich die Bücher – mittlerweile habe ich schon keine Verwandten mehr, denen ich Exemplare schicken könnte.«

»Na ja, ich dachte eben, wenn ich den Job hier schon mal mache, sollte ich wenigstens wissen, worüber Sie reden. Vielleicht könnten Sie … äh, ich meine, es wäre schön, wenn …«

»Sie wollen, daß ich es signiere, Joe?«

»Ja, ich habe noch nie eine echte Berühmtheit kennengelernt.«

In den Sitz des großen grauen Chevy zurückgelehnt, warf Helen ihrem Begleiter einen kurzen Blick zu. Er war untersetzt und etwa einsfünfundsiebzig groß; sie überragte ihn um ein paar Zentimeter. Sein freundlicher Gesichtsausdruck ließ einen unwillkürlich an einen Varietékünstler denken. Anders als in Los Angeles, wo sie ihn ausschließlich in Zivilkleidung gesehen hatte, trug er heute seine Uniform. Nun ja, jetzt befand er sich wieder auf dem Territorium des San Francisco

Police Department, und vermutlich bestand man hier auf formellem Dienstanzug.

Sie bemerkte, daß die Uniform um die Mitte herum etwas knapp saß. Wahrscheinlich kochte Mrs. Shields für ihn allabendlich ein fulminantes Mahl mit Unmengen an Fleisch und Kohlehydraten. Sie stellte sich vor, wie er mit einem Bier und der Zeitung vor den Fernsehnachrichten saß, während sich zu seinen Füßen die Kinder balgten. Aus dem, was er erzählte, konnte Helen heraushören, daß er seine Frau und Kinder liebte – deren Leben für sie so fremdartig war wie das der Psychopathen, deren Verhaltensweisen sie studierte und damit ihren Lebensunterhalt verdiente.

Sie bogen von der 80 ab, ließen die Brücke und die San Francisco Bay hinter sich, nahmen die Ausfahrt Ashby Street und fuhren nun durch die vertrauten Straßen von Berkeley.

Er hatte darauf bestanden, daß sie ihn Joe nannte, war jedoch während ihrer ersten gemeinsamen Woche selbst nur in der Lage gewesen, sie mit Dr. Hudson anzureden. Es war ihm einfach unmöglich, sie Helen zu nennen, und so hatten sie sich schließlich auf Dr. H. geeinigt.

Officer Shields empfand ihr gegenüber eine gewisse Scheu; er war es nicht gewohnt, seine Zeit mit so klugen, selbstsicheren und kultivierten Frauen zu verbringen. Er war ein herzensguter Mann, und sie hatte seinen gradlinigen Charakter und seine Normalität schätzen gelernt. Dies waren Eigenschaften, die den Männern, die sie liebte, und den Männern, die sie erforschte, fehlten. Hin und wieder ertappte Helen ihn dabei, wie er sie von der Seite her musterte, ihr vornehm gutes Aussehen, ihre scharf hervortretenden Wangenknochen und ihre feinen Züge bewunderte.

Helen war die männliche Aufmerksamkeit nur willkommen. In letzter Zeit hatte sie für Beziehungen kaum Zeit gehabt, da ihr Gefühlsleben tagtäglich von Daryll Lee Collum absorbiert wurde. Er war jetzt der Mann ihrer Träume, ein Mörder, der sich in ihren Geist verkeilt, mit ihrer DNA verschmolzen hatte. Die letzten zwei Jahre hatte sie mit ihm gegessen, getrunken, geduscht und geschlafen. Wenn sie mitunter kurz vor Morgengrauen vor ihrem Computer saß und an ihrem Buch schrieb, schloß sie die Augen und ließ zu, daß sein transparentes Bild sie umfing. Sie konnte fühlen, wie seine tätowierten Arme sie sanft umschlangen, und unter der Beuge seines rechten Ellbogens konnte sie die Umrisse des tropfenden roten Herzens, durchbohrt vom Messer des Heilands, erkennen. Über ihr schwebte sein Kopf, sein gewelltes dunkelrotes Haar, das leicht sommersprossige Jungengesicht, das mindestens fünf Frauen verführt – und ihnen einen grausamen und blutigen Tod gebracht hatte. Das war Helens Meditation. Sie schlich sich in sein Unterbewußtsein und wartete dort auf die Hinweise, die ihr das Geheimnis dieses speziellen Serienmörders enthüllen würden. Es war ihr Job, zu sezieren und zu analysieren und den unwiderlegbaren Beweis zu finden, auf Grund dessen Daryll Lee für immer vom gewöhnlichen Volk, von den normalen Menschen, aus deren Masse er sich die Opfer zur Befriedigung seiner Sucht holte, getrennt werden sollte.

Helen schaute aus dem Autofenster. Berkeley. Es war nun mindestens eineinhalb Jahre her, daß sie die Stadt für einen Studienurlaub verlassen hatte. Nach sechs Monaten war das Buch veröffentlicht worden. Nach sieben Monaten war es bereits auf der Sachbuch-Bestsellerliste langsam nach oben geklettert, und Helen war plötzlich zur Berühmtheit geworden. Serienmörder waren jetzt in Mode. Helen hatte sich bereits einen Ruf und ein gutes Auskommen als Experten-Gutachterin und fachärztliche Beraterin erarbeitet, aber ihr Name war nur innerhalb der Fachwelt ein Begriff gewesen. In den letzten Monaten hatte ihr Agent sie jedoch auf die Talkshow-Reise geschickt, und die Verkaufszahlen des Buches schnellten in die Höhe. Das *People Magazine* hatte angerufen und wollte eine Doppelseite über sie bringen.

Dies sollte für sie eigentlich ein Moment des Triumphs sein: mit Ruhm bedeckt nach Berkeley zurückzukehren, nachdem sie all die Jahre dafür gekämpft hatte, daß das Department die forensische Psychologie endlich ernst nähme. Nur trat mittlerweile jegliches Triumphgefühl gegenüber der zersetzenden Angst, die sie jeden Tag aufs neue quälte, völlig in den Hintergrund.

»Sie denken nicht über Ihren Vortrag nach, nicht wahr, Dr. H.?«

»Nein, Joe. Aber sie haben recht. Ich sollte meine Notizen noch einmal durchsehen.« Sie schaute aus dem Fenster und warf einen flüchtigen Blick auf die Berkeley City Hall, während sie Richtung Shattuck weiterfuhren.

»Machen Sie sich keine Sorgen. Man wird ihn schnappen. Es ist nur eine Frage der Zeit.«

Er war ein sensibler Mann, dieser Cop. Er wußte, wohin ihre Gedanken drifteten.

Helen hob ihre schwarze Tasche auf den Schoß und spürte tröstlich die Berührung des weichen Leders. Mit einem Griff zog sie die Karteikarten mit den wichtigsten Stichworten für ihren Vortrag heraus. Wie von selbst blätterten ihre Finger hindurch. Das war Berufsroutine; Vorlesungen zu halten war ihr in Fleisch und Blut übergegangen. Doch dann schaute sie auf die Straße hinaus und ergab sich wehrlos den Gefühlen von Schuld und Angst, die sie erneut überfielen.

Daryll Lee Cullum war ein freier Mann, und sie konnte den Gedanken einfach nicht abschütteln, daß dies allein ihr Fehler war. D. A. Sherman, der stellvertretende Staatsanwalt von Oakland, wetterte wie ein Irrer über die Kosten, die für ihren Schutz aufgewendet wurden. Wieder und wieder hatte man sie damals angehört. Die brillante Dr. Hudson hatte sämtliche Register zwischen gerechtem Zorn und herzerweichender Rührseligkeit gezogen, und Daryll Lees Prozeß hatte schließlich auf Grund schwerer Verfahrensfehler abgebrochen werden müssen. In der anschließenden Verwirrung war es ihm dann gelungen, einen Justizwachtmeister als Geisel zu nehmen und mit Hilfe eines seiner Prozeß-Groupies, einer Frau namens Teresa Ann Slocum, zu fliehen. Teresa hatte sich wohl eine Bonnie-und-Clyde-Beziehung erhofft oder eine Liaison à la Caril Fugate und Charlie Starkweather. Doch am Ende war die arme Terry nur zu dem zweifelhaften Ruhm gelangt, sein erstes Opfer nach dem Prozeß zu werden. Er hatte Teresas Arme mit hübschen, filigranen Schnitzereien versehen und in ihren Bauch eine Nachricht für Helen eingraviert. Daryll Lees stilistisches Markenzeichen waren Tätowierungen geworden, Tätowierungen aus Blut, die er mit der scharfen Spitze eines Stiletts anbrachte. Experimente im Genre dieser Kunstrichtung hatte er schon bei dem letzten Opfer vor seiner Festnahme durchgeführt. Ferner gehörte zu seiner persönlichen Handschrift, daß er stets eine winzige Menge Sperma hinterließ, das irgendwann nach dem Tod des Opfers produziert wurde. Und die in seinem Gürtel steckende 44er Special kam ebenfalls bei Gelegenheit zur Anwendung. »Jeder Künstler muß sein Werk signieren, Helen«, hatte er ihr bei ihrem letzten Treffen gesagt.

Sherman hätte sie nach dem Prozeß wahrscheinlich am liebsten tot gesehen, doch er wußte, daß Dr. Helen Hudson sein einziger Köder war, mit dem er Cullum wieder schnappen konnte. Sie war das Stückchen Käse in der Mausefalle.

Von Beginn seiner Festnahme an hatte Daryll Lee den heiligen Schwur geleistet, sich an Helen zu rächen. Er war vollkommen zuversichtlich, daß für ihn irgendwann die Stunde der Abrechnung mit ihr schlagen würde. Jeden Tag erinnerte er sie höhnisch an seine Freiheit. Er sandte ihr sogenannte »Liebespäckchen«, gefüllt mit Locken junger Frauen, abgeschnittenen Fingernägeln, hin und wieder ein paar Hautfetzen, Karten mit kitschigen, gestempelten Motiven und den getrockneten Blutstropfen eines neuen Opfers als Signatur. Nach seiner Flucht erhielt sie auch eine selbstgefertigte Valentins-Karte mit einem Originalgedicht, das seitdem etliche seiner Nachrichten zierte:

> Schmeiß dich in dein bestes Kleid
> fürs Renn-de-vous (sic) mit mir.
> *Le Bon Temps* ist nicht mehr weit,
> Daryll Lee ist frei!!! und bald bei dir.

Er liebte es, sie anzurufen und ihr schmutzige Dinge ins Ohr zu flüstern, als wäre sie eine aus jener Schar unglücklicher junger Frauen, die ihn während seiner Haftzeit angefleht hatten, sie zu heiraten. Sie ließ sich eine Geheimnummer geben, doch die bekam er mühelos über die Sekretärin ihres Literaturagenten heraus, indem er vorgab, Phil Donahues

Assistent zu sein. Ein Psychopath von Daryll Lees Format verfügte über eine angeborene, anarchistische Grundhaltung, die sich als Mißachtung von Gesetzen oder Regeln jedweder Art äußerte. Schade, daß seine Genialität ganz von seiner psychopathologischen Grundhaltung überlagert wurde.

Die letzten dreieinhalb Wochen war Joe ihr Bodyguard gewesen. Bislang hatte sich Daryll Lee noch bei keinem ihrer Termine gezeigt, und ihr alter Freund David Samuels vom FBI in Quantico hatte ihr erst heute morgen versichert, daß sie ihm dicht auf der Spur seien. Helen fühlte sich bei diesem Gedanken ein wenig erleichtert.

Der graue Chevy fuhr nun in den Campus ein, vorbei an der Sproul Hall, einst berüchtigte Stätte der Sechziger-Revolte. Helen tat so, als würde sie ihre Notizen lesen. Officer Joe Shields schwieg. Sie war ihm dafür dankbar, obgleich ihr klar war, daß er hauptsächlich deshalb schwieg, weil er sich im Gespräch unterlegen fühlte. Er wußte, er war da, um sie zu beschützen und ihr beizustehen, und nur in dieser Rolle fühlte er sich sicher. Wie als Antwort auf ihre Gedanken, griff er nach unten und tätschelte seine Dienstwaffe, die kühl und vertraut an seiner linken Hüfte hing. Ein Linkshänder, wie Helen schon vorher bemerkt hatte.

Silbrig grüne Eukalyptusbäume rauschten vorbei, und Helen kurbelte das Fenster herunter, damit der süße, aromatische Duft in den Wagen strömen konnte. Auf dem Rasen dösten hübsche Mädchen, nutzten die Zeit zwischen den Unterrichtsstunden für ein mittägliches Sonnenbad. Frisbees schwebten durch die Luft ... Abrupt trat Officer Shields auf die Bremse. Helen stockte der Atem. Es war nur ein Golden Retriever mit einem roten Tuch um den Hals. Auf der Jagd nach einer der Plastikscheiben war er vor den Wagen gesprungen. Der junge Besitzer des Retrievers – bloßer Oberkörper und Pferdeschwanz – entschuldigte sich und rannte in seine nächste Vorlesung. Helen schloß für einen kurzen Moment die Augen, versetzte sich zwanzig Jahre zurück in eine schönere, unbeschwertere Zeit.

Als sie die Augen wieder öffnete, parkte Joe gerade vor dem McClumsky-Vortragssaal.

Joe stieg als erster aus, spähte nach allen Seiten und nickte Helen kurz zu. Sie griff nach ihrer Ledertasche und trat hinaus in den warmen Nachmittag.

»Wir müssen noch den anderen Cop finden, der hierher abkommandiert wurde, und uns dann mit der Campus-Security in Verbindung setzen.«

»Okay, Joe.«

Er ging um den Wagen herum und stellte sich neben sie, um sie die Treppen hinaufzubegleiten.

»Sie sehen sehr hübsch aus, Dr. H.«

»Danke, Joe.«

Dr. Helen Hudson betritt das Podium aus grauen Metallstreben und hellem Holz und ist binnen kurzem mitten in ihrem Vortrag. In der Halle drängen sich Hunderte von Studenten, die alle die zur berühmten Autorin aufgestiegene Dozentin sehen wollen. Etliche unter ihnen hatten vor zwei Jahren ihren Kurs besucht. Helen befindet sich wieder auf vertrautem Terrain, spricht souverän und selbstsicher vor ihrem intelligenten und bekannten Publikum.

» … Die Gesellschaft hat diese verkrüppelten Kreaturen zu dem gemacht, was sie sind, und deren Rache ist fürchterlich. Für eine kurze Weile ist für sie das Quälen eines anderen Menschen von einer Art düsteren Schönheit. Die Schreie ihrer Opfer tilgen ihre eigenen Schmerzen. Durch den Akt des Tötens fühlen sie sich selbst lebendig. Aber dann kommen Depression, Verzweiflung, Schuldgefühle. Und eine Einsamkeit, die nur ein weiteres Opfer lindern kann.«

Auf der riesigen Leinwand hinter Helen erscheinen abwechselnd Notizen, Diagramme und Fotografien. Doch sobald Helen mit ihrem Vortrag fortfährt, wird für die Zuhörer in den hinteren Reihen wieder ihr Gesicht per Video auf die Leinwand übertragen, eine grotesk vergrößerte Projektion, die verschwommen und bedrohlich über dem Hörsaal schwebt.

»Wie Drogensüchtige nach ihrem nächsten Schuß, so gieren auch Serienmörder nach dem Kick, den sie einzig durch das Töten eines Menschen erlangen. Warum ist das so? Weil ihre Emotionen durch jahrelangen Mißbrauch und Ablehnung in der frühen Kindheit verkümmerten. Doch was sind die begleitenden Faktoren, sollte es überhaupt welche geben? Sind sie genetisch? Wenn es so wäre, welcher Code ruft dann in manchen Menschen Gewalttätigkeit hervor, in anderen aber nicht? Das, was wir *nicht* über das Wesen eines Serienmörders wissen, reicht aus, um damit ein Schlachtschiff zu beladen und zu versenken.«

Helen legt eine Kunstpause ein und tritt hinter dem Rednerpult hervor. Sie ist fast einsachtzig groß und in ihrem roten Kostüm und der weißen Seidenbluse eine auffällige Erscheinung. Von der klassischen Schönheit ihrer Gesichtszüge kann auch ihr dozentenhaftes Auftreten nicht ablenken. Kurze Zeit steht sie reglos da, spürt die Macht, die sie über ihre gebannte, erwartungsvolle Zuhörerschaft hat.

Das Publikum gerät in Erregung, einige Studenten beugen sich auf ihren Sitzen vor.

»Würden jetzt bitte alle Männer im Raum kurz aufstehen?«

Die Männer im großen Auditorium schauen sich um, werden sich ihrer Männlichkeit plötzlich bewußt.

»Na, kommen Sie, machen Sie den Mädchen eine Freude und lassen Sie sich anschauen. Das ist nur gerecht, denn schließlich werden sonst immer nur wir Frauen begutachtet.«

Gemurmel und Gelächter breiten sich im Saal aus, als ein Mann nach dem anderen langsam aufsteht.

»Okay, und jetzt setzen sich alle unter zwanzig und über fünfunddreißig wieder hin. Und wenn Sie asiatischer oder afrikanisch-amerikanischer Herkunft sind, dürfen Sie ebenfalls wieder Platz nehmen.«

Noch mehr Unruhe und Stühlerücken. Dr. Hudson wartet ein paar Takte, ehe sie weiterspricht, in der Absicht, daß sich die verbliebenen Männer in dem Schweigen noch unbehaglicher fühlen.

»Gut. Und die Mädchen – was sehen Sie jetzt? Ein paar nette, hübsche Jungs. Würde einer dieser jungen Männer Sie auf ein Bier einladen, oder zum Dinner, zum Tanzen, so würden Sie womöglich mit ihm gehen. Vielleicht würden Sie mit ihm sogar ein heißes Wochenende in Big Sur verbringen … Nun, Lassen Sie mich dazu etwas bemerken« – Helen verleiht ihrer Stimme mehr Intensität; sie ist jetzt empathisch, fast schon furchterregend –, »neunzig Prozent der Serienmörder sind Männer weißer Hautfarbe im Alter zwischen zwanzig und fünfunddreißig, genau wie diese Herren hier. Würden Sie es ahnen, wenn einer dieser netten Jungs süchtig nach Töten wäre? Gibt Ihnen irgend etwas in ihren Gesichtszügen einen Hinweis?«

Einige Männer beginnen zu hüsteln. Manche setzen sich einfach wieder hin. Lächelnd schaut Helen ins Publikum.

Am Balkon eine blitzartige Bewegung, die Helens Aufmerksamkeit für einen Moment auf sich zieht. Doch gleich darauf begibt sie sich wieder hinter das Rednerpult und blättert in ihren Notizen. Auf der riesigen Leinwand hinter ihr erscheinen in rascher Folge die unauffälligen Gesichter von Ted Bundy, Jeffrey Dahmer, David Berkowitz, Albert DeSalvo sowie die des Mörderduos Bianchi und Buono, die als die Hillside-Würger bekannt wurden.

»Albert DeSalvo, Bianchi und Buono, der ›Sohn von Sam‹, Dahmer, Ted Bundy … Sie waren ruhige, bescheidene, ja, sogar nette Männer. Sie machten ihre Jobs, zeigten sich als gute Nachbarn. Ihre Opfer vertrauten ihnen; sie ließen ihre Mörder ihre Einkaufsbeutel tragen, wenn sie es ihnen anboten. Viele Male luden sie ihre Mörder zu sich in die Wohnung ein. Nach Schätzungen des FBI sind im Moment gerade fünfunddreißig Serienmörder auf der Suche nach Opfern. Aber 10 479 Agenten können sie nicht aufspüren. Und 597 000 Polizeibeamte können sie nicht daran hindern, weiter zu töten.

Gut, Männer, ihr seid aus dem Schneider! Setzt euch besser wieder hin, bevor ihr noch alle zu Tode ängstigt!« Vereinzeltes, nervöses Gelächter wird laut, und dann ein allgemeines Seufzen der Erleichterung, als sich die Männer hinsetzen.

»Serienmörder sind ein ausgesprochen modernes pathologisches Phänomen. Und zudem eines, wovon die Vereinigten Staaten mehr als jedes andere Land der Welt befallen sind. Aber die Heilung dieser Krankheit werden wir nicht durch polizeiliche Maßnahmen erreichen, die bestenfalls dazu führen, daß der Täter, nachdem er getötet hat, geschnappt wird. Die Lösung liegt einzig in der präventiven Wissenschaftsarbeit. Das Grauen verstehen, das in den Köpfen der Täter wohnt – und erforschen, wie es dorthin gelangt ist. Florida hat fast acht Millionen Dollar ausgegeben, um Ted Bundy auf den Elektrischen Stuhl ...«

Helens Stimme bricht ab, denn schon wieder wird ihre Aufmerksamkeit in Richtung Balkon gelenkt. Einen Moment starrt sie reglos ins Leere. Im Seitenflügel versteift sich Officer Joe Shields, der ihre plötzliche Panik bemerkt. In der vordersten Balkonreihe erkennt sie ein buntkariertes Hemd und zwei tätowierte Arme, die auf der Brüstung liegen.

Helen dreht ihren Kopf in Joes Richtung und nickt kaum merklich, worauf er sich an den Rand des Seitenflügels schleicht und so vorsichtig um die Vorderbühne herumspäht, daß ihn das Publikum, wenn überhaupt, nur als flüchtig auftauchende Erscheinung wahrnehmen kann. Helen schaut wieder zum Balkon zurück und sieht nur die frischen Gesichter der Studenten, die darauf warten, daß sie weiterredet; wahrscheinlich glauben sie, es handele sich lediglich um eine erneute Kunstpause, bevor ihnen Helen eine andere grausige Tatsache eröffnet. Doch Helen ist momentan aus dem Konzept gebracht. *Himmel, meine Gedanken sind ganz von Serienmördern infiltriert! Es wird Zeit für eine Woche Italien.* Sie lächelt und zuckt als Signal für Joe die Schultern; er taucht wieder in den Hintergrund ab.

»Florida hat fast acht Millionen für die Exekution Ted Bundys ausgegeben – Geld, das besser dafür verwendet worden wäre, ihn lebenslang in Gewahrsam zu nehmen und als Gegenstand intensiver wissenschaftlicher Untersuchungen zu benutzen. Vielleicht hätten wir dann verstanden, weshalb sich dieses eine besondere Baby, das wie so viele andere am 24. November 1946 geboren wurde, zu einem Monster entwickelt hat. Vielleicht wären wir dann in der Lage gewesen, die zukünftigen Ted Bundys zu identifizieren ..., bevor sie eine Chance zum Morden gehabt hätten.«

Eine kurze Pause ist vorgesehen, und das Publikum bricht in großzügigen Applaus aus, was für einen College-Vortrag ungewöhnlich ist. Helen geht seitlich vom Podium die Treppe hinunter und mischt sich, gefolgt von Officer Shields, unter die jungen Leute. Scharen von Studenten drängen sich um sie, schütteln ihr die Hand, beglückwünschen sie zu ihrem Vortrag. Shields versucht, so unauffällig wie möglich zu wirken, beobachtet routiniert die Menge, während sich Helen weiter durch das Gewühl kämpft. Ein älterer kahlköpfiger Mann in einem Anzug mit Fischgrätenmuster, aus dessen Reverstasche eine Kirschholzpfeife herausragt, hält Helen auf und schüttelt ihr die Hand.

»Gute Arbeit, Helen! Ich weiß, Berkeley ist nach Oprah nichts Besonderes mehr, aber wir würden Sie jederzeit mit offenen Armen wieder aufnehmen.«

»Danke, John.« Joe Shields beobachtet seinen Schützling; sie drückt die Hand des Professors und täuscht Herzlichkeit vor. Er spürt ihre Unruhe; ihre Augen huschen von einer Seite zur anderen. Sie will hier raus.

Schließlich schaffen sie es in die Eingangshalle und entfernen sich rasch von dem Rudel Studenten, das begierig darauf wartet, sich auf Helen zu stürzen.

»Wow! Sie sind hier ja der reinste Popstar!« Stolz tätschelt Joe ihren Arm, während sie Richtung Ausgang weitergehen.

»Vor eineinhalb Jahren wäre ich komplett übersehen worden. Ein Bestseller, ein paar Talkshows, und schon wollen sie mich als Fachbereichsleiter … Joe, ich brauche dringend eine Toilette!«

Sie biegen um die Ecke und steuern auf die Nische zu, in der sich die Damentoilette befindet. Helen geht zur Tür, bleibt dann aber zögernd stehen. Joe tritt vor und klopft an.

»Ist jemand drin?«

Keine Antwort. Er geht hinein und schaut sich um. Der Raum ist riesig, sehr sauber, von makellosem Weiß. Nüchtern und modern wie die High-Tech-Halle, in der Helen gerade ihre Vorlesung gehalten hat. Die Oberfläche der Waschbecken-Ablage ist von teuren Glasziegeln gerahmt, und darüber befindet sich ein Spiegel, der sich bis zu den Kabinen auf der gegenüberliegenden Seite erstreckt. Joe öffnet die Tür zu einem Besenschrank, in dem sich lediglich ein schmutziger

Mop befindet. Als er an der Reihe leerer Kabinen entlanggeht, entdeckt er unter einer verschlossenen Tür ein Paar Beine in hochhackigen Schuhen.

»'Tschuldigen Sie die Störung, Ma'am.«

Er dreht sich nach Helen um, die an der Türschwelle steht.

»Alles in Ordnung.«

Leicht verlegen wirkend, geht er rasch an Helen vorbei nach draußen, während sie auf die erste Kabine zusteuert. Helen reißt mehrere Lagen Toilettenpapier von der Rolle und legt sie sorgfältig auf die Brille. Dann dreht sie sich um und will sich gerade hinsetzen, als über ihren Kopf plötzlich eine Seilschlinge fällt und mit heftigem Ruck festgezogen wird. Helen greift an ihren Hals und versucht, ihre Hände unter die Schlinge zu schieben. Unfähig zu schreiben, tritt sie wild gegen die Metalltür der Toilette.

Officer Shields, der draußen wartet, reagiert sofort und steckt seinen Kopf durch den Türspalt.

»Dr. Hudson? Alles in Ordnung?«

Mit gezogener Waffe geht er hinein und wendet sich den Waschbecken zu. In der offen stehenden Toilette hinter ihm hängt Helen am Wasserrohr, das über den Kabinen verläuft; mit den Füßen findet sie kaum Halt auf dem Toilettensitz. Jählings schwingt die Tür des Besenschranks auf, und Daryll Lee Cullum springt heraus, grotesk bekleidet mit einem buntkarierten Hemd, Khakishorts und hochhackigen Damenschuhen. Sein hellrotes Haar ist verfilzt und von ihm selbst mit einem Messer kurzgeschnitten worden, seine Haut ist fleckig und verschorft. Er packt Shields von hinten und preßt ihm eine Klinge an die Kehle. Mit wildem, wahnsinnigem Blick starrt er dabei zu Helen empor und entblößt seine fauligen Zähne zu einem grauenerregenden Lächeln. Fast hat es den Anschein, als würde er mit seinem Gefangenen tanzen, der plumpe Tanz eines volltrunkenen, durchgedrehten Hinterwäldlers, kurz bevor er sein Opfer niederschlägt.

»Das ist mein Schießeisen! Hey, was machen Sie mit meiner Waffe?« Daryll Lee reißt Joe die Waffe aus der Hand und wirbelt ihn dann herum, damit er Helen sehen kann, wie sie am Wasserrohr hängt und nach Luft japst.

»Hey, Doc, Sie sind doch die Expertin! Wie verhält sich ein kranker Scheißkerl wie ich in so einer Situation? Werde ich Hackfleisch aus ihm machen oder werde ich ihn erschießen? Was meinen Sie, Doc? Oder werde ich gar beides tun?«

Bei der letzten Frage zieht Daryll Lee die Klinge scharf über Joes Hals und hinterläßt eine dünne rote Linie. Dann schwenkt er das Messer in einer gezierten Gebärde durch die Luft und lächelt seinem Publikum zu. Keuchend und tränenüberströmt schaut Helen zu, wie sich der Mund ihres Freundes und Beschützers öffnet und lautlos wieder schließt; seine Augen quellen in unsäglichem Entsetzen hervor. Unvermittelt drückt Daryll Lee ab, pumpt zwei schnelle Schüsse in Joes Brust, und Joe sackt über dem Waschbecken zusammen; langsam gleitet er zu Boden und zieht dabei auf den weißen Kacheln und dem Spiegel eine verschmierte rote Spur. Grinsend dreht sich Daryll Lee wieder nach Helen um, die wild um sich schlägt und tritt, die versucht, mit den Händen die Schlinge weit genug zu lösen, um einen Schwall Atemluft ergattern zu können. Sie schreit und schreit, bis sie ohnmächtig wird.

Dreizehn Monate später …

ERSTES KAPITEL

Nummer drei

Jennifer Lyle zog ihre neuen Turnschuhe aus der Schachtel, ein Geburtstagsgeschenk von Mom und Dad, begutachtete sie bewundernd von allen Seiten, legte sie dann wieder in die Schachtel zurück und faltete das Seidenpapier darüber. Die Schuhe würden bis morgen warten müssen. San Francisco zeigte sich heute von seiner besten Seite; draußen war phantastisches Wetter, ideal für ihren Fünf-Meilen-Lauf. Voll ungeduldiger Erwartung schnappte sie ihre alten Nikes, rammte ihre Füße hinein und stellte sich dann vor ihren Ankleidespiegel, um ihr neues Outfit zu bewundern, das sie dem Geschenkgutschein ihres Zwillingsbruders verdankte. Gottlob hatte er sie ihr Geschenk selbst auswählen lassen. Josh war nämlich von Geburt an farbenblind. Der Trainingsanzug in Pink und Türkis kleidete sie vorzüglich. Die Farben betonten ihre blauen Augen und ihr frisches, ungeschminktes Gesicht. Ihrem Spiegelbild zufrieden zulächelnd, flocht sie ihr blondes Haar zu einem Zopf, griff dann nach ihrem gelben Walkman und den Kopfhörern und rannte zur Tür.

Gott, was für ein Tag! Fünfundzwanzig Grad und kaum eine Wolke – für Ende August recht ungewöhnlich. Aus der Bucht wehte eine kühle Brise herüber. »Perfekt«, sagte sie laut, während sie auf ihren Wagen zueilte. Temperatur und Windstärke waren optimal, um den Schweiß zu trocknen, sobald sie richtig in Schwung gekommen wäre.

Jennifer überlegte, ob sie das Verdeck ihres kleinen weißen Geo herunterklappen sollte, entschied sich dann aber dagegen, um keine Zeit zu verschwenden. Mit dem Parken würde es heute schwierig werden; bei so einem Wetter zog es alle ins Freie. Sie liebte den Golden Gate Park, vor allem sonntags, wenn der JFK Drive abgesperrt war und sie auf direktem Weg in Richtung ihres Ziels lospreschen konnte. Am Potrero Hill fädelte sie sich aus und fuhr inmitten des fließenden Wochenendverkehrs in östlicher Richtung weiter.

Gleich neben dem Panhandle fand Jennifer einen Parkplatz und ging von dort zum Eingang des Parks. Als sie langsam auf der Hauptdurchgangsstraße dahintrabte, bemerkte sie, daß überall im Park verstreut einzelne Plakate angebracht waren, bemalt mit extrem leuchtenden Day-Glow-Farben; die Schrift in jener weich verfließenden Manier gestaltet, wie sie einst durch Peter Max und die Sammelposter aus den Fillmore-West-Tagen populär geworden war. Die an die Bäume gehefteten Schilder und Flugblätter kündigten das *Festival of Love*, das Festival der Liebe an, eine Jahresfeier anläßlich der Entstehung der Hippie-Kultur in San Francisco. Obwohl Jennifer einer jüngeren Generation angehörte, wußte sie, daß der Golden Gate Park die Stätte etlicher *Love-ins* gewesen war. Die Vorstellung, daß sie gerade über jenes Gelände rannte, auf dem sich vor beinahe dreißig Jahren Paare, die mittlerweile so alt wie ihre Eltern waren, in orgiastischen Wonnen gewälzt hatten, brachte sie zum Kichern.

Als sie an einer ihrer Lieblingsstellen neben dem Redwood Memorial Grove, kurz hinter ihrer Meile-Eins-Markierung, vorbeikam, drosselte sie ihr Tempo. Aus den Augenwinkeln heraus registrierte sie einen jungen Mann mit Videokamera, der an einem Baum lehnte. Jennifer spielte die Lässige, blickte aber noch einmal verstohlen zu ihm hinüber, da er mit seinem jungenhaften Äußeren genau ihr Typ war. Seit sie aufgehört hatte, mit ihrem Ex-Freund zu schlafen, waren ihre Hormone in hellem Aufruhr. Impulsiv beschloß sie, die zweite Hälfte ihrer Strecke auf demselben Weg wieder zurückzulaufen. Noch einmal wagte sie einen kurzen Blick, und diesmal stellte sie erfreut fest, daß der Knabe seine Kamera gesenkt hatte und sie eindeutig anlächelte. Von jenem so vertrauten, wundervollen Endomorphin-Schub beflügelt, spurtete Jennifer mit neuem Schwung weiter. Mr. Video würde nur solange warten müssen, bis sie den Park umrundet hätte.

Gefangen in ihrem Alptraum, kämpfte Dr. Helen Hudson mit ihrer verhedderten Bettdecke. Im Zwielicht des abgedunkelten Raums zeichneten sich die Konturen ihres schweißbedeckten Körpers scharf ab. Es war derselbe Traum, den sie im letzten Jahr schon hundertmal geträumt hatte. Ersticken, überall weiße, mit Blut beschmierte Kacheln, Angst; Schweben in einem Meer von Blut. Abrupt schreckte sie hoch und krallte sich in der Decke fest. Ihr Atem ging schnell und flach.

»Andy … Andy?« Sie brüllte, so laut sie konnte; ihre Kehle war von der schlimmen Nacht trocken und ausgedörrt. Rasch beugte sie sich nach vorn und knipste die Halogenlampe neben sich an. Dann kroch sie aus dem Bett und begann, Zimmer für Zimmer des ersten Stocks zu durchsuchen, schaltete in jedem Raum die Lichter an und ließ mittels der Fernbedienung sämtliche Fernsehgeräte aufflimmern.

»Andy?« stieß sie abermals klagend hervor. Vom Geländer des ersten Stocks aus blickte sie auf ihr Büro hinunter. Hinter ihr hing ein riesiges Gemälde, fast so hoch wie sie selbst, auf dem das quälend schöne schwarzweiße Bild eines Jungen in viktorianischer Tracht zu sehen war. Traurig schaute der Knabe sie an, während sie nach unten spähte.

Das obere Stockwerk des Lofts war von einem Balkon umgeben, der sich kreisförmig um das Apartment zog. Pfosten in jenem matten Blau, das man auf Drosseleiern sieht, ragten von unten empor, um das Obergeschoß zu stützen. Von ihrem Aussichtspunkt neben dem Schlafzimmer aus konnte Helen ihren gesamten Büro- und Wohnbereich überblicken. Der Grundriß vermittelte den Eindruck von unbegrenzter Weite. Es gab kaum Wände, außer für das Schlaf- und die Badezimmer. Im zentralen Bereich konnte die Abtrennung zwischen Wohnzimmer und angrenzenden Arealen durch Wandschirme hergestellt werden. So konnte Helen von ihrem Standort aus auf einen feinmaschigen, graumetallenen Wandschirm herunterschauen, der den Wohnbereich von einer gemütlichen Kuschelecke abtrennte.

Sie ging an der Galeriebrüstung entlang und schaute auf ihr Arbeitszimmer hinunter, eine perfekte High-Tech-Bürokulisse mit drei Computer-Terminals; der mittlere war ausgeschaltet, über die Monitore der beiden anderen huschten die Stand-by-Programme. Auf dem linken Bildschirm schwammen leuchtend bunte Fische in einem bewegten Meer, auf dem rechten Bildschirm flimmerte ein sich ständig veränderndes Muster aus bunten Fragmenten. Zwischen den Terminals stand der Schreibtisch, beladen mit Büchern, Telefonapparaten und Lampen. Neben dem langen, halbmondförmigen Bürotisch befand sich ein Aufbau mit einem Drucker und Faxgeräten. Die Büroausstattung, der Schreibtisch und der auf Rollen gleitende Bürostuhl waren auf einem runden, tiefvioletten Teppich angeordnet. Hinter der Computer-Anlage ragten drei kreisförmig plazierte massive Bücherregale empor; eine Maßarbeit aus heller Eiche mit abgerundeten Formen, an die zwei Meter fünfzig hoch. Sie dienten nicht nur als Ablage für Bücher, Notizen und Akten, sondern schirmten das Büro auch von der Küche sowie den restlichen Bereichen ab. Helen riß ihren Blick wieder los. Kein Andy. Sie war allein.

Unruhig wanderte sie von Zimmer zu Zimmer und begann murmelnd mit sich selbst zu sprechen, als die Panik ihr Nervensystem zu überfluten drohte. Gedankenverloren schnipste sie an einem roten Gummiband, das um ihr Handgelenk lag. Und während sie schnipste, rezitierte sie, als handelte es sich um ein Mantra: »George Washington, John Adams, Thomas Jefferson, James Madison ...« Dies war ihr Aufwach-Ritual, eine selbsterfundene Methode, um den klebrigen Müll böser Träume abzuschütteln und ihren Verstand wieder anzukurbeln.

Außer den allgegenwärtigen Fernsehgeräten waren überall im Apartment noch weitere High-Tech-Utensilien verstreut, einschließlich eines Polizei-Scanners. All die Apparate und technischen Spielereien schienen lediglich aufgebaut, um ein künstliches Gefühl lebendiger Verbundenheit mit der Welt draußen zu erzeugen; gedacht für Menschen, die sich nie herauswagten, die Fenster in die Welt brauchten.

Helen kämpfte sich zum Badezimmer durch und blieb vor dem verspiegelten Arzneimittelschränkchen stehen. Ihr Gesicht war bleich, leimfarben, ihr kurzes Haar ein lächerliches Gebilde aus strähnigen Fransen, die Augen matte Lichter in dunkelpurpurnen Höhlen. Für einen Moment schrak sie zurück, tappte in die Falle ihres eigenen Spiegelbilds. »Was schaust du mich so an?«

Sie griff in das Schränkchen, holte eine Flasche Xanax heraus und kippte ein paar Tabletten auf ihre Handfläche. Die Präsidenten-Litanei ging weiter: »James Monroe, John Quincy Adams, Andrew Jackson, Martin Van Buren, William Henry Harrison ...«

Helen ging hinunter zur Bar im Wohnzimmer und schenkte sich einen Cognac ein. Sie kippte die Xanax in ihren Mund und spülte sie mit dem Cognac hinunter, ihr Lieblingscocktail. Feierlich prostete sie dem leeren Raum zu. Ihren Cognacschwenker in der Hand begab sie sich dann in ihr Büro und setzte sich vor die Computer-Anlage. Nachdem sie einen Befehl in die Tastatur eingegeben hatte, flimmerte auf dem rechten Bildschirm die Titelzeile: ›THE STRESSLINE‹ auf, ein Bulletin-Board im für das Gebiet der San Francisco Bay zuständigen Online-Dienst THE WELL, in dem sich Helen über Internet eingewählt hatte. Sie tippte:

»JEMAND WACH? MUSS MIT JEMANDEM REDEN. SHE DOC.«

Nach einem Moment antwortete ein anderes Mitglied der User-Group:

»HALLO, SHE DOC. PANIKATTACKE?«

Helens Finger flogen über die Tastatur.

»NEIN. ALPTRAUM. SIND SIE AUCH ANS HAUS GEFESSELT?«

»SEIT SECHS MONATEN. UND SIE?«

Helen tippte:

»SEIT DREIZEHN.«

Helens Aufmerksamkeit wurde auf ihren zweiten Computer gelenkt, auf dem gerade ein Schachspiel stattfand. Auf dem unteren Teil des Bildschirms blitzte ein Befehl ihres Gegners auf, der sich den Online-Namen ›Czech Mate‹ zugelegt hatte.

»MACHEN SIE, VERDAMMT NOCH MAL, EINEN ZUG!«

Sie studierte das Spielbrett eine Weile, schnappte sich dann die Maus und klickte ihren Gegenzug ein: S nach f3. Czech Mate antwortete:

»LAUSIGER ZUG. LASSEN WIR'S. TREFFEN WIR UNS LIEBER. ICH WILL MICH MIT IHNEN VERABREDEN.«

Helen tippte zurück:

»KANN MICH NICHT VERABREDEN. KEINE LEBENSFÄHIGE SUBSTANZ. LASSEN SIE DAS FLIRTEN UND MACHEN SIE IHREN ZUG.«

Gelangweilt nahm sie ihren Cognac und schlenderte in Richtung Wohnzimmer. Der Wohnbereich befand sich auf einer erhöhten Plattform und war mit geflochtenen Matten, Tatamis, ausgelegt. Helen schritt durch den dunklen Raum zu einem Schachtisch in der Ecke und bewegte ihren weißen Springer auf f3. Auf dem Schachbrett war das Spiel aufgebaut, das sie mit Czech Mate via Internet spielte. Die Figuren aus kunstvoll gemeißeltem Marmor hatte sie vor Jahren auf einer Türkeireise erworben. Sie standen auf dem mit Marmor und Onyx eingelegten Tischchen, das sie von ihrem Vater geerbt hatte.

Der Raum wirkte, als wäre er an den drei Seiten, die nicht zum Loft hin geöffnet waren, von Wänden umgeben. Die linke Trennwand war mit fahlem Holz getäfelt, das zur hellen Strohfarbe des Bodens paßte. Das satte, dunkle Holz der Kirschbaumschränkchen, die bis zur Wandmitte reichten, bildete dazu einen angenehmen Kontrast. Eine Mischung abstrakter und gegenständlicher Skulpturen dekorierte den Raum, allesamt von Museumsqualität. In den beiden Sofas und den weichen Sesseln im zentralen Sitzbereich wiederholte sich das Burgunderrot und Kastanienbraun der Kirschholzschränke, wie auch in der Weinfarbe des rohseidenen Vorhangs, der sich entlang der linken Wand erstreckte. Die Sitzpolster ruhten in Rahmen aus poliertem hellem Holz, modern im Design, aber dennoch weich und feminin. Die Polsterung war mit plüschigem Samt, schwerem Damast und Seide überzogen und mit Kissen in Gold- und Rotweintönen dekoriert, die auch vereinzelt über die Sofas verstreut waren. Das gesamte Ambiente hatte mit seinen gedämpften Farben und dem einschmeichelnden Luxus etwas beinahe schon Hypnotisches an sich – als wäre es dazu gedacht, das spröde, brüchige Wesen der darin wohnenden Frau zu kaschieren.

Das Kernstück des Raums und sein zugleich frappierendster Aspekt war die Wand, die auf die Straße hinausging.

Käme jemand von draußen in das Apartment, so würde er erwarten, an jener Wand des Wohnzimmers Fenster mit Blick auf die Bucht vorzufinden. Statt dessen bestand die gesamte Wandfläche aus einem gigantischen abstrakten Gemälde, einer Komposition aus riesigen, kühnen Dreiecken in gedämpften Rost-, Gold- und Grautönen.

Helen nahm von einem Couchtisch eine Fernbedienung und drückte darauf. Sogleich zersprang das gigantische Wandgemälde in fünf vertikale Abschnitte gleicher Breite, die durch Holzblenden miteinander verbunden waren. Licht kroch durch die Zwischenräume, während sich die Bildabschnitte immer weiter voneinander entfernten, sich plötzlich um hundertachtzig Grad drehten und ein Panoramafenster enthüllten, das der kunstvolle falsche Wandschirm verdeckt hatte. Gleißendes Sonnenlicht durchflutete den Raum. Helen taumelte ein wenig, stöhnte und hielt sich den Arm vor die Augen, wie ein Vampir, der von der Morgendämmerung überrascht wird. Langsam schritt sie dann zu dem großen Fenster ihres Fort-Mason-Lofts und schaute hinaus auf die Bucht und das in der Ferne liegende Marin County. Über der Bucht erhob sich die Postkarten-Version der Golden Gate Bridge. In murmelndem Singsang raunte Helen: »An einem klaren Tag kann ich endlos weit schauen«; gleich darauf stieß sie ein kurzes, bitteres Lachen aus.

Das Fort Mason Center war während der Missionierungszeit San Franciscos im späten 18. Jahrhundert der Sitz einer spanischen Garnison gewesen. In den 30er Jahren dieses Jahrhunderts benutzte es die Armee als Einschiffungs-Sammelplatz. Über eine Million Soldaten schleuste man während des Zweiten Weltkriegs und des Korea-Konflikts durch Fort Mason. In den frühen 70er Jahren wurde Fort Mason, in Übereinstimmung mit der nach Vietnam entstandenen Friedens-Begeisterung, offiziell zu einem Teil des Golden-Gate-Freizeitparks umgewandelt. Mittlerweile ist das Center zu einem Hafen für die Künste und für Kultur-Junkies geworden. Es gibt Galerien, Museen, Theater, Buchhandlungen, Cafés und das *Greens*, ein weltbekanntes vegetarisches Restaurant. Touristen wie Einheimische strömen scharenweise an den Kai und genießen den spektakulären Ausblick. An Pier 3 liegt die restaurierte *S. S. Jeremia O'Brien*, ein Frachter, der während des Zweiten Weltkriegs in Serie gebaut worden war, und an der Mole kann man die Einheimischen beim Krabbenfischen beobachten.

Dr. Helen Hudson gehörte zu den wenigen Einwohnern, die reich und privilegiert genug gewesen waren, um sich in einem der restaurierten Lagerhäuser einzukaufen, die die Stadtverwaltung zum Umbau für Wohnungen freigegeben hatte. Daß sich Helens Loft in einem der schönsten, begehrtesten, interessantesten und unterhaltendsten Viertel von ganz San Francisco befand, daß sie aber seit nunmehr beinahe dreizehn Monaten keinen Fuß mehr vor die Tür gesetzt hatte, war eine Ironie, die ihr durchaus bewußt war.

Das Telefon klingelte. Sie wandte sich um und starrte es an, während es weiterläutete. Schließlich ging sie langsam darauf zu, nahm den Hörer ab und hob ihn ans Ohr.

»Ja?«

Nachdem sie die ersten Worte des Anrufers vernommen hatte, knurrte sie wutentbrannt: »Du mieses Dreckstück!«, knallte den Hörer auf die Gabel und kreischte in ihr leeres Apartment: »Du mieses, widerliches Dreckstück!« Dann sank sie langsam zu Boden und weinte wie ein verängstigtes Kind.

Inspector Mary Jane Monahan bewegte sich wachsam und mit gezogener Waffe durch den graffitibeschmierten Flur eines leerstehenden Mietshauses. Den kleinen, zarten Körper angespannt, zum tödlichen Schlag bereit, wirkte sie wie ein chinesisches Püppchen mit der Brutalität eines Bullterriers. Hinter ihren dicken Schutzgläsern versteckte sich ein hübsches, niedliches Gesicht, in ihren Ohren steckten Perlohrringe, und ihr langes Haar war zu einem Zopf geflochten, der farblich mit ihrem schokoladebraunen Kostüm übereinstimmte. Hinter ihr duckte sich, ebenfalls, bewaffnet, Inspector Ruben Goetz. Er war dunkel und attraktiv, in einen Anzug gekleidet, der für einen durchschnittlichen Cop zu teuer schien, und wirkte in der schäbigen Umgebung absolut fehl am Platz.

M. J. blieb an der Kreuzung mit einem anderen Korridor stehen. Ihre Waffe mit beiden Händen vor sich haltend, löste sie sich von der Wand und sprang um die Ecke. Nichts zu sehen. Ruben hechtete ihr nach und preßte sich an die andere Wandseite. Beide waren stumm, reglos. Die weichen Wogen ihres Atems prallten gegen die kahlen Mauern. Plötzlich schlüpfte aus einer offenen Tür im Korridor hinter Ruben eine Gestalt heraus. Augenblicklich ging er in Schußposition und feuerte neunmal aus seiner Automatic. M. J. nahm ihre Schutzbrille ab, warf Ruben einen mißbilligenden Blick zu und näherte sich seinem Gegner, einer lebensgroßen Attrappe aus Rupfen und verleimtem Sägemehl, die auf einer ferngesteuerten Armatur montiert war.

Sie befanden sich auf einem polizeilichen Übungsgelände, einem Gebäude mit täuschend echten Kulissen und Attrappen. Obwohl M. J. jünger als der achtundzwanzigjährige Ruben aussah, war es aufgrund ihres Auftretens offensichtlich, daß sie ihm an Alter, Rang und Erfahrenheit überlegen war. Ruben dachte bei sich, daß der Tod durch seinen imaginären Gegner wahrscheinlich gnädiger gewesen wäre als die ätzende Strafpredigt, die ihm nun bevorstand.

»Die gute Nachricht lautet, du bist noch am Leben«, zischte M. J. ihm zu, während sie die zerfetzte Attrappe in seine Richtung schubste.

»Du findest es also negativ, daß ich ihn getroffen habe?«

»Ruben, das gilt doch nur bei äußerster Notwehr! Hat dir an der Akademie denn niemand beigebracht, gezielt auf bestimmte Körperteile zu schießen?«

Ruben versuchte, sie zum Schweigen zu bringen. »Stop, stop! Laß uns doch erst mal das Szenario betrachten, mit dem wir es hier zu tun haben.«

»Du hast ihn zerfetzt!«

»Was soll ich sagen, ich bin nun mal ein intuitiver Cop ...«

» ... der seine Impulse schlecht unter Kontrolle hat!« M. J. war noch nicht mit ihm fertig. »Laß uns annehmen, du hättest soeben nicht einen fünfundsiebzigjährigen Mann erschossen, der deine Warnung nicht hören konnte, weil er taub war.

Nehmen wir einfach an, du hast einen Kerl abgeknallt, der sich gerade ergeben wollte.«

»Er hat mich angesprungen!«

Sie ignorierte ihn und fuhr fort: »Und jetzt bist du vorübergehend beurlaubt worden, und dir steht ein Ermittlungsverfahren bevor. Deine Freunde fragen sich, ob du nicht tatsächlich ein Psychopath bist. Und die Junkie-Frau des Kerls heuert einen Anwalt an, der dir widerrechtlichen Gebrauch deiner Schußwaffe mit Todesfolge um die Ohren knallt.«

»Ist ja gut, Smart Alice! Zeig nur, was du drauf hast!«

Plötzlich schnellte aus dem Korridor hinter M. J. eine weitere Gestalt hervor. Es war ein Mann, der mit vorgehaltener Waffe eine Geisel hielt. Mit der fließenden Anmut einer Killer-Ballerina wippte M. J. herum und feuerte drei Schüsse sauber in die Schulter des Mannes.

»Der Brachialnerv ist getroffen, er läßt die Waffe fallen, und du leierst ihm seine Rechte vor. Außerdem hast du niemanden getötet und somit auch dein Karma nicht belastet.«

M. J. gab sich locker, denn sie spürte, daß dies heute die beste Art war, mit Ruben umzugehen. Aber im Hinterkopf hatte sie für ihn noch eine wahre Geschichte auf Lager – die sie ihm ein andermal erzählen wollte; es war die Geschichte eines Schützen, der M. J.s eigene Philosophie über Schußwaffen auf unauslöschliche Art geprägt hatte. Die Erinnerung verharrte in ihrem Bewußtsein wie ein Kind bei der Kommunion und erhob sich jedesmal, wenn sie eine Knarre in der Hand hielt.

M. J. hatte mit Beryl Ann Mills zusammengewohnt, ebenfalls einer jungen Anwärterin, die mit ihr die Akademie durchgestanden hatte. Man nannte sie Bam. Sie war einsachtzig groß, dünn und schwarz und so knallhart wie die zementierten Basketball-Plätze in Oakland, wo ihre Brüder ihr die Regeln des Überlebens beigebracht hatten. Während ihrer Ausbildungszeit auf der Akademie vor zwölf Jahren hatten sich Bam und sie höllisch anstrengen müssen, um zumindest halb soviel Anerkennung wie die Männer in ihrer Klasse zu erhalten, einfach nur auf Grund der schlichten Tatsache, daß

Helen Hudson (Sigourney Weaver) ist eine brillante Psychologin, die sich auf Serienmörder spezialisiert hat.

An einer Universität hält sie einen Vortrag – und ahnt nicht, wer dabei im Publikum sitzt ...

Einsatzübung: M. J. Monahan (Holly Hunter) und ihr smarter Partner Ruben Getz (Dermot Mulroney).

Monahan wird an den Schauplatz eines bizarren Mordes gerufen.

sie als Frauen mit anderem Reproduktions-Zubehör ausgestattet waren. Bam war eine phantastische Schützin und außerordentlich stolz auf die Extrastunden, die sie auf dem Übungsplatz eingelegt hatte. Zu Hause trainierte sie in jeder freien Minute mit ihrem Expander – am Frühstückstisch, auf der Toilette, dehnte und streckte die Arme, bis sie vor Anstrengung zu zittern begannen. Sie war für M. J. ein Ansporn und zugleich ihre einzige wirkliche Konkurrentin auf dem Schießplatz.

Nach ihrem Abschluß an der Akademie wurden die beiden Anwärterinnen zur weiteren Schulung altgedienten Cops als Partner zugeteilt. M. J. geriet an eine Chinatown-Einheit, und Bam schickte man nach Fillmore, einem Viertel mit brutaler Straßenkriminalität. Die beiden Frauen hatten um ein Dinner im Hayes Street Grill gewettet, wer als erste die Beförderung zum Detective erhalten würde.

Dann war jene Sache passiert, die jeder Cop in seinen schlimmsten Träumen fürchtet. Bam und ihr Partner, Rudy Teljada, waren in den Abendstunden zu Fuß unterwegs, um eine häusliche Ruhestörung zu überprüfen. In einer schmalen Straße trat plötzlich aus dem Dunkel einer Hauseinfahrt eine halb im Schatten verborgene Gestalt hervor und richtete ein Gewehr auf Rudys Rücken. Bam schrie dem Angreifer zu, die Waffe fallenzulassen, aber das Gewehr blieb oben. Da schoß sie – und tötete einen neunjährigen Jungen, im selben Alter wie ihr jüngster Bruder. Sein schmächtiger Körper war im Dunkel der Einfahrt größer erschienen, eine optische Täuschung durch das Zusammenspiel von Licht und Schatten. In der rechten Hand hielt er ein orangefarbenes Spielzeuggewehr.

Nach der internen Ermittlung wurde Beryl Ann Mills zwar voll rehabilitiert, aber sie litt weiterhin unter dem Druck der Öffentlichkeit, die sich lautstark über den tragischen Fehler einer achtlosen Polizeianwärterin empörte. In den sechs Wochen ihrer Zwangsbeurlaubung war sie von der Presse wie ein tollwütiger Hund gejagt worden, und sie konnte sich auch selbst nicht von ihren Schuldgefühlen freimachen. Obwohl M. J., ihre Freunde und ihre Familie sie anflehten, nicht aufzugeben, schmiß sie ihre Arbeit bei der Polizei hin und bewarb sich um einen Job bei der Post. Eine Weile blieben sie und M. J. in Verbindung, doch jeder noch so kleine berufliche Erfolg von M. J. erinnerte Bam an ihre Schmach, und nach einiger Zeit brachen beide Frauen den Kontakt ab.

Nach dem Tod des kleinen Jungen trainierte M. J. wie eine Besessene gezieltes Schießen. Ihr Vater und ihre beiden Onkel waren Cops der alten Schule gewesen, eine Tradition, die ihren irisch-amerikanischen Wurzeln entsprang. Schon als sie noch ein kleines Mädchen war, hatte ihr Vater ihr als Teil der religiösen Erziehung eingeimpft, daß Cops dazu da waren, Menschenleben zu retten, und daß selbst ein Verbrecher das Recht zu leben hatte, bis vom Gericht über ihn entschieden worden war. M. J. kannte freilich mittlerweile die Kehrseite der Medaille, da sie im Verlauf ihrer Karriere mehr als einmal erlebt hatte, wie die übelsten Killer auf Grund von Gesetzeslücken auf freiem Fuß blieben. Dennoch schwor sie sich, niemals zu töten, außer es ließe sich nicht vermeiden, und sie war entschlossen, Ruben in diesem Sinne zu erziehen, auch wenn er der mieseste Schütze war, mit dem sie je zusammengearbeitet hatte.

Das schnurlose Telefon an Rubens Gürtel piepste. Den Kopf zur Seite geneigt, schaute M. J. Ruben erwartungsvoll an, doch er ignorierte den Anruf und fragte statt dessen: »Hast du Hunger? Ich bin nämlich kurz vor dem Verhungern.«

»Willst du das Gespräch nicht annehmen?«

»Es ist sicher nichts Wichtiges.«

»Ich bin sicher, daß *sie* da anderer Meinung ist.«

»Wie wär's mit Marokkanisch? Magst du Kouskous?«

»Willst du nicht wissen, wer es ist?«

Seufzend fügte er sich, zog das Handy aus seinem Gürtel und meldete sich lässig: »Y'ello ... Hey, Heeey! Das muß Telepathie sein! Gerade wollte ich Sie anrufen!«

M. J. rollte die Augen.

Obwohl Ruben in M. J. noch eine Lehrmeisterin sah, die ihm Privatunterricht hinsichtlich der Feinheiten der Mordermittlung erteilte, war er, was seine sinnliche Ausstrahlung und Anziehungskraft auf das andere Geschlecht betraf, von geradezu gockelhaftem Selbstbewußtsein. » … ach, das übliche. Immer am Ball, damit die Gerechtigkeit obsiegt.«

Eine Attrappe schnellte hervor, und M. J. knallte drei Kugeln hinein. Ruben warf ihr einen bösen Blick zu.

»Hören Sie, kann ich später zurückrufen? Ich stecke gerade mitten in einer Geschichte … Nein, fest versprochen.«

Er steckte das Handy weg. M. J. musterte ihn spöttisch, während sie ein neues Magazin einlegte.

»Ich weiß schon, du hältst mich für so eine Art …«

»Lebemann«, fiel sie ihm ins Wort.

»Lebemann?«

»Lebemann, Romeo, Wüstling, geiler Bock, Lustmolch …«

M. J. unterbrach sich, da ihr Funkrufempfänger piepste.

»Es geht wieder mal los!«

»Gelobt sei der Piepser!« frohlockte Ruben und joggte los, um sie auf dem Weg zu ihrem blauen Chevy einzuholen.

Sie schafften es nach Petrero Hill in drei Komma sechs Minuten. Die Innenfläche von Rubens rechter Hand war rötlich blau vom Festklammern an der Wagentür. Gleichgültig, wie wichtig ihr Auftrag war, M. J. raste immer, als würde sie am Indianapolis-Rennen teilnehmen. Sie hatte *Martha and the Vandellas* auf volle Lautstärke aufgedreht, und sie hörten sich im Wagen den Song noch zu Ende an, während sie die hektische Betriebsamkeit vor dem Apartmentgebäude beobachteten. Der Tatort war mit dem vertrauten gelben Band abgegrenzt, und überall schwärmten Beamte des SFPD (San Francisco Police Departments) aus. Der Wagen des Coroners, des staatlichen Leichenbeschauers, und einige Streifenwagen blockierten die Straße. M. J. erkannte einen Fernsehnachrichten-Funkwagen, an dessen Seite die Buchstaben KXBU prangten. Stirnrunzelnd beobachtete sie, wie Susan Schiffer aus dem Funkwagen stieg, wie immer flott in ihrem marineblauen Kostüm, dem cremefarbenen, zur breiten Krawatte gebundenen Halstuch und dem kastanienbraunen Haar, das mit Hilfe von Haarspray zu einer wetterfesten, schicken Frisur gestylt war. In der einen Hand hielt sie einen Spiegel, in der anderen ein Mikrophon und einen kirschroten Lippenstift. In nächster Nähe von ihr stand ihr Kameramann, auch dessen Frisur perfekt durchgestylt. Nicht umsonst lief er bei allen Cops unter dem Spitznamen ›die Schmalzlocke‹. M. J. wies Ruben mit einem Knuff auf die beiden hin. »Sieh nur, die Quatsche ist da!«

«Du beherrschst doch die Technik, die der Karriere dieser Frau schlagartig ein Ende setzen würde. Leg einfach ihren Brachialnerv lahm, dann wird sie ihren Arm nicht mehr hoch genug heben können, um sich all das Make-up ins Gesicht zu schmieren!«

»Ein überlegenswerter Gedanke.«

Sie stiegen aus dem Wagen und schritten, gewappnet gegen das Unvermeidliche, auf die Szenerie zu. Wie erwartet stürzte sich Susan sofort auf M. J., und M. J. blockte, ohne auch nur einen Moment stehenzubleiben, ihre Fragen routiniert ab; sie kannte diese Leier schon in- und auswendig.

»Können Sie die Meldungen bestätigen, wonach dieser letzte Mord dieselbe Handschrift wie die beiden anderen trägt?«

»Ich kann gar nichts bestätigen, Susan. Wir sind gerade erst angekommen.«

Susan blieb ihr dicht auf den Fersen. »Handelt es sich Ihrer Ansicht nach um einen Serienkiller, der in San Francisco sein Unwesen treibt?«

»Wie ich bereits gesagt habe, sind wir eben erst am Tatort eingetroffen, und ich bin derzeit noch zu keinerlei Kommentar bereit.»

M. J. und Ruben flüchteten sich ins Gebäude. »Will diese Idiotin denn die ganze Bevölkerung in Angst und Schrecken versetzen?«

Sie kamen an einem Zivilbeamten vorbei, der ein rotes Plastikabzeichen trug und gerade eine Kameraausrüstung auspackte. M. J. blieb stehen und sprach ihn an.

»Hey, Bernie, können Sie für mich ein paar Schnappschüsse aus der Menschenmenge machen? Gute, deutlich erkennbare Gesichter.«

Offensichtlich genervt, packte Bernie weiter aus. »Soll ich sie mir etwa einzeln vorknöpfen und ›*Cheeeese*‹ machen lassen?«

Beschwichtigend griff Ruben nach M. J.s Arm. »Schau mal, Quinn ist da!«

Chief Lieutenant Quinn, Leiter der Mordkommission, stand auf dem Treppenabsatz und unterhielt sich mit einem Uniformierten. Er war ein großer Mann, gute einsachtzig, schlaksig und irgendwo um die fünfzig. Sein schwarzes, kurzgeschorenes Haar lag flach um seinen riesigen Schädel, sein schwarzer Schnauzbart war extrem buschig, und seine Stirn permanent gerunzelt. Er hatte eine gewisse Lässigkeit an sich, die freilich täuschte. In Wirklichkeit war er meist übellaunig und ziemlich desillusioniert – kein Wunder bei einem Job, der wenig erfreulich war und nur selten Erfolgsmomente zu bieten hatte. Quinn spielte schon längst nicht mehr den Nichtraucher und hatte auch jetzt, während er sich mit dem Cop unterhielt, eine Kippe in der Hand.

Als Ruben und M. J. bei ihm angelangt waren, unterbrach er sein Gespräch mit dem Cop und erklärte den beiden Detectives rasch: »Die Hausbesitzerin hat sie gefunden. Die Wohnungstür stand offen, aber die Mieterin hat auf das Klingeln nicht reagiert. Die Dame machte sich Sorgen, ging in die Wohnung und entdeckte dort die Leiche. Sie hat sofort die 911 angerufen, ansonsten aber, wie sie sagt, nichts in der Wohnung berührt.«

»Raubmord?« erkundigte sich M. J., obwohl sie intuitiv spürte, daß sie mit Schlimmerem zu rechnen hätten. Ihr Cop-Instinkt verriet ihr, daß sie es jetzt mit Opfer Nummer drei in der Mordserie zu tun bekämen. Und damit würde Susan Schiffer recht behalten, was ein verhaßter Gedanke war.

Quinn erwiderte: »Keinerlei Anzeichen für gewaltsames Eindringen. Nichts wurde beschädigt. Machen Sie mal los, Mädchen! Ich werde mich um die Quatsche und die Schmalzlocke kümmern.« M. J. und Ruben begaben sich zu der Wohnung. An der Tür wurden ihnen von einem Beamten der Spurensicherung Plastikhandschuhe überreicht, die sie überstreiften, dann gingen sie hinein.

Das Apartment war klein, sauber und ordentlich. Offensichtlich war das Opfer nicht reich gewesen, hatte aber alles liebevoll und sorgfältig ausgewählt. Sehr wahrscheinlich war dies nach dem College ihre erste eigene Wohnung, ihr erstes Apartment ohne Zimmergenossinnen. Die Einrichtung bestand hauptsächlich aus Ikea- und Pier-One-Möbeln, diversem Schnickschnack und da und dort ein paar Second-hand-Antiquitäten, die nicht so recht zu den modernen schwarzweißen Sperrholzmöbeln paßten. An den Wänden hingen gerahmte Drucke – nicht unbedingt geschmacklos, aber auch nichts Besonderes. An der Wand stand ein hohes weißes Bücherregal, halb mit Selbsthilfe-Büchern, halb mit anspruchslosen Bestsellern gefüllt. In einer Ecke, im rechten Winkel zur Außenwand, hing hoch oben ein schwarz gerahmtes, auf Seide gedrucktes Bild, das ein scharlachrot leuchtendes Herz vor einem schwarzen Hintergrund zeigte. Es zog unweigerlich den Blick auf sich, ganz gleichgültig, an welcher Stelle des Raums man sich befand. Ruben starrte zu dem Herz empor.

Am Fenster stand eine Frau mittleren Alters, die mit leerem Blick aus dem Fenster schaute. Auf ihrem Gesicht waren die Spuren getrockneter Tränen zu erkennen. M. J. näherte sich einem jungen uniformierten Beamten mit auffallend blondem Haar, der linkisch neben der Tür stand. Sie deutete auf die Frau.

»Ist das die Hausbesitzerin?«

Er nickte.

»Wer war als erster am Tatort?«

Der junge Cop wandte sich Ruben zu und antwortete: »Das war ich.«

»Hallo! Hiergeblieben!« M. J. las auf seinem Abzeichen seinen Namen. »Johnson … und wie noch?«

»Mike.«

»Haben Sie irgend etwas angefaßt, Mike? Etwas aufgehoben? Irgendwelche Türen geöffnet? Ich will mir nämlich nicht über obskure Spuren den Kopf zerbrechen und dann herausfinden, daß die von Ihnen stammen.«

»Nein, ich habe nichts gemacht.«

In seiner Antwort schwang eine seltsame, kaum wahrnehmbare Nuance mit. M. J.s Antennen gingen auf Ortung.

»Ruben, nimmst du bitte ihre Aussage auf?« Ruben ging auf die Hausbesitzerin zu und dirigierte sie sanft zur Couch. Was ihm auf dem Schießplatz abging, machte er mit einfühlsamem Verhalten wieder wett.

M. J. ging in die Küche, sah sich prüfend um und ließ in Gedanken ein Bild der toten Frau erstehen. Die Teller steckten sauber gespült im Abtropfbrett. An der Wand hing ein Sammelsurium von Töpfen und Pfannen. *Du hast dir keine Gourmet-Utensilien leisten können, hast aber für dich selbst gekocht, wahrscheinlich Pastas und Salat, es sei denn, du hattest einen besonderen Gast – dann gab es Huhn.* Neben der Spüle ein Teekessel; er lag seitlich, fast völlig umgedreht. *Hattest du einen besonderen Gast? Wolltest du Tee kochen? Hat er dich von hinten gepackt, als du den Teekessel auf diese Theke geschoben hast?*

M. J. verließ die Küche, nahm Kurs auf das Badezimmer, schluckte kurz und trat dann ein. In der Badewanne des beigeweiß gekachelten Raums lag Jennifer Lyle, nackt und mit blauen Flecken, ohne ihren fröhlichen Jogging-Anzug. Sie war förmlich in die Wanne drapiert worden, ihr rechtes Bein hing seitlich heraus. In einer Vase neben der Wanne ein Strauß welker Blumen. Hinter ihr standen Fläschchen mit Badesalz, Ölen, Schaumbad, Shampoo sowie mehrere Kerzenhalter mit geschmolzenen, heruntergebrannten Wachsstümpfen. *Hat er die Kerzen für dich angezündet?* Neben den verwelkten Blumen lag einer dieser teuren dänischen Netzschwämme. *Du hast dich gern verwöhnt – hast gewußt, wie hübsch du bist. Das Bad war für dich ein wichtiger Raum, nicht wahr?*

Über Jennifers Leiche gebeugt stand der staatliche Leichenbeschauer, Coroner Frank Able, ein Schwarzer, auf dessen Brust das vertraute rote Zeichen prangte, das ihn als befugte Person an einem Mordschauplatz auswies. Er hatte eine weiche weiße Webdecke über den Wannenrand und das Bein des Mädchens gelegt, ein Schutzschild zwischen seinem und ihrem Körper, da er sich auf sie lehnen mußte, um seine

Arbeit zu beenden. Als sich M. J. in den überfüllten Raum zwängte, zog er gerade einen Gegenstand, der einem riesigen Thermometer ähnelte, aus Jennifers Seite.

M. J. durchbrach das Schweigen. »Und, Frank, wie lautet Ihre Schätzung?«

»Acht Stunden. Vielleicht etwas länger oder kürzer.«

»Am Hals sehe ich Ligatur-Male und in den Augen Petechiale Blutungen. Erdrosselt, wie?«

»Genauso wie die beiden anderen«, antwortete Frank schonungslos und für jeden im Raum hörbar. Wieder einmal hatte sich ein Serienmörder San Francisco als Jagdrevier erkoren, einer von jenen gesichtslosen Mördern, die ganze Legionen von Polizeibeamten, vom einfachen Cop bis hin zu den FBI-Größen, durch ihr Nicht-Greifbarsein verhöhnten. Männer, die absichtlich mordeten, intelligent und bar jeder Menschlichkeit. Durch irgendeine Laune des Schicksals oder der Natur hatte sich in ihren Herzen etwas Pathologisches, Böses eingenistet. Und die Mehrheit dieser Männer lebte hier, im schönen Amerika, und San Francisco, benannt nach dem friedfertigen Franziskus von Assisi, hatte mehr dieser Täter aufzuweisen, als es dem Durchschnitt entsprach.

Im Hintergrund läutete das Telefon. Die Spannung im Raum wurde noch dichter. Ein Beamter der Spurensicherung brachte das Telefon ins Bad, und M. J. hob den Hörer mit einem Taschentuch ab, als plötzlich einer der Techniker herausplatzte: »Sie kann nicht an den Apparat kommen. Sie liegt in der Wanne.«

Niemand lachte. M. J. schoß zurück: »Sie sollten besser ins Komiker-Fach wechseln, Mann!«

»Hallo?« meldete sie sich dann. Aufgrund der Akustik in dem winzigen, gekachelten Raum konnte jeder die Stimme am anderen Ende der Leitung hören.

»Hier ist Gina Martinez. Wie geht es Ihnen an diesem schönen Morgen?

»Darf ich fragen, weshalb Sie anrufen?«

»Wie wäre es mit einem kostenlosen, funkelnagelneuen TV? Sie brauchen dafür lediglich bei Sunburst Time Sharing vorbeizukommen, natürlich ohne jeder Verpflicht ...«

M. J. legte auf.

Frank Able drehte sich nach ihr um. »Ist es okay, wenn ich sie bewege?«

M. J. nickte. »Ja, seien Sie nett zu ihr.« Sie warf einen letzten Blick auf Jennifer Lyles Körper und mußte dabei den Impuls unterdrücken, sich zu bekreuzigen. *Möge Gott sich deiner Seele annehmen.* Langsam verließ sie das Bad und schritt auf den blonden Polizisten zu, mit dem sie vorhin gesprochen hatte. Er wirkte beunruhigt.

»Mike, waren Sie der erste hier?«

»Ja.«

»Haben Sie etwas angefaßt?«

»Nein.«

»Was ist los, Mike? Bedrückt Sie irgend etwas?«

»Nein.«

»Versuchen Sie nicht, mich hinzuhalten. Ich würde es so oder so herausbekommen. Das wissen sie.«

Sein Blick blieb eine Weile an dem Herz an der Wand hängen, ehe er schließlich hervorstieß: »Als ich sie gefunden habe, hatte sie eine Art Strumpf um den Hals ... Ich weiß nicht, wo der geblieben ist.«

»Wer war hier, ehe die Spurensicherung auftauchte?«

»Lieutenant Quinn.«

Sie schien erleichtert und klopfte ihm auf die Schulter.

»Na, dann ist ja alles in Ordnung, Mike. Danke.«

Mit drohend geschwungener Faust stürmte M. J. ins Büro von Lieutenant Quinn. Im Fernsehapparat liefen auf Kanal KXBU die Nachrichten, und M. J. mußte erneut gegen die Stimme der ›Quatsche‹ anreden.

»Könnten Sie mir jetzt bitte erklären, weshalb Sie vom Tatort Beweismaterial ...«

»Sch ...! Ich will die Nachrichten hören.«

M. J. lehnte sich gegen den Schreibtisch, hob sich ihren Ärger für später auf und lauschte Susan Schiffers Bericht, live vom Tatort.

»Stirnbänder und *Peace*-Zeichen waren heute im Golden Gate Park das Motto des Tages, um das *Festival of Love* zu eröffnen, das zum Andenken an die Gegenkultur-Bewegung in unserer Stadt gefeiert wird. Doch in Potrero Hill herrschte heute nicht nur Frieden und Liebe, denn hier stießen die Detectives der Mordkommission auf einen weiteren schaurigen Mord ...«

M. J. schlug mit der Faust auf den Schreibtisch. »Sie haben mit dem Beweismaterial gepfuscht!«

Er ignorierte sie und hörte weiter zu.

» ... Polizei gibt keine Stellungnahme ab, doch informierte Quellen aus dem Präsidium ließen verlauten, daß dieser letzte Mord das Werk desselben Täters sein könnte, der auch für den Tod der beiden anderen Frauen verantwortlich ist ...«

Quinn zappte den Fernseher aus und langte nach seiner im Aschenbecher glimmenden Pall Mall. M. J. kam ihm zuvor und drückte die Zigarette aus.

Quinn schlug eine Ablenkungsstrategie ein. »Irgend jemand kann sein großes Maul nicht halten, und ich will, verdammt noch mal, wissen, wer das ist!«

»Und was hat das mit dem Strumpf zu tun?«

»Schauen Sie, ich habe den verfluchten Strumpf geschnappt, weil ich einfach verhindern wollte, daß irgendein Klatschmaul die Information an sie ...« er deutete auf den Fernsehapparat, » ... durchsickern läßt, damit sie es über sämtliche Kanäle verbreiten kann und uns sämtlicher Asse im Ärmel beraubt.«

M. J. ging um den Schreibtisch und lehnte sich an das Wandregal hinter Quinn, direkt gegen die Milchglasscheiben, hinter denen sich Bowling-Trophäen und Aktenordner stapelten.

»Ich leite diesen Fall, oder?«

»Warum sind Sie denn plötzlich so zimperlich?«

»Und demnach sollte auch ich darüber entscheiden, welche Beweise beschlagnahmt werden ... Sir!«

M. J. hatte ihn mürbe gemacht. »Detective, gibt es irgendein Beweisstück, daß Sie in diesem Fall beschlagnahmt sehen möchten?«

»Den Strumpf um den Hals.«

»Jesus, sind Sie ein lästiges Weib!«

M. J. grinste. »Ich werde das als Kompliment durchgehen lassen, Sir.«

»Sie haben nicht Serienmörder gesagt, ich habe nicht Serienmörder gesagt, okay?«

»Okay.«

Quinn zündete seine ausgedrückte Zigarette wieder an.

ZWEITES KAPITEL

Helen

Helen öffnete die Tür zu ihrem Apartment. In dem gediegenen Hausflur lag, knapp zwei Meter von ihrer Wohnungstür entfernt, der *San Francisco Chronicle*. Helen streckte ihren Fuß nach der Zeitung aus, aber sie war außerhalb ihrer Reichweite. Zentimeter um Zentimeter tastete sie sich in die Halle hinaus. Ihre Atmung beschleunigte sich, wurde immer schneller, flacher ... Während sie an der fahlgelben Wand entlangglitt und sich mit flachen Händen daran abstützte, kam es ihr vor, als dehnte sich der Flur der Länge nach aus. Die Wände nahmen eine übertriebene Perspektive an, und die Zeitung wurde zu einem fernen, unerreichbaren Gegenstand. Helen schnipste an dem Gummiband um ihr Handgelenk, ließ sich auf die Knie fallen und kroch über den Boden, der sich unter ihr in Wellen zu bewegen schien. Sie fühlte sich schwindlig und schluckte; ihr Mund war trocken, Schweißperlen strömten über ihr Gesicht, verfilzten ihr Haar. Kurz vor dem Hyperventilieren gab sie auf, kroch in ihr Apartment zurück und schloß die Tür. Die Knie ans Kinn gezogen, saß sie in ihrem burgunderroten Bademantel auf dem Dielenboden und bemühte sich, wieder gleichmäßig zu atmen. Ein etwa ein Meter zwanzig hoher, gelb und schwarz emaillierter Obelisk stand neben ihr Wache.

Schließlich zwang sich Helen wieder auf die Beine, marschierte resolut in die Küche und kehrte mit einem Besen bewaffnet zurück. Sie öffnete abermals die Tür, beugte sich hinaus und bewegte mit zitternder Hand den Besen auf die Zeitung zu. Die Borsten des Besens raschelten an der Zeitung entlang, bis die Holzleiste endlich Halt fand. Helen schnappte sich die Zeitung und eilte unverzüglich in den sicheren Hafen ihres Apartments zurück.

Kaum hatte sie die Tür geschlossen, entfaltete sie die Zeitung mit fliegenden Händen und las die Schlagzeile auf der ersten Seite:

DRITTE FRAU ERMORDET. POLIZEI STEHT VOR EINEM RÄTSEL.

Helen lehnte sich an die Tür und zischte: »Idioten!«

In dem großen, lärmenden Mannschaftsraum des Morddezernats wetteiferten sämtliche Irre und Geständnis-Junkies von San Francisco miteinander. Aufmerksamkeit, das war es, was sie wollten. Zwischen das bunte Menschengewimmel quetschten sich die Schreibtische der Detectives, ein jeder vollgepackt mit Telefonen, Lampen, Akten und diversen persönlichen Kleinigkeiten wie Fotos, Kaffeetassen mit eingravierten Namen, Windrädern und anderen Gegenständen, die jeder Cop brauchte, um sein winziges Stück Büro ein wenig heimelig zu gestalten. Die eine Wandseite mit den riesigen Fenstern, an denen altmodische Rolläden hingen, ging zur Straße hinaus. In einer Ecke befand sich ein Wasserkühltank und ein vorsintflutlicher Kaugummiautomat, der aber, wenn nicht gerade ein Penny steckengeblieben war, noch einwandfrei funktionierte. Einigen wenigen Pflanzen war es gelungen, trotz Über- oder Unterbewässerung – je nachdem, wer gerade goß – ein schlaffes Überleben zu fristen. Dafür hatte ein eigentlich unverwüstlicher Ficusbaum noch dem Genuß von zuviel Kaffeesatz den Geist aufgegeben, was einen eindeutigen Fall von Pflanzenmord darstellte. Hohe graue Aktenschränke drängten sich in jeden verfügbaren Zwischenraum; in einer Ecke hatte ein Witzbold eine kaputte Parkuhr postiert, in einer anderen jemand ein Dart-Brett aufgehängt, doch alle Spieler hielten ihre Spicker zusammen mit ihren Waffen unter Verschluß in ihren Schreibtischen, damit das täglich einströmende Gesindel zumindest damit keinen unnötigen Schaden anrichten konnte.

Detective Ray ›Nikko‹ Nicoletti, der Maestro des Verhörs, saß im Zentrum des Geschehens und spielte seine Rolle wie immer cool und lakonisch. Er war vierzig, hatte ständig ein boshaft schelmisches Grinsen im Gesicht und stellte insgesamt eine attraktive Mischung aus Polizist der alten Schule und zeitgenössischem Macho dar. Gerade verhörte er Harvey, ein periodisch wiederkehrendes Ritual, dem Nicoletti frönte, um seiner Langeweile zu entgehen. Harvey saß ihm gegenüber; er trug ein Sieb mit daran festgeklebten, umgestülpten Plastiktassen. Der Siebmann wartete jede Frage geduldig ab, ehe er seine Einlage zum Besten gab.

»Sie sind dem Mädchen nach Hause gefolgt, und was dann?«

»Ich habe sie umgebracht.«

»Wo haben Sie sie getötet?«

»In der Badewanne.«

»Warum dort?«

»Weil sie schmutzig war. Weil sie ein sehr, sehr schmutziges Mädchen war.«

»Erinnern Sie sich, wie oft sie zugestochen haben, Harve?«

»Äh ... siebenundachtzigmal?«

Nicoletti stand auf. »Verpiß dich, Harvey. Ich habe zu tun.«

»An diesen Händen klebt das Blut einer Unschuldigen ...«

»Entweder machst du jetzt die Fliege, oder ich verdonnere dich wieder zum Eckestehen!«

Harvey verdrückte sich folgsam, während gleichzeitig M. J. mit Akten beladen am benachbarten Schreibtisch eintraf.

Nicoletti sinnierte laut darüber nach, weshalb die ganzen Irren nur immer bei ihm landeten. »Hängt es mit einer Tat aus meinem früheren Leben zusammen?«

»Wohl eher mit einer Tat in diesem Leben«, sagte M. J., ohne den Blick von ihren Akten zu wenden. Ruben tauchte auf. Er trug eine Vierzig-Dollar-Seidenkrawatte, auf der vor einem weißen Hintergrund ein Büschel Trauben prangte. Während sich M. J. von Ruben kurz über die letzten Ergebnisse informieren ließ, starrte ihn Nicoletti unverhohlen an.

»Mercer hat all ihre Quittungen durchgesehen, medizinische, zahnärztliche, amtliche, Kleiderreinigung. Keine Quittung, die mit einer von den beiden anderen Opfern übereinstimmt.«

Nicoletti befühlte Rubens Krawatte. »Was haben Sie da um den Hals, Ruben?«

»Ich würde mir gern so ein Teil wie Sie es haben zulegen, Nikko. Nur wohne ich leider nicht neben einem Flohmarkt.«

M. J. ignorierte den Schlagabtausch der beiden Männer. »Wie steht's mit Freunden, Bekannten?«

»Fehlanzeige. Das einzige, was diese Mädchen gemeinsam hatten … Alle besaßen Vibratoren.«

»Das ist keine Spur, sondern Überlebenszubehör.«

Ruben streckte M. J. die Zunge heraus und machte sich davon. Nicoletti beugte sich vertraulich zu M. J. hinüber. »Er wirkt so überreif.«

»Das sagst gerade du!«

»Wie kann er nur so gekleidet bei der Arbeit erscheinen?«

»Reg dich ab, Mann!«

»He, Cops sollten auch wie Cops aussehen!«

»Yeah, yeah, yeah. Wo wird das nur hinführen?«

Einige Schreibtische weiter hinten telefonierte Detective Pachulski. Er hielt die Sprechmuschel zu und rief in M. J.'s Richtung: »Schon wieder die ›Whisky-Stimme‹. Damit sind es heute drei und insgesamt vierzehn Anrufe.« Patch war nach wie vor mit seiner High-School-Liebe verheiratet, ein Erfolg für jeden Cop – und ein wahres Wunder für einen Mitarbeiter der Mordkommission. Er war untersetzt, Mitte dreißig, hatte einen etwas zurückweichenden Haaransatz und eine spitzbübische Miene, die zu seinem gaunerhaften Benehmen paßte.

»Hat die Telefongesellschaft schon die Installation an unserer Zentralanlage angebracht?« erkundigte sich M. J.

»Heute morgen.«

»Gut, dann lassen Sie überprüfen, woher der Anruf kommt.« Sie wartete einen Moment und nahm dann den Hörer auf. »Mordkommission. Inspector Monahan am Apparat.«

Pachulski wisperte ihr zu: »Fragen Sie sie nach dem Mondrad.«

M. J. nickte und fuhr fort: »Ich bin wirklich sehr an ihren Ideen interessiert. Das Mondrad … Was hat es damit auf sich?«

Dr. Helen Hudson, die am anderen Ende der Leitung saß, realisierte verdrießlich, daß diese dämliche Polizistin sie offenbar für eine Irre hielt.

»Mondrad? Sie sind wohl nicht ganz … ›Mondzyklus!‹ Ich habe ›Mondzyklus‹ gesagt! Mir kam der Gedanke, daß er vom Rhythmus eines lunaren Zyklus abhängig sein könnte, da die beiden ersten Morde achtundzwanzig Tage auseinander lagen … Aber Sie wollen scheinbar Witze über Mondräder reißen!«

M. J. funkelte den wie ein Mondkalb grinsenden Pachulski böse an. »Nein, Ma'am. Das war kein Witz. Und ich finde es auch nicht witzig, die Polizeileitungen mit hirnrissigen Anrufen zu blockieren, wenn andere Leute …«

»Sie bezeichnen mich als hirnrissig?«

»Haben Sie irgendeine Zeugenausage zu machen, Ma'am? Kannten Sie eines der Opfer?«

»Jetzt sind es schon drei.«

»Das ist eine persönliche Meinung, keine Zeugenaussage. Darf ich fragen, mit wem ich spreche?«

Helen legte auf.

Gigi, ein uniformierter Polizeisekretär mit dem Gesicht eines Babies, brachte M. J. einen Zettel. M. J. las ihn und knallte ihn dann Pachulski, der noch immer über seinen kleinen Witz lachte, auf den Schreibtisch. Nach einem kurzen Blick auf den Zettel schaute er M. J. unschuldvoll an. »Wer ist Helen Hudson?«

»Wer Helen Hudson ist? Eine der drei bekanntesten forensischen Psychologinnen des Landes und eine der wenigen wirklichen Expertinnen für Serienmörder.«

Nicoletti schaltete sich in das Gespräch ein. »Sie ist außer Gefecht gesetzt, M. J. Die Sache mit Daryll Lee hat sie ziemlich fertiggemacht. Inzwischen ist sie Alkoholikerin und hat die Verhandlung vermasselt. Außerdem ist wegen ihr ein Cop umgebracht worden …«

Pachulski ging plötzlich ein Licht auf. »Ach, diejenige, die dabei war, als Daryll Lee Cullum geschnappt wurde? Er wollte diese Dr. Hudson endgültig fertigmachen, aber im letzten Moment kam ein anderer Cop dazwischen und nahm ihn fest.«

M. J. tätschelte ihm den Kopf. »Tausend Dank, Patch. Sie können jetzt auf ihr Mondrad steigen und zum Leichenschauhaus rüberfahren. Ich will die Ergebnisse der Autopsie.«

M. J. verließ den Mannschaftsraum und machte sich auf den Weg in die Bibliothek. Sie ließ sich sämtliche Videos über den Cullum-Prozeß heraussuchen, sowie Presseberichte und jedwedes biographische Material, das über Helen Hudson vorhanden war. M. J.s Finger trommelten über eine gebundene Ausgabe von Helens Werk: *Unsere Söhne, Unsere Mörder: Kurzbiographien amerikanischer Serienmörder*. Sie würde das Buch nach Hause mitnehmen, um es später zu überfliegen. Neben dem Buch lag eine Kopie von Helens Curriculum Vitae. Darin wurde ihre Studienabschlußarbeit in Columbia erwähnt sowie ihre weiterführenden Forschungsarbeiten in Berkeley, wo sie ihren Dr. phil. erworben und anschließend einen Lehrstuhl erhalten hatte. In den letzten fünfzehn Jahren hatte Helen Hudson zahlreiche Artikel und vier Bücher veröffentlicht, einschließlich ihrer Doktorarbeit und jenem letzten Buch, das als erstes auch außerhalb der Fachwelt Beachtung erlangte. Zwei Jahre hatte sie vom Lehramt pausiert und war der angesehenen Verhaltensforschungsgruppe des FBI in Quantico beigetreten. Während der Verhandlung des Russen Andrei Chikatilo, der des Sexualmordes an zweiundfünfzig Frauen angeklagt war, hatte man sie als Sachverständige eingeflogen. Sie hatte weltweit Vorträge gehalten, und vor jenem Zwischenfall mit Daryll Lee Cullum war sie in Australien gewesen, um dort das jüngste Aufkommen von Serienmördern zu untersuchen. Kurzum: In den letzten zehn Jahren war sie bei jedem größeren Massenmörder- oder Triebtäter-Prozeß als Gutachterin hinzugezogen worden. Während ihrer gesamten beruflichen Laufbahn war Dr. Hudson trotzdem immer wieder nach Berkeley zurückgekehrt, um dort zu lehren.

M. J. wandte sich nun den Zeitungsausschnitten zu. Helen Hudson hatte vor einigen Jahren auf Grund ihrer ablehnenden Haltung gegenüber der Todesstrafe etliche Kontroversen entfacht. Es gab auch eine Randnotiz über sie aus der Zeit des Prozesses gegen Joel Rifkin; sie hatte vehement für die Schaffung einer speziellen Strafanstalt plädiert, die ausschließlich zur Unterbringung von Serienvergewaltigern, Serienmördern und Massenmördern dienen sollte. Die Zeitungsberichte über Daryll Lee Cullums ersten Prozeß umfaßten etliche Seiten. Dr. Hudson hatte vor der Verhandlung mehrere Monate intensiv mit Cullum gearbeitet. Aus den eher sensationell aufgemachten Artikeln, die auf den Berkeley-Zwischenfall eingingen, bei dem Cullum schließlich wieder geschnappt worden war, gewann M. J. den Eindruck, daß sich Helen Hudson auf eine übertriebene, beinahe schon zwanghafte Art mit Daryll Lee beschäftigt hatte.

Eine Stunde lang schaute sich M. J. die Videoaufzeichnungen der letzten Verhandlungstage des ersten Prozesses an. Sie hörte erst auf, als sie das Gesuchte gefunden hatte: Dr. Helen Hudson auf dem Zeugenstand. M. J. war beeindruckt; sie hatte bei Gericht schon häufig Gutachter und Sachverständige miterlebt und beobachtet, wie sie unter dem Druck rücksichtsloser Verteidiger zusammengebrochen waren. Dr. Hudson hingegen blieb durchweg sachlich und konzentriert; sie beherrschte die Szene, eine faszinierende Frau mit offensichtlich brillantem Verstand. Ein Verteidiger fragte sie:

»In Ihrem Gutachten charakterisieren Sie den Beklagten als sexuellen Sadisten, weil er vier der zehn Kriterien in der DSM IIIR erfüllt. Ist das richtig?«

»Ja.«

»Vier von zehn. Vierzig Prozent. In meiner Schulzeit bedeutete das eine schlechte Note, Miß Hudson ...«

M. J. murmelte: »Du mieser Sack«, in Richtung Bildschirm. Sie wußte, daß er Helen Hudsons akademischen Titel nur deshalb unter den Tisch fallen ließ, um ihre Zeugenaussage zu schwächen.

»Wäre es nicht korrekter zu sagen, Daryll Lee Cullum habe den Test nicht bestanden, der ihn als Sadisten ausgewiesen hätte?«

»DSM IIIR ist nur einer der Faktoren, die wir bei der Begutachtung eines Subjekts berücksichtigen ...«

M. J. spulte rasch weiter, bis sie mitten in einer anderen Aussage Helens gelandet war.

»... Individuen, die an akustischen Halluzinationen leiden, hören Stimmen in beiden Ohren. Mr. Cullum gab an, daß er die Stimmen, die zu ihm sprechen, immer in seinem linken Ohr hört.«

M. J. zoomte zum nächsten Abschnitt.

»... war nicht von einem wahnhaften Impuls getrieben. Es ist meine Überzeugung, daß Mr. Cullum gemäß den M'Nathen-Regeln voll zurechnungsfähig war. Zum Zeitpunkt der Morde war er sich bewußt, daß sein Vorgehen moralisch falsch und ungesetzlich ist.«

Chief Lieutenant Quinn kam mit einem Umschlag in der Hand in die Bibliothek. M. J. stellte den Videorecorder leiser.

»Labor-Ergebnisse, frisch aus der Presse. Kein Sperma.«

»Hört, hört. Also haben wir es eindeutig mit einem Serien ...«

»Pst! Ich habe nicht gehört ...! Wer ist denn das da auf dem Bildschirm? Etwa das Weib, wegen dem dieser Cop umgebracht wurde?«

»Ich dachte, sie könnte uns vielleicht nützlich sein.«

»Setzen Sie nicht aufs falsche Pferd! Gehen Sie, verdammt noch mal, lieber den Hinweisen nach!«

M. J. bemerkte, daß ihr Gespräch belauscht wurde. Sie stand auf, gab Quinn ein Zeichen, ihr zu folgen, und ging in den Flur hinaus.

»Sir, welche Hinweise? Wir haben keine Hinweise! Niemand in dieser Dienststelle hat je einen Serienmord bearbeitet, und ich brauche jemanden, der ...«

»Stop! *Ich* hatte schon einen Serienmord!« Quinn warf sich in die Brust.

»Sie hatten mit diesem Zodiak zu tun, stimmt's?«

»Ganz genau.«

»Und wurde Zodiak je geschnappt, Sir? Oder ist er an Altersschwäche gestorben?«

Quinns Kiefer begannen zu mahlen. Gigi näherte sich ihnen.

»Lieutenant, der Polizeichef ist auf Leitung zwei. Geht's um die Chinatown-Sache?«

M. J. kochte vor Wut. Es wäre der Job eines Büroangestellten gewesen, ihr diese Laborberichte auszuhändigen; Pachulski hätte sie ohne weiteres Gigi überreichen können. Aber Quinn hatte sie allein erwischen wollen, um ihr noch einmal unmißverständlich klarzumachen, daß die wahre Natur dieser Verbrechen nicht enthüllt werden sollte. Und das bedeutete, daß er Druck von oben erhielt. Offenbar war den städtischen Machthabern sehr daran gelegen, daß diese Festival-of-Love-Geschichte reibungslos über die Bühne ging – selbst wenn das den Tod einer weiteren Frau bedeuten würde. Quinn hatte ihr schon wieder einen Stein in den Weg gelegt. Aus irgendeinem Grund wollte er sie von Helen Hudson fernhalten. M. J. mußte den Grund dafür erfahren, und sie nahm sich vor, später noch einmal genauer darüber nachzudenken. Hoffentlich handelte es sich bei Quinns Forderung, sie solle den Kontakt mit Helen Hudson vermeiden, lediglich um ein oberflächliches Cop-Vorurteil.

Bevor er in sein Büro zurückkehrte, konnte sich Quinn ein letztes Wort nicht verkneifen: »Gehen Sie den Hinweisen nach!«

M. J. wandte sich wieder dem Bildschirm zu, gerade rechtzeitig, um zu sehen, wie die Kamera von Helen Hudson zu Daryll Lee Cullum schwenkte. Er führte ein imaginäres Messer an seine Kehle und grinste vergnügt.

Von allen Hauptstädten Amerikas ist die Stadt an der Bucht die an Schönheit wahrscheinlich eindrucksvollste und an Geschichte mindestens so reich wie irgendeine andere. Die Stadt thront auf einer Reihe von Hügeln, an manchen Stellen kann man auf die herrliche Pazifikküste herabblicken, an anderen auf die blaue Vollkommenheit der Bucht. Im Norden schwebt die berühmte Golden Gate Bridge orangeglühend über dem Wasser und verbindet die Stadt mit den grünen Hügeln des wohlhabenden Marin County.

San Francisco ist in diesem Jahrhundert eines der Touristen-Mekkas, und nach wie vor strömen jeden Monat Tausende von Menschen in die Stadt, um die exquisiten Restaurants zu erleben, die erstklassigen Opernhäuser und Museen, den Charme der offenen Straßenbahnen, die exotische Atmosphäre von Chinatown, die North-Beach-Cafés mit ihrer literarischen Vergangenheit, die außergewöhnlichen Parkanlagen vom Golden Gate bis hin zum Presidio. Haight-Ashbury mit seiner verklemmten viktorianischen Gesellschaft war der Geburtsort der Hippie-Kultur. Das Paris des Westens inspirierte Schriftsteller von Mark Twain bis hin zu Dashiel Hammett, und es war die Heimat so berüchtigter Menschen wie Charlie Mason und Jim Jones sowie der Romanfigur Dirty Harry. Hundertfünfzig Jahre lang war San Francisco ein kulturelles und ein landschaftliches Paradies.

Und ein Magnet, der Tod und Zerstörung an sich gezogen hatte.

Am Morgen des 8. April 1906 erschütterte die 400 000 Einwohner zählende Stadt ein Erdbeben, das auf der Richterskala einen geschätzten Wert von 8,25 hatte. Etliche Lebensadern der Stadt wurden zerstört, und viele Menschen fanden den Tod, einschließlich des Chefs der Feuerwehr, Dennis Sullivan, was sich in den darauffolgenden Tagen als fatal herausstellen sollte. Feuersbrünste rasten durch die größtenteils aus Holz errichteten Häuser, legten Reichtum und Schönheit der Stadt in Schutt und Asche, töteten Hunderte von Menschen und machten die Bevölkerung obdachlos.

Fast unmittelbar nachdem die Feuersbrünste abgeklungen waren, bauten energische und beherzte Einwohner ihre Stadt wieder auf. Damit wurde eine Struktur der Vernichtung und stürmischen Wiedererneuerung eingeleitet, die sich im Verlauf des Jahrhunderts ständig wiederholen sollte. Falls die Götter San Franciscos Einwohner hatten warnen wollen, so waren deren Botschaften unbeachtet geblieben. Man mag es Loyalität, Liebe oder Dummheit nennen, jedenfalls haben sich die Einwohner immer geweigert, ihre Stadt zu verlassen, komme, was da wolle, ob Höllenmächte oder Flut. Und beides brach über sie herein.

Am 28. November 1978 verübte ein unglücklicher und labiler ehemaliger Stadtrat ein Attentat auf Bürgermeister George Moscone und Harvey Milk, den ersten Stadtrat von

San Francisco, der sich offen zu seinem Schwulsein bekannt und die homosexuelle Einwohnerschaft der Stadt zu einer Einheit verschmolzen hatte. Dieses Ereignis kann als eine Art symbolischer Wendepunkt in der modernen Geschichte der Stadt gesehen werden. Denn von da an wurde San Francisco von einer Serie beinahe schon biblisch anmutender Plagen heimgesucht, die wie Heuschrecken über die Stadt herfielen und zur Folge hatten, daß der Tourismus extrem zurückging.

In den frühen Achtzigern überfluteten sintflutartige Regenfälle das nördliche Kalifornien, verursachten massive Erdrutsche und zerstörten Häuser und Menschenleben. Mitte 1985 fegten Waldbrände durch die Berge und brannten Tausende von Hektar nieder. 1991 brachen in den Hügeln von Oakland verheerende Brände aus, die viele zur Flucht aus ihren Häusern zwangen. Dieser sich ständig wiederholende Kreislauf aus schweren Regenfällen und verheerenden Feuersbrünsten führte zu einer immer weiter fortschreitenden Erosion der hügeligen Landschaft, sei es nun durch Erdrutsche oder Feuer.

Gleichzeitig wurde von den frühen achtziger Jahren bis zur Gegenwart die zahlenmäßig starke schwule Einwohnerschaft durch das Monstervirus HIV extrem dezimiert. Die in der Öffentlichkeit weitverbreitete Furcht vor der mysteriösen Krankheit bewirkte, daß das Tourismus- und Gaststättengewerbe seit einigen Jahren drastische Einbußen hinnehmen muß; mittlerweile bieten die großen Hotels Billigpreise, um sich über Wasser halten zu können.

Und dann bewegte sich am 17. Oktober 1989 um 17 Uhr 04 der berüchtigte San-Andreas-Graben, und zwar mitten in einem historischen Baseballmeisterschaftsspiel, als sich die beiden Konkurrenten, die San Francisco Giants und die Oakland Athlethics, gerade ein Kopf-an-Kopf-Rennen lieferten. Das fünfzehn Sekunden währende Hauptbeben pflügte einen Schreckensstreifen von hundert Meilen durch das Land – eine Verwüstung, wie sie Kalifornien seit achtzig Jahren nicht mehr erlebt hatte. Gebäude stürzten ein und brannten nieder. Ein fünfzehn Meter langes Teilstück der

Brücke zwischen San Francisco und Oakland Bay krachte nach unten. Im Bereich einer Meile löste sich der auf zwei Ebenen verlaufende Nimitz Freeway, schmetterte zu Boden und begrub Autos und Menschen unter sich. Gleich neben Helen Hudsons Fort-Mansion-Loft implodierte ein Teil des Marina Districts, der, Ironie des Schicksals, auf dem mit dem Schutt des Bebens von 1906 geschaffenen Neuland errichtet worden war. Auch hier stürzten Gebäude ein. Feuersbrünste brachen aus. Das Loma-Prieta-Beben forderte in San Francisco mindestens fünfundsechzig Todesopfer. Über dreitausend wurden verletzt. Der Sachschaden ging in die Milliarden.

In den nächsten Jahren wurde San Francisco wieder aufgebaut, das Hafengebiet wiederbelebt. Neue städtische Projekte, wie die herrlichen Yerba Buena Gardens und der Presidio National Park, wurden fertiggestellt. Trotz der Unannehmlichkeiten, die durch einige stillgelegte Freeway-Ausfahrten entstanden, pulsierte die Stadt erneut vor Leben; die Touristen hatten ihre Angst vor Aids und weiteren Erdbeben überwunden und strömten in Scharen herbei.

Jetzt mußte die Stadt ihre einstige Rolle in den Sechzigern wieder in Erinnerung bringen, und zwar in größerem Stil als nur mit den Routineführungen durch die Haight Street. Einheimischen Unternehmern und Stadträten war nicht entgangen, welche Profite Woodstock II und die modische Ausbeutung der sechziger und siebziger Jahre einbringen könnten. Seit zwei Jahren planten, organisierten und machten sie Reklame für das Festival of Love; es sollte an der West Coast die erste größere Wiedersehensfeier von berühmten Rockbands und einigen der noch lebenden Pop-Ikonen jener Ära werden. Wenn alles gut lief, würde es Woodstock '94 sogar noch übertreffen.

Das letzte, was man derzeit brauchte, war ein Serienmörder.

Dr. Helen Hudson saß in ihrer Kuschelecke, schaute fern und zupfte abwesend am Stoff des Sessels. Sie war zwar nicht mehr im Nachthemd, sah aber in dem unförmigen gelben

Trainingsanzug noch immer wie eine zerrupfte Hausfrau aus. Als an der Wohnungstür das Rasseln eines Schlüssels ertönte, schoß sie in die Höhe.

»Endlich! Wo sind Sie gewesen?«

Eine riesige, prall gefüllte Einkaufstüte balancierend, kam Andy Friedman, ein solide und freundlich aussehender Mann von zweiundvierzig Jahren, in den Raum. Er war ihr Gehilfe und ihr vermutlich letzter verbliebener Freund, der es in ihrer Gegenwart länger als zwanzig Minuten aushielt, selbst wenn er für seine Gesellschaft bezahlt wurde. Andy war so wenig neurotisch, wie es einem Schwulen eben möglich war, der die Klippen des mittleren Lebensalters zu umschiffen hatte und obendrein über ein minimales Einkommen verfügte. Im Hinblick darauf stellte die Arbeit für eine unter Medikamenten stehende Diva mit einem Doktortitel eine eher bescheidene Herausforderung dar. Andy Friedman war ein selbsternannter Drogenabhängiger auf dem Weg zur Heilung, und wenn er gelegentlich die Oberhand über Helen gewann, war das für ihn sowohl therapeutisch wirksam als auch amüsant.

Er machte sich auf den Weg in die Küche. »Draußen sind es zwanzig Grad, der UV-Index liegt bei acht, der Wind kommt aus Osten mit fünf Meilen pro Stunde, und vom Ghirardelli Square weht ein Duft nach Schokolade herüber.«

Sie folgte ihm in die Küche, die ebenso mit High-Tech ausgerüstet war wie ihr Büro. Hohe, helle Wandschränke erstreckten sich entlang der Wände. Auf der Ablage neben dem Geschirrspüler waren zwei Becken eingelassen; teure Töpfe und Pfannen aus Kupfer oder Gußeisen hingen an den Haken einer ausgetüftelten Vorrichtung, die sich von der Decke herabsenkte. Die Oberfläche der Ablage bestand aus grauem Marmor, und in der Mitte des Raums stand eine einsfünfzig mal einsachtzig große Theke, die gleichfalls mit Marmor ausgelegt und mit einem Becken ausgestattet war. Es gab eine Mikrowelle, einen Grill, einen normalen Herd mit Dunstabzug, ferner eine elektrische Kaffeemühle, eine Kaffeemaschine und eine elegante kleine Espresso-Maschine aus poliertem Chrom und schwarzem Email. Nahezu alle Gegenstände glitzerten makellos, da Helen Hudson seit einem Jahr nichts zubereitet hatte, außer gelegentlich einem auf Rosmarinbrot überbackenen Brie. Auf der Theke neben dem wuchtigen Kühlschrank lagen leere Essenskartons und zerknüllte Aluminiumfolie herum. Eine offene Feinschmecker-Erdnußbutter stand neben einigen Gläsern teurer englischer Marmelade und einem angebissenen Sandwich.

Andy räumte die soeben gekauften Lebensmittel ein und warf die Abfälle weg. »Jemand hat Ihre Autoantenne abgeknickt. Deshalb hatte ich auf dem Weg zum Laden und zurück keine Musik. Sie sollten Ihren Wagen wirklich nicht da draußen stehenlassen. Zumal Sie sowieso nie fahren.«

»Ich habe keine Lust, eine Garage zu bezahlen.«

Er begann, die verschimmelten Nahrungsmittel aus dem Kühlschrank zu räumen. »Meine Liebe, mit dem Geld, das Sie allein für Pastete ausgeben, könnten Sie sich eine Garage für die Queen Mary leisten.«

»Ich habe wieder einen Anruf erhalten.«

Er ignorierte sie und schnupperte an dem gerade eingekauften Camembert. »Mmm! Wunderbar! Soll ich ihn jetzt gleich zubereiten?«

»Diesmal hat er mit mir gesprochen.«

»Was hat er gesagt?«

»›Ich und Sie … Ich und Sie …‹«

»Sie haben ihn doch hoffentlich darauf hingewiesen, daß es ›Sie und ich‹ heißt!«

»Andy, würden Sie bitte noch einmal anrufen? Bitte!«

»Jetzt verlangen Sie bloß nicht, daß ich schon wieder mit diesem Gefängnis telefoniere!«

»Andy, wenn ein dreijähriges Kind Ihnen erzählt, daß sich unter seinem Bett ein Ungeheuer versteckt hat, dann schauen Sie doch auch nach. Ich bin drei Jahre alt. Bitte! Rufen Sie das Gefängnis an.«

Als er ihr von Angst und Schmerz gepeinigtes Gesicht sah, konnte er nicht anders und nahm sie in die Arme. Helen ließ sich festhalten. Andy kräuselte in gespieltem Abscheu die Nase.

»Ich weiß, ich bin furchtbar verschlampt ...«

Er zauste ihr durchs Haar. »Nein, nein. Die Mäuse fühlen sich hier bestimmt sehr wohl.«

Helen lächelte und vergrub ihr Gesicht in seinem weichen Baumwollhemd. Die Türklingel schellte. Augenblicklich schwand ihr Lächeln und machte einem Ausdruck von Panik Platz. Sie umklammerte Andys Arm so fest, daß ihre Knöchel weiß hervortragen. Voller Angst stöhnte sie: »Andy ... Andy ...«

»Gütiger Himmel, das ist doch nur die Türglocke! Davon werden wir nicht sterben!«

Helen verschränkte die Arme und wiegte sich langsam vor und zurück. Andy gab ihr einen aufmunternden Klaps. »Reißen Sie sich zusammen! Ich sehe nach, wer es ist.«

Vor der Wohnungstür standen Detective Inspector Mary Jane Monahan und Detective Ruben Goetz. Beide zückten ihre Dienstmarken. Ruben verkündete: »San Francisco Mordkommission. Ich bin Inspector Goetz. Das ist Inspector Monahan. Ist Dr. Helen Hudson zu Hause?«

»Äh, tut mir leid, aber das ist nicht gerade der richtige Zeit ...«

M. J. fiel ihm ins Wort. »Wir wollen Dr. Hudsons Zeit wirklich nur ein paar Minuten in Anspruch nehmen.«

»Na schön, kommen Sie rein.«

Andy führte sie durch die Diele und Eingangshalle, und M. J. und Ruben staunten über das elegante Loft mit den hohen Wänden und dem glänzenden Holzboden. Sie kamen an dem Obelisk neben der Tür vorbei und an einer weiteren abstrakten Skulptur mit afrikanischem Flair. An den Wänden hingen einige wenige ausgesuchte, teuer gerahmte Lithographien und Fotos, und an der zum Wohnzimmer führenden Wand ein paar kleinere Radierungen. In einem Alkoven stand ein antikes Klavier mit spiegelglatt poliertem Holz, auf dem zwei Kerzen in silbernen Kerzenhaltern emporragten. Die Alkovenwand bestand aus durchscheinendem Milchglas, in das in chinesischem Stil drei Vögel, umrahmt von einem schwarzen Filigranornament, eingraviert waren. M. J. registrierte die mit weichem Damast, Samt und Seide überzogenen Sitzmöbel, die einen scharfen, aber gelungenen Kontrast zu der modernen Kunst bildeten. *Keine Spur von Ikea. Streng nach innenarchitektonischen Gesichtspunkten durchgestylt.*

Helen stand im Wohnzimmer, starr vor Angst in Erwartung des Schlimmsten. M. J. und Ruben waren über ihr schlampiges und heruntergekommenes Aussehen entsetzt, behielten aber ihre professionellen Poker-Mienen bei. Andy unternahm den Versuch, die beiden Polizisten vorzustellen, doch Helen unterbrach ihn.

»Er ist entkommen, nicht wahr?«

Verwirrt erwiderte M. J.: »Verzeihung, ich verstehe nicht.«

»Er läuft wieder frei herum, oder?«

»Ich kann Ihnen leider nicht folgen, Ma'am. Wir würden gern mit Ihnen über Ihre Anrufe in unserem Büro sprechen.«

»Welche Anrufe? Ich habe nirgendwo angerufen.«

Andy war klar, daß Helen wahrscheinlich log, spürte aber auch intuitiv, daß sie auf eine Panikreaktion zusteuerte. Rasch sagte er: »Nehmen Sie doch Platz. Soll ich Kaffee kochen?«

Ruben und M. J. setzten sich. Helen blieb stehen. »Andy, würden Sie mir bitte meine … mein *Zeug* holen?«

»Mit Freuden.«

Andy eilte ins Badezimmer, und M. J. kam wieder auf ihr Thema zurück.

»Ich habe heute morgen mit Ihnen gesprochen, Dr. Hudson. Erinnern Sie sich?«

»Natürlich erinnere ich mich, mein Gedächtnis ist völlig in Ordnung. Sie sind die Polizistin, die mich als hirnrissig bezeichnet hat.«

»Ja, Ma'am.«

Abrupt setzte sich Helen hin und preßte ihre Hände in einem vergeblichen Versuch, deren Zittern zu verbergen, an ihre linke Seite. »Sehen Sie, ich dachte, Daryll Lee Cullum sei vielleicht wieder aus dem Gefängnis entflohen, und wie Sie womöglich wissen …«

Ruben mischte sich ein, die Tonlage auf beruhigendes Moll gestimmt. Es war ein Trick, den er sich in einer Familie hochgradig erregbarer Frauen angeeignet hatte, schon seit frühester Kindheit war er der Friedensstifter der Familie gewesen.

»Ma'am, ich verspreche Ihnen – falls Daryll Lee geflohen wäre, hätte man Sie als erste verständigt.«

Helen schaute in seine dunklen Augen und dachte, daß sie an die Augen eines Zigeuners erinnerten, braun wie weicher, samtiger Whisky. Dieser Mann schien nur vorzugeben, ein Cop zu sein. Und genau das war Rubens besondere Gabe, der er seine Karriere bei der Polizei verdankte, denn er hatte seine Ausbildung in einem Jahrzehnt gemacht, in dem man in San Francisco darauf bedacht gewesen war, bei den jungen Anwärtern Sensibilität und Humanität zu fördern. Ruben Goetz war der sensible, männliche Vorzeige-Detective der San Francisco Mordkommission.

»Tja, dann muß ich jetzt wohl erleichtert sein.«

»*Sie* haben *uns* angerufen, Dr. Hudson!« M. J. war entschlossen, sich nicht von ihrem eingeschlagenen Weg abbringen zu lassen.

»Ja, stimmt. Tut mir leid. Es wird nicht wieder vorkommen.«

»Würden Sie uns auch den Grund dafür mitteilen?«

»Weil ich nicht begreife, warum die Polizei darauf besteht, die Wahrheit zu verschleiern!«

»Wie meinen Sie das?«

»Da draußen läuft ein Serienmörder herum. Die Öffentlichkeit hat ein Recht, das zu erfahren. Finden Sie nicht auch?«

»Selbst wenn es Hinweise gäbe, die auf einen Zusammenhang zwischen den Morden hindeuten würden, so stand davon nichts in der Presse. Wie kommen Sie also darauf?«

Etwas von der alten Helen und deren eindrucksvoller Stärke kam kurz zum Vorschein. »Ach, ich weiß nicht ... Einfach nur zwanzig Jahre Erfahrung und Beschäftigung mit Serienmördern.«

Andy kam mit einem Glas Wasser und Helens Medikamenten herein. Er überreichte ihr beides und kehrte sofort wieder in die Küche zurück.

M. J. ging aufs Ganze. »Dr. Hudson, würden Sie in dieser Sache mit uns zusammenarbeiten?«

»Soll das ein Witz sein?«

»Nein.«

»Schauen Sie, vielleicht ist es Ihnen entgangen, aber ich bin nicht auf der Höhe. Ich habe mich zurückgezogen.«

»Haben Sie deshalb vierzehnmal auf dem Revier angerufen? Weil Sie sich zurückgezogen haben? He, warum gehe ich nicht einfach nach unten, tätige einen Anruf, und dann tun wir so, als ob nichts gewesen wäre. Kommen Sie, helfen Sie mir da raus. Ich bewundere Ihre Arbeit und fühle, daß ...«

Helen wandte sich an Ruben. »Spielt sie diese blauäugige Kleine-Mädchen-Nummer oft?«

»Manchmal.«

»Und funktioniert das?«

»Ja, normalerweise schon.«

»Aber heute nicht.« Helen schaute M. J. direkt an. »Bitte ersparen Sie mir diesen Quatsch, Inspector. Sie bewundern mich nicht, Sie können mich in Wahrheit nicht ausstehen. Keiner von Ihren Leuten. Aber das Schöne daran ist – es kümmert mich einen Scheißdreck. Das ist die positive Seite eines Nervenzusammenbruchs. Und jetzt entschuldigen Sie mich, ich habe zu tun.«

Während dieser Rede leerte M. J. den Inhalt ihres Aktenkoffers auf den Couchtisch. Helen schreckte zurück, als plötzlich Fotos der Opfer vor ihr lagen, ein Puzzle aus purpurnem und blauem Fleisch, aus Brüsten und Gliedmaßen und angsterstarrten Gesichtern. M. J.s Stimme war hart und flach. »Tja, Ma'am, Sie haben da wirklich eine tolle Wohnung. Ich vermute, daß die Bücher, die Sie über diese Irren schreiben, eine Menge Geld gebracht haben. Wir können es uns leider nicht leisten, Ihnen Ihr gewohntes Honorar zu zahlen ...«

Helen beugte sich vor und versuchte verzweifelt, die Fotos wieder in die Mappe zurückzuschieben. »Nein! Bitte! Ich will diese Fotos nicht!«

»Aber vielleicht hätten Sie die Güte, sich die Fotos anzuschauen?«

Helen stand auf; sie zitterte vor Panik und Angst. »Verstehen Sie doch, ich will das nicht! Würden Sie bitte gehen?«

»Wenn es Ihnen lieber ist, dann können wir die Fotos auch im Revier ansehen.«

Ruben, der weiterhin den guten Bullen spielte, fügte hinzu: »Ja, ich könnte Sie fahren …«

Helen begann zu keuchen und nach Luft zu ringen. Mit bebender Stimme rief sie: »Aaandy!« Das Glas fiel ihr aus der Hand und zersplitterte auf dem Tisch. Benommen stierte sie vor sich hin, schnipste an dem Gummiband um ihr Handgelenk und stakste dann auf die Küche zu. Ruben eilte ihr zu Hilfe.

»Was ist los?«

Helen fuchtelte wild mit den Armen. »Bitte … lassen Sie mich! Aaandyy!«

Andy kam mit einer Papiertüte in der Hand aus der Küche gerannt. Helen sackte ihm in die Arme. Vorsichtig ließ er sie auf den Boden gleiten und stülpte ihr die Tüte über Nase und Mund.

»Okay. Atmen Sie einfach. Ich bin da.«

Während er die Tüte an ihrem Platz hielt, atmete Helen ein und aus, wobei sich die Tüte aufblähte und wieder zusammensank. Nach einem Moment schlossen sich ihre Augen sanft. Betroffen und verlegen verfolgten M. J. und Ruben diese Szene, diesen für Dr. Hudson so demütigenden Moment. Daryll Lee Cullum war ihr Waterloo gewesen. Dies waren die beschämenden Folgen.

Jetzt verstand M. J., weshalb Lieutenant Quinn ihr nahegelegt hatte, sich von dieser Frau fernzuhalten.

»Sollen wir den Notarzt rufen?« fragte M. J.

»Nein. Das ist nur eine schöne, altmodische Panikattacke. Sie hyperventiliert jetzt, bis sie ohnmächtig wird, dann wird ihre Atmung langsam wieder normal, und sie ist in Ordnung.«

»Was haben wir denn falsch gemacht?« erkundigte sich Ruben.

»Sie leidet unter Agoraphobie, unter Platzangst.«

»Hat sie auch vor Spinnen Angst?«

»Sie hat das Haus seit über einem Jahr nicht mehr verlassen. Machen Sie sich keine Sorgen, sie ist bald wieder in Ordnung. In einer halben Stunde wird sie wie eine Lerche trällern.«

M. J. begann, die verstreuten Fotos wieder einzusammeln. »Sagen Sie ihr doch bitte, daß es uns leid tut, sie belästigt zu haben.«

»Wollen Sie, daß sie sich die Fotos anschaut? Wenn ja, dann lassen Sie sie da. Ich werde dafür sorgen, daß sie nicht beschädigt werden.«

M. J. zögerte kurz und legte schließlich den prallgefüllten Umschlag auf den Tisch zurück. Sie zog ihre Visitenkarte heraus und plazierte sie auf dem Umschlag. Dann wechselte sie mit Andy einen Blick, der Dankbarkeit und stillschweigende Anerkennung ausdrückte. Stumm wandten sich die beiden Detectives darauf um und verließen Dr. Hudsons Apartment.

Auf dem Weg zum Auto machte M. J. als erste ihrer Enttäuschung Luft. »Verdammt! Das war pure Zeitverschwendung!«

»Einen merkwürdigen Bewacher hat sie da.«

»Quinn sagte, sie sei eine Verrückte. Verschwiegen hat er allerdings, daß sie zudem auch noch ein pillenfressendes, saufendes, hyperventilierendes, agoraphobisches Arschloch ist!«

»Ich fand sie irgendwie süß.«

»Süß? Ruben, ich schwöre bei Gott ...!« Sie stiegen ins Auto ein.

Etliche Stockwerke höher, diagonal gegenüber dem Gebäude, das sie soeben verlassen hatten, stand ein Mann am Fenster eines schattigen Zimmers und richtete seinen gehätschelten neuen Canon-EX-1000-Camcorder mit eingebautem Casio-Monitor auf die beiden Detectives. Die Videokamera verfügte über Stereo-Ton, einen 140000-Pixel-Sucher, ein 5.2-Weitwinkel-Objektiv, einen eingebauten Stabilisator und konnte auf Hi 8 zweieinhalb Stunden aufnehmen, ohne daß man die Batterie wechseln mußte. Nachdem die Polizisten weggefahren waren, schwenkte er die Kamera langsam nach oben. Jetzt brauchte er nur noch zu warten, bis es dunkel wurde, Dann würde er direkt in Dr. Helen Hudsons Apartment hineinschauen können.

Nach einem Anschlag auf ihr Leben hat sich Helen vollkommen aus der Öffentlichkeit zurückgezogen.

Von Alpträumen gepeinigt und von Alkohol und Tabletten benebelt, verbringt Helen die Nächte vor ihrem Computer.

Helen wird um Hilfe bei der Aufklärung der Mordfälle gebeten.

DRITTES KAPITEL

Der Fisch am Angelhaken

Helen schlief schon seit zwei Stunden auf der Wohnzimmercouch. Unterdessen stöberte Andy im Büro herum, erledigte den Papierkram, schaffte Ordnung und kümmerte sich um die Rechnungen. Er nahm einen Umschlag aus Manilapapier vom Schreibtisch, um ihn zu den Akten zu legen, und entdeckte darin einige alte Familienfotos, die Helen vor kurzem durchgesehen haben mußte. Interessiert betrachtete Andy die Fotos, und dabei wurde ihm bewußt, daß Helen in ihrer Wohnung nicht ein einziges Foto irgendeines Familienmitglieds aufgehängt hatte.

Die Fotos, die aus den letzten fünfundzwanzig bis dreißig Jahre stammten, waren in Farbe, aber es gab auch etliche alte Schwarzweißfotos aus den 40er und 50er Jahren. Mühelos erkannte Andy Helens Mutter, da sie von ähnlicher Schönheit wie Helen war. Die Ashland-Familie. Ihr Vater war groß und gutaussehend, ein amerikanischer Aristokrat. Unwillkürlich kamen Andy die alten Fernsehshows aus seiner Kindheit wieder in den Sinn, ›*Father Knows Best*‹ und ›*The Donna Reed Show*‹. Helen, du Glückspilz! Beim Durchblättern weiterer Fotos stellte er fest, daß Helens Vater eine herrische, überhebliche Ausstrahlung zu eigen war, mit einem Zug von Grausamkeit um den Mund. Die Augen ihrer Mutter wirkten auf einigen Fotos völlig leer, auf anderen traurig und resigniert. Sie war wohl nicht sehr glücklich gewesen.

Auf den Fotos der 60er und frühen 70er Jahre war Helen in verschiedenen zärtlichen Posen an der Seite eines attraktiven jungen Mannes zu sehen, der ihr Zwillingsbruder hätte sein können, wenn er nicht mindestens drei oder vier Jahre jünger gewesen wäre. Der Bruder. Auf späteren Bildern wirkte er abgezehrt, mit langen, strähnigen braunen Haaren und eingesunkenen Augen; Augen, in denen sich dieselbe Traurigkeit wie bei der Mutter widerspiegelte. Nach 1974 verschwand der Bruder von den Fotos. Es gab noch ein paar Bilder aus Helens Studienzeit, die sie als umwerfendes Hippie-Mädchen mit langen Haaren und nicht minder langen Beinen zeigten, sowie einige Fotos aus Helens frühen Berkeley-Tagen an der Seite von Carter Hudson. Andy erkannte das Gesicht sofort wieder; es war eines jener Gesichter aus den Sechzigern, die sich unauslöschlich in sein Gedächtnis eingegraben hatten.

Im Jahre 1948 galt Caroline Harrington als vielversprechende angehende Künstlerin und Malerin. Außerdem entstammte sie einer bekannten Südstaaten-Familie, die einst einen großen Namen gehabt hatte, mittlerweile jedoch verarmt war. Nachdem sie als Debütantin in die Gesellschaft eingeführt worden war, wartete ihre Familie darauf, daß sie den richtigen jungen Mann, der sowohl einen Namen als auch Geld hatte, heiraten würde. Caroline hatte eine rebellische, wilde Ader, wie es für verwöhnte Gören, die sich quasi über Nacht ihrer eigenen Schönheit bewußt werden, typisch ist. Keiner der sanftmütigen, reichen Südstaaten-Jungen, die ihr den Hof machten, konnte sie beeindrucken oder bändigen, nicht einmal diejenigen, die, zu erwachsenen Männern gereift, aus dem Zweiten Weltkrieg zurückgekehrt waren. Schließlich erfüllten ihre Eltern Carolines Wunsch nach einem Europa-Aufenthalt, in der Hoffnung, sie würde im Lauf der Zeit ihre bohemienhaften Vorstellungen verlieren. Sie wurde nach Paris geschickt, um dort Malerei zu studieren, und der Aufsicht einer älteren Cousine anvertraut, die einen Franzosen geheiratet hatte und seit den 20er Jahren in Paris lebte.

Matthew Ashland machte 1941 in Harvard seinen Abschluß mit *summa cum laude* und ließ sich dann sofort vom US-Nachrichtendienst in Europa anheuern. Er war reich, außergewöhnlich attraktiv, ein hervorragender Athlet und sprach sechs Sprachen, einschließlich zweier toter Sprachen. Da er Europa liebte, blieb er dort, machte in Cambridge seine Abschlußarbeit und erhielt ein Rhodes-Stipendium für Oxford, wo er sein Studium beendete.

Im Herbst 1950 lernte er bei einem Wochenendausflug über den Kanal eine schöne junge Amerikanerin kennen, die ein verführerisches Pariser Französisch mit umwerfender Südstaaten-Färbung sprach. Noch bevor das Wochenende vorüber war, war sie schwanger.

Nach einer überstürzten Heirat in Richmond ließen sich die Ashlands in ihrem neuen Park-Avenue-Apartment in Manhattan nieder, da Matthew ein Lehr-Stipendium an der Columbia erhalten hatte. Sechs Monate später kam Helen zur Welt.

Die unbezähmbare Caroline zerbrach sehr bald unter der Last der Mutterschaft und der Ehe mit einem Mann, den sie kaum kannte. Matthew Ashland entpuppte sich als eifersüchtig, krankhaft ehrgeizig, tyrannisch, verbal verletzend und als durch und durch narzißtisch. Noch ehe der kleine Matt junior geboren wurde, begann Caroline zu trinken.

Matthew senior erhielt nach kurzer Zeit eine Anstellung an der philosophischen Fakultät. Seine Kinder drillte er ebenso unbarmherzig wie seine Studenten Noch vor ihrem zwölften Lebensjahr bekam Helen eine Dauerkost aus Plato, Descartes, Kant, Hegel und Kierkegaard vorgesetzt. Von ihr und Matt junior wurde erwartet, sich dreimal die Woche nach Beendigung der regulären Schulaufgaben in dialektischen Disputen zu ergehen. Auf Geheiß des Vaters hin mußten sie zum Fluß im Park marschieren, und jedem der Kinder wurde dabei ein strittiger Aspekt eines philosophischen Themas zugeteilt, das sie bis zum Abendbrot diskutieren sollten. Der kleine Matt ähnelte sehr seiner Mutter; er war freundlich und künstlerisch veranlagt und verfügte weder über genügend Zähigkeit noch intellektuelle Begabung, um den unerbittlichen Richtlinien logischer Beweisführung gewachsen zu sein. Helen wurde zu seiner Beschützerin; manchmal schlüpfte sie nachts in sein Schlafzimmer und gab ihm Nachhilfeunterricht für den nächsten Tag; dann wieder ließ sie ihr Argument absichtlich verpuffen oder erschien unvorbereitet zur nächsten Sitzung. Matthew senior quälte seinen Sohn, bezeichnete ihn als dumm, als einfältige

Schwuchtel. Helens Mitgefühl für ihren Bruder brachte Matthew nur noch mehr in Rage. Caroline unternahm mehrere verzweifelte Versuche, den philosophischen Pflichtübungen ein Ende zu setzen, aber sie hörten erst dann auf, als Matt junior mit dreizehn Jahren von zu Hause wegrannte und vier Tage im Central Park verbrachte. Nach seiner Rückkehr wurde er in ein Internat geschickt, und für die nächsten Jahre herrschte in der Familie ein beängstigender, angespannter Friede.

So sehr Helen ihren Vater auch haßte, schlug sie doch ihm nach – zumindest in intellektueller Hinsicht. Und so sehr sie ihn auch fürchtete, strengte sie sich dennoch unentwegt an, ihm zu gefallen. Sie liebte ihre Mutter, schämte sich aber auch für sie – wegen ihrer Trinkerei, ihrer Schwäche. Während ihres schwierigen Drahtseilakts über dem Abgrund der konfliktbeladenen Familienbühne hatte sie sich die Rolle der Manipulatorin und Beschützerin angeeignet, derjenigen, die den Gedanken und Bedürfnissen aller zuvorkommt. Stundenlang lag sie nachts wach und versuchte ins Unterbewußtsein der nebenan schlafenden Familienmitglieder einzudringen. Sie fühlte, was die anderen fühlten, träumte deren Träume. Dies war der Beginn ihres Lebens als Psychologin.

Außerdem wurde sie zu einer Perfektionistin. Abgesehen von ihrem Vater gab es niemanden, der unnachgiebiger mit ihr war, als sie selbst.

Matthew junior wurde drogenabhängig. Er starb noch vor seinem neunzehnten Geburtstag.

Wie erwartet besuchte Helen das Barnard, das Frauen-College der Columbia-University. Matthew Ashland verweigerte ihr den Wunsch, nach Radcliffe zu gehen, da er sie angesichts der eskalierenden Vietnam-Proteste im Auge behalten wollte. Als Erzkonservativer war er auf der Columbia-Universität zu einer Rarität geworden. Er stellte sich sogar dem CIA als freiwilliger Berater zu Verfügung, doch war man an einem alten Militärstrategen nicht interessiert. So engagierte er sich statt dessen an den Wochenenden als Sprachrohr für eine der extremsten ultrarechten Gesinnungsgruppen Washingtons.

Sein Plan, Helen zu überwachen, schlug fehl. Ihre Verbitterung im Hinblick auf ihren Vater wurde für sie der Antrieb, sich als eine der prominentesten Stimmen der Studentenunruhen zu etablieren. Sie gehörte zu den Studenten, die im Verlauf eines der berüchtigtsten Hochschul-Proteste während des Vietnamkriegs das Verwaltungsgebäude der Columbia besetzten. In jener Nacht schlief sie mit Carter Hudson III, Student und Mitbegründer der SDS, auf dem Fußboden des Büros des Universitätsvorstands. Am nächsten Tag wurden sie beide festgenommen – und nach diesem Zwischenfall verbot ihr Matthew Ashland das Haus. Einen Tag nach der Bestattung ihres Bruders brannte Helen mit Carter Hudson durch. Sie ließen sich in Berkeley nieder, wo Helen mit ihrer Diplomarbeit in Psychologie begann und Carter sich dazu entschloß, seine Begabung ganz der Anti-Kriegsbewegung zu widmen.

In den letzten Kriegsjahren wurde Carter immer tiefer in gewalttätige Aktionen verstrickt und trieb sich bald an der Peripherie von Weather Underground und den Black Panthers herum. Bei Bombenanschlägen oder Überfällen war er zwar nie dabei, und er hatte auch nie eine Waffe in die Hand genommen, aber dennoch waren sein Name und sein Gesicht im Dunstkreis der radikalsten Gruppen bekannt. Als sich der Krieg dem Ende zuneigte, war Helen ganz von ihrem Studium und ihrer wissenschaftlichen Arbeit in Anspruch genommen. Sie war fasziniert von einem erregenden neuen Gebiet der Psychologie, das sich mit krimineller Pathologie befaßte. Carter verhielt sich zunehmend paranoid und nahm enorm viel Drogen. Helen wußte, daß er im Campus mit jedem Groupie einer radikalen Bewegung schlief. Ihr Telefon hatte man längst angezapft, und Carter wurde regelmäßig von der Berkeley-Polizei verhört. Trotzdem war ihr Haus zu einem nächtlichen Zwischenasyl für Radikale auf der Flucht geworden. Wie Helen freilich feststellte, konnte man die Mehrheit dieser Leute als Scharlatan-Künstler, Dealer und Waffenschieber bezeichnen. Der Krieg diente nur mehr als Alibi für ihr Abgleiten in die Kriminalität.

Dann war der Krieg vorbei, und damit waren auch Carter Hudsons glorreiche Tage vorüber. Er war innerlich gebrochen; seine akademische Laufbahn war ruiniert, die meisten seiner Freunde lebten im Untergrund, und seine blaublütige Familie hatte ihn verstoßen. Helen stand kurz vor Abschluß ihrer Promotion und hatte bereits eine Dozentenstelle in Berkeley angeboten bekommen. Am Tag von Nixons Amtsniederlegung knallte sich Carter mit Drogen voll, und die Polizei entdeckte ihn dabei, wie er über das Geländer der Bay Bridge zu balancieren versuchte. Man brachte ihn nach Hause, und Helen starrte den Fremden an, mit dem sie fünf Jahre zusammengelebt hatte. Ohne zu fragen, verstand Carter, daß Helen ihre Beziehung beenden wollte. Während sie ihm half, seine wenigen Habseligkeiten in einen Matchbeutel zu packen, konnte sie sich nicht daran erinnern, ob sie ihn je geliebt hatte. Sie gab ihm alles Geld, das sie auftreiben konnte, und betete, er möge am Leben bleiben.

Im Verlauf der folgenden Jahre tauchte Carter immer wieder sporadisch bei Helen auf und bat sie um Geld. Sechs Jahre nach ihrer Trennung hatte Helen endlich die nötigen Papiere für eine Scheidung zusammen, doch benötigte ein von ihr engagierter Privatdetektiv mehrere Monate, bis es ihm gelang, Carter aufzuspüren, damit dieser seine Unterschrift unter die Scheidungsdokumente setzen konnte. Helen war zu Ohren gekommen, daß er eine Zeitlang mit Koks aus Südamerika gehandelt hatte. In den Achtzigern hatte ihn dann seine Familie wieder bei sich aufgenommen und zum Entzug geschickt. Vor sechs Jahren hatte er zum zweiten Mal geheiratet und lehrte nun an einer kleineren Hochschule im Mittelwesten. Mit seiner neuen Frau und zwei Kindern schien er glücklich zu sein.

Helen hatte nicht wieder geheiratet und sich mit etlichen Beziehungen begnügt, die allerdings nur selten tiefer gegangen waren. Wegen einer leidenschaftlichen Liaison mit einem verheirateten Professor schämte sie sich noch heute; und dann hatte es da dieses Verhältnis mit einem FBI-Mann gegeben, James Atwood; zu ihrer eigenen Überraschung hatte sie sich damals in Quantico bis über beide Ohren in ihn verliebt. Helen hatte Schluß gemacht, da sie wußte, daß die Beziehung früher oder später sowieso an ihrer Karriere gescheitert wäre. Denn mehr als alles andere war sie allmählich von ihrer Arbeit besessen, von dem Drang, dem ursächlichen Grund für das pathologische Verhalten von Serienmördern auf die Spur zu kommen. Außerdem hatten Berkeley und das Lehramt nachhaltige Spuren bei Helen hinterlassen; das und ihre alten politischen Überzeugungen ließen sich einfach nicht mit denen ihres Geliebten in Einklang bringen. Dennoch war die Trennung von James das einzige, was Helen in ihrem Leben wirklich bedauerte. Nach zwei Jahren hatte sie Quantico den Rücken gekehrt und war nach Kalifornien zurückgezogen. Zu diesem Zeitpunkt war sie achtunddreißig Jahre alt.

In den folgenden Jahren kam es häufig vor, daß Helen, wenn sie in den Spiegel schaute, meinte, ihr Vater starre ihr entgegen. Dies war die Zeit gewesen, in der Helen zu trinken begonnen hatte.

Leise ging Andy ins Wohnzimmer, um nach Helen zu schauen. Sie schlug gerade die Augen auf. Er setzte sich an den Rand des Sofas und schaute auf sie hinunter. Ihr Xanax-plus-Cognac-Kater sowie die Erinnerung an ihren peinlichen Auftritt veranlaßten sie, leise aufzustöhnen.

»Sind sie weg? Oh, Scheiße, Scheiße, Scheiße … Habe ich mich sehr blöd benommen?«

»Nein, nein. Ich fand die Tüte über Ihrem Kopf durchaus kleidsam.«

»Danke, Florence Nightingale. Oh, Scheiße! Am liebsten wäre ich mausetot!«

»Wieso denn das? Er wird wiederkommen.«

»Wer?«

»Ach, zieren Sie sich doch nicht so! Sie fanden ihn doch auch schnuckelig, oder etwa nicht? Ich weiß genau, daß Sie auf diese brutalen Typen mit dicken Augenbrauen und Handschellen abfahren!«

Helen grinste, und Andy begann sie zu kitzeln. »Los, geben Sie es zu … geben Sie es zu!«

Sie kicherte wie ein kleines Mädchen, bis ihr Gelächter plötzlich in Tränen überging. Andy hörte mit dem Gekitzel auf.

»Was ist? Habe ich was falsch gemacht?«

»Ich sehne mich nach einem Mann.« Nun schluchzte sie haltlos.

»Und was bin ich? Gehackte Leber?«

»Sie wissen, was ich meine. Mir fehlt ein richtiger starker Mann, an den ich mich anschmiegen kann.«

»Wenn er nicht schnarcht!«

»Und ich vermisse Sex.«

Er half ihr in eine sitzende Position und legte die Arme um Sie.

»Was für ein lüsternes Weib! Aber solange Sie so ein Angsthase sind, gibt es auch keine jungen Cops für Sie! Und jetzt bleiben Sie hier sitzen und schauen sich brav die Fotos an, während ich den Kaffee hole.«

»Ich kann nicht, Andy.«

»Na, dann sterben Sie eben.« Er stand auf, ging zur Küche und rief ihr über die Schulter zu: »Man wird Ihre Leiche zwischen Stapeln ungelesener Zeitungen und Post finden und sagen: ›Das war die alte Einsiedlerin, die sich von Katzenfutter und Camembert ernährt hat. Früher ist sie mal eine echt gute Seelenklempnerin gewesen‹.«

Mit Kaffee und Biskuits kehrte er gleich darauf in den Wohnraum zurück. »Hier ist der Kaffee und Ihre Lieblingsplätzchen. Entscheiden Sie sich: Leben oder sterben.«

Das Telefon klingelte. Helen starrte es an wie ein verängstigtes Kaninchen. Andy hob den Hörer ab.

»Hier bei Hudson ... Hallo ...? Hallo? Wer ist da?«

Ein paar hundert Meter weiter unterbrach ein Mann mit einem Camcorder in der einen und einem schnurlosen Telefon in der anderen Hand die Verbindung.

Es war zwanzig Uhr fünfundvierzig im einheitlich grauen Mannschaftsraum der Mordabteilung des SFPD (San Francisco Police Department). Die Schicht war zu Ende. Über ihren Schreibtisch gebeugt, betrachtete Inspector Detective

Mary Jane Monahan die Fotos der toten Frauen, die nur wenig jünger gewesen waren als sie selbst. Sie blies eine Ponysträhne aus ihrem Auge und kaute abwesend an einem Fingernagel. Ihre Füße schwangen unter ihrem Schreibtisch hin und her, ihr langes Haar strich über die Aktenränder. Sie wirkte wie ein elfjähriges Mädchen, das für den morgendlichen Rechtschreibwettbewerb übt. Im Hintergrund wachte schweigend ein Mann über sie, ein Mann, den sie liebte.

Sie legte die Fotos der Opfer beiseite und konzentrierte sich auf ein Foto der schaulustigen Menge, die sich vor Jennifer Lyles Potrero-Hill-Apartment versammelt hatte. Bis sie mit einem Schauder spürte, daß sich ihr in dem leeren Raum jemand von hinten näherte. Erschrocken sprang sie auf, drauf und dran, nach ihrer Waffe zu greifen.

»Hey, hey! Ich bin es nur!«

»Du hast mich erschreckt.«

Nicoletti stand neben ihrem Schreibtisch. »Willst du die ganze Nacht durcharbeiten?«

»Dieser Job hat nie ein Ende.«

»Deshalb bezahlen sie uns auch so schlecht.« Er legte einen Umschlag vor sie hin. »Hier. Wirf mal einen Blick drauf.«

Sie öffnete den Umschlag, zog die Dokumente heraus und überflog sie.

»Tja, du hast dich also doch noch dazu aufgerafft.«

»Ja. Jetzt ist es amtlich. Ende, Schluß. Wir müssen nur noch diskutieren, wer das Sorgerecht für die Katze erhält.«

»Und wie kommt Patty damit zurecht?«

»Okay. Sie ist okay.«

»Das freut mich für dich, Nik.« Ihre Stimme war flach. Sie schürzte die Lippen und widmete ihre Aufmerksamkeit wieder den Fotos des Verbrechens.

Nicoletti ging in die Hocke und legte für eine Sekunde seinen Kopf auf ihren Schreibtisch. Dann stützte er sein Kinn auf die Hände und schaute zu ihr hoch. »Was hältst du davon, wenn wir nachher zu Joe's gehen und uns ein Steak reinziehen? Gewissermaßen zur Feier des Tages.«

»Davon halte ich nichts. Aber trotzdem, danke.«

»Hast du andere Pläne, oder was? Nicht, daß es mich etwas anginge!«

»Genau.«

»Aber wieso ...«

»Schau. Wir gehen aus – und dann führt eins zum anderen, weil das immer so passiert, und wir sind wieder da, wo wir angefangen haben.«

»Ach? Was erzählst du mir denn da? Du ...«

Nicoletti wurde durch das Eintreffen von Ruben unterbrochen, der etliche Schachteln auf den Händen balancierte. Ruben schien blind für die intime Party zu sein, die er soeben gesprengt hatte.

»Bohnenquark. Räucheraal-Sushi. Krabben-Tempura. Algen-Salat ... Wollen Sie uns Gesellschaft leisten, Nikko?«

»Können Sie Ihre Mutter noch küssen, wenn Sie dieses ganze Zeug gegessen haben?«

»Nein, aber wenn Sie mögen, werde ich Sie küssen.«

»Ach, halten Sie die Klappe, Rube!«

Wütend trommelte Nicoletti mit den Handknöcheln auf M. J.s Schreibtisch, schnappte sich dann seine Scheidungsdokumente und stolzierte hinaus.

»Welche Laus ist denn dem über die Leber gelaufen?«

»Vermutlich mag er kein Sushi. Wo ist mein Cheeseburger?«

»Ich habe eine exekutive Entscheidung gefällt. Japanisch. Das ist besser fürs Herz.«

»Du hast mir keine Pommes mitgebracht? Ruben, du ödest mich wirklich an!«

M. J. schaute zu, wie er mit den Eßstäbchen geschickt eine Krabbe aus der Schachtel angelte und in seinen Mund schob.

»Wenn du mit der Knarre ebensogut umgehen könntest wie mit den Eßstäbchen, bräuchte ich mir um deinen Hintern keine Sorgen mehr zu machen!«

Ruben antwortete, indem er einen weiteren Shrimps schnappte und ihn ihr in den Mund schob.

»Etwas von Helen-mit-der-Tüte-über-dem-Kopf gehört?«

»Bisher nicht. Aber das kommt noch.«

»Nein, glaube ich nicht.«

»Fünf Mäuse, daß sie sich noch heute abend meldet?«

»Abgemacht.« Überraschung vortäuschend, klopfte Ruben auf seine Tasche. »He, was hat denn dieser fette Cheeseburger in meiner Tasche verloren?«

Es war zwanzig Uhr fünfzig; Helen saß allein in ihrem Arbeitszimmer. Auf dem Schreibtisch ihr gegenüber, links von ihren Terminals und in Greifweite vom Telefon, stand eine abstrakte Bronzeskulptur, die eine Frau mit zum Himmel emporgestreckten Armen darstellte. Der Körper hatte das rohe, unfertige Aussehen einer flüchtigen Studie, modelliert, aber nicht geglättet. Offensichtlich hatte der Künstler seine Skulptur direkt nach dem unbearbeiteten Modell in der Hohlform gegossen. Trotzdem, oder gerade deswegen, strahlte das Stück erdhafte Sinnlichkeit aus, war umgeben von einer Aura von Optimismus, Befreiung. Helen hatte sich sofort zu der Skulptur hingezogen gefühlt. Während sie nun die großzügige Form des Körpers betrachtete, wurde ihr bewußt, daß sie das Kunstwerk nicht umsonst an einer Stelle ihres Apartments aufgestellt hatte, wo sie die meiste Zeit verbrachte. Sie streckte die Hand aus, als wollte sie die Figur berühren, zuckte aber kurz davor wieder zurück. *Unwürdig*. Dies war das Wort, das tagein, tagaus an die Gestaden ihres Bewußtseins brandete. Noch einmal betrachtete sie die bronzene Frau, ließ sich von ihrem sinnenfrohen Leib inspirieren und ging dann ins Wohnzimmer.

Kurz darauf saß sie vor dem Couchtisch und starrte auf den prallen Umschlag – eine Membrane aus Manilapapier, die sie von einer Welt, der sie sich vor dreizehn Monaten entzogen hatte, abschirmte. Ihre Lesebrille hing im Halsausschnitt ihres Pullovers. Sie setzte die Brille auf, atmete tief durch, kippte einen Schluck Cognac hinunter und öffnete dann den Umschlag. Grausige Fotos diverser Tatorte ergossen sich über den Tisch. Helen betrachtete sorgfältig jedes einzelne Foto, während sie alle paar Minuten ihr Glas nachfüllte. Nach etwa einer halben Stunde legte sie das letzte Foto beiseite und ging, den Cognacschwenker in der Hand und etwas wackelig auf den Beinen, nach oben.

An einem Fenster im oberen Stockwerk blieb sie kurz stehen und drückte einen Knopf, worauf sich die elektrischen Jalousien schlossen. Auf dem Weg zu ihrem Schlafzimmer vernahm sie ein Geräusch, das sie für einen Moment erstarren ließ. Obwohl ihr klar war, daß es sehr gut eines jener Geräusche sein könnte, die in allen Häusern oder Wohnungen zu hören sind, wenn man nachts allein ist, blieb sie stehen und rief nach Andy. Zweimal rief sie seinen Namen, obwohl sie wußte, wie sinnlos das war, da er schon vor Stunden gegangen war.

Im Schlafzimmer durchwühlte sie ihren Schrank nach frischer Kleidung, die sie nach dem Duschen anziehen wollte. Plötzlich spürte sie das Verlangen, heute Nacht wachzubleiben, um am Computer einige Notizen aufzuarbeiten. Irgend etwas war heute in ihr in Bewegung geraten. Sie würde sich zur Abwechslung einmal ordentlich anziehen, auch wenn sie das nur für sich machte. Ihre Wahl fiel auf einen schwarzen Hausanzug und eine flotte weiße Baumwollbluse, die noch in der Plastikhülle der Trockenreinigung steckte.

Unter der Dusche überließ sie sich dem Dampf und dem heißen Wasser, versuchte wieder einmal, sich von den grotesken, leblosen Erinnerungsresten zu befreien, die der Killer als Vermächtnis hinterlassen hatte, und den Alkoholnebel loszuwerden, der sie umhüllte.

Anschließend trocknete sie sich ab und ging zu dem Sessel, auf dem sie ihre Kleider liegengelassen hatte. Vor dem Bett blieb sie abrupt stehen. Auf dem weißen Baumwollüberzug ihres Federbetts lag säuberlich ausgebreitet ihr rotes Kostüm. Seit dem Tag, an dem sie ihren Vortrag in Berkeley gehalten hatte, dem Tag, an dem Joe Shields gestorben war, dem Tag ihres ›Rendezvous‹ mit Daryll Lee, war dieses Kostüm im hintersten Winkel ihres Schranks verbannt gewesen. Hilfesuchend schlang sie die Arme um ihren Körper, versuchte verzweifelt, durch die Überbleibsel von Erschöpfung, Pillen und Alkohol hindurch irgendeine logische Erklärung zu finden. Panisch taumelte sie vom Bett zurück und schaute sich im Zimmer um. Sonst war nichts verändert. Hatte sie das getan? Sie konnte sich nicht erinnern. Langsam bewegte sie sich auf den großen grauen Plüschsessel zu, der in der Ecke des Schlafzimmers stand. Er war leer. Hatte sie nicht vorhin einen Hausanzug dorthin gelegt?

Sie setzte sich in den Sessel, starrte die rote Jacke und den roten Rock an und wiegte sich einige Sekunden vor und zurück. Dann krallte sie die Finger in die Seitenlehnen des Sessels und stemmte sich nach oben. Langsam stieg sie die Stufen zum Wohnzimmer hinunter, zwang sich zu tiefen, ruhigen Atemzügen. Sie griff nach der weißen Visitenkarte, die auf den Fotos lag, ging zum Telefon und wählte.

»Inspector Monahan, bitte.«

Detective Inspector Mary Jane Monahan fuhr zu ihrem Bungalow im immer nebligen Sunset District. Das Licht der Straßenlaternen schimmerte matt durch den nächtlichen Dunst. Die Häuser waren alle in hellen Pastelltönen gestrichen – weiß, pink, grün, babyblau –, vielleicht aus Trotz gegenüber der Sonne, die sich weigerte, auf dieses Viertel zu scheinen. M. J. sperrte die beiden Sicherheitsschlösser und das Türschloß ihres kleinen Hauses auf und schloß die Tür hinter sich. Sie streifte die Schuhe ab, schleuderte Kostümjacke und Aktenkoffer auf einen Sessel im Wohnzimmer und begab sich zu den Bücherregalen, in denen sich auch ihre bescheidene Stereoanlage befand. Eine *Chieftain*-CD war bereits eingelegt. Sie schaltete die Anlage ein, und gleich darauf erfüllten die schwungvollen Weisen irischer Folk-Musik das winzige Haus. M. J. ging in die Küche, öffnete den Kühlschrank und schaltete das Oberlicht ein; die Kühlschrankbeleuchtung war schon seit Monaten defekt. In einem Regal stand eine halbgefüllte Flasche *Anchor Steam* neben einem noch unangetasteten, eine Woche alten Butterriegel. Im zweiten Regal lagen Reste eines chinesischen Fertiggerichts. Den Inhalt des Gemüsefachs kannte sie auch, ohne nachzuschauen: ein verschrumpelter Kopfsalat und eine zum Einpflanzen bereite Kartoffel. Der typische Kühlschrank eines Cops der Mordkommission.

Sie schnappte sich das Bier, ging zu ihrem Kaufhaussofa und legte die Beine auf den Tisch. Den Couchtisch hatte sie selbst gebaut aus einer einszwanzig mal sechzig großen Rauchglasplatte und einer antiken Hummerfalle, die die Monahans vom New-England-Zweig der Familie geerbt hatten. M. J. war mit ihrer Konstruktion sehr zufrieden. Ansonsten war der Bungalow spärlich, wenn auch behaglich möbliert. Es war nicht so, daß sie dafür kein Geld gehabt hätte – wenngleich sie sich niemals die Museumsstücke leisten könnte, mit denen sich Dr. Helen Hudson umgab. Sie hatte einfach weder die Zeit noch die Neigung für derlei erlesene Kinkerlitzchen. Ihre Schwester Karen in San Jose fiel ihr ein, die gerade zum vierten Mal schwanger war und mit ihrem fetten Mann Harry auf ihrer Ranch lebte. Karen fühlte sich in ihrer kleinen, abgeschlossenen Welt zufrieden wie in einer Muschel. M. J. kam dies so fremdartig vor wie ein Leben auf dem Mars.

Der einzige Gegenstand in ihrem Haus, der ihr Unbehagen einflößte, war der riesige Sony-Fernsehapparat mit dem darunter angeschlossenen Videorecorder. Nikko hatte ihn für sie beide gekauft, da er ihren kleinen tragbaren Zenith unzumutbar gefunden hatte. Jeden Film mit Robert DeNiro hatten sie sich mindestens dreimal angeschaut. Jetzt konnte M. J. DeNiro nicht mehr ausstehen, doch das Fernsehgerät, das sie als einziges Stück behalten hatte, erinnerte sie nach wie vor an ihren Ex-Liebhaber. An einem Abend war der Schmerz so groß gewesen, daß sie das Ding beinahe kaputtgeschossen hätte; allein ihr irischer Sinn für Sparsamkeit, der irgendwo in der Nähe von katholischen Schuldgefühlen angesiedelt war, hatte sie davon abgehalten. Dennoch schaltete sie das Gerät nach wie vor kaum an.

Nikko.

Was würde sie dafür geben, einen Tag zu erleben, ohne ihn zu sehen, ohne an ihn zu denken. Jetzt war er tatsächlich geschieden. Zu spät, zu spät.

Eine melancholische gälische Ballade trieb sie noch tiefer in ihre Erinnerungen. Sie würde sich ein paar Minuten dieser speziellen Art von Folter hingeben und sich dann wieder mit ihrer Arbeit beschäftigen.

Vor einigen Jahren, sie war erst sechsundzwanzig und hatte noch auf ihren Detective hingearbeitet, war sie Nikko zum ersten Mal begegnet. Es war nicht so, daß er sonderlich gutaussehend oder brillant oder sonstwas gewesen wäre. Zudem war er verheiratet – und mit verheirateten Männern wollte sie nichts zu tun haben. Doch als M. J.s damaliger Partner wegen einer Erkrankung eine Weile das Bett gehütet hatte, war sie mit Nikko Streife gefahren. Nikko war damals schon seit acht Jahren Detective, und er war durch und durch Cop. Er hatte sie einfach verstanden, hatte verstanden, was sie morgens zum Aufstehen bewegte, was sie tagsüber antrieb und welche Gedanken sie mit in ihren Schlaf nahm. Beide waren sie Vollblut-Polizisten mit einer gemeinsamen Sprache, die jedem Nicht-Eingeweihten unverständlich geblieben wäre. Bald war während ihrer gemeinsamen Fahrten in jeder Unterhaltung, jeder Geschichte, jedem Streitgespräch eine unterschwellige sexuelle Spannung spürbar gewesen. M. J. hatte diese wenigen Wochen mit Nikko nie vergessen, und fast vier Jahre später war es dann passiert: Er hatte sie auf einen Kaffee in ihrem kleinen Bungalow besucht, und noch ehe das Wasser heiß geworden war, hatte er ihr in der Küche bereits den Rock vom Leib gerissen. Der Wasserkessel hatte gepfiffen und gepfiffen, und als sie ihn dann endlich vom Herd genommen hatte, war das Wasser fast völlig verdampft gewesen.

M. J. war seit ihrer High-School-Zeit mit etlichen Männern ausgegangen, eine bunte Mischung aus Schwächlingen und guten Typen. Doch keiner der Zivilisten, mit denen sie sich getroffen hatte, ob nun Autoverkäufer oder Buchhalter, hatte wirklich verstanden, was sie tagtäglich durchmachte. Sie wußten nicht, wie es war, ein Baby in den Armen zu halten und zuzuschauen, wie es blau anlief und starb. Oder eine obdachlose Familie von der Gosse in einen klapprigen Verschlag zu befördern. Oder einer von sechs Cops zu sein, die einen Mann niederzwangen, der im Drogenwahn wild um sich schlug. Oder zu sehen, wie ein Dreijähriger als Opfer einer Driveby-Schießerei mitten auf der Straße starb. Oder verängstigte Kinder zu erleben, die sich in einer Ecke zusammendrängten, weil sich ihre Eltern soeben gegenseitig umgebracht hatten. Sie verstanden nicht, daß M. J. tagein, tagaus fast nur mit Tod und Verzweiflung zu tun hatte. Jeden Tag tauchte sie in die schwarzen Abgründe menschlichen Daseins, war gezwungen, sich jeder Situation nüchtern und ohne Angst zu stellen, auch wenn sie noch so grauenhaft oder bedrohlich war. Nur nachts durfte sie ihre Angst und ihren Ekel hochkommen lassen. Deshalb scheiterten auch so viele Polizisten-Ehen. Die Polizisten wußten nicht, wie sie mit ihren Ehepartnern darüber reden sollten, und die Ehepartner konnten damit nicht umgehen. Aus diesem Grund heirateten Polizisten auch immer häufiger untereinander, seit Frauen zunehmend im aktiven Polizeidienst tätig waren.

Niemandem war es je gelungen, M. J. wirklich nahezukommen Wenn ihr auch letztes Jahr im Büro des Staatsanwalts ein junger Mann begegnet war, Tom Brame, der sich schwer in sie verliebt hatte. Er war ein zuverlässiger, fürsorglicher Mann mit einem passenden Beruf, und er hätte alles getan, um M. J. zur Ehefrau zu gewinnen. Sie hatte begonnen, ihn ernsthaft als Lebensgefährten in Betracht zu ziehen, da sie sowieso der Ansicht gewesen war, niemals jemanden zu finden, den sie wirklich liebte. Bis Nikko an jenem Tag zum Kaffeetrinken gekommen war. Wochenlang hatte sie entsetzliche Schuldgefühle darüber empfunden, daß sie Tom den Laufpaß gegeben hatte und daß sie Patty mit Nikko betrog, obwohl sie gewußt hatte, daß deren Ehe schon seit langem zerrüttet war. Binnen drei Monaten hatte sich Tom nach Sacramento versetzen lassen, um M. J. nicht mehr sehen zu müssen. Als dann allmählich der Klatsch über ihre Affaire mit Nikko ins Dezernat durchgesickert war, hatte sich M. J. besorgt gefragt, ob sich das womöglich nachteilig auf ihre Karriere auswirken könnte. Und auch ihr Vater, der die Tage zählte, die sein schwaches Herz noch durchhalten würde, hatte sich diese Frage gestellt. Insgeheim war Mick Monahan jedoch hochzufrieden gewesen. Aus irgendeinem unerfindlichen Grund hatte er sich um Mary Jane, was das Berufliche anbelangte, nie Sorgen gemacht. Vielleicht deshalb, weil ihm Söhne versagt geblieben waren, hatte er ihr von klein auf eingeimpft, daß sie auch als Frau jeden Beruf ergreifen könne, den sie wolle. Allerdings hatte Mick seine Tochter von Anfang an zum Cop erzogen, da sie, seiner Meinung nach, einfach dafür geschaffen war. Seine einzige Angst war gewesen, daß Mary Jane keinen Mann finden würde, der stark genug für sie wäre. Und als er dann erfahren hatte, daß seine Lebensdauer begrenzt war, blieb ihm diese große Sorge.

Ray Nicoletti war genau zu jener Zeit zur Polizei gekommen, als Mick einige der jüngeren Anwärter unter seine Fittiche genommen hatte. Und Mick mochte und respektierte ihn bald. Sicher hatte Nikko einige rauhe Kanten, aber er war ein guter Cop. Mick war klar gewesen, daß es für M. J. verdammt schwer werden würde, sich mit einem älteren Detective einzulassen, der gerade mitten in einem erbitterten Scheidungskrieg steckte, aber seiner Ansicht nach waren Nikko und M. J. einfach füreinander bestimmt.

Mick war einen Tag, nachdem Nikko und M. J. zusammengezogen waren, gestorben.

M. J. stand auf, ging zum Sessel und schnappte ihren Aktenkoffer. Sie hatte genug Zeit an Nikko verschwendet. Er hatte sie betrogen, genauso wie er Patty mit ihr betrogen hatte. Sie wußte, daß das einfach in ihm steckte und daß sie ihm deshalb nie wieder vertrauen könnte. Es spielte keine Rolle, daß er sie noch liebte – oder daß sie ihn noch ein wenig liebte. Kurz fiel ihr wieder Tom Brame ein. Nein, kein Bedauern, nur der gewöhnliche Schmerz.

Die *Chieftains* hörten zu spielen auf. Stille. Sie öffnete ihren Aktenkoffer und holte einen Stapel Bücher heraus. Gigi war für sie in die Bibliothek gegangen und hatte ihr alles über Agoraphobie besorgt. Ihr Bier neben sich, saß M. J. auf der Couch und überflog Bücher mit Titeln wie *Leben mit der Angst; Das ängstliche Selbst; Phobische Syndrome.*

›Agora‹ stammte aus dem Griechischen und hatte die Bedeutung von ›Marktplatz‹ oder ›freier Platz‹. Die Angst vor Marktplätzen. Beim Weiterlesen erfuhr sie, daß dieses Syndrom eine der schlimmsten Angststörungen war und manchmal auch als Angst vor der Angst bezeichnet wurde. Agoraphobiker fürchteten ihre eigenen Reaktionen ebenso, wie sie die spezifischen Umstände fürchteten. Die Angst vor dem Wissen, daß sie in der Öffentlichkeit vielleicht ohnmächtig werden oder die Kontrolle über sich verlieren könnten, war genauso groß wie die Angst vor der Öffentlichkeit selbst. Kein Wunder, daß Helen Hudson bei dem bloßen Vorschlag, zusammen zum Revier zu fahren, eine Panikattacke erlitten hatte. Agoraphobiker vermieden jeden Ort, von dem aus eine Flucht schwierig oder gar unmöglich sein könnte – Menschenmengen, Tunnels, Brücken, Fahrstühle, öffentliche Transportmittel. Der erste Anfall war für die Betroffenen meist so demütigend, daß sie jeglicher Wiederholung aus dem Weg zu gehen versuchten. Nach und nach wurden sie dann immer mehr ans Haus gefesselt und verloren ihre Fähigkeit, in der Außenwelt zu funktionieren, was die totale Abhängigkeit von einem Lebenspartner oder einem Hausangestellten zur Folge hatte. Daher also Andy. M. J. blätterte durch die Bücher und notierte die häufige Erwähnung von Xanax oder Alprazolam, einem leichten Tranquilizer der zweiten Generation. *Nirgendwo etwas über Cognac.*

Am interessantesten fand sie die einstimmige Feststellung, daß in mehr als neunzig Prozent der Fälle kein besonderer Auslöser vorhanden war. Die erste Panikattacke kam fast immer aus heiterem Himmel. In der Anamnese der Patienten waren vielleicht Kindheits-Phobien oder Trennungsängste zu finden, aber das Syndrom selbst war selten das Ergebnis einer akuten, posttraumatischen Situation. *Sicher sind nicht allzu viele Agoraphobiker mit dem Kopf in der Schlinge gehangen und haben beobachtet, wie ein sadistischer Mörder seine perverse Lust befriedigt.*

Je weiter sich M. J. einlas, desto mehr wuchs in ihr die Überzeugung, daß das volle Krankheitsbild auf Helen Hudson nicht zutraf. Im Geiste machte sie sich eine Notiz, Jackie Singleton anzurufen, eine Psychologin, die sie gelegentlich aufsuchte, wenn sie einen Rat hinsichtlich der diversen Irren benötigte, mit denen sie es manchmal zu tun hatte.

Vor geraumer Zeit hatte sie mit Jackie auch über ihre eigenen Probleme gesprochen. Mary Jane war so stoisch und verschlossen wie alle Monahans. Ihr Dad hatte immer gesagt: »Mary Jane, wasch deine schmutzige Wäsche niemals außerhalb der Familie ... oder gar im Revier.« Mick Monahan wäre eher gestorben, als einen Seelenklempner der Polizei aufzusuchen, und seine Tochter würde gegen diesen Grundsatz ebensowenig verstoßen.

Jeder Cop wußte – wenn dich die Dienststelle zum Psychologen schickt, dann kann jedes Wort, das du gesagt hast, an die Vorgesetzten weitergegeben werden. Die Vertraulichkeit, die einem in einer privaten therapeutischen Sitzung garantiert wird, gilt bei der Polizei nicht. Angenommen, ein Polizist oder eine Polizistin würden von sich aus beschließen, den eigenen Groschenroman auszuplaudern, so war das eigentlich streng vertraulich. Aber die meisten von ihnen vermieden es bei diesen Sitzungen tunlichst, irgend etwas von sich preiszugeben, was nicht auch in der Chefetage gehört werden könnte.

Selbst damals, als M. J. wegen ihrer Affaire mit Nicoletti dem übelsten Klatsch und Hohn ausgesetzt gewesen war, hatte sie ihren inneren Zwiespalt für sich behalten. Erst nachdem sie Nikko hinausgeschmissen und sich nachts vor Sehnsucht nach ihm verzehrt hatte, war sie bereit gewesen, sich an eine private Psychologin zu wenden. Und bald war ihr Vertrauen in Jackie Singleton unendlich tief geworden, geradeso, als wären sie blutsverwandt.

Die Uhr zeigte ein Uhr dreißig, und M. J. war erschöpft. Als sie ins Bett sank, war ihre letzte Überlegung, daß sie in Zukunft mit Helen Hudson sehr behutsam umgehen müsse. Ein Satz von Karl Menninger schoß ihr durch den Kopf, den sie in einem der Bücher gelesen hatte: »Für einen frei herumschwimmenden Fisch ist es schwer zu verstehen, wie es einem Fisch am Angelhaken ergeht.« Und dann mußte sie wieder an Nikko denken. Nikkos Gesicht ging in das von Ruben über … Als sie schließlich die Augen schloß, entführte sie das Bild eines toten Mädchens, das mit der anmutigen Pose eines erdrosselten Mannequins in der Badewanne lag, in einen unruhigen Schlaf.

VIERTES KAPITEL

Ein Festival der Liebe

M. J., Ruben und Helen saßen in Dr. Hudsons Wohnzimmer. Helen lehnte sich im Sofa zurück, breitete die Tatort-Fotos vor sich aus und las sie wie Tarot-Karten.

Schon beim Betreten des Apartments war den beiden polizeilichen Ermittlern aufgefallen, daß sich Helen in einem völlig anderen Gemütszustand befand. Sie hatte sich geduscht, geschminkt und trug ihr kurzes Haar perfekt gestylt. Ihre zwanglos schicke Kleidung bestand aus einem dramatisch fließenden Cardigan aus blauschwarzem Samt, der sich über einen fast knöchellangen Rock desselben Materials ergoß. In königlicher Gleichmut machte sie es sich auf ihrem Plüschsofa bequem.

Gebannt starrte M. J. Helen an, wie sie in ihrer flauschigen Kleidung auf dem weichen Sofa lehnte, und versuchte, eine Verbindung zwischen der eindrucksvollen Sachverständigen aus den Gerichts-Videos, der zerbrechlichen Neurotikerin von gestern und der Primadonna, die jetzt vor ihr saß, herzustellen.

Ruben übernahm die Konversation mit Helen, während M. J. stumm zuhörte und beobachtete. Die beiden Detectives hatten sich vor dem Treffen zu dieser Konstellation entschlossen. Es war offensichtlich, daß Ruben im Umgang mit Helen der Geschicktere war, und Helen hatte auf seinen natürlichen Charme auch bereits reagiert.

Helen hantierte mit vier Fotos und legte nach kurzer Überlegung eines davon beiseite. »Diese drei sind das Werk desselben Mannes. Dies hier ist unterschiedlich. Haben Sie das Foto hineingeschmuggelt, um mich zu testen?« Sie hielt das Bild einer nackten Frau hoch, die ausgestreckt, mit Wunden und Prellungen übersät und ein blutiges Handtuch über dem Gesicht, am Boden lag.

Ruben stotterte: »Nun, ganz so ist es nicht. Wir hatten Grund zu der Annahme …«

»Gott, jetzt muß ich auch noch Tests über mich ergehen lassen! Ist das ein aktueller Fall?«

»Ungefähr sechs Monate alt.«

Verstimmt über die Kränkung und die Ablenkung, legte Helen das Foto rasch zurück. »Die Tat wirkt sehr desorganisiert. Vermutlich wohnt der Mann in der Nähe. Zum Autofahren wäre er zu durcheinander gewesen. Halten Sie nach jemandem Ausschau, der eine Vorgeschichte als Geisteskranker hat, wahrscheinlich auch von der Wohlfahrt lebt. Suchen Sie nach einem Liebhaber, einem Familienmitglied oder Freund. Irgend jemand, der sie kannte und sich um sie kümmerte.«

Das war keinesfalls das, was Ruben erwartet hatte. »Der Kerl hat sie entsetzlich verprügelt!«

»Ja, aber er hat Reue verspürt. Und hinterher hat er sie zugedeckt, weil er sich wegen seiner Tat schlecht fühlte ... Nicht wie der hier!« Sie breitete die anderen drei Fotos vor sich aus, Bilddokumente der gegenwärtigen ungelösten Mordfälle. Darauf nahm sie das Foto von Jennifer Lyle in der Badewanne und hielt es als Vergleich neben das Foto der Frau mit dem geschundenen Körper und dem bedeckten Gesicht. »Das ist eine völlig andere Handschrift. Diese Morde hier sind bis ins kleinste Detail durchorganisiert. Es gab kein Blut, keine Abdrücke, keine Flecken. Kein Nichts, stimmt's?»

»Stimmt.«

»Er ist sehr wählerisch. Wahrscheinlich geht er ganz gezielt und nüchtern vor. Keine Anzeichen eines gewaltsamen Eindringens, also hat er sich wohl durch Charme Zutritt verschafft. Keine Vergewaltigung. Diesen Menschen geht es auch nicht um Sex. Sie wollen Macht. Schauen Sie sich die zahlreichen Daumenabdrücke am Hals an. Waren die Tracheal-Knorpel gebrochen?«

»Ja.«

Er würgt die Frauen von Angesicht zu Angesicht, damit sie seine Macht sehen können. Dann läßt er sie eine Weile los und beginnt wieder von neuem. Während dieser Zeitspanne fühlt er sich wie Gott. Halten Sie Ausschau nach einem intelligenten Weißen, vermutlich zwischen zwanzig und dreißig, sozial angepaßt, mit einem großen Interesse an der amerikanischen Geschichte.«

Erstmals wandte Helen sich an M. J. »Und, habe ich die Prüfung bestanden?«

M. J. behielt ihre schweigende Rolle bei, und Ruben sprang ein. »Was genau meinen Sie mit amerikanischer Geschichte?«

»Wo ist der Strumpf, der um den Hals dieser einen hier gewickelt war?«

Jetzt konnte M. J. nicht an sich halten und platzte heraus: »Woher wissen Sie das?«

»Zu einer Schleife gebunden wie hier – richtig?« Helen deutete auf ein anderes Foto.

»Ja.«

»Um Himmels willen! Das ist der Würger von Boston! Er imitiert Albert DeSalvo bis ins kleinste Detail!«

Ruben griff nach einem der Fotos. »Wow! Wollen Sie damit sagen, dieser Kerl kopiert einen Serienmörder, der bereits tot ist, und zwar seit nunmehr ...«

M. J. fiel ihm ins Wort. »Seit zwanzig Jahren.«

Aufgeregt sprang Ruben auf und tigerte durch den Wohnraum. »Und weshalb DeSalvo? Warum nicht jemanden, der erst vor kurzem von sich reden gemacht hat, wie Gacy oder Ramirez?«

»Ich weiß nicht. Diese Kerle sind wie Viren. Es gibt ständig irgendeine neue Mutation.«

M. J. war mobilisiert. Sie packte ihre Sachen zusammen und gab Ruben mit einem Knuff zu verstehen, dasselbe zu tun. »Danke für Ihre Hilfe, Doktor. Wir wissen das sehr zu schätzen. Ruben, wir lassen uns jetzt sämtliche Unterlagen über die Boston-Morde bringen, Autopsie-Berichte, alles, was wir über DeSalvo auftreiben können. Doktor, dürften wir Sie vielleicht morgen noch einmal anrufen und ...«

Angesichts Helens Gesichtsausdruck brach M. J. abrupt ab. Dr. Helen Hudson grinste, und in ihrem Grinsen war eine Spur Herablassung zu erkennen.

»Was ist los?«

»Nichts ... Ich wundere mich nur über Ihre Annahme, Sie könnten ihn durch intelligente und harte Arbeit schnappen.

Sie werden Verhöre führen, die Akten bearbeiten, die Beweislage überprüfen. Aber wissen Sie, wie er letztlich geschnappt wird? Er wird eine rote Ampel überfahren, oder aus seinem Keller dringt übler Gestank. Es wird einfach nur ein verdammter Zufall sein – und nichts von dem, was Sie oder ich oder irgend jemand sonst dafür getan hat, wird entscheidend gewesen sein.«

Die Detectives standen an der Tür. Wieder einmal hatte M. J. von Dr. Hudson die Schnauze gehörig voll.

»Tja, Madam, ich kann nichts anderes tun, als morgens aufzustehen, zu duschen, mich an die Arbeit zu machen und zu hoffen, daß ich den miesen Scheißkerl – wenn nicht heute, dann zumindest morgen – festnageln kann, und daß man dann meinen Namen in den Zeitungen richtig buchstabieren wird.«

M. J. ging hinaus und überließ es Ruben, sich mit den Spitzfindigkeiten der Dame auseinanderzusetzen. Helen hatte ihre skeptischen Ausführungen nämlich noch nicht beendet.

»Und wissen Sie, was das Schlimmste wäre? Die Morde gehen weiter, Monat für Monat. Sie werden immer raffinierter, immer bizarrer. Und eines Tages hören sie einfach auf! Wie bei dem Green-River-Mörder. Und dann fragen Sie sich, was passiert ist. Ist er des Mordens jetzt überdrüssig? Ist er krank geworden und gestorben? Hatte er einen Autounfall? Es ist, als wäre er einfach vom Erdboden verschwunden. Aber sie werden es niemals genau wissen. Jedesmal, wenn eine Leiche gefunden wird, werden Sie sich fragen – ist er zurückgekehrt?«

Erstarrt stand Ruben da, an der Schwelle festgenagelt, nur weil er höflich sein wollte. Schließlich gab er sich einen Ruck und faßte an den Türgriff. »Also dann, gute Nacht. Und vielen Dank.«

»Viel Glück! Sie werden es brauchen!« Mit diesen Worten schloß sie die Tür hinter ihm.

Das grüne Gras des Golden Gate Park war unter einem Meer von Zelten, Decken und umherschwärmenden Menschen verschwunden. Die Szenerie glich der gruseligen Fälschung einer längst vergangenen Zeit. Kids, erst in den Siebzigern geboren, wanderten vollgekifft in Batikklamotten, Schlaghosen und Perlenketten umher. Sie mischten sich unter Leute, die vom Alter her ihre Eltern sein konnten und die gekommen waren, um einen Blick auf die ebenfalls bejahrten Popgruppen aus ihren wilden Hippie-Tagen zu ergattern und hin und wieder verstohlen an einem Joint zu ziehen, während zu Hause der Babysitter ihre Kinder hütete. Grunge-Gruppen und alternative Bands teilten sich die Bühne mit fetten, glatzköpfigen Rock-Veteranen. Auf Podesten waren Video-Monitore aufgebaut, die simultan das Geschehen auf der Bühne übertrugen. Kleine Geschäftemacher verkauften Raubkassetten und Ecstasy, und gelegentlich sogar einen altmodischen Löschblatt-Trip. In allen vier Himmelsrichtungen ragten unübersehbar die blauen Plastikumwandungen mobiler WCs empor. Der Park war von kräftigen Sicherheitsbeamten in marineblauen ›*Festival-of-Love*‹-Windjacken und mit an den Gürteln befestigten Walkie-Talkies und Handys umstellt. Überall schossen Kioske aus dem Boden, die ›*Festival-of-Love‹-T-Shirts, Becher, Frisbees, Poster, CDs etc. verkauften. An der Südseite des Parks war ein ›Alkoholausschank-nur-hier‹-Gebiet abgeteilt. Anti-Kriegs-Abzeichen waren nirgends zu sehen; bei diesem kommerziellen Ausschlachten der Nostalgie hätten sie auch fehl am Platz gewirkt.*

Es war zwar nicht Woodstock, aber es kam Randi Salvinos Vorstellung eines Love-ins doch näher als jede andere Veranstaltung, die sie in ihren neunzehneinhalb Jahren erlebt hatte – auf jeden Fall war es seinen Preis wert, der für Randi darin bestanden hatte, dem Dealer-Freund von Julie einen zu blasen. Randi war jetzt glücklich und bahnte sich leicht schwankend ihren Weg durch die Menge, im Gesicht ein breites Shit-Grinsen von den drei Zügen Ganja, die ihr der Dealer-Schwanz angeboten hatte. Das Ganja brachte sie auf den Freßtrip, und sie nahm eine Abkürzung zur Pizza-Bude bei den Essensständen. Während sie so entlangtrippelte, folgten ihr begehrliche Blicke von einigen wirklich phantastisch aussehenden Knaben. Sie war mit sich selbst zufrieden, daß sie dieses hippiemäßige weiße mexikanische Hochzeitskleid mit dem Spitzensaum gewählt hatte. Es war ein bißchen durchsichtig, und natürlich trug sie keinen BH. Auf ihren Haaren lag ein Nelkenkranz, den sie zuvor in Julies Garten, während diese mit dem Ankleiden beschäftigt gewesen war, geflochten hatte. Ihr weiches, rötlich blondes Haar fiel offen um ihre Schultern. Aus Respekt vor den Yuppie-Picknickern und deren Decken trug sie ihre Sandalen in den Händen. Ein barfüßiger Engel auf einer Wolke der Verwirrung, so schwebte sie durch den Golden Gate Park.

Auf halbem Weg zum Pizza-Stand bemerkte sie einen Typen, der sie mit einer Videokamera verfolgte. Er begann, sie zu umrunden. Sie kicherte ein wenig verlegen, und er senkte die Kamera und lächelte. Er war wirklich süß; sein Haar fiel ihm jungenhaft ins Gesicht, und er trug eine Nickelbrille.

Randi liebte Typen mit Nickelbrille. Sie schnitt bereitwillig Grimassen in die Kamera und legte dann die Hände auf die Hüften, so richtig sexy. Da ihr plötzlich wieder einfiel, daß sie sich auf einem Festival der Liebe befand, spreizte sie ihre Finger zum Peace-Zeichen. Er erwiderte das Peace und verfolgte sie weiter. Cool ... er drehte einen ganzen Film nur über sie! Vielleicht würde er sie auf eine Pizza einladen? So ein preisgünstiges Vergnügen hatte sie schon lange nicht gehabt. Jetzt mußte sie sich nur noch erinnern, wo sie mit Julie verabredet war.

»Die drei am meisten überschätzten Dinge in der Welt sind regelmäßige Bewegung, junge Pussies und das FBI.«

Lieutenant Quinn, Chef der SFPD-Mordkommission, probte seinen Auftritt, während er in Begleitung von M. J. entlang des Korridors auf den Konferenzraum zuschritt. Sie stöhnte: »Oh, Maannn ...!«

»Was denn? Ich rede wie ein Cop. Genauso rede ich. Sobald ich durchblicken ließe, daß wir ein wenig Hilfe benötigen, hätte ich sofort den Polizeichef am Arsch!«

»Wir *könnten* aber Hilfe gebrauchen. Wir brauchen das VICAP, wir brauchen ihre Datenbank-Infos ...«

»Lassen Sie bloß das FBI aus dem Spiel! Damals, bei der Patty-Hearst-Geschichte, hat so eine Rotznase mit Bürstenfrisur einen Monat lang meinen Schreibtisch übernommen!«

»Also meinen Sie ...«

Quinn schnitt ihr das Wort ab. »Was soll das Theater? Sie brauchen Hilfe? Okay. Nikko ist mit seiner Geschichte in Chinatown so gut wie fertig. Ich werde ihm sagen, daß er an Ihrem Fall mitarbeiten soll.«

M. J. schluckte ihren Zorn hinunter. Quinn signalisierte ihr eindeutig, daß er sie auf ihren Platz verweisen würde, sollte sie die Ermittlungen nicht in seinem Sinn weiterführen, und das hieß ohne das FBI und ohne Helen Hudson. Da lief ein Mörder frei herum, und Quinn sorgte sich lediglich darum, sein Gesicht nicht zu verlieren. Sie wußte, sollte er Nikko einschalten, dann würde sie die zweite Geige spielen, sprich, sich Nikkos Anweisungen beugen müssen. Gleichzeitig wollte ihr Quinn damit persönlich eins auswischen, da er ihr fünf Jahre währendes Verhältnis mit Nikko nie gebilligt hatte. Aber dies war *ihr* Fall, und sie würde ihn nicht kampflos abgeben.

»Das wird bestimmt nicht notwendig sein, Sir.« Sie knallte ihm das ›Sir‹ betont eisig hin und folgte ihm dann hocherhobenen Hauptes in das Besprechungszimmer.

Um den Tisch saßen Ruben, Pachulski und die Inspectors Kerby, Kostas und Landis mit aufgekrempelten Hemdsärmeln und gelockerten Krawatten. M. J. war die einzige Frau im Raum.

Nikko stand gerade auf und zog sein Jackett über, während Ruben mit der Einsatzbesprechung fortfuhr.

»... Also werde ich jeden überprüfen, der wie DeSalvo lebt, der in der Psychiatrie untergebracht war, der ein ähnliches Charakterprofil aufweist, der mit einer Deutschen verheiratet ist, der grüne Hosen trägt ...« M. J. und Quinn nahmen Platz. »Hallo! Wir haben gerade angefangen.«

M. J. übernahm die Führung. »Sind die Akten aus Boston schon eingetroffen?«

»Heute früh angefordert«, antwortete Ruben. »Morgen werden sie da sein.«

Quinn schaute Nikko an, der auf die Tür zuging. »He, wohin gehen Sie?«

»Chinatown.«

»Bleiben Sie noch eine Minute hier und nehmen Sie Platz!« Das war so lässig und beiläufig hingeworfen, wie es Quinn möglich war, verfehlte jedoch auf keinen im Raum seine Wirkung. M. J. und Ruben tauschten Blicke. Nikko schlenderte zu seinem Stuhl zurück; M. J. nahm die Zügel wieder in die Hand.

»Patch, wie sieht's aus?«

»Bin immer noch über den Telefon-Aufzeichnungen.« Pachulski schaute sie nicht an.

»Für diesen letzten Fall?«

»Nein ... die davor.«

»Himmel nochmal, Patch, Sie sitzen doch schon eine Woche daran!«

»Ich habe um Überstunden ersucht, aber nichts ist passiert.«

Die Lippen fest zusammengepreßt, wandte sich M. J. an Quinn. Er machte ihr das Leben wirklich zur Hölle.

»Ich bin derjenige, der dies hier ausbaden muß, M. J.«

»Das gibt eine tolle Schlagzeile. ›Ermittlung abgebrochen wegen Budget-Kürzungen‹.«

Quinn lenkte ein. »Sagen Sie, was Sie brauchen. Stellen Sie Ihre Truppe nach Belieben zusammen. Aber bezeichnen Sie ihr Team nicht als Spezialeinheit, okay? Das zieht die Presse an wie ein Scheißhaufen die Fliegen.«

Nikko blieb stumm. Er kaute noch an M. J.s Korb vom letzten Abend, wollte sie aber keinesfalls aus dem Sattel werfen. Trotz seiner Hoffnung, Quinn möge ihn aus der Sache heraushalten, ahnte er, daß Quinn vorhatte, ihn M. J. vor die Nase zu setzen, damit er sie in Schach halten könnte.

Ruben nickte Kerby zu. »Herb, hat sich bei der Überprüfung der registrierten Sexualtäter irgend etwas ergeben?«

»In den fraglichen Nächten waren alle Vergewaltiger, Kinderschänder, Süßigkeiten-Onkel und Toilettendeckel-Lecker sicher in ihren Betten. Allerdings müssen mehrere hundert Fälle überprüft werden.«

»Jüngste Hinweise auf Tierverstümmelungen?«

Kostas meldete sich zu Wort. »Der einzige Fall, den ich habe, betrifft einen Minderjährigen; die Akten sind also unter Verschluß. Ich müßte mit einem Gesuch zum Gericht gehen.«

Quinn beschloß, die offizielle Versammlung zu beenden. »Okay. War's das? Ich danke Ihnen, meine Dame, meine Herren. Lassen Sie uns ans Werk gehen.«

Er stand auf. Stühle kratzten über den Boden. Ein jeder sammelte seine Unterlagen ein.

Quinn raunte M. J. zu: »Hat Ihnen die Unterredung mit diesem Weibsbild, dieser Hudson, etwas gebracht?«

»Abgesehen von Kopfschmerzen?«

Er hob die Augenbrauen zu einem ›Ich-habe-es-Ihnen-ja-gesagt-Blick‹ und ging hinaus. Nikko warf ihr einen Blick zu und zuckte die Schultern, ehe er sich dann auf den Weg nach Chinatown machte. Sie verstand, daß er mit dieser Geste andeuten wollte, nicht hinter Quinns Machtspiel zu stehen. *Gott sei Dank liebt er mich dafür noch immer zu sehr.*

Zur selben Zeit, als die Besprechung der Detectives des SFPD-Morddezernts aufgelöst wurde, fand jenseits des Pazifiks in der fünfundzwanzigsten Etage eines dreißigstöckigen Hochhauses in Hongkong die nächtliche Zusammenkunft einer Bruderschaft völlig anderer Art statt. Eine Gruppe von achtzehn Teenagern stand im Kreis um ihren *dai lo* oder Großen Bruder herum. Die jungen Gangster waren im vergangenen Jahr in Video-Hallen und auf Fußballplätzen angeworben worden. Das ganze letzte Jahr über hatten sie nichts anderes getan, als ›die blaue Laterne aufzuhängen‹ bzw. darauf zu warten, sich der zukünftigen Initiation als würdig zu erweisen. An einer Wand des ansonsten kahlen, weiß gestrichenen Raums stand ein schmaler, mit goldroter Seide geschmückter Schrein, der die von Räucherwerk umnebelte Statue eines längst verblichenen chinesischen Kriegsfürsten beherbergte.

Jeder der Jungen hielt ein oder zwei glimmende Räucherstäbchen in den Händen. Einer nach dem anderen sprachen sie dem Großen Bruder die sechsunddreißig Gelübde nach, die ihre lebenslange Mitgliedschaft in der Wo Hop To besiegeln sollten, einer Triade, die den mystischen und fanatischen Prinzipien einer dreihundert Jahre alten Tradition folgte. Die Triade war nach dem Dreieck Himmel, Erde, Mensch benannt und verwandte das Dreieck auch als ihr Symbol. Jeder dieser Eide band die Jungen an den Bruderschafts-Kodex, der Loyalität, Vergeltung, Geheimhaltung und dergleichen beinhaltete. Nacheinander gelobten sie, einen qualvollen Tod hinzunehmen, sollten sie den Pakt brechen. »Ich werde von fünf Blitzstrahlen getötet werden.« Die Räucherstäbchen wurden geschwenkt, und nachdem die Jungen ihre Gelübde gesprochen hatten, war die düstere Szenerie in eine stechend reichende Wolke gehüllt. Ein anderer Bruder näherte sich dem Kreis, piekste in den Mittelfinger eines jeden Jungen und drückte das Blut in eine mit Wasser gefüllte Schale. Die Schale wurde herumgereicht, und jeder trank daraus. Jetzt und für immer waren sie eine ›Neunundvierzig‹, ein Triaden-Soldat, bis sie in einen höheren Rang befördert würden … oder in den Tod.

Zwei der Jungen sollten in wenigen Tagen nach Amerika aufbrechen. Wie viele gebildete Hongkong-Chinesen sprachen sie beide Englisch, und einer von ihnen hatte sogar fünf Jahre mit seinem reichen Vater, einem Importeur, in Los Angeles gelebt. Man hatte sie ausgewählt, um die Reihen der Wo Hop To in San Francisco zu stärken.

Seit den frühen 80er Jahren hatten die Triaden in Amerika den Anteil an südostasiatischem Heroin von fünf auf über achtzig, vielleicht sogar neunzig Prozent gesteigert. Die meisten amerikanischen Vollzugsexperten schätzten sie um ein Mehrfaches mächtiger und heimtückischer als die Mafia ein; tatsächlich kontrollierten sie ein weltweites Imperium aus Prostitution, Heroinhandel, Glücksspiel, Geldwäsche und dem Massenschmuggel an illegalen Immigranten.

Hongkong sollte im Jahre 1997 wieder unter die Verwaltung der Volksrepublik China fallen, und dann würden die Triaden nicht länger von einheimischen Politikern gehätschelt werden. Deshalb infiltrierten sie systematisch die Chinatowns Amerikas und andere asiatische Enklaven in der

Welt. Bis 1997 würden ihre neuen Machtstützpunkte ausgebaut sein, und sie konnten das Zentrum ihrer kriminellen Aktivitäten aus Hongkong verlagern. Für ihre Aktivitäten in Amerika hatten sie San Francisco als Stützpunkt auserkoren.

Seit mehreren Jahren schleusten die Triaden illegale asiatische Immigranten auf derselben Route nach Nordamerika wie ihr Heroin. Die Illegalen zahlten ihnen für die Überfahrt exorbitante Summen und schuldeten ihnen anschließend lebenslangen Dank, der für gewöhnlich weitere Geldgaben und schmutzige Geschäfte beinhaltete.

Ironischerweise war letztlich die extreme und gewaltsame Unterdrückung der Chinesen durch das weiße Amerika dafür verantwortlich gewesen, daß die Chinesen Zuflucht bei den Tongs, den legitimen Bruderschaften, gesucht hatten. Gleich den Afrikanern, die als Sklaven nach Amerika gebracht worden waren, hatte man im 19. Jahrhundert die Chinesen als Kulis für die Dreckarbeit in den Goldminen oder für den Bau der Eisenbahnen ins Land geholt. 1882 verabschiedete der Kongreß den *Chinese Exclusion Act*, der die weitere Zuwanderung untersagte und den Chinesen das Recht absprach, amerikanische Bürger zu werden. Von da an wurden die Tongs machtvolle Lobbyisten, Schutzpatrone und Geschäftsgrößen und waren schließlich unentwirrbar mit den kriminellen Triaden verknüpft.

Vor etwas über einem Jahr, als zwischen Nikko und M. J. noch alles gut gelaufen war, hatte Nikko plötzlich ein leises nervöses Kribbeln verspürt. Er beobachtete, wie M. J.s Karriere gleich einer 4.-Juli-Rakete nach oben zischte, und gleichzeitig mußte er sich eingestehen, daß sie als Führungskraft weitaus mehr Talent zeigte als er. Sicher, er war ein guter Detective und konnte eine Ermittlung einwandfrei leiten. Aber wonach es Nicoletti verlangte, war die Arbeit im Verborgenen, das Leben als Undercover-Agent, das wirklich schäbige, hundsgemeine Zeug, das seiner Frau Patty, als sie noch zusammen gewesen waren, höllisch Angst gemacht hatte. Wenn er mitten in der Nacht nach Hause gekommen war, hatte sie gelegentlich geäußert, sie könne es an ihm riechen, könne den Gestank niedriger, gemeiner Verbrechen an ihm wahrnehmen. Dann befahl sie ihm zu duschen, ehe er zu ihr ins Bett durfte, und verweigerte sich ihm mitunter sogar, weil sie seine Arbeit aus tiefstem Herzen haßte. Sie haßte das Cop-Getue und die Cop-Gefahren, und sie verstand nicht, weshalb er diesen Job nicht einfach an den Nagel hängte und sich etwas Vernünftiges suchte.

Und dies hatte ihn M. J. in die Arme getrieben. Nur ein Cop konnte einen Cop verstehen; sie waren auf derselben emotionalen Wellenlänge. M. J. war in einer Polizistenfamilie aufgewachsen, und dieses Leben steckte ihr in den Genen und im Blut. Als sie sich das erste Mal geliebt hatten, war Nikko von dem Gefühl überwältigt worden, erstmals in seinem Leben nach Hause gekommen zu sein. Etwas in ihm hatte sich gelöst; jener Teil von ihm, den er vor Patty immer hatte verbergen müssen, konnte sich im Zusammensein mit M. J. frei entfalten.

Das Hauptproblem bestand darin, daß Nikko nie ein häuslicher Typ gewesen war, worunter, seiner Definition nach, auch das monogame Leben fiel. Obwohl seine Beziehung zu M. J. kaum als bürgerlich bezeichnet werden konnte, sträubte er sich gegen alles, was ihn womöglich einengen könnte. Eine andere Schwierigkeit war die, daß Nikko im tiefsten Inneren ein echter Macho mit entsprechend narzißtischen Eigenschaften war. Er war in einer Arbeiterfamilie großgeworden – in der das Wort seines Vaters, eines Hafenarbeiters, als Gesetz gegolten hatte und in der seine Mutter und seine Schwestern die männlichen Familienmitglieder mit passiver Unterwürfigkeit bedienten. Angesichts von M. J.s unaufhaltsamer Karriere stauten sich in ihm mit der Zeit Eifersucht und Groll an. Er liebte sie noch immer mehr, als er je zuvor einen Menschen geliebt hatte, aber in ihm schlummerte nun mal ein Schweinehund, der nach vier Jahren des Zusammenlebens schließlich sein häßliches Haupt reckte.

Damals hatte Nikko gerade begonnen, sich in Chinatown herumzutreiben. Er suchte nach einer Nebenbeschäftigung, nach etwas, das ihn aus dem geradlinigen Detective-Dasein herausreißen und von M. J.s kometenhaftem Aufstieg ablenken könnte. Bald hatte er sich angewöhnt, mit ein paar Cops

Ruben Getz ist nicht sicher, ob er Helen attraktiv, interessant oder einfach nur zickig finden soll.

M. J. Monahan fällt es schwer, sich in Helens Situation zu versetzen.

aus Daly City herumzuhängen, denen es gelungen war, den Mord an Henri Liu, einem chinesischen Schriftsteller, der von der Triade hingerichtet worden war, aufzuklären. Der Fall hatte internationale Schlagzeilen gemacht, weil die taiwanesische Regierung darin verwickelt gewesen war. Die Jungs aus Daly City führten ihn durch das verschlungene Labyrinth von Chinatowns Machtstrukturen; an der Oberfläche befolgte Chinatown die Gesetze der Stadt, darunter herrschten die Gesetze der Triaden.

Nikko trieb sich immer häufiger in Chinatowns Nachtclubs und Restaurants herum, von denen etliche lediglich Fassaden für Glücksspiel- und Mah-Jongg-Hallen waren. Er konnte die Tatsache nicht verbergen, daß er ein *low fan* war, ein weißer Polizist, oder ›Nummer vier‹, wie die Triaden ihn nannten. Trotzdem gelang es ihm im Lauf der Zeit, ein Netzwerk an Informanten aufzubauen, das sich aus Einheimischen zusammensetzte, die Angst vor der zunehmenden Macht der Hongkong-Gangster hatten und ihre Gemeinde aus dem Würgegriff der Drogen und Spielhöllen befreit sehen wollten.

Er tastete sich an eine besonders üble Jugend-Gang heran, die Heroin in die Straßen schleuste. Quinn und der Polizeichef waren beeindruckt und sagten ihm ihre Unterstützung zu, da es so aussah, als wäre er einem größeren Opiumring auf der Spur.

Und dann begegnete er Tina Leung. Eines Abends saß sie mit einer Freundin im Red Bamboo Restaurant vor ihm. Die beiden Mädchen unterhielten sich auf Kantonesisch und kicherten wie Schulmädchen über ihren süßsauren Fleischbällchen. Tina Leung hatte dickes schwarzes Haar, das im Licht wie Rabenfedern schimmerte, eine Haut im Ton von beigem Marmor und das Gesicht einer chinesischen Prinzessin. Sie war neunzehn Jahre alt. Nikko flirtete über den Tisch hinweg mit ihr und kramte nach den wenigen chinesischen Brocken, die er kannte, um ihre Aufmerksamkeit zu erregen. Die Mädchen kicherten nur noch lauter. Er tat so, als wisse er nicht, was er bestellen solle, worauf ihm Tina Leung, wie geplant, bei der Auswahl des Menüs half. Binnen einer

Woche wußte er, daß ihre Brüste nach Jasmin dufteten und die weiche Haut an ihrem Bauch nach Mandeln und Honig schmeckte. Ihre winzigen Brustwarzen rollten sich unter seiner Zunge wie lose Perlen, und für eine kurze Weile vergaß er, wer er war.

Seine Untreue gegenüber M. J. legitimierte er für sich rein rational durch die beruflichen Vorteile, die er aus dem Verhältnis gewann. Tina war unentbehrlich. Sie kannte Chinatown in- und auswendig, wußte um die innere Struktur des Viertels und sprach Englisch ebenso perfekt wie Mandarin und Kantonesisch. Da sie zudem aus einer guten Familie zu stammen schien, schenkte Nikko ihr bald sein Vertrauen und enthüllte ihr die schrecklichen Wahrheiten, die er über die Triade erfahren hatte.

Was er nicht wußte, war, daß Tina Leung sich als die Geliebte von Wu Lee – oder Kleinem Hund, dem lokalen Triaden-Boß – bezeichnen durfte.

Aus irgendeinem Grund, ob nun dem Schicksal oder irgendwelchen geheimnisvollen Gesetzen des Universums folgend, hatten die Glücksgötter aber beschlossen, Ray Nicoletti zu verwöhnen. Zwei Stunden vor einer Verabredung mit Tina erfuhr er von einem anderen Informanten, daß er in eine Falle gelockt werden sollte. Sogleich forderte er Verstärkung an, und die Verabredung entwickelte sich tatsächlich zu einer Schießerei. Wu Lee und drei seiner verwundeten Brüder wurden festgenommen. Tina starb drei Tage später an ihren Verletzungen.

Als M. J. die Hintergründe herausfand, war das der Anfang vom Ende ihrer Beziehung gewesen.

Jetzt, über ein Jahr später, hatte sich Nikko an einen Schmugglerring, der mit illegalen Immigranten Geschäfte machte, herangepirscht. Er saß in einer dunklen Nische des Green Dragon, einem Nudel-Imbiß, der um diese mitternächtliche Stunde schon leer war. Im Schatten neben ihm kauerte Kwok Tunk, ein junger ›Neunundvierzig‹, der sein Gelübde aus Angst um sein Leben und aus Wut über den auf Befehl der Triade verübten Mord an einem seiner Brüder gebrochen hatte. Im Austausch für Zeugenschutz war er bereit, Nikko Informationen zu geben. Die beiden Männer hoben ihre Whiskygläser zu einem rituellen Toast, wobei die rechte Hand das Glas hielt und die linke Handfläche es von unten heranhob.

»Nummer vier, wenn man herausfindet, daß wir zusammenarbeiten, sind wir beide tot.«

Nikko hatte sich durch drei Ebenen an Informanten gearbeitet und knifflige Verhandlungen geführt, um dieses Treffen herbeizuführen. Seine Nase verriet ihm, daß er auf den richtigen Mann gestoßen war. Kwok erzählte ihm die Details einer großen Schiffsladung mit menschlicher Fracht, die im Verlauf der nächsten zwei Wochen erwartet wurde.

An einem Nebentisch saß zusammengekrümmt eine alte Witwe, die verschrumpelt und harmlos wirkte. Es war Mrs. Ng, die Mutter des Restaurantbesitzers. Ihr dickes, von weißen Strähnen durchzogenes dunkles Haar war zu einem lockeren Knoten gesteckt. Sie knipste die Enden von Erbsenschoten ab, schob die Erbsen auf einen Haufen und die nutzlosen grünen Hülsen auf einen anderen. Ihre Miene war ausdruckslos, und jeder in der Nähe würde annehmen, daß es sich bei ihr um eine rückständige Alte handelte, die nur Chinesisch sprach.

Nachdem die Unterhaltung beendet war, kam Nikko auf dem Weg zur Hintertür an ihrem Tisch vorbei.

Die alte Frau packte Nikkos Arm; ihr Griff war hart und scharf wie die Klaue eines Drachen. »Halt dich von hier fern, *Low fan*! Machst du diese Sache, beschwörst du einen Geist, und der wird dir folgen bis ans Ende der Ewigkeit!« Nikko riß seinen Arm los. Er hatte für abergläubische Spruchweisheiten, wie sie in den Glücksröllchen zu lesen waren, nichts übrig. Dennoch überrieselte ihn nun ein kalter Schauer.

»Vielen Dank, Grandma.«

Damit eilte er weiter und hörte nicht mehr, wie sie ihm hinterhermurmelte: »Chinatown soll dir Unglück bringen!«

Als Nikko in die klamme, neblige Nacht hinaustrat, stellte er den Kragen seiner Lederjacke hoch, um sich gegen die Furcht, die ihn aus dem Green Dragon bis nach draußen verfolgte, abzuschirmen. Vielleicht hatte ihn sein Glück tatsächlich verlassen.

Nikko hatte keine Ahnung, daß Mrs. Ng die Großmutter von Tina Leung war. Während er sich nun auf den Heimweg machte, betete die Alte zu den Göttern, daß ihr Fluch machtvoll genug sein möge, um den Cop zu vernichten.

FÜNFTES KAPITEL

Ruben

Helen saß in ihrem Büro, umringt von ihren drei Monitoren, die alle in Betrieb waren. Der rechte Computer war mit dem unentwegten Informationsstrom auf einem Internet-Bulletin-Board verbunden. Helen hatte sich dem mittleren Monitor zugewandt, über den gerade ein Schachspiel lief. Sie machte einen Zug, Weißer Läufer auf g5, setzte sich dann zufrieden mit sich selbst zurück und wartete auf den Gegenangriff ihres unsichtbaren Mitspielers.

In Freizeitsakko, Rollkragenpullover und eine Woge Rasierwasser gehüllt, kam Andy herein. »Und, gewinnen Sie?«

»Darauf können Sie Ihren süßen Hintern verwetten!«

Erleichtert über ihre ungewohnte Heiterkeit, sagte er: »Gut, dann gehe ich jetzt.«

»Einen schönen Tag!«

Andy ging. Helen schaute auf und sah, daß Schwarz seinen Läufer auf e7 bewegt hatte. Sie gab einen neuen Zug ein, den sie mit dem Begleittext: »MACHEN SIE SICH SCHON MAL AUF EINE NIEDERLAGE GEFASST!« versah. Darauf konzentrierte sie sich auf den linken Bildschirm und klickte sich mit der Maus durch einen Artikel des medizinisch- forensischen Instituts. Im rechten Monitor meldete sich mit leisem ›Ping‹ das winzige Mailbox-Symbol. Helen ignorierte es und vertiefte sich weiter in ihre Lektüre. Nachdem sie den Artikel fertiggelesen hatte, rollte sie mit ihrem Bürostuhl ein Stück zurück, streckte sich und lief zur Entspannung ihren Kopf kreisen. Dabei fiel ihr Blick auf das Mailbox-Symbol. Sie klickte sich in die an sie gerichtete Nachricht ein. Auf dem Bildschirm stand:

»EIN SPIEL FÜR SIE. BITTE AKTIVIEREN SIE ›MORGEN.AVI‹-DATEI.«

Helen öffnete ihren AVI-Player, ihre audiovisuelle Software, tippte ›MORGEN.AVI‹ ein und drückte auf ›Enter‹.

Ein Bild erschien auf dem Monitor. Es war ein Foto von Jennifer Lyle in der Badewanne. Langsam begann sich das Bild zu verändern. Jennifers Arm schnellte auf groteske Art und Weise nach oben, und ihr Gesicht verwandelte sich in das lächelnde Antlitz von Randi Salvino. Unter spastischen Zuckungen zersetzte sich der Körper; dann begann sich das Gesicht aufzulösen, zu verändern, und fror plötzlich auf dem Bildschirm ein.

Starr vor Entsetzen saß Helen da. Sie rief nach Andy, doch der war schon lange weg. Mit bebender Hand packte sie den Telefonhörer.

Die Inspector Detectives Mary Jane Monahan und Ruben Goetz betrachteten das entstellte Gesicht auf dem Computer-Bildschirm. Helen saß ein Stück abseits, den Rücken den beiden Detectives zugewandt.

»Sie ist die nächste.«

»Woher wissen Sie das?« fragte M. J.

»Weil ich es eben weiß! Ich habe beobachtet, wie sich ihr Gesicht zu diesem Ausdruck verändert hat.«

»Wie konnte Ihnen das übermittelt werden?«

Ruben antwortete: »Der Typ hat ihre Internet-Adresse geknackt.«

»Können wir die Spur zurückverfolgen?«

»Nur wenn er tatsächlich Online ist.«

»Läßt es sich zurückspulen?«

Helen schaukelte mit abwesendem Blick in ihrem Stuhl. Sie deutete auf den Monitor. »Unten am Bildschirm ist ein Rewind-Schalter. Drücken Sie den.«

»Okay.«

Zum ersten Mal seit Beginn der Ermittlungen sah M. J. einen winzigen Hoffnungsschimmer. »Himmel, Ruben! Vielleicht, ganz vielleicht können wir hier ein Leben retten!«

»Die Datei ist zu umfangreich, um sie auf Diskette zu kopieren.«

Helen griff in eine Schublade und holte ein kleines Band hervor. Es hatte beinahe Kassettengröße, war nur etwas dicker und von einer Metallhülle, nicht von Plastik umgeben. »Backup auf Band.«

»Hä?« Für M. J. war das alles Fremdsprache.

»Sie hat ein Tape-Backup. Wir können eine Kopie machen und sie mitnehmen.«

»Wieso kennst du dich mit diesem Zeug so gut aus?«

»Verpatzte Jugend in Video-Hallen.« Er streckte die Hand nach dem Band aus. »Soll ich es machen?«

Helen reichte ihm das Band, und Ruben machte sich an die Arbeit. M. J. wandte sich Helen zu.

»Warum sendet er ausgerechnet Ihnen so eine Nachricht?«

»Was meinen Sie?«

»Ich weiß nicht. Niemand hat irgendwie erwähnt, daß Sie in die Fälle verwickelt sind.«

Hysterie und Wut katapultierten Helen aus ihrem Stuhl. »Was heißt da verwickelt? Ich bin nicht verwickelt! Das ist einfach ein Spaß, den sich diese Kerle machen. Sie hängen an den diversen Tatorten herum und beobachten die Cops. Er beobachtet Sie – und Sie haben ihn schnurstracks zu mir geführt!«

»Aber er ist nicht mit *mir* in Kontakt getreten, sondern mit *Ihnen*. Weshalb?«

»Weil ich das verdammte Pin-up-girl dieser Männer bin, deshalb! Die Kerle kennen mich alle! Sie sammeln Zeitungsausschnitte! Ich bin ihre Muse! Ihr einzig würdiger Gegner!«

Ruben stand auf und murmelte etwas vor sich hin.

»Verdammt! … Was zum Teufel …?«

Die beiden Frauen schauten über seine Schulter. Auf dem Monitor erschien eine Textzeile:

»JETZT SEHEN SIE MICH …«

Ein grinsender Totenschädel bildete sich über einem Paar klauenartiger Hände. Er drehte sich, zog sich unter dem Geräusch höhnischen Gelächters zurück, und plötzlich verschwand das ganze Bild, und statt dessen tauchten die Worte auf:

»JETZT NICHT MEHR!«

Helen schubste Ruben beiseite, hantierte mit der Maus und schlug einige verzweifelte Befehle in die Tastatur.

»Weg! Die Datei ist weg! Was haben Sie gemacht?«

»Gar nichts! Ich habe einfach Befehl zum Kopieren gegeben, aber das verdammte Ding lief nicht. Sonst habe ich nicht ...«

»Himmel Herrgott noch mal, Ruben, das war knallhartes Beweismaterial! Wie kann das einfach so verschwinden?« M. J. war stocksauer.

Helen arbeitete fieberhaft, erhielt für ihre Bemühungen aber immer nur denselben Hinweis:

»NICHT AUFFINDBAR. DATEI MORGEN.AVI EXISTIERT NICHT.«

»Ruben kann nichts dafür. Die Datei ist weg. Sie ist auf keiner Datei-List in Laufwerk C, und auch keines der Dienstprogramme kann sie aufspüren.«

»Glauben Sie, daß er einen Virus eingepflanzt hat?«

»Anders ist es nicht vorstellbar.«

M. J. verstand mal wieder nur Bahnhof. »Könnte mir bitte jemand erklären ...?«

Ruben sprang ein. »Er hat in das Programm einen sich selbst zerstörenden Computer-Virus eingebaut. Versucht man, die Datei zu kopieren, löscht sie sich selbst.« Trotz seiner Niederlage war Ruben beeindruckt. »Cleverer Bursche, das muß ihm der Neid lassen!«

»Erinnern Sie sich, wie sie ausgesehen hat?« fragte M. J. Helen.

»Sie war einfach ein junges Mädchen wie Millionen anderer auch! Ich habe sie kaum gesehen!«

»Wir sollten ins Büro zurückkehren. Mercer soll sich der Sache annehmen. Es muß doch eine Möglichkeit geben ...«

Helen griff hinter den Computer und begann, die Stecker aus den Steckdosen und den Anschlüssen zu ziehen.

»Was tun Sie da?«

»Ich werde das nicht anlassen! Dieses Ding ist wie ein verdammtes offenes Fenster! Er kann jederzeit, wenn er möchte, einsteigen!«

»Dann steigt er ein, und wir schnappen ihn! Das ist die einzige Spur ...«

»Großartig! Und welche Rolle spiele ich dabei? Das Opferlamm, das hier festgebunden ist? Ihnen ist wahrscheinlich nicht klar, daß dies hier der einzige Ort ist, den ich in der Welt habe. Ich werde nicht dulden, daß Sie …« Helens Lautstärke schwoll zu einem durchdringenden hysterischen Crescendo an.

»Ich werde Ihnen umgehend einen Sicherheitsbeamten besorgen.«

»Ich will niemanden hier haben!«

Ruben stand auf und legte sanft und beschwichtigend die Hand auf Helens Arm. Seine Stimme war weich und leise und voller Mitgefühl. »Hey! Wir arbeiten doch im gleichen Team! Lassen Sie uns den Monitor wieder einschalten. Ich werde dableiben und ihn beobachten, bis wir irgend etwas herausgefunden haben, okay?« Er warf M. J. einen Blick zu. »Geh nur!«

Nachdenklich betrachtete M. J. Ruben und Helen; sie spürte, daß zwischen den beiden etwas vorging, wovon sie ausgeschlossen war. Ausgeschlossen wie ein Kind, das am Sonntagmorgen vor der abgesperrten Schlafzimmertür der Eltern steht. Einen kurzen Moment überkam sie dasselbe ungute Gefühl, wie sie es von früher her kannte, wenn ihre beste Freundin an der Junior High-School im Flur mit einem Jungen redete, auf den M. J. gerade ein Auge geworfen hatte. Energisch schüttelte sie dieses Gefühl ab und schnappte sich ihren Trenchcoat.

»Bis später dann.«

M. J. verließ Helens Haus und ging zu ihrem Wagen. Plötzlich jagte ein Schauer durch ihren Körper, der ihr durch Mark und Bein ging. Jemand beobachtete sie. Sie wirbelte herum und sah sich einer Videokamera gegenüber. Die ›Quatsche‹, mit der ›Schmalzlocke‹ im Schlepptau, hatte ihr im Hinterhalt aufgelauert. Susan Schiffer schob ihr ein Mikrophon unter die Nase. M. J. kramte ihre Schlüssel hervor und rammte sie in das Autotürschloß, angeheizt durch ihre Wut über das verlorene Computer-Beweismaterial und getrieben durch die Erkenntnis, daß Susan Schiffer Helen aufgespürt hatte.

»Detective Monahan, bedaure, wenn ich Sie erschreckt haben sollte. Sie kommen gerade aus Dr. Helen Hudsons Haus – kann man daraus schließen, daß Sie die Morde nun doch als das Werk eines Serienmörders betrachten?«

M. J. schloß ihren Wagen auf und stieg ein. »Im Augenblick kann ich dazu keine Angaben machen. Und jetzt gestatten Sie …«

»Ist es richtig, daß kürzlich eine Spezialeinheit aufgestellt worden ist, um in diesen Morden zu ermitteln? Werden Sie die Verfolgung …«

»Im Moment kann ich dazu keine Angaben machen.«

»Ach, jetzt geben Sie mir doch eine Chance, M. J.! Wir sind doch beide nur Mädchen, die versuchen, ihren Job zu machen!«

»Tut mit leid, Susan.« M. J. knallte der Reporterin die Autotür vor der Nase zu, gab Vollgas und preschte mit quietschenden Reifen vom Bordstein.

»Blöde Ziege!« murmelte die ›Quatsche‹ in die Auspuffwolke.

Gebannt saß Ruben vor dem reaktivierten Internet-Monitor in Helens Büro. Die weltlichen und einsamen Ergüsse aus den ›chat‹-Foren, den elektronischen Gesprächs-Foren, flimmerten über den Bildschirm. Millionen Menschen waren an das Internet angeschlossen und benutzten es dazu, ihren Kummer und ihre Gedanken in die unbegrenzten Weiten des Cyberspace zu entladen. Ihre anonymen Gespräche flossen körperlos wie eine Flaschenpost auf weiter See dahin. Eine Hightech-Rasse einsamer Herzen.

Helen schenkte sich einen Cognac ein und schritt, mit dem Glas in der Hand, in ihrem Büro auf und ab. Sie dachte über die Tatsache nach, daß der Mörder ein Foto von Jennifer Lyle, wie sie tot in der Badewanne lag, geknipst hatte – offensichtlich fotografierte er gern. Helen baute in Gedanken ein geistiges Bild des Mörders auf, das sich auf jedes Detail stützte, das sie mittlerweile herausbekommen hatte, sowie auf ihre Gabe, eine spezielle Veranlagung, eine spezielle pathologische Manie intuitiv zu erspüren. Abgesehen von der gerade gewonnenen Einsicht, daß er ein Cyberjunkie war – für einen einsamen Menschen mit lebhaftem Innenleben keine ungewöhnliche Zerstreuung –, fand dieser Nachahmungstäter auch Gefallen daran, seine Opfer zu filmen, vermutlich vor und nach deren Ermordung. Die Aufnahme von Jennifer Lyle wies eine frappierende Ähnlichkeit mit den polizeilichen Tatort-Fotos auf. Das Foto des neuen Mädchens dagegen war aufgenommen worden, als es noch am Leben war. Es könnte ein Standbild von einem Videofilm sein. Helen wußte jetzt, daß dieser Mann ein besonderes Faible für Technologie hatte: Er besaß Kameras, einen Schneideraum, Computer mit komplizierter Software, und er war zweifelsohne an das Internet angeschlossen. Außerdem hatte er die Zeit, sich mit einem berühmten verstorbenen Mörder zu beschäftigen, und er imitierte ihn bis ins kleinste Detail. Die erschreckendste Randerscheinung war jedoch, daß er wußte, wer Helen war. Er wußte, wie er an sie herankommen konnte, und stellte sich einzig für sie zur Schau – forderte sie heraus, zog sie bewußt mit in sein Spiel hinein.

Es verursachte ihr Kopfschmerzen, sich all dies zu überlegen; sie konnte heute abend einfach keinen klaren Gedanken mehr fassen. Das einzige, wonach es sie verlangte, war ein Glas Cognac und ihr Bett. Sie beugte sich zu Ruben hinunter und legte ihre Hand auf seine Stuhllehne.

»Heute abend wird es uns wohl nichts mehr mitteilen.«

»Sieht ganz so aus.«

»Wollen Sie einen Drink?«

»Nein, danke.«

»Immer im Dienst, was?«

»Immer.«

Helen setzte sich neben ihn. »Und wie, äh ... wie ist es mit Ihnen und M. J.?«

»Wie meinen Sie das?«

»Sind Sie ...?«

»Wir sind Partner.«

»Partner in jeder Hinsicht?«

»Bisher noch nicht.«

»Sie sind ganz schön von sich selbst überzeugt, nicht wahr?« Helen war selbst über die Art ihrer Fragen überrascht. Aber sie fühlte sich nun einmal unwiderstehlich zu diesem jungen Cop hingezogen. Er war intelligent, charmant, und sie hatte nun schon seit über einem Jahr ohne die Aufmerksamkeit eines heterosexuellen Mannes auskommen müssen.

»Nein, im Grunde bin ich schüchtern und wählerisch. Mein Problem ist ...« Ruben schaute sie an. Sie war keine dreiundzwanzigjährige Sekretärin aus Oroville. Er konnte sie nicht täuschen und war dazu auch gar nicht fähig. »... Tja, für mich gehören Sie leider zur Gruppe der Zeugen.«

Helen Hudson war genau die Art von Frau, die er sich im Grunde genommen wünschte – wenn auch nicht jetzt. Dieselben Eigenschaften, die ihn zu M. J. hinzogen, fand er auch in Helen wieder: eine scharfe Zunge, einen glasklaren, durchdringenden Verstand und eine beinahe schon schmerzende Weiblichkeit. Beide waren sie schön, teuflisch sexy und unberührbar. Unversehens kam Ruben ein alter Vers in den Sinn: »Wasser, Wasser, überall Wasser, und kein Tropfen zu trinken.«

»Nun ... vielleicht irgendwann mal, zu einem besseren Zeitpunkt.« Sie küßte ihn zart auf die Wange und beugte sich zu dem Internet-Terminal vor. »Was wäre, wenn meine Hand sich jetzt einfach selbständig machen und den Computer ausschalten würde? Nur für heute abend. Könnte das unser Geheimnis bleiben?«

Ruben gab ihr mit einer Handbewegung das Pfadfinder-Ehrenwort. Der Computerbildschirm erlosch. Ruben sammelte seine Unterlagen ein und nahm seinen Mantel. Helen begleitete ihn an die Tür und blieb auf der Schwelle stehen, um sich von ihm zu verabschieden.

Als er draußen im Hausflur stand, fragte er: »Sind Sie auch ganz in Ordnung?«

Lächelnd nickte sie.

»Wir werden morgen früh jemanden vorbeischicken.«

»Mir geht es gut. Ehrlich.«

Er wandte sich zum Gehen um; sie stand auf der Schwelle und schaute ihm nach. Nach etwa zehn Schritten wandte er sich plötzlich nach ihr um.

»Ach ja, die Nummer von meinem Handy, falls Sie mich irgendwie brauchen sollten.« Er griff nach seiner Brieftasche, zog eine Visitenkarte heraus und streckte sie ihr entgegen, bewegte sich aber keinen Schritt auf die Tür zu.

Helen rührte sich nicht von der Stelle. Ein Ausdruck von Übermut huschte über seine attraktiven Züge. Dies war ihr Rubikon, und das wußte er.

»Jederzeit. Tag und Nacht.« Nach wie vor stand er an der gleichen Stelle und hielt ihr die Karte hin.

»Ein weiterer Test?«

Ruben schaute sie mit lausbübischem Grinsen an. Helen gab sich einen Ruck, sammelte all ihren Mut, ließ den Türrahmen los und machte einen wackligen Schritt auf ihn zu. Dann noch einen und noch einen. Während Ruben sie beobachtete, verspürte er dieselbe Mischung aus Stolz und Begeisterung, wie sie Eltern bei den ersten Gehversuchen ihres elf Monate alten Sprößlings erleben.

Krampfhaft heftete Helen ihren Blick auf Rubens offene Hand, auf die kleine weiße Karte, die sie gleich einer Hostie bei der ersten Kommunion anlockte. Sie kontrollierte ihre Atmung, bewegte vorsichtig ihre Füße über die kräuselnden Wellen. Langsam streckte sie die Hand nach der Karte aus und ergriff sie. Lächelnd schaute sie Ruben an, und er erwiderte ihren Blick mit einem Ausdruck stillschweigender Anerkennung. Dann ging Ruben weg. Helen wandte sich nach ihrer Haustür um und registrierte mit Entsetzen und ansteigender Panik, daß die in die Tür eingebaute Sicherheits-Schließvorrichtung ihre Aufgabe tadellos erfüllt hatte. Die Tür bestand aus dickem, massivem grauem Stahl mit einer parallel zum Rahmen verlaufenden langen Stahlstange als Griff. Helen ergriff die Stahlstange und rüttelte wie eine Wahnsinnige daran. Sie war aus ihrem Apartment ausgeschlossen. Kurz vor einem hysterischen Anfall, wirbelte sie herum und hielt nach Ruben Ausschau, der mittlerweile in unendlich weiter Ferne zu sein schien. Der Hausflur verengte und weitete sich, ein alptraumhaftes Spiegellabyrinth aus rauhem, gelbem Verputz.

»O Gott … Hilfe!«

Ruben raste zu ihr zurück. Helen bekam kaum noch Luft; ihre Augen rollten nach oben. Die Panik und die Situation schockten ihr Nervensystem. Kurz aufblitzende Bilder von jenem Tag in der Clumsky Hall stürmten auf sie ein. *Joe Shields, wie er in den Waschraum rennt*. Ruben hielt sie fest, als ihr Körper konvulsisch zu zucken begann. *Eine Schlinge, die sich um ihren Hals zieht*. Ihre Hände flatterten zu ihrem Hals empor, zerrten und zogen. Ruben ließ sie los und trat gegen die Tür. Nichts. Er ging zu Helen zurück und versuchte, sie zu beruhigen.

»Ruben … ich kann nicht! Bitte, ich falle!« Ihre Beine knickten ein, und sie fiel auf den Boden des Flurs. *Ein hochhackiger Schuh, der auf dem Rand eines Toilettensitzes wippt*.

»Ich halte Sie fest. Ich bin da.« Ruben preßte sie, ihren Rücken an seiner Brust, gegen die Wand, als wäre sie eine Verdächtige, die er nach Waffen abklopfen wollte. Diese Position war zwar etwas peinlich, aber sie half. Helens Atmung schien etwas ruhiger zu werden. Gleich Figuren in einem Gemälde, verharrten sie fünfzehn endlose Sekunden in dieser obskuren Stellung.

Manchmal wird man in den seltsamsten oder unpassendsten Momenten von Verlangen ergriffen, und so verspürte auch Ruben, mit Helens Nacken dicht vor sich, plötzlich den kurzen und machtvollen Impuls, sie zu küssen.

Statt dessen zog er seine Waffe aus dem Halfter. »Halten Sie sich die Ohren zu!« Er zielte sorgfältig und feuerte auf das Schloß. *Daryll Lee schießt, und Joes Körper sackt blutspritzend gegen die Wand*. Helen war halb bewußtlos.

Ruben hob sie auf, trug sie in ihr Apartment und legte sie auf die Couch im Wohnzimmer. Das Xanax-Fläschchen stand auf dem Tisch daneben; er gab ihr ein paar Tabletten und schob das Fläschchen dann in seine Hosentasche. Helen lag einen Moment reglos da und versuchte, sich wieder zu fangen.

»O Gott! Meine Tür!«

»Ja, tut mir leid!«

Sie begann unkontrolliert zu kichern, Ergebnis der neurobiologischen Interaktion von Schock, Cognac und Medikamenten. »Sie haben mein Türschloß zerschossen.«

»Ich rufe einen Schlosser an.« Ruben stand auf, um zum Telefon zu gehen.

Helen packte ihn am Arm. »Bitte, bleiben Sie! Ich habe Angst!«

Ruben zog sich einen Sessel an das Sofa. Momentan erleichtert und gleichzeitig erschöpft, legte sie sich zurück.

»Sie sind sehr nett, nicht wahr? *Neeett!*« Sie sprach das Wort aus, als handelte es sich um eine Krankheit.

»Ja. Vermutlich bin ich nichts weiter als ein netter jüdischer Junge.«

»Kennen Sie die etymologische Wurzel von ›nett‹? Das Wort kommt vom lateinischen *nescius,* das heißt unwissend. Nicht gerade das beste Rüstzeug zum Überleben, was?« Sie lachte.

Plötzlich preßte sie die Hände gegen ihre Schläfen und murmelte: »Er ist in meinem Kopf ... ich will ihn nicht in meinem Kopf haben ...«

»Wer?«

Sie schüttelte den Kopf von einer Seite zur anderen, Tränen quollen ihr aus den Augen, und dann schlief sie ein.

Ruben saß neben ihr in dem Sessel mit dem postmodernen europäischen Design und der Samtpolsterung. So ein Möbelstück würde er sich mit seinem Polizistengehalt niemals leisten können. Die Bemerkung, die sie vorhin über ihn gemacht hatte, schmerzte ihn noch immer, auch wenn sie sich morgen nicht mehr daran erinnern würde. *Nett.* Der Witz an der Sache war, daß es wahrscheinlich auf ihn zutraf, zumindest meistens. Im Kern seines Wesens verbarg sich allerdings noch eine andere Eigenschaft, die sie noch nicht wahrgenommen hatte, ein Teil von ihm, der hart wie Granit war; es war jener spezielle Wesenszug, der ihn als Cop glaubhaft machte – und er war immer abrufbar, wenn er ihn benötigte.

Man sagt oft, daß es zwei Arten von Cops gibt. Da ist einmal die Variante des traditionellen Dirty Harry, der den Begriff des ›Macho‹ verkörpert, stets eine Knarre bei sich trägt, seine ständigen Adrenalinschübe benötigt und Gefühle wegsteckt wie den Müll von gestern. Die zweite Variante wiederum ist von dem aufrichtigen Glauben beseelt, ihre wichtigste Pflicht im Leben sei es, zu beschützen und zu helfen, über die Schwachen und die weniger Glücklichen zu wachen und dafür zu sorgen, daß der Rest der Welt in Sicherheit lebt und funktioniert.

Ruben gehörte zur zweiten Kategorie. Sein Leben lang hatte er Polizist sein wollen. Wie bei M. J. lag es ihm im Blut, so wenig sein äußeres Erscheinungsbild dies auch erkennen ließ.

In jener Zeit, als andere Jungen Baseball-Sammelkarten und Comics ausgetauscht hatten, war Ruben in die Bibliothek gegangen und hatte sich Bücher von Sir Robert Peel ausgeliehen, jenem maßvollen Reformpolitiker im England des frühen 19. Jahrhundert, der neue liberale Gesetzesgrundlagen geschaffen hatte und als Wegbereiter für das amerikanische Polizeisystem galt. Ruben hatte im Fernsehen sämtliche Polizeiserien angeschaut, von den ersten Folgen von ›Starsky and Hutch‹ bis hin zu den Wiederholungen von ›Dragnet‹ und ›Adam-12‹.

Die erbliche Belastung stammte von Rubens Vater. Sid Goetz hatte schon in jungen Jahren, als er im väterlichen Geschäft ›Goetz Männerausstattung‹ in Downtown San Francisco als Botenjunge mitgeholfen hatte, davon geträumt, Polizist zu werden. Und er hatte seinen Traum auch in die Tat umgesetzt, indem er sich, gegen den Willen seines Vaters, heimlich bei der Polizei-Akademie bewarb. Im Jahr 1960 war das aber kein Beruf, den Rose und Joe Goetz für ihren einzigen Sohn geduldet hätten. Vier Jahre lang wurde der arme Sid von seiner Familie derart mit Schuldgefühlen traktiert, bis er schließlich die Waffen streckte und den Polizeidienst quittierte. Er kehrte wieder in das Familienunternehmen zurück und verbrachte dort den Rest seines Lebens wie die drei Generationen vor ihm.

Dennoch brannte in Sid weiterhin ein kleines Cop-Flämmchen, das einfach nicht erlöschen wollte. Von 1964 an war er fünfundzwanzig Jahre lang Hilfspolizist im Richmond Sheriff's Department. In seiner Garage hielt er sich ein schweres Sheriff-Motorrad, das nie benutzt wurde, doch für den heranwachsenden Ruben war es an den Wochenenden immer ein besonderes Erlebnis, wenn er mit seinem Dad die Maschine polieren und die Scheinwerfer und Sirene testen durfte.

Als Ruben dann in seinem letzten High-School-Jahr verkündete, er wolle auf die Polizei-Akademie gehen, wurde auf ihn derselbe Druck seitens der Familie ausgeübt, wie fünfundzwanzig Jahre zuvor auf Sid. Grandpa Joe war nach wie vor der Patriarch der Familie, und er erklärte unmißverständlich, daß sich Ruben nur über seine Leiche der Bestimmung entziehen könne, ins Familienunternehmen einzusteigen. Nach zwei Jahren am ortsansässigen College ging Ruben nach San Diego an die University of California, um seinen Studienabschluß in Betriebswirtschaft zu machen. Dort begegnete er Cheryl Licht, einer schönen, wenn auch durch und durch verzogenen Sirene aus Beverly Hills, mit der er sich dann in seinem Abschlußjahr verlobte. Im Sommer nach seinem Abschluß kehrte Ruben nach Monaten schlimmer Träume und mysteriöser Magenbeschwerden nach Hause zurück – den Kopf kahlgeschoren als Vorbereitung für seinen ersten Tag an der San Francisco Police Academy. Die verwöhnte Cheryl suchte eilends das Weite. Sid Goetz freute sich insgeheim wie ein Schneekönig, und Grandpa Joe starb im ersten Monat von Rubens Ausbildung.

Rubens Vorfahre, Jacob Goetz, war einer der zahlreichen deutschen und bayerischen Juden – zu denen auch der berühmte Levi Strauss gehörte –, die im 19. Jahrhundert die strapaziöse See- und Landreise von Europa in den Westen Amerikas gewagt hatten. Die meisten waren Glücksritter, die am großen Goldrausch teilhaben wollten. Der fast völlig mittellose Jake arbeitete zehn Jahre in den Minen, bis er schließlich auf eine kleine Ader stieß. In der Zwischenzeit hatte er genügend Geld und begeisterte Briefe nach Hause geschickt, um auch seine Brüder und Cousins herbeizulocken. Eine weitere Familienlegende beruft sich auf die heldenhaften Taten von Samuel Goetz, dem Ur-Urgroßonkel von Ruben, der sich als Gesetzeshüter in Cripple Creek, Colorado, niedergelassen hatte. (Bis San Francisco hatte er es nie geschafft.) Wie die Saga weiß, räumte Sam in der kleinen Stadt gründlich auf, ohne auch nur einmal seine Waffe zu gebrauchen. Glaubt man der landläufigen Meinung, daß neunzig Prozent aller Cops den Beruf im Blut haben, so hatten Sid und Ruben ihre angeborene Begabung Onkel Sam zu verdanken.

Der Goetz-Clan ließ sich bald in und um San Francisco nieder und investierte das kleine Vermögen an Gold in das Männerbekleidungs-Geschäft. Ironischerweise entdeckte Ruben, sobald er Cop geworden war, daß ihm auch der Handel mit Männermode im Blut lag, und kaum war er bei der Polizei so weit aufgestiegen, daß er Zivilkleidung tragen durfte, wurde er für seine extravagante Aufmachung berühmt-berüchtigt.

Die sechs Monate an der Akademie waren die schlimmste Zeit seines Lebens. Von vier Uhr dreißig in der Früh, wenn das Körpertraining begann, bis zur Schlafenszeit arbeitete jeder Ausbilder, den Ruben hatte, nur darauf hin, den netten College-Jungen fertigzumachen. Damals ahnte Ruben erstmals, aus welchem Holz er geschnitzt war.

Doch erst als er draußen, auf den Straßen, zu arbeiten begann, entdeckte er jenen Teil von sich, der in ihm eingesperrt gewesen war und geduldig auf seine Stunde gewartet hatte. In seiner ersten Woche im Dienst geriet er in einen bewaffneten Raubüberfall, wurde bei einer Geisel-Befreiung angeschossen und errettete ein vierjähriges Mädchen aus den Klauen ihres gewalttätigen Vaters. Er machte einfach seine Arbeit, ohne jede Angst und ganz auf die momentane Situation konzentriert. Während eines Einsatzes war kein Raum für Angst; Angst war der Garantieschein für den Tod und mußte warten, bis man abends zu Hause war und mit der Frau oder der Freundin oder dem besten Kumpel bei einem Bier darüber sprechen konnte. Ruben wurde bewußt, daß er über die Fähigkeit verfügte, jegliche Emotionen auszuschalten. Er konnte seine Arbeit tun, ohne durch Angst behindert zu sein.

Und er liebte dieses Leben aus ganzem Herzen. Für einen Polizisten gleicht kein Tag dem anderen – das macht den Job so faszinierend.

Ruben schaute auf Helen hinunter, die sich unruhig im Schlaf bewegte, geplagt von schweren, durch Medikamente beeinflußten Träume. Er zog sein Sakko aus, lockerte seine Krawatte, ging zur anderen Couch hinüber und legte sich lang. Auf seinen Wangen lagen bereits die Schatten nachsprießender Bartstoppeln. Morgen früh würden sie schwarz und stachelig sein, und außerdem hatte er auch kein sauberes Hemd dabei. Nun, wenn nichts dazwischen käme, könnte er morgen früh rasch nach South of Market in sein kleines Apartment fahren, um sich dort zu duschen und umzuziehen.

Als sein Blick erneut auf Helen fiel, mußte er unwillkürlich an M. J. denken. Das einzige, was er momentan im Leben vermißte, war eine Frau, die er liebte, die ihn abends von der Last schlimmer Verbrechen und Grausamkeiten, mit denen er tagtäglich konfrontiert war, befreien konnte. Es gab zwar Dutzende von Mädchen in seinem Leben, doch sie bedeuteten ihm nichts, außer ein wenig Spaß, um gewissermaßen in Übung zu bleiben. Cheryl Licht war in seiner Erinnerung nur mehr ein flüchtiger Windhauch. Er führte das typische San-Francisco-Single-Leben: morgens Cappuccino in den Cafés am North Beach, in der Freizeit ausländische Filme in Japan Town, an den Montagabenden hastige Verabredungen mit Mädchen aus der Aufreißer-Szene am Marina Safeway – und ein super Job. Doch seit einiger Zeit wurde ihm in jeder Nacht, die er allein verbracht, die leere, unausgefüllte Stelle in seinem Herzen schmerzlich bewußt.

Ruben nahm seine Krawatte in die Hand, das jüngste Stück seiner reichhaltigen Kollektion, und betrachtete das auf die Vorderseite gedruckte Detail eines Chagall-Gemäldes. Das Bild stellte eine Dorfhochzeit aus alter Zeit dar; der

Ehemann schwebte selig im Tanz mit seiner frisch angetrauten Frau durch die Luft. Ruben ließ die Krawatte durch die Fingerspitzen gleiten, knipste das Licht aus und schloß die Augen. Er fiel in einen oberflächlichen, leichten Schlummer, aus dem ihn um sechs Uhr dreißig sein Funktelefon herausklingelte.

SECHSTES KAPITEL

Peter

»Peter ...? Peeeter!« Georgette Foley saß im Bett, gegen einen ausgestopften roten Ehemann gelehnt, den sie zwischen sich und das Kopfteil des Betts gezwängt hatte. Bei dem ›Ehemann‹ handelte es sich um ein quadratisches, kissenartiges Gebilde mit Stummelarmen, von dem sie sich auf eine Art umarmen ließ, wie sie es ihrem leibhaftigen Ehemann seit fünf Jahren nicht gestattet hatte. Ein brauner Zwergterrier mit dem Gesicht einer Ratte und einer pinkfarbenen Samtschleife saß auf ihrem Schoß und versuchte gerade, sich unter ihren Morgenmantel zu graben, ein atavistischer Impuls, den er seinen Vorfahren verdankte, die als Jagdhunde für unterirdisch lebende Waldtiere gezüchtet worden waren. Sie streichelte den winzigen Rattenhund mit einer Zärtlichkeit und Intimität, die ebenfalls in der Beziehung zu ihrem Gatten völlig fehlten. »Wo bleibt nur unser Daddy, Schätzchen? Hat er uns ganz vergessen?«

Es war bereits später Abend. Trotz des wunderbaren nordkalifornischen Wetters mit Temperaturen zwischen fünfundzwanzig und dreißig Grad hatte Georgette den ganzen Tag im Bett verbracht. Sie räkelte sich faul in ihrem mit pinkfarbenen Rosen gesprenkelten Flanell-Nachthemd von Laura Ashley; das Nachthemd wies an der Vorderseite einen dünnen Baumwolleinsatz auf, der mit Spitze besetzt und über dem linken Busen mit einer auffälligen, in Pink und Blutrot leuchtenden Rose mit filigranen grünen Blättern versehen war. Ihre Bettwäsche stellte eine weitere Hymne an pinkfarbene Blütenornamente in mit Polyester durchsetzter Baumwolle dar. Auf den völlig identischen Kirschbaumholz-Nachtkästchen zu beiden Seiten des Bettes standen pinkfarbene Keramiklampen mit pinkfarbenen Segeltuch-Schirmen. Die Tapeten spiegelten ebenfalls das Rosenmotiv wider, und auch die an den Wänden hängenden gerahmten Aquarelle, Stickarbeiten und Drucke zeigten ausschließlich Darstellungen von Blumen. Es war, als sei die ganze Georgette nichts weiter als ein Unterbegriff der botanischen Gattung *Rosa*. Zwar hatte sie monatelang keine Gartenanlage mehr betreten, doch eine solch billige und widerliche Atmosphäre mit stickiger, dumpfer Luft benötigte sie auch nicht. Ihr Garten blühte ohne natürliches Licht und benötigte kaum Pflege. So konnte sie ihre gesamte mütterliche Energie auf den Rattenhund konzentrieren und sich ansonsten den nachmittäglichen Seifenopern und den Groschenromanen hingeben, in denen wahnsinnige Mieder-Aufschlitzer ihr Unwesen trieben.

Georgette lebte von dem bescheidenen Gehalt ihres Gatten sowie ihrer Erwerbsunfähigkeit und den Früchten ihrer nunmehr vierten Klage vor Gericht. In diesem letzten Verfahren hatte sie ihre ehemalige Arbeitsstelle, die Foxwood-Versicherungsgesellschaft, auf Schadenersatz für die enorme Belastung, die sie unter dieser dämlichen Ziege von Chefin hatte erleiden müssen, verklagt. Georgette hatte zwar gelogen, Kugelschreiber und Papier geklaut, des öfteren gefehlt, sich verspätet und am Telefon Privatgespräche geführt, sah all diese Verfehlungen jedoch aufgrund ihres zarten Nervenkostüms als gerechtfertigt an. Niemand wußte, wie sensibel und intelligent sie wirklich war, am wenigsten diese achtundzwanzigjährige schwarze Ivy-League-Schlampe mit ihren perfekten Fingernägeln. Foxwood hatte schließlich nachgegeben, und als Folge davon lag Georgette seit nunmehr sechzehn Monaten in halbinvalider Seligkeit danieder.

Ein Mann kam herein, der um die achtundzwanzig oder neunundzwanzig war und um etliches jünger als Georgette wirkte. Er trug einen weißen Laborkittel über einem konservativen blauen Hemd mit Krawatte und dunkelgrauen Freizeithosen. Sein glattes, hellbraunes Haar fiel ihm über die Ohren und bis über den Rand seiner Nickelbrille. Er war von jungenhaftem, gutem Aussehen, wenn auch auf eine merkwürdig nichtssagende Art. Allerdings wurde seine Attraktivität durch sein tölpelhaftes, linkisches Wesen etwas beeinträchtigt. Es gibt gewisse Menschen, die seltsame Verhaltensweisen entwickeln, sobald sie versuchen, sich sozial zu verhalten und an den Status quo anzupassen. Vielleicht ganz gegen ihre eigentlichen inneren Wünsche, erscheinen sie dann völlig nichtssagend und ausdruckslos, quasi unsichtbar. Peter war einer dieser unsichtbaren Menschen und im Augenblick darum bemüht, sich einem Akt extremer Überanpassung zu unterwerfen.

»Ich habe gerufen und gerufen. Hast du mich nicht gehört?«

Peter hielt ein Glas Wasser in der Hand. Er ging zur Bettkante und setzte sich. »Entschuldige, meine Liebe, ich war gerade ...«

»Du hast unsere Süße völlig vergessen, nicht wahr?«

Sie nahm das angebotene Glas und hielt es vor die Schnauze des winzigen Hundes.

»Du bist sehr durstig, ja, meine Kleine?« Ihre Stimmlage sackte eine halbe Oktave nach unten, verlor aber, als sie sich an den Gatten wandte, ihre süßliche Klebrigkeit. »Was machst du gerade? Wollen wir uns zusammen David Letterman anschauen?«

»Äh, ich ...«

»Du weißt, wie sehr ich es hasse, Talkshows allein anzusehen.«

»Ja. Nun, ich ...«

»Ach, dann geht doch wieder zu deinen dämlichen Computern zurück!«

Sichtlich erleichtert, erhob sich Peter.

»Hast du nicht etwas vergessen?«

Peter beugte sich über sie, ignorierte den Rattenhund, der ihn eifersüchtig ankläffte, und bemühte sich sorgfältig, den zum Kuß geschürzten Lippen seiner Frau auszuweichen. Er küßte sie auf die trockene Stirn. Ihre Haut war farblos wie der bleiche Hintergrund, auf dem ihre zweidimensionalen Rosen prangten. Abwesend strich er über den Ansatz ihres überstrapazierten, mausbraunen Haares. Sie wirkte weit älter als ihre fünfunddreißig Jahre; ihr Gesicht war faltig und zerquält, ohne einen Ausdruck von Intelligenz oder Wärme, der den Effekt gemildert hätte.

»Wuff, wuff«, sagte sie.

»Ich liebe dich auch«, antwortete er.

Er verließ das Schlafzimmer und durchquerte, auf dem Weg zur Küche, das öde kleine Wohnzimmer. Zum Glück hatte sich Georgettes Vorliebe für Kitsch und Flitter nicht über das ganze Haus ausgebreitet; dazu hatte sie weder das Geld noch das Interesse. Unbewußt sog er den Geruch der billigen dunklen Möbel und der schäbigen Vorhänge ein. Die Küche war ein Saustall. Sie räumte nach ihren Dosensuppen und Dosenmakkaroni nie auf, aber das war ihm egal. Auf der hitzebeständigen Plastikablage stand in einem Meer von Toastkrümeln eine halbleere Dose Hundefutter. Mit jedem Zentimeter, den er zwischen sich, seine Gattin und deren Schoßhündchen legte, hellte sich seine Stimmung auf. Als er die Küche hinter sich ließ und die Kellertür aufsperrte, summte er sogar vor sich hin. Es war einer dieser Songs aus den Sechzigern, die er gestern auf dem Festival gehört hatte.

Er stieg die Kellertreppe hinunter und begab sich in die Mitte seines Lieblingsraums. Wie ein Kind, das stolz seine Modelleisenbahn bewundert, strich er mit den Händen über die Reihe geschmeidig glatter, grauer High-Tech-Geräte, über die Camcorders, Modems, Kopierer, Videorecorder, Magnetplattenlaufwerke und Monitore, die sein unterirdisches Versteck füllten. Hartplastik und poliertes Metall. Er liebte jedes einzelne Gerät. Jeder Neuanschaffung war gründliche Forschung vorausgegangen. Alle Geräte waren spezifisch aufeinander abgestimmt, waren kalkulierbar, zuverlässig, effizient und gaben ihm seine Zuwendungen mit Gleichmut zurück. Der ›menschliche Faktor‹, eine Substanz, die Peter Foley nie erfaßt oder beherrscht hatte, war hier erfreulich abwesend.

Ein kleiner Video-Bildschirm war auf ein Standbild von Randi Salvino eingestellt; sie posierte mit einer Hand auf der Hüfte, die andere Hand zum *Peace*-Zeichen ausgestreckt. Neben dem Bildschirm stand ein Labortisch, der mit weißen zusammengefalteten Laken gepolstert war, die die wählerische Georgette schon vor langer Zeit ausgemistet hatte. Dort lag, am Rande der Bewußtlosigkeit schwebend, das lebende Modell des Standbilds. Provisorische Halterungen gurteten sie an den Tisch. Eine große, durchsichtige, reißfeste Plastiktüte, die Peter aus seiner Arbeitsstätte ergattert hatte, war über ihren Kopf gezogen und am Hals mit silbernem Leitungsdraht befestigt. Ein weiteres Stück Leitungsdraht in Höhe ihres Mundes hinderte sie am Schreien. Sie war halb bewußtlos und hatte die Augen geschlossen, während sie sich allmählich dem Erstickungstod näherte.

Peter beugte sich über sie und legte seine linke Hand behutsam auf ihre Stirn. In der rechten hielt er ein scharf geschliffenes Messer, das er langsam über ihrem Gesicht schwenkte. Ihre Augen flatterten auf, sahen Peter und das Messer, und sie verkrampfte sich vor Entsetzen, bäumte sich mit letzter noch verbliebener Kraft gegen die Gurte auf, die sie an den Tisch bannten.

Direkt gegenüber von Peter hing eine Pinwand, die sich über die gesamte Wandseite erstreckte. Eine Collage aus Fotos befand sich darauf, manche mit Fotoapparaten geknipst, andere wieder Standfotos von Videofilmen. Von jedem seiner letzten drei Opfer, einschließlich Jennifer Lyles, gab es mehrere Aufnahmen. Einige waren vor der Gefangennahme gemacht worden, andere während der tatsächlichen ›Verführung‹, und wieder andere stammten aus der Zeit danach. An der rechten Seite der Pinwand entstand gerade eine zweite Collage mit diversen Tatort-Fotos sowie einigen Aufnahmen von M. J. und Ruben. Den Ehrenplatz nahmen die Aufnahmen von Helens Apartment ein, auf denen mitunter auch Helen und Andy zu sehen waren.

Peter beugte sich dichter über Randi, so daß sein Unterarm sacht zwischen ihren Brüsten zu ruhen kam. »Nein, nein, du verstehst das nicht.« Mit einem einzigen geschickten Schnitt schlitzte er durch die Plastiktüte den Leitungsdraht über ihrem Mund. Randy japste und keuchte nach Luft. »Da. Habe ich nicht gesagt, daß ich mich um dich kümmern werde?« Er strich über ihre Stirn, genauso, wie er es zuvor bei Georgette getan hatte. Sein weißer Laborkittel schmiegte sich in die Falten ihres weißen mexikanischen Hochzeitskleides. Während sie gierig die Luft in sich einsog und in einem Nebel des Grauens wieder zu sich kam, wiegte er sie langsam in seinen Armen. Man hätte sie für fremdartige Engel halten können, die in ein geheimnisvolles Liebesritual versunken waren.

Inspector Mary Jane Monahan stand auf einer steinigen, windumtosten Hügelspitze hoch über der Stadt. Der frühe Morgennebel hing noch wie ein Schwall grauen Tülls über der Landschaft. M. J. stand auf kalter, unfruchtbarer Erde, die zu dem trostlosen Grau der Umgebung paßte. So könnte es am Tag nach einem Atomschlag aussehen.

Hinter ihr lag die Leiche von Randi Salvino, mit dem Gesicht nach unten und bis auf ihr weißes Bikinihöschen völlig nackt. Neben dem toten Mädchen ragte gleich einem zynischen Mahnmal ein ›Müll wegwerfen verboten‹-Schild empor. Dr. Frank Able packte seine Gerätschaften ein. Die Mitarbeiter des Coroners standen müßig mit ihrem gelben Leichensack herum und wirkten wie Totengräber bei einer Zigarettenpause. M. J. wandte sich dem uniformierten Streifenbeamten zu, der als erster am Tatort gewesen war.

»Haben Sie die jungen Leute, die die Leiche gefunden haben, voneinander getrennt? Sagten sie aus, daß sie nichts angefaßt haben?« Hinter dem Polizisten konnte M. J. ein paar Schaulustige erkennen, die sich am Fuß des Hügels zusammendrängten. Nicoletti notierte die Aussagen einer etwas ramponiert wirkenden Schar junger Leute, die vom *Festival of Love* übriggeblieben waren. Daneben kam gerade Ruben mit einem Taxi an und machte sich schnurstracks auf den Weg hügelaufwärts. Kaum hatte Nicoletti Ruben entdeckt, eilte er auf ihn zu.

»Morgen.« Mit einem Blick registrierte Nicoletti den zerknautschten Anzug Rubens und seine stoppeligen Wangen. »Sie hatten wohl ihren Rasierapparat nicht greifbar?«

»Ich war die ganze Nacht wach und habe mich um eine kranke Freundin gekümmert«, erwiderte Ruben mit vor Erschöpfung gepreßter Stimme. Er brachte heute keine Geduld für Nikkos Gefrotzel auf und marschierte weiter in Richtung der einsamen Gestalten auf der Hügelspitze. Nicoletti packte ihn am Arm.

»Haben Sie was mit M. J.?«

»Das darf doch wohl nicht wahr sein!« Verärgert über die Frage, ganz zu schweigen von dem unpassenden Zeitpunkt, riß er sich los und ging weiter.

Nikko blieb ihm auf den Fersen und ließ sich nicht abschütteln. »He, Sie stinken, Mann! Wo waren Sie letzte Nacht? Haben Sie es mit ihr getrieben?«

»Was ist los mit Ihnen?«

Nikko fuchtelte drohend mit seinem Zeigefinger. »Sie behandeln sie anständig, okay? Keine miese Tour! Das hat sie nicht verdient.«

»Kümmern Sie sich um Ihre eigenen Angelegenheiten, Nikko.«

»Sie tun ihr nicht gut – und das werde ich sehr wohl zu meiner eigenen Angelegenheit machen!«

»He, Mann, warum hat sie Ihnen denn den Laufpaß gegeben, hm? Na los, sagen Sie schon!«

Als Ruben bei M. J. ankam, blieb Nicoletti ein Stück zurück. Ruben zog M. J. beiseite. »Was, zur Hölle, hat *er* hier zu suchen?«

M. J. ignorierte die Frage. Und sie schien Rubens Aussehen nicht zu bemerken. Ihre Konzentration war ganz auf das tote Mädchen gerichtet. »Also, was siehst du?«

Ruben ging neben Randis Leiche in die Hocke. M. J. stand über ihm. Im Hintergrund lungerte Nicoletti herum. »Tja, sieht aus, als wäre sie sexuell mißhandelt worden. Keine Anzeichen eines Kampfes. Keine Ligaturmale und Quetschungen wie bei den anderen – aber sie ist ziemlich blau. Tod durch Ersticken? Das ist nicht unser Mann.«

»Schau dir ihre Füße an.«

Rubens Augen wanderten zu den Füßen des toten Mädchens. »Kein Blut. Denkst du, daß sie post mortem hierhergeschleppt wurde?«

»Vielleicht. Auf diesem Zeug«, sie deutete auf den felsigen Grund, »werden wir jedenfalls keine Spuren finden.« Aus irgendeiner nahegelegenen Fabrik wehte mit der Meeresbrise ein beißender Geruch herüber; vielleicht war es aber auch nur ein Nachhall der Chemikalien, die der Coroner für seine letzte

Salbung verwendet hatte. M. J. widerstand dem Verlangen, tief Luft zu holen; die giftige Luft war eine perfekte Strafe für ihre Unzulänglichkeit. *Schon wieder habe ich versagt. Ich habe nicht verhindert, daß sie ermordet wurde.*

Sie beugte sich über Ruben, der noch immer in der Hocke saß, und zupfte ein Haar von seiner Schulter.

»Lange Nacht?«

»Jetzt fang *du* nicht auch noch an!«

M. J. wurde wieder dienstlich. »Was ist mit ihren Armen?«

Durch den plötzlichen Themawechsel aus dem Konzept gebracht, brauchte Ruben einen Moment, bis er antworten konnte. »Nadeleinstiche ... Aber sie sieht nicht wie ein Junkie aus.«

Nicoletti tauchte hinter ihnen auf. »Vermutlich so stoned, daß sie gar nicht merkte, was passierte, was, Rube?«

M. J. schaltete sich ein; ihr Ton war knapp. »Hoffentlich.«

»Diese kleinen Hippie-Miezen! Wollen alle immer nur glücklich sein! Wollen alle Liebe machen! Genau Ihr Typ, was, Rube?«

Ruben stürzte sich auf Nicoletti. Reflexartig schlug der ältere Cop zurück, worauf Ruben fast zu Boden ging. Die Arme zur Abwehr geblockt, stellte sich M. J. zwischen die beiden. Sie kochte vor Zorn. »Was, zur Hölle, fällt euch ein? Wollt ihr in die Sechs-Uhr-Nachrichten kommen?«

In der Tat hatten unter ihnen Susan Schiffer und die ›Schmalzlocke‹ ihren Laden bereits aufgemacht und interviewten gerade die übernächtigten Festival-Teilnehmer.

M. J. wandte sich ihrem Ex-Liebhaber zu. »Nicoletti, du willst doch sicher dein Zeugenverhör beenden! Los!«

Nikko warf Ruben einen letzten harten Männerblick zu, ehe er zum Fuß des Hügels hinuntermarschierte.

»Laß uns von hier verschwinden.« Sie drehte sich um und ging wenige Schritte hinter Nikko nach unten. »Verdammt noch mal, Ruben!«

»Na ja, es tut mir leid, okay?«

»Ich müßte darüber eigentlich Bericht erstatten.«

»So leid es mir tut, aber ich kann diesen Kerl nun mal nicht ausstehen.«

Sie versuchten zwar, sich an der am Fuß des Hügels versammelten Gruppe vorbeizustehlen, doch die ›Quatsche‹ schnitt ihnen den Weg ab.

»Was hat es mit diesen Anspielungen auf den Boston-Würger auf sich, M. J.?«

»Entschuldigen Sie, Susan, aber Sie setzen auf das falsche Pferd. Wir untersuchen noch die Beweislage. Eine offizielle Erklärung werden wir später abgeben.«

»Inspector, können Sie bestätigen, daß jemand den Boston-Würger nachahmt und daß dies sein viertes Opfer ist?«

»Wir werden die gesamte Beweislage sehr gründlich überprüfen, ehe wir irgendeine Erklärung abgeben.«

M. J. und Ruben eilten auf ihren Wagen zu. Susan drückte der ›Schmalzlocke‹ ihr Mikro in die Hand und rannte ebenfalls zu ihrem Wagen.

M. J. setzte sich ans Steuer und bewahrte während der Fahrt eisiges Schweigen. Ruben warf ihr hin und wieder einen zerknirschten Blick zu. Im Rückspiegel entdeckte M. J. Susans Auto, das beharrlich hinter ihnen herfuhr. Sie bellte Ruben an: »Los, steck das Polizeilicht auf!«

»Wieso denn?«

»Mach's einfach, okay? Ich will nicht, daß uns die Quatsche bis zu Helen Hudson verfolgt.«

»Wir fahren zu Dr. Hudson?«

»*Ich* fahre.«

Das Polizeilicht blitzte auf dem Dach des blauen Chevy auf, und M. J. drückte langsam das Gaspedal durch. Susan beschleunigte gleichfalls, blieb ihnen weiterhin auf den Fersen.

Verwirrt blickte Ruben zu M. J. »Was soll ich …?«

»Du wirst im Labor Druck machen, damit eine wirklich schnelle Voruntersuchung der Spermien erfolgt.«

»Ist das eine vertrauliche Sache? Denn wenn das so ist, dann gibt es da etwas, was du wissen solltest.«

»Nein, es gibt etwas, das *du* wissen solltest. Du wirst dich nie, nie, nie wieder mit einer Person einlassen, die etwas mit einem Fall zu tun hat!«

»Was? Wie bitte? Was glaubst du …«

»Du solltest, verdammt nochmal, damit anfangen, an deiner Triebkontrolle zu arbeiten! Eine Frau, die in den Fall verwickelt ist ... Wie soll das laufen?«

»Sie ist vielleicht eine Art Informanten, aber keine Verdächtige.«

»Eine Person, die mehr oder weniger selbst ein Beweisstück ist? Das ist Lehrbuch Seite eins, Mann! Seite eins!«

»Und könnte Seite eins nicht auch beinhalten, daß man einen Zeugen, der vor Angst außer sich ist, beruhigen und trösten sollte? Daß man ...«

»Oh, du hast sie also getröstet?«

»Ja, verdammt, das habe ich!«

»Tja, du hast bestimmt dafür gesorgt, daß sie sich bei dir sehr wohl fühlt!«

M. J. explodierte fast vor Wut, und sie reagierte ihren Adrenalinspiegel mit ihrer Fahrweise ab. Trotzdem blieb Susan Schiffers Crew hinter ihnen.

»Ich schwöre, daß nichts pas ...«

»Versuche nicht, mich anzulügen, Ruben! Dazu fehlt dir das Talent!«

»Du bist eifersüchtig! Ich kann es nicht glauben! Meine Träume werden wahr!«

»Eifersüchtig? Wegen dir? Ruben, du bist wahrhaftig selbst dein größter Fan! Die Frau ist labil! Du könntest dir eine Anklage wegen Belästigung einhandeln! Alles mögliche! Du verhältst dich wie irgendein geiler kleiner Teenie!«

»Das ist wirklich unfaßbar! Nikko glaubt, ich gehe mit dir ins Bett. Du glaubst, ich bumse Helen. Und ich bin schon seit Wochen nicht mehr verführt worden!«

»Jetzt schnall dich, um Himmels willen, endlich an!«

Ruben klinkte seinen Sicherheitsgurt ein. »Und was, zum Teufel, macht Nikko? Er benimmt sich, als wärst du sein Eigentum!«

»Nikko ist meine Angelegenheit. Du hältst dich da raus.«

»Du wirst dich ihm gegenüber nie normal verhalten können, wenn er sich benimmt wie ...«

»Wie was?«

»Wie ... wie ein brünftiger Elch!«

Gegen ihren Willen mußte M. J. schmunzeln. »Und was, zur Hölle, geht es dich an, ob ich mich normal verhalte oder nicht? Wir reden über *deine* Verhaltensweisen, klar? Laß meine aus dem Spiel!«

M. J. nahm eine weitere Kurve auf zwei kreischenden Rädern. Ruben klammerte sich in Todesangst am Haltegriff fest. Im Rückspiegel beobachtete M. J., wie Susan bei dem Versuch, ihnen zu folgen, die Kontrolle über ihren Wagen verlor.

»Jeder, der je ferngesehen hat, kennt diese Kurve!« grinste M. J. triumphierend.

Helen befand sich in ihrem Badezimmer. Ihre Hände zitterten, als sie den Inhalt eines Tablettenfläschchens auf ihre Handfläche kippte. Sie warf zwei Pillen zurück und schluckte die restlichen vier. Die Türglocke schellte.

»Andy, wo, zum Teufel, sind Sie?« rief sie, obwohl sie um die Sinnlosigkeit ihrer Frage wußte. Andy war ausgegangen.

Sie öffnete M. J. die Tür, die sofort Helens aufgelösten Zustand bemerkte.

»Ich weiß, Sie haben eine weitere Leiche gefunden! War es diese Tänzerin?«

»Woher wissen Sie das? Hat Ruben es Ihnen erzählt? O Mann!«

»Nein, ich habe es über Polizeifunk gehört.«

»Kann ich reinkommen? Ich muß ...«

Helen ließ sie ein. »Ja, man will, daß Sie im Büro anrufen, weil Ihr Funkgerät kaputt ist.«

»Lady, Sie sind wirklich erstaunlich!«

Helen folgte M. J. in ihr Büro; sie war ausgehungert nach Gesellschaft und schwatzte unaufhörlich. »Ständig schalte ich den verfluchten Funk an und dann wieder aus. Ich kann nicht zuhören, aber ich schaffe es auch nicht, nicht zuzuhören. Also muß sich Andy davorsetzen. Nur ist er jetzt nicht da und ...«

»Stehen Sie unter Medikamenten? Ich brauche nämlich Ihren ganzen Verstand.«

»Ich bin nicht in Form. Und mein Verstand auch nicht.«

M. J. wählte ihr Büro an und klärte gleichzeitig Helen auf. »Alles ist anders. Es ist ein anderer Täter. Sie wurde erstickt, nicht erwürgt, im Freien abgeladen, sexuell mißbraucht ...«

»Also nicht DeSalvos Handschrift?«

»Völlig unterschiedlich.« M. J. sprach nun in den Telefonhörer. »Monahan, bitte die Nachrichten für mich.«

»Weshalb sind Sie dann hier?«

»Weil ich glaube, daß ich mich irre. Die Tat hat etwas Künstliches an sich. Als wäre sie gestellt, Warum soll man eine Leiche einen Hügel hinaufschleppen, wo sie beim ersten Tageslicht von Touristen entdeckt wird?«

»Glauben Sie, daß er seine Methode geändert hat? So etwas passiert kaum.«

Da M. J. jemanden in der Leitung hatte, konnte sie Helen nicht antworten. »Hallo ... ja ... nein ... Monahan.«

Helen redete weiter. »Diese Männer sind wie Roboter. Der Mord ist für sie ein Ritual. Die Methode selbst ist Teil ihres Vergnügens.«

M. J. bemerkte, daß das Internet-Terminal dunkel war. Im Monitor daneben, auf dem Helen ihre Schachpartien spielte, lief der Bildschirmschoner in Gestalt von diversen, ineinander verfließenden Landschaftsszenen. »Warum ist dieser Computer abgeschaltet?«

»Ich habe ihn ausgemacht.«

»Das sollten Sie doch nicht tun!«

»Ich denke schon, daß ich das tun kann. Wollen Sie, daß ich ihn wieder anschalte?«

»Ja«, bat M. J. und sagte gleich darauf ins Telefon: »Okay, danke.«

Helen setzte sich vor den Computer und schaltete ihn mit der Vorsicht eines Menschen ein, der es mit einer Klapperschlange zu tun hat. M. J. wählte eine weitere Nummer.

»Hallo, Ruben, ich bin's ...« Sie lauschte und nickte gelegentlich.

Bei der Erwähnung von Rubens Name schaute Helen auf. »Richten Sie bitte Inspector Goetz meinen Dank dafür aus, daß er sich letzte Nacht so freundlich um mich gekümmert hat.«

M. J.s Kieferpartie verhärtete sich; mit unbewegter Miene gab sie die Botschaft weiter. »Ruben, ich soll dir von Dr. Hudson dafür danken, daß du dich letzte Nacht so freundlich um sie gekümmert hast.« Sie legte auf.

»Die ersten Laborergebnisse sind da. Es gab zwei verschiedene Arten von Spermien.« M. J. runzelte die Stirn. Immer noch kam ihr irgend etwas daran komisch vor. »Na ja ... sieht ganz nach einer Gang-Geschichte aus. Danke, daß ich Ihr Telefon benutzen durfte.«

Sie wandte sich zum Gehen, doch Helen war plötzlich hellwach geworden. »Zwei Arten von Spermien? Stimmt's?« Helen schwang sich zu dem linken Terminal hinüber, gab schnell und zielstrebig ihre Befehle ein und hielt zwischendurch nur inne, um zu warten, bis ihr System die jeweils eingegebenen Daten angenommen hatte.

»Woher wissen Sie das?«

»Gab es Nadeleinstiche? In ihrem linken Arm?« Helens unerklärliche Detailkenntnis der Fakten jagte M. J. Angst ein.

»Bislang lassen die Laboruntersuchungen keine Drogen oder Medikamente erkennen.«

»Wurde die Leiche neben einem ›Müll wegwerfen verboten‹-Schild gefunden?«

»Ja.«

»Wie dieses hier?« Helen drehte den Monitor etwas, damit M. J. besser sehen konnte. M. J. beugte sich über Helens Schulter und zuckte unwillkürlich zusammen, als sich auf dem Bildschirm ein feinkörniges Bild zu materialisieren begann: ein totes Mädchen mit gespreizten Beinen und Armen, das mit dem Gesicht nach unten auf einem leeren Feld lag. Auf dem Schild neben ihr stand: ›Müll wegwerfen verboten.‹

»Das exakt selbe Foto hätte ich heute morgen knipsen können!«

»Er ist von DeSalvo zu Bianchi und Buono übergewechselt, zu den Hillside-Würgern. Zwei Männer, also zwei Arten von Spermien. Seine Vorstellung eines gelungenen Witzes!«

»Aber Sie sagten, diese Männer seien wie Roboter! Das widerspricht ...«

»Beständigkeit ist die Droge für schlichte Gemüter. Sagen Sie den Leuten im Labor, sie sollen im Blut nach Chemikalien suchen, die in Windex enthalten sind. Das ist ein Mittel zum Fensterpu ...«

»Ich putze auch Fenster und kenne Windex!«

»Bianchi und Buono haben das einem ihrer Opfer injiziert.«

»Warum Bianchi und Buono? Warum derart detailgetreu?«

»Er ist ein Perfektionist. Und ihm wird langweilig. Er muß seine Ziele höher stecken ...«

»Gestern abend habe ich für kurze Zeit geglaubt, ich hätte eine Chance, ein Leben zu retten. Die Logik erkennen, den Code knacken, ein Leben retten. Und jetzt weiß ich nur noch, daß ich nichts, absolut nichts weiß!«

Helen klebte weiter vor dem Monitor, ihre Finger flogen über die Tastatur. »Ich wünschte, ich könnte Ihnen erfreulichere Neuigkeiten mitteilen, Inspector. Aber er ist sehr gerissen. Er mag seine Arbeit, und er wird es wieder tun.«

Sie drehte sich auf dem Bürostuhl nach M. J. herum, doch die war bereits gegangen. Schulterzuckend streckte Helen die Hand aus und unterbrach ihre Verbindung zum Internet.

SIEBTES KAPITEL

Daryll Lee

»... in einem offensichtlichen Versuch, jene Morde nachzustellen, die in den 60er Jahren von Albert DeSalvo, dem berüchtigten Boston-Würger, verübt wurden. Als Reaktion auf die wachsende Panik in der Bevölkerung berichten informierte Kreise, daß innerhalb der Polizei eine Sondereinheit gebildet wurde, um eine Großfahndung ...«

Peter Foley nahm die Fernbedienung, die neben seinem Ellbogen lag, und schaltete den Farbfernseher aus, den er rechts über seinem Computer-Terminal aufgebaut hatte. Es waren die 18-Uhr-Nachrichten von KXBU, und er hatte alles, was für ihn wichtig war, gehört. Lächelnd schaute er zu, wie Susan Schiffers Gesicht auf dem Bildschirm erlosch. Jetzt brauchte er ein paar Minuten, um zu überlegen, ob die gegenwärtige Sicht, mit der die Medien die Fakten aufnahmen und an die Öffentlichkeit weitergaben, in angemessenem Verhältnis zu der allumfassenden Vision seines Werkes stand. Im Begreifen seiner Vorgehensweise lagen sie mindestens einen Schritt, einen ›Mörder‹ zurück. Dies ließ freilich keinesfalls den Schluß zu, daß sich diese Polizistin, Miß Monahan, und ihre Schar drittrangiger Mitarbeiter auf demselben Wissensstand befanden. Wahrscheinlich hatten sie das Konzept des Wechsels, besser gesagt, der Metamorphose von einem Vollstrecker-Modell zum nächsten, bereits mitbekommen. Das hatten sie allerdings weder ihren überragenden detektivischen Fähigkeiten noch göttlicher Mitwirkung zu verdanken, und wie es den Anschein hatte, waren sie bisher auch noch nicht so schlau gewesen, die Verhaltensforschung-Abteilung des FBI einzuschalten. Allerdings hatte Miß Monahan aus irgendeinem Grund Helen aufgespürt und damit einen Volltreffer gelandet. Aller Wahrscheinlichkeit nach hatte sich Helen bereits auf ihn eingestimmt. Ohne sie könnte er Van Cliburn oder Perlman sein und hätte keinerlei Chance gehabt, die Aufmerksamkeit der Öffentlichkeit zu erregen.

Sie war die einzige Frau, die seine Melodie verstand. Und jetzt wollte er nur noch für sie spielen.

Zärtlich strich er über die Ausgabe von *Unsere Söhne, unsere Mörder: Kurzbiographien amerikanischer Serienmörder*, in die er sich vertiefte, wann immer er sich in der Planungs- oder Gestaltungsphase seines Werkes befand. Helen war sein Prüfstein, ihr Buch sein Leitfaden, seine Bibel. Er wollte für sie alles richtig machen. Und das Schöne daran war, daß er seine eigenen kleinen Vorlieben und Markenzeichen einbringen konnte, indem er die Vorlage um ein paar winzige Kleinigkeiten abänderte. Dann würde sie die ihm eigene, spezifische Begabung zu schätzen lernen.

» … letzten Mord. Der Polizei bei ihren Ermittlungen behilflich ist die bekannte Psychologin Dr. Helen Hudson aus dem Daryll-Lee-Cullum-Fall vor einigen Jahren. Aufgrund der Beweiskraft ihres Experten-Gutachtens wurde Cullum wegen des Mordes an einem Dutzend Frauen zum Tode verurteilt …«

Im Dienstzimmer des SFPD lief der Fernseher, und Pachulski, Kerby, Kostas und Landis schauten zu, wie sich die ›Quatsche‹ in den 18-Uhr-Nachrichten über ihren Fall ausließ. M. J. saß etwas abseits von ihnen und studierte ihre Akten. Ihr Telefon klingelte.

»Monahan.«

»Sie haben mich angelogen!« Am anderen Ende der Leitung war Helen, und sie befand sich in einem Zustand hysterischer Wut. Offenbar hatte sie sich ebenfalls die Nachrichten angeschaut.

»Ich kann nichts dafür; Susan Schiffer hat das selbst herausbekommen. Ich weiß nicht, wie.«

»Sie haben mir zugesichert, mein Privatleben zu schützen. Und ich habe den Fehler gemacht, Ihnen zu vertrauen. Jetzt ist jeder Psychopath in der Stadt davon überzeugt, daß ich in die Sache verwickelt bin. Wagen Sie es ja nicht, noch einmal bei mir zu erscheinen und mich um Hilfe zu bitten, weil …«

»Helen … Helen! Was soll ich tun? Die Welt ist schlecht. Schmeißen Sie einfach noch eine Pille ein, okay?«

M. J. knallte den Hörer auf. Die vor dem Fernsehapparat versammelten Männer drehten sich kurz nach ihr um und beobachteten dann wieder den Bildschirm. M. J. verspürte einen Anflug von Scham über die Art, wie sie Helen abgefertigt hatte. Aber sie hatte an diesem Fall selbst verdammt zu knabbern und war absolut nicht in der Stimmung, auf die egozentrischen, neurotischen Wutergüsse dieser Frau einzugehen. *Gütiger Himmel, schließlich hatten sie ihr rund um die Uhr eine Wache zur Verfügung gestellt, und Ruben war für sie praktisch auf Abruf bereit. Nein, sie hatten für Helen Hudson genug getan. Da draußen wurden Frauen ermordet, und sie würde ihre Zeit nicht mit irgendwelchen katholischen Schuldgefühlen gegenüber dieser ausrangierten Agoraphobikerin verschwenden!*

» … dem Abschlachten von einem Dutzend Frauen. Während dieser Verhandlung entfloh Cullum aus der Untersuchungshaft und tötete anschließend einen Polizeibeamten, der zu Dr. Helen Hudsons Schutz eingesetzt worden war. Die Polizei hält sich weiterhin über den Fortschritt ihrer Ermittlungen äußerst bedeckt. Angesichts der Tatsache, daß heute ein weiteres Mordopfer aufgefunden wurde, erhebt sich für uns Bürger von San Francisco allerdings die Frage, ob es überhaupt Fortschritte gibt. Und jetzt zurück zu Ihnen, Jim.«

»Danke, Susan, daß Sie …«

Daryll Lee Cullum drückte seine Zigarette aus, stand auf und schaltete den Mini-Fernseher aus, der auf dem Bücherregal gegenüber seiner Pritsche stand und ein Geschenk von einer seiner zahlreichen Verehrerinnen war. »Sehr gut für dich, Helen«, sagte er laut zu der leeren Zelle und dem blinden Bildschirm.

»He, gut für dich, Daryll Lee!« Daryll Lee ignorierte den spöttischen Kommentar des minderbemittelten Joe Dellums aus der Nachbarzelle. Die nächsten fünf Minuten lachte Joe hirnlos vor sich hin. Dann brach er unvermittelt ab und hatte absolut keine Ahnung mehr, worüber er eigentlich gelacht hatte. Joe war vielleicht weicher im Hirn als eine durchgelegene Matratze, aber immerhin hatte er es bei seiner letzten

Inhaftierung geschafft, einen seiner Zellengenossen in Stücke zu schneiden; und das war in San Quentin, wo die Gefangenen regelmäßig ausgezogen und durchsucht und die Zellen fast ebenso oft auf den Kopf gestellt wurden, kein einfaches Unterfangen. Offenbar war für Joe der Gedanke, noch mehr Zeit absitzen zu müssen, völlig unerheblich, zumal er wegen mehrfacher Einbrüche, Vergewaltigungen und Morde sowieso schon dreimal lebenslänglich bekommen hatte. Daryll Lee, dessen I.Q. gute fünfzig Punkte höher als der von Joe lag, bewahrte jedenfalls einen gesunden Abstand.

Jeder, der glaubt, die Hölle könne nur nach dem Tod erfahren werden, ist noch nie durch die Tore von San Quentin gegangen. Das 140 Jahre alte Staatsgefängnis befindet sich jenseits der San Francisco Bay, auf der anderen Seite der Paradise Cove, jenes Streifen Wassers, der die einzige geographische Trennlinie zwischen Daryll Lee Cullum und Dr. Helen Hudson bildete. Doch zur Zeit hatte Helen von Daryll Lee kaum etwas zu befürchten. Die Flucht aus diesem Gefängnis, einem der abgeschirmtesten und uneinnehmbarsten Hochsicherheits-Gefängnisses der Welt, wäre das gleiche, wie wenn man der Hölle selbst entrinnen wollte. Beim Rundgang durch den Hof von San Quentin lauerten auf Schritt und Tritt Schrecken und Gefahr. Fünf- bis sechstausend der übelsten, brutalsten Schwerverbrecher, die vom kalifornischen Strafvollzug erfaßt worden waren, leben inmitten dieser Mauern. Wächter und Gefangene befinden sich gleichermaßen in einem Zustand permanenter Wachsamkeit.

Der härteste Trakt von San Quentin, das Gefängnis im Gefängnis, ist das Adjustment Center, das Anpassungs-Center. Die Aufseher nennen es A. D., doch es ist besser unter der Bezeichnung ›das Loch‹ bekannt. Hier werden die ›Bestien‹ aufbewahrt. Der berühmteste Insasse des Lochs war George Jackson gewesen, jener Black Panther, der 1971 einen blutigen Mini-Aufstand angeführt hatte, bei dem es zu sechs Toten gekommen war. George selbst wurde erschossen, noch bevor er es durch den Hof geschafft hatte. Niemandem war je die Flucht aus dem Loch geglückt. In Zelle Nummer dreiundzwanzig an der Nordseite hatte sich nun Daryll Lee

Cullum seit seiner Festnahme und Neuverhandlung häuslich eingerichtet.

Daryll Lee wurde, wie die meisten Insassen des Adjustment Center, als zu gefährlich eingestuft, um einen Gefängnisjob übernehmen zu dürfen. Nur anläßlich der seltenen Besuche seines Anwalts konnte er durch den großen Innenhof gehen und einen Blick auf die beiden Verwaltungsgebäude, den Wachturm über der Hauptbrücke und die bewehrten Balkon-Schanzen werfen. Er ging dann immer so langsam wie nur möglich, um das köstliche Gefühl von Sonne auf seiner Haut möglichst lange auszudehnen. Seine Hautfarbe war so fahl wie die Helens geworden, die seit ihrer letzten Begegnung ebenfalls eine Eingeschlossene war. Mitunter, wenn er durch das metallene Treppenhaus ging, unterhalb der Metallplanken, auf denen die Wachen mit schußbereiten Gewehren entlangschritten, hörte er das unmenschliche Geheul der Gefangenen in den Isolationszellen, fensterlosen Betonschachteln mit einem Loch im Boden als Latrine. Daryll Lee war gegenüber jedem Bullen und jedem Aufseher auf der Nordseite von unterwürfigem Gehorsam. Er hatte sich geschworen, die Isolationszellen unbedingt zu vermeiden. Letztlich hatte San Quentin Daryll Lee Cullum in einen Muster-Gefangenen verwandelt, und so wurde der Aufenthalt zu einer äußerst produktiven Zeit in seinem Leben.

Daryll nahm seine Bibel sowie ein Exemplar der gebundenen ersten Ausgabe von *Unsere Söhne, unsere Mörder; Kurzbiographien amerikanischer Serienmörder* von Dr. Helen Hudson und trug beide zu seiner Pritsche hinüber. Er griff unter sein Bett und zog das originale, handschriftliche Manuskript seines Buches hervor, dem er den vorläufigen Titel *Daryll Lee, Meine Geschichte: Die Wahrheit, weshalb ich töten mußte* verpaßt hatte. Das gesamte Manuskript war mit einem Plastik-Filzstift, dem einzigen Schreibutensil, das ihm erlaubt war, verfaßt worden. Das Schreiben ermöglichte es Daryll, der grauen, metallenen Trostlosigkeit seiner Zelle und dem Gebrüll und Getobe seiner Zellennachbarn zu entfliehen. In dem Versuch, seine Umgebung etwas wohnlicher zu gestalten, hatte er Bilder aus Zeitschriften und die Fotos seiner attraktivsten Briefpartnerinnen an die Wand geheftet, aber man mochte es drehen und wenden, wie man wollte: Er lebte in einer klaustrophobischen Hölle, umgeben von Beton in der Farbe von Hafergrütze und Gittern aus kaltem blauem Stahl.

Zum Schreiben hatte er freilich genügend Zeit zur Verfügung gehabt; die einzigen anderen Aktivitäten, die man ihm in diesem Jahr in San Quentin gestattet hatte, waren essen, duschen, scheißen und die Bibelstunde. Und selbst die Bibelstunde war vorübergehend abgesetzt worden, nachdem Harald Hooks ein selbstgebautes Messer in seinem Neuen Testament versteckt und damit das Ohr seines neuen Zellennachbarn abgeschnitten hatte, weil dieser unglücklicherweise vor kurzem zur *Nation of Islam* konvertiert war, einer religiösen Verbindung, die Harald bei einem Homeboy nicht dulden konnte.

Eine von Daryll Lees ›Freundinnen‹, Miß Sherry Diane Wannemaker aus Sioux City, Iowa, eine ehrgeizige Anwaltsassistentin und gelegentliche Lehrerin an der Sonntagsschule, hatte *Daryll Lee, Meine Geschichte* sorgfältig mit der Maschine abgetippt und redigiert.

Sherry hatte außerdem das Manuskript an einen dieser kleinen Verlage geschickt, die auf derlei Bücher spezialisiert sind; es war sofort angenommen worden. Nachdem der Verlag die Formalitäten mit Daryll Lees Anwalt geregelt hatte, war das Manuskript gedruckt worden und sollte nun in Kürze als Buch auf dem Markt erscheinen. Daryll Lee wurmte es nur ein wenig, daß er an dem Verkauf seines eigenen Buches nichts verdienen würde, da der Profit, wie es das Gesetz vorschrieb, einzig an die Angehörigen der Opfer fließen durfte. Andererseits war für Daryll Lee die Aussicht, berühmt zu werden, weitaus verlockender als jeder Reichtum. Vor kurzem hatte er Vorbereitungen getroffen, daß ein signiertes Exemplar seines Werkes an jene Person überbracht werden sollte, die er mehr als jeden anderen Menschen auf der Welt bewunderte. Er würde alles dafür geben, wenn er ihre Miene beim Anblick seines Buches miterleben könnte.

Sherry hielt sein Werk für genial und meinte, es müsse zur Pflichtlektüre für alle jungen Menschen Amerikas werden.

Sie sagte sogar, es würde wahrscheinlich noch mehr einbringen als O. J.s Buch. Das letzte Kapitel über seine Hinwendung an Jesus hatte er einzig ihr zu verdanken. Selbst hätte er es wahrscheinlich nie mit aufgenommen, da es die Leser womöglich von seinen wahren Verirrungen ablenken könnte, wenn sich ein Typ wie er plötzlich über Erlösung ausließ.

Nein, er hatte es als seine gottgewollte Pflicht angesehen, die Schrecken seiner Kindheit zu enthüllen und zu erzählen, wie Satan ihn dazu verleitet hatte, als diese bösen Dinge zu tun. Abgesehen davon hatte Daryll Lee immer gespürt, daß er nicht in das von Dr. Hudson und ihresgleichen propagierte Klischee des netten Jungen von nebenan, der sich urplötzlich als psychotischer Serienmörder entpuppt, hineinpaßte. Daryll weigerte sich, mit den durchschnittlichen sexuellen Sadisten und Lustmördern über einen Kamm geschoren zu werden. Seiner Ansicht nach verdiente er eine eigene Sparte für sich. Er war nicht der stille, verklemmte Trottel, der aus heiterem Himmel anfängt, Prostituierte fertigzumachen, wie es dieser einfältige Gärtner Rifkin getan hatte. Während er so nachdachte, schaute er in den kleinen Rasierspiegel, der am Waschbecken hing. Sein hellrotes Haar war dicht und gewellt, und er stylte es immer so, daß es sich über der Stirn aufbauschte wie eine Art rote Elvis-Tolle, nur ohne die ganze Pomade.

Wohlgefällig musterte er sich und stellte wieder einmal fest, daß das Blau seiner Augen durch die Anstaltskleidung noch mehr betont wurde. Großzügig ignorierte er seine schlechte Haut und seine gelben, fauligen Zähne, die das Resultat zu vieler Pfefferminzplätzchen und Snickers, von zu vielem Kautabak und Zigaretten waren.

Mit dem rechten Zeigefinger strich er über seine wulstigen Lippen, von denen er fälschlicherweise annahm, daß die Mädchen ganz versessen darauf seien, auf ihnen herumzuknabbern. Trotz seines grotesken Äußeren war Daryll Lee nämlich fest davon überzeugt, eine Art Knast-Sexsymbol zu sein. Schließlich hatte er nie Probleme damit gehabt, Freundinnen zu finden, auch wenn die meisten Frauen Borderline-Persönlichkeiten waren wie er selbst. Sein Problem war es eher gewesen, seine Freundinnen zu behalten, denn sobald er ihnen nahegekommen war, konnte er nicht anders, als sie zu vernichten. Der Grund wiederum, weshalb er keine Nähe ertragen und somit auch keine längerfristigen Bindungen eingehen konnte, lag darin, daß er keine positive Vater-Bezugsperson gehabt hatte. Schließlich war Daryll Lee erst vier Jahre alt gewesen, als sein Daddy bei einer Schlägerei in einer Altwasser-Barre erschossen wurde, und vorher hatte sein Daddy regelmäßig seine Mom und seine Schwester verprügelt.

Daryll Lees Mutter hatte ihn bis zu seinem elften Lebensjahr mit seiner älteren Schwester, die geistig behindert war, baden lassen. Unentwegt hatte Mama gegeifert und gepredigt, daß Sex etwas Böses sei und daß Gott ihr einen Gefallen getan habe, Darylls Daddy zu sich zu holen. Nach Daryll Lees erstem feuchten Traum war seine Mutter außer sich gewesen. Drei Tage band sie ihn ohne Nahrung und Wasser am Bett fest und ließ ihn in seinem Schmutz sitzen. Nachdem sie ihn dann befreit hatte, verbot sie ihm, zu masturbieren. Sie zog nicht nur sämtliche Türschlüssel im Haus ab, damit er keinen ungestörten Ort mehr hätte, sondern entfernte auch die Türklinken des Badezimmers und des Schlafzimmers von Daryll Lee, um jederzeit in die beiden Zimmer hineinschauen zu können. Ging Daryll Lee ins Badezimmer, gewährte sie ihm nur eine Minute für sein Geschäft, egal ob groß oder klein. War die Minute verstrichen, platzte sie herein und beobachtete ihn unbarmherzig, bis er fertig war.

Unnötig zu bemerken, daß in San Quentin eines seiner größten Vergnügen die Toilette war, auch wenn diese im Gefängnis nicht unbedingt eine private Angelegenheit darstellte.

Als Daryll Lee fünfzehn Jahre alt war, wurde seine Mutter von einem Lastwagen überfahren. Daryll mußte sich nun, zum Leidwesen für die jungen Mädchen seiner Pfarrgemeinde im südlichen Louisiana, andere Objekte für seine Mordphantasien und Aggressionen suchen. Seine angestaute Wut, gepaart mit der sexuellen Verwirrung als Folge seiner Adoleszenz, führten dazu, daß er über jede Frau herfiel, die ihm über den Weg lief, bis er schließlich in ein Reformprogramm für Jugendliche gesteckt wurde. Er hätte auch seine Schwester getötet, aber wenige Wochen, bevor er endgültig die Kontrolle über sich verlor, hatte der Staat beschlossen, sie in einem Heim unterzubringen.

Die Niederschrift seiner Autobiographie hatte Daryll vor eine große und willkommene Herausforderung gestellt. Er war immer ein sehr kluges Kind gewesen, vor allem, wenn man bedenkt, daß er aus einer weißen Familie der Unterschicht mit geringer Bildung stammte. Auf der Farm für jugendliche Straftäter hatte er sein High-School-Diplom erworben, und als er jenes erste Mal entlassen worden war, hatte er gerade begonnen, sich in die Klassiker zu vertiefen. (Die Holzschnitzerei, eine weitere Fertigkeit, die er sich im Werkunterricht angeeignet hatte, war ihm vor allem dann zugute gekommen, als er beschlossen hatte, auf der Haut seiner Opfer sein persönliches Zeichen zu hinterlassen.) Doch für seine Autobiographie hatte er nicht den Stil der Klassiker gewählt, sondern eine Kombination aus Helens nüchterner Prosa, der Heiligen Schrift und seinen Lieblings-Fernsehshows ›Hard Copy‹ und ›A Current Affair‹, die ihm besonders deswegen gefielen, weil sie beide Beiträge über ihn gebracht hatten. Er mochte diesen Juden, Maury, und empfand die Vorstellung, daß er mit der scharfen Chinesin von den CBS-Nachrichten verheiratet war, ausgesprochen erregend. Daryll Lees abendliches Ritual vor dem Schreiben war es, sich Connie in den Nachrichten anzuschauen, während er dazu unter einer Ausgabe von Helens Buch masturbierte. Dann schaltete er auf einen anderen Kanal zu Maury um und begann zu schreiben, inspiriert von dem Wissen, daß er gerade eine verdammt geile Phantasie mit Maurys Frau ausgelebt hatte. Anschließend las er einen Abschnitt aus der Bibel und pickte sich anzügliche Stellen heraus, die er als Überschriften für die einzelnen Kapitel seines Buches verwendete.

(Beispielsweise: »*Wisset ihr nicht, daß euer Leib ein Tempel des heiligen Geistes ist, der in euch ist, welchen ihr habt von Gott, und seid nicht euer eigen?*« I. Korinther 6,19.) Zu guter Letzt nahm er sich dann aus Helens Buch einen speziellen Mörder vor. Sein Idol war Ed Gein, der aus Menschenhaut Lampenschirme und Papierkörbe gefertigt, Totenschädel als Eßgeschirr benutzt und aus Körperteilen Mobiles gebastelt hatte. Ed Gein war ein Mann, der Mord tatsächlich zu einer Kunstform entwickelt hatte.

Daryll Lee Cullum hatte sich gezwungen gesehen, in *Daryll Lee, Meine Geschichte* die vollständige und umfassende Wahrheit zu enthüllen. Abgesehen davon hatte es ihn wirklich tief verletzt, daß ihm Helen nur lausige sechs Seiten irgendwo am Schluß ihres Buches widmete, obwohl er soviel Zeit mit ihr verbracht und ihr sein Innerstes offenbart hatte. Ihre große Entschuldigung war gewesen, daß ihr Buch noch vor Beginn seiner Verhandlung veröffentlicht worden sei und daß sie als eine wichtige Zeugin der Anklage hätte auftreten müssen. Knapp unter der Oberfläche seiner neuentdeckten, neugeschaffenen Persönlichkeit lauerte der wahre Daryll Lee, der sich danach sehnte, mit seinem großen Jagdmesser ein paar nette Muster in die Haut der guten Frau zu ritzen. Es wäre einfach wunderbar, mit ihr ein Flitter-Wochenende besonderer Art zu verbringen, in irgendeinem Hotelzimmer, wo er sie fesseln könnte, um ihr einen direkten Einblick zu gewähren, was es mit diesem pathologischen Zeug auf sich hatte. Verdammt, er könnte sich selbst in den Hintern treten, daß er sich in Berkeley hatte erwischen lassen! Aber dafür gewann dieser neue Traum, sich an Helen zu rächen, an verlockender Süße und gab ihm einen Grund zum Weiterleben. Daryll Lee träumte das Unmögliche: Eines Tages würde er aus San Quentin herauskommen und sich mit der Frau vereinigen, die seiner Genialität würdig war.

Er schaute auf die Wölbung in seinen grauen Gefängnishosen herab. Teufel nochmal, wenn er doch nur nicht jedesmal beim Gedanken an Helen einen Steifen kriegen würde!

Es war jetzt neunzehn Uhr dreißig. Im Stockwerk über Peter Foley dösten seine Frau und der Rattenhund. Er saß an seiner Arbeitsstätte, eingehüllt in den bleichen Lichtkegel einer Spektral-Glühbirne, die er für vierzehn Dollar neunzig in einem Geschäft für Künstlerbedarf erstanden hatte. Nach intensiven Versuchen war er zu dem Ergebnis gelangt, daß diese Art von Beleuchtung, sowohl im Hinblick auf Schärfe als auch auf Behaglichkeit, die optimale Lichtquelle darstellte. Die Glühbirne war die einzige Lichtquelle in dem weiträumigen Kellerabteil. Die meisten seiner elektronischen Geräte lagen verborgen im Halbdunkel. Das leise Summen eines eingeschalteten Computers verschmolz mit dem elektronischen Schnurren des Scanners und dem unterschwelligen Gebrumme der oben befindlichen Kühlanlage und zentralen Heizungsanlage. Weißes Rauschen. Wenn er stillhielt und sich konzentrierte, konnte er jedes einzelne Geräusch isolieren und den zu der jeweiligen Quelle gehörigen Klangcharakter sowie die Wellenlänge der Vibration beschreiben. Seitdem er das durchschritten hatte, was Dr. Helen Hudson als die erste Phase, oder Aura-Phase, seiner Entwicklung bezeichnete, jene Zeit also, in der die Saat seiner Mordphantasien aufgegangen war und das dunkle Erdreich durchstoßen hatte, waren all seine Sinne extrem sensibilisiert. Farben waren schärfer, Geräusche klarer; seine Haut reagierte auf jede Berührung hypersensibel. Die Zeit war langsamer geworden.

Jetzt befand er sich im Zwischenreich, zwischen dem Töten. Er verspürte jenes leere, ausgebrannte Gefühl, wie es Künstler nach Vollendung eines großen Werkes überfällt, eine leichte Depression, die ihn von Stunde zu Stunde tiefer mit sich ziehen würde, bis er seinen nächsten kreativen Akt vollbringen könnte. Zwischen der ersten Neuerschaffung des Boston-Würgers und der zweiten hatten mehrere Wochen gelegen. Vor dem zweiten Mord war er sehr depressiv gewesen und hatte sich geschworen, bis zum nächsten Akt nicht mehr so viel Zeit verstreichen zu lassen. Also hatte er seine Nachtwache, seine Pirsch (laut Dr. Hudson die Phase zwei), ausgedehnt, bis er im Park die Joggerin entdeckt hatte. Phase drei, oder die Verführung, war bei ihr mehr als einfach vonstatten gegangen. Nach ihrem Tod hatte er aber gespürt, daß es Zeit für eine Veränderung wurde. Was hatte er dann nicht alles zu tun gehabt: einen geeigneten Abladeplatz mußte er suchen, die Spermienproben gewinnen, die Nadeln für die subkutane Injektion besorgen, das Subjekt sicherstellen, den Video-Bildtext für die Übersendung an Helen vorbereiten. Am Ende war er ungemein zufrieden mit sich. Die Hillside-Würger. Bianchi und Buono. Zwei Männer. Eine hübsche Vorgabe für ein interessantes Experiment, obwohl er entdeckt hatte, daß dieses Windex nichts als ein Schnörkel war, der nur wenig zum Vernichtungsvorgang beigetragen hatte.

Bis zum nächsten Mord würde er keinen weiteren Tag mehr zu warten haben. Er schlief nur zwei bis drei Stunden die Nacht, denn wiederum gab es sehr viel zu tun. In Gedanken spulte er seine Liste für heute abend ab: Munition, Musikladen, Mitteilung an Helen etc. Das bedeutete jede Menge an Fahrerei. Doch alles der Reihe nach. Zunächst mal mußte er eine E-Mail vorbereiten.

Er kauerte sich hin, zog eine große hölzerne Orangenkiste hervor, die unter sein Zeichenbrett geschoben war, und holte eine verschließbare Metall-Kassette heraus. Die Kassette paßte wie maßgeschneidert in die Holzkiste. Er schloß die dicke, graue Box auf und griff in seine Totem-Sammlung. In der Kassette befanden sich Schuhschachteln mit den Überresten oder Souvenirs eines jeden Mordes. Wann immer er Pandora, wie er den Metallkasten nannte, öffnete, mußte er unwillkürlich kichern. Nie wäre er auf die Idee gekommen, von jedem seiner Opfer ein Stück Stoff, eine Haarlocke oder ähnliches aufzubewahren, aber Dr. Hudson hatte diese Vorgehensweise mit akribischer Sorgfalt als die Totem-Phase, oder Phase vier im Zyklus des Serienmörders, dargestellt. Peter Foley machte es sehr viel Freude, von jeder Frau ein anderes Erinnerungsstück auszusuchen. Wenn er zwischen dem Töten die ersten Vorboten der Depression nahen spürte, half es ihm manchmal, in der Pandora herumzukramen. Besonders gern hatte er die Berührung mit dem kühlen Metall eines gestohlenen Lippenstifts oder einer Puderdose. In seiner Sammlung befanden sich auch ein Parfumfläschchen, Haarspangen, ein Ohrring – kleine Gegenstände, die er in die Tasche stecken und unauffällig mit den Fingern betasten konnte. Sie waren so klein und unbedeutend, daß ihr Fehlen niemandem auffallen würde, außer jener Person, für die es keine Rolle mehr spielte; und alle behandelte er mit der Behutsamkeit und dem Respekt, wie sie antiken Artefakten von großem historischem Wert vorbehalten waren. Und tatsächlich war es ein Bestandteil von Peters Phantasie, daß seine Sammlung eines Tages in Form irgendeiner bizarren Ausstellung der Öffentlichkeit zugänglich gemacht werden würde, ein Museumsflügel als Andachtsstätte für den genialsten Mörder der Welt.

Am wichtigsten war für ihn die Schachtel, auf die ein Bild der Helena von Troja geklebt war; das Bild hatte er aus einem Kinderbuch für Mythologie herausgerissen. Unter der aufgeklebten Illustration befand sich eine weitere herausgerissene Seite aus einem Büchereibuch, und zwischen den gezackten Papierrändern stand ein Vers aus Schillers Ballade ›Das Siegesfest‹:

Und des frisch erkämpften Weibes
freut sich der Atrid und strickt
um den Reiz des schönen Leibes
seine Arme hochbeglückt.
Böses Werk muß untergehen,
Rache folgt der Freveltat,
denn gerecht in Himmelshöhen
waltet des Kroniden Rat!
Böses muß mit Bösem enden,
an dem frevelnden Geschlecht
rächet Zeus das Gastesrecht,
wägend mit gerechten Händen.

Die letzen Zeilen des Verses hatte Peter ganz nach seinem persönlichen Weltbild interpretiert. In seinem Universum war die Welt als solche böse und längst für eine Bestrafung fällig. Er war der Richter und der Rächer, und ihm allein gebührte das schöne Weib, der Siegerpreis.

Er griff in ›Helenas‹ Schachtel und ließ die Fingerspitzen zärtlich über den Inhalt gleiten. Da waren mehrere Fotos, die er mit dem Teleobjektiv und extrem lichtempfindlichen Filmen aus dem Gebäude diagonal von Helens Apartment aufgenommen hatte. Außerdem befand sich in der Schachtel eine Tonkassette in einer durchsichtigen Plastikhülle, die schlicht mit ›Berkeley‹ beschriftet war. Das Wort war mit seinem Computer geschrieben und dann ausgedruckt, ausgeschnitten und aufgeklebt worden. Unter den lose herumliegenden Gegenständen stapelten sich Artikel und andere Unterlagen, darunter auch alte College-Studienbücher.

Seine Hand stieß gegen etwas Weiches und Warmes. Einen Moment widerstand er dem Drang, es anzufassen. Es war bisher das einzige Bekleidungsstück in seiner Totem-Sammlung. Peter schloß die Augen, die Berührung der Seide versetzte ihn zurück in einen Abend vor nicht allzulanger Zeit, als er uneingeladen das Apartment einer Frau betreten hatte, ein Vorgehen, auf das er in jüngster Zeit kaum mehr zurückgreifen mußte. Da war das Warten im Dunkeln, während sie unten die Lichter ausknipste und die Wohnzimmer-Trennwände schloß. Als sie den Namen eines Mannes rief, mußte er seine ganze Beherrschung aufbieten, um ihr nicht zuzurufen, sie solle nach oben kommen, damit er sie in die Arme nehmen und festhalten könne. Er wollte seine Hände auf die weiche Haut ihres langen Halses legen und ihren Atem in sich hineinpressen, so lange, bis ihr Leben in das seine geströmt war.

Aber er mußte warten. Es mußte ihm genügen, sich in derselben Luft, die sie atmete, zu bewegen, die Möbel zu berühren, die ihren Körper gespürt hatten. Die Entdeckung, daß ihr Heim und ihr Büro mit Computern, Monitoren, Modems, Fax-Geräten, Scannern, Druckern und weiteren elektronischen Geräten vollgestellt war, kam einer Offenbarung gleich. Sie waren einander in ihrer Liebe und Bewunderung für die Magie der Elektronik so ungemein ähnlich, als wären sie eine Art Seelenverwandte.

Er lauschte dem gedämpften Wasserrauschen aus dem Badezimmer. Erneut unterdrückte er das heftige Verlangen, einzutreten, ihre nasse Haut zu berühren und zu beobachten, wie sich Blut und Wasser zu einem glitzernden roten Wasserfall vereinten. Statt dessen ging er zum Schrank und durchwühlte ihn, bis er das rote Kostüm gefunden hatte. Rasch hängte er die Kleidungsstücke, die über dem Stuhl in der Ecke lagen, in den Schrank zurück. Er stand im Zentrum ihres Schlafzimmers, im Zentrum seines Universums, und sog den Augenblick in sich ein wie den Atem eines in seinen Armen erschlaffenden Mädchens. Hauchdünne Gardinen, wie aus einem verblichenen Schwarzweiß-Film, blähten sich sanft im Windzug der Klimaanlage. Ein Zeitlupen-Gang zu ihrer Kommode. Unter dem Berg aus BHs und Teddies ein dünnes graues Seiden-Bustier. Er hatte es in seine Tasche gesteckt und war dann wieder in die Nacht hinausgeschlüpft.

Peter legte Helens Bustier in die Schachtel zurück, zog einen alten Zeitungsausschnitt mit ihrem Foto heraus und jagte ihn durch seinen Scanner. Diesmal zog er es vor, keines seiner selbstgeknipsten Fotos zu verwenden; der Zeitpunkt war nicht günstig. Er beglückwünschte sich zu seiner Selbstbeherrschung. Helens Bild erschien vor ihm auf dem Computer-Monitor.

Aus Schuhschachtel Nummer vier nahm er ein Foto des ›Müll wegwerfen verboten‹-Schilds heraus. Da er schon einmal beim Kramen war, schaute er sich noch ein paar andere Gegenstände in der Schachtel an. Dann ließ er das Bild mit dem Schild sowie eine Aufnahme von Andy Friedman, die er durch Helens Apartmentfenster gemacht hatte, durch den Scanner laufen. In seinen zweiten Computer, der mit dem ersten Monitor und dem daran angebrachten Scanner vernetzt war, hatte er seine Morphing-Software eingelegt. Das Startbild auf dem ›Morph‹-Terminal war das Bild des tanzenden Mädchens, das er durch die Verschmelzung des Fotos der toten Jennifer Lyle mit dem der tanzenden Randi Salvino geschaffen hatte. Nun begann er Schritt für Schritt die gescannten Bilder des anderen Bildschirms auf den Bildschirm mit dem tanzenden Mädchen zu übertragen. Als erstes kam Helen hinzu. Mit Hilfe eines speziellen elektronischen Stiftes plazierte er einen roten Punkt in den linken Augenwinkel des tanzenden Mädchens. Jedes neu entstandene Bild übersäte er dann scheinbar willkürlich mit roten Punkten, so daß der Bildschirm schließlich wie eine makabre, mit zahllosen roten Nägeln gespickte Collage aussah. Unter dem Druck seines selbst auferlegten Termins und beflügelt von der Vorfreude auf sein kommendes Abenteuer, arbeitete er zügig und effizient.

ACHTES KAPITEL

Nummer fünf

Seit eineinhalb Stunden fuhr er nun schon durch das nächtliche San Francisco. Seine Atmung ging ruhig. Sein Herzschlag war regelmäßig. Es war eine kühle, klare Nacht. Orion, der Jäger, blinkte durch die fedrig zerrissene Wolkendecke auf ihn herab.

An der Ecke eines Wohngebiets sah er die Tankstelle. Horgan Street. Der Name gefiel ihm. Es war eines jener zusammengewürfelten Viertel aus kleinen, bescheidenen Einfamilienhäusern und massigen Wohnblocks. Auf den verstreut liegenden Wiesen standen noch einige kalifornische Eichen.

Er fuhr zweimal um den Block; beim ersten Mal registrierte er an der Ecke der Tankstelle die von einer Straßenlaterne erleuchtete Telefonzelle, bei der zweiten Runde parkte er den Wagen am Bürgersteig und betrat die Zelle. Sollte ihn jemand, aus welchen Gründen auch immer, von der Straße oder Tankstelle aus beobachten, so würde er lediglich einen unauffälligen jungen Mann mit Brille und schwarzer Windjacke sehen, der das öffentliche Telefon benutzte. Er verließ die Telefonzelle, stieg in den Wagen und fuhr abermals um den Block. Schon bei dieser dritten Runde entdeckte er beim Abbiegen von der Sixteenth in die Horgan die Beute, auf die er die ganze Nacht gelauert hatte. Eine attraktive junge Frau um die sechsundzwanzig, siebenundzwanzig verabschiedete sich gerade von ihrer Freundin an der Tür eines Apartmentgebäudes. Die beiden Frauen umarmten sich kurz, und sobald die eine im Haus verschwunden war, wickelte sich die andere fröstelnd ihren weinroten Seidenschal um den Hals, machten den Reißverschluß ihrer Lederjacke zu und ging raschen Schritts auf ihren braunen Honda Civic zu, der nicht weit entfernt auf sie wartete.

Der Späher strich zärtlich über das kalte, dunkle Metall seines schweren Revolvers, der neben ihm auf dem Sitz lag.

Es war ein 44er Bulldog Special – gedrungen, fett, häßlich und mit einem provisorischen Schalldämpfer versehen. Er fuhr die Horgan ein Stück weiter hinunter, wendete und parkte seinen Wagen etwa drei Meter von dem Honda entfernt am gegenüberliegenden Randstein. Dann wartete er darauf, daß das Mädchen in den Honda stieg. Die Zeit dehnte und streckte sich wie eine siamesische Katze in einer Lache aus nachmittäglichem Sonnenlicht. Noch einmal wandte er den Blick wachsam nach rechts und links: Die Straße war leer.

Dann öffnete er seine Wagentür und schlenderte beiläufig, als wollte er einen alten Freund begrüßen, über die Straße zu dem Honda. Unterwegs ließ er einen kleinen, flachen Gegenstand von seiner schwarzbehandschuhten Hand in die linke Hosentasche gleiten. Den Revolver hielt er mit der rechten Hand hinter seinem Bein verborgen.

Sie hatte ihre Autotür gerade zugemacht. Er klopfte gegen das Seitenfenster. Leicht verdutzt und mißtrauisch wie jede Frau, die nachts allein in einer Großstadt unterwegs ist, schaute sie auf und sah einen attraktiven jungen Mann, der sie anlächelte. Er wirkte nett und irgendwie verloren; eine Strähne seines sandfarbenen Haares fiel ihm über den Rand seiner Nickelbrille. Sie zögerte kurz und kurbelte schließlich ihr Seitenfenster herunter.

»Hey, tut mir leid, Sie zu belästigen, aber könnten sie mir sagen, wie ich zum Pier One Fort Mason gelange? Ich fahre schon seit Stunden umher.«

»Oh, sicher!« Sie lehnte sich etwas aus dem Fenster, um ihm die Richtung zu zeigen. Das Licht der Straßenlaterne fiel genau auf ihr Profil, und seine Wahrnehmung war so geschärft, daß er sogar den hellen Pfirsichflaum, weich und einladend, auf ihren Wangen erkennen konnte. Er hob den Revolver und schoß. Die Wucht des Rückstoßes warf seinen Oberkörper ein Stück zurück. Er schoß noch einmal. Zwei kurze, scharfe Laute in der Nacht.

Nun öffnete er die Autotür und schob die Frau behutsam ein wenig nach vorn, damit er sich in den Wagen lehnen konnte. Aus seiner linken Hosentasche zog er den kleinen, flachen Gegenstand und hantierte dann einige Sekunden im Wageninneren herum. Schließlich schlug er die Tür des Honda zu, ging zu seinem eigenen Wagen zurück und stopfte sich unterwegs den Seidenschal der Toten in die Tasche seiner Windjacke. Als er dann die Horgan hinunterfuhr, achtete er sorgfältig auf die Einhaltung der Geschwindigkeitsbegrenzung.

Er wußte ohne fremde Hilfe, wie er zum Pier One Fort Mason belangt.

Officer Burt Benoit kippte den letzten Schluck des kalten, bitteren Kaffees hinunter und schaute auf seine Armbanduhr. Seufzend ergriff er den *Chronicle* und blätterte zum Sportteil durch. Plötzlich öffnete sich die Wohnungstür, neben der er seinen Klappstuhl postiert hatte. Dr. Helen Hudson steckte ihren Kopf heraus. Sie sah abgespannt aus; und ihre Augen waren stumpf von zuviel Cognac und Medikamenten.

»Benötigen Sie noch irgendwas, Officer Benoit? Ich gehe jetzt nämlich ins Bett.«

»Nein, danke, Dr. Hudson. Ich habe alles, was ich brauche.« Vom Kaffee war ihm schon flau genug zumute, und der Fraß, den sie in ihrem Kühlschrank hatte, war auch nicht gerade sein Geschmack. Burt war ein Verfechter der Fleisch-mit-Kartoffeln-Kost, gönnte sich allerdings auch gelegentlich aus purem Traditionsbewußtsein ein Dunkin' Donut. Einem Cop, der keine Donuts mochte, traute Burt nicht über den Weg. Wenn man Burt betrachtete, kam einem unwillkürlich das alte Sprichwort ›Du bist, was du ißt‹ in den Sinn. Burt war ein fleischiger Typ.

»Gut. Bis morgen früh dann.«

»Ja, okay, Dr. Hudson. Gehen Sie ruhig schlafen. Hier draußen ist alles in Ordnung.« Helen nickte benommen und schloß die Tür. *Jesus, die ist ganz schön fertig!* Burt schüttelte den Kopf und rutschte bei dem Versuch, es sich in dem ungeeigneten Sitzmöbel einigermaßen bequem zu machen, auf dem Klappstuhl herum. Es würde eine lange Nacht werden, aber sein Einsatz als Wachhund war eine nette Abwechslung zu seinem sonstigen Aufgabenbereich, der darin bestand, kleine Banditen, die im Getränkeladen klauten, festzunehmen. Er schloß die Augen und versuchte, sich Helen Hudson frisch und ausgeruht vorzustellen. Dann betrachtete er seine linke Hand mit dem Ehering. *Ach was, sie ist sowieso zu mager.* Wieder hob er die Zeitung auf und vertiefte sich in die neue Aufstellung der 49er. Sah ganz so aus, als wären sie dieses Jahr auf dem direkten Weg zum Superbowl; es würde also wieder eines jener vorhersehbaren Endspiele werden.

Vor dem Haus parkte ein Mann einen silbergrauen Caddy, machte die Motorhaube auf und stieg aus. Er war ganz in schwarz gekleidet: schwarzes T-Shirt, Jeans, Turnschuhe, Windjacke und eine in die Stirn gezogene schwarze Kappe. Seine Bewegungen glichen denen eines Panthers. Schnell glitt er um den Wagen, befestigte die Stütze der Motorhaube, leuchtete mit einer Maglite hinein, spürte die Alarmanlage auf, nahm ein paar kleine Änderungen vor und schloß dann die Motorhaube wieder. Seine Augen schossen wachsam nach beiden Seiten; die Straße war leer. Er nahm seine Nickelbrille ab und hielt sie ins Licht der Straßenlaterne. Dann holte er aus seiner Tasche ein kleines gelbes Stück Stoff und wischte damit den Fettfleck von dem einen Brillenglas. Anschließend schlenderte er lässig, als handelte es sich um seine übliche Abendbeschäftigung, zum Seitenfenster und zerschlug die Scheibe mit dem Knauf der Maglite. Gleich darauf setzte die Alarmanlage mit ihrem durch Mark und Bein dringenden Sirenengesang ein. Lautlos trottete der Mann an die Außenmauer von Helens Apartmenthaus und glitt in den schützenden Schatten. Unter seinem Arm trug er einen rechteckigen, etwa zehn mal zwanzig Zentimeter großen Gegenstand. Er verstaute ihn in seiner Tasche und verschwand in der Dunkelheit.

Helen war wach und starrte auf das Muster, das die Lichter der Stadt an die Decke ihres Schlafzimmers warfen. Sie lag auf der Bettdecke, bekleidet mit einer langen, enganliegenden silbergrauen Strickrobe. Im Hintergrund war das leise Knistern ihres Polizeifunk-Empfängers zu hören mit den ununterbrochenen Meldungen von Zwischenfällen, wie sie sich allnächtlich in San Francisco ereigneten. Von draußen ertönte das gedämpfte Heulen einer Autoalarmanlage. Helen konzentrierte ihren ruhelosen Geist auf die Mitteilungen aus dem Polizeifunk.

»...Verdächtiges Fahrzeug fährt auf der Bay Bridge Richtung Osten weiter, Drei-Charlie-Fünfzehn hat Verfolgung aufgenommen ... Schießerei, bitten um Verstärkung ... Häusliche Ruhestörung, 2116 Castro ... Weibliche Leiche Ecke Sixteenth und Horgan, erbitten Tatort-Einheit und Coroner ... Verstanden, Roger. Sind zusätzliche Streifen-Einheiten zur Abschirmung der Menge erforderlich? Bestätigt ... Opfer wurde in einem 91er Civic Honda gefunden, kalifornisches Kennzeichen B-A-7-3 ...«

Mit einem Ruck setzte sich Helen auf. Sie tappte quer durch das Zimmer zu ihrer Kommode, auf die sie den Polizeifunk-Empfänger gestellt hatte, und schaltete ihn ab. Eine Sekunde stand sie reglos da, dann raste sie in ihr Büro und suchte auf ihrem überfüllten Schreibtisch die Nummer von Rubens Funktelefon.

An der Ecke Sixteenth und Horgan stand der braune Honda Civic inmitten eines Schwarms von uniformierten Polizisten und Assistenten des Coroners, des staatlichen Leichenbeschauers. Der Coroner beugte sich über die Leiche der Frau. Der Tatort war bereits mit gelben Bändern abgeriegelt worden. Ein Spurensicherungsbeamter hantierte mit einem auf einem Stativ stehenden Meßgerät, das an ein Überwachungsgerät erinnerte, um die Flugbahn der Geschosse zu bestimmen. Ein anderer Beamter entfernte aus der Beifahrertür ein Geschoß und hielt es zur Begutachtung ins Licht der Straßenlaterne. »Ich hab' es! Wow, eine echte Schönheit!«

Der Beamte ließ das Geschoß in einen Beutel fallen und setzte seine Inspektion fort. Daneben standen Ruben und M. J., ließen sich von den Uniformierten Bericht erstatten und hielten nach Zeugen Ausschau. Eine Gruppe von Anwohnern hatte sich um den Wagen versammelt. Die Freundin der Toten weinte und wurde von einer weiblichen Beamtin getröstet. Dr. Frank Able bugsierte sich aus dem Wagen und streckte sich. Er tauschte einen erschöpften Blick mit M. J.

aus. Zumindest paßte diese Leiche nicht ins Raster ihres Serientäters. Vermutlich eine drive-by-Aktion irgendeiner Gang, obwohl das für dieses Viertel eigentlich untypisch war.

Rubens Handy läutete. »Ja? Hi ...! Hören Sie, das ist gerade kein besonders guter Zeitpunkt ... nein, sieht aus wie eine drive-by-Schießerei. Das Opfer befindet sich in einem geparkten Wagen, kein Sexualverbrechen.« Er bedeckte den Hörer mit der Hand und teilte M. J. mit einer unhörbaren Lippenbewegung mit: »Helen.«

M. J., die wegen des letzten Telefongesprächs mit Helen noch immer verärgert war, rollte die Augen gen Himmel. Sie fuhr mit ihrer Untersuchung der Fahrerseite des Wagens fort. Ruben ging wieder auf Empfang. »Schauen Sie, ich habe wirklich zu tun ... Was? Sie war auf dem Beifahrersitz ... Ich weiß nicht.« Er rief einen der Uniformierten, die als erste am Tatort eingetroffen waren, zu sich. »Hey, Ed, lief der Kassettenrecorder, als ihr hier angekommen seid?«

»Ja, ich habe ihn ausgeschaltet. Hat mich beim Nachdenken gestört.«

»Ja, er war angeschaltet ... okay ...«

Ruben ging zum Wagen. M. J. saß darin. Er beugte sich zu ihr herunter. »Würdest du bitte mal kurz den Kassettenrecorder einschalten?«

»Willst du mich verarschen?«

Ruben kam sich zwar etwas dämlich vor, wußte aber, daß er die Instinkte seiner Telefonpartnerin nicht einfach ignorieren konnte. »Helen meint, es könnte *Abba* sein.«

M. J. warf ihm einen vernichtenden Blick zu, fügte sich jedoch und drehte den Zündschlüssel. Dann drückte sie den Startknopf des Recorders; die Kassette war noch eingeschoben. Die unverkennbaren Rhythmen der schwedischen Pop-Gruppe, die in den Siebzigern die Charts erobert hatte, fluteten in die Nacht hinaus. Entgeistert starrte M. J. Ruben an. Beide begannen langsam zu ahnen, was Helen befürchtete.

Den Telefonhörer zwischen Kinn und Schulter geklemmt, saß Helen am anderen Ende der Leitung und ging das Verzeichnis einer Datenbank durch. Als sie das unmißverständliche Pop-Geträller von *Abba* vernahm, verdüsterte sich ihre

Miene. Sie schloß die Augen und ließ den Kopf sinken, als würde eine Wolke namenlosen Entsetzens auf sie herabfallen. Dann öffnete sie die Augen wieder und gab einen Befehl ein, um eine bestimmte Datei aufzurufen. Auf dem Monitor erschien das Gesicht eines Mannes.

Plötzlich fiel Helen wieder Ruben ein, der am anderen Ende der Leitung wartete. »O Gott! Ich habe es mir gedacht … Bleiben Sie dran …! Nicht auflegen!« Sind Sie in der Nähe einer Tankstelle? Und ist auch eine Telefonzelle in der Nähe?«

»Hier, M. J.! Ich muß kurz die Telefonzelle überprüfen.« Ruben reichte das Telefon an M. J. weiter, die jetzt völlig reglos dasaß. Ihre Gedanken rasten, ordneten die Fakten und stellten sie in Verbindung zu einem anderen Verbrechen, das sich im Dunkel ihrer Erinnerung langsam herauszubilden begann. Ruben rannte zu der Telefonzelle hinüber.

M. J. sagte in den Hörer: »Er ahmt Berkowitz nach, den ›Sohn von Sam‹, stimmt's?«

Helen antwortete nicht sofort. Sie betrachtete das Gesicht von David Berkowitz, das vor ihr auf dem Bildschirm flimmerte. Dann blätterte sie in der Datei weiter. Eine Reihe von Tatort-Fotografien blitzten auf dem Monitor auf, ein jedes das Werk des Sohns von Sam. Sie teilte M. J. mit: »Eines seiner Opfer hörte Abba in einem geparkten Auto, als es mit einer 44er Bulldog erschossen wurde.«

M. J. rief den Techniker, der das Geschoß aus der Seitentür herausgeholt hatte. »Tommy, zeigen Sie mir doch bitte mal diese Kugel!« Ein Geräusch in der Telefonleitung erregte ihren Argwohn. »Was ist das für eine Sirene, die man da hört?«

»Wahrscheinlich eine dieser gräßlichen Autoalarmanlagen, die alle in der Gegend aufwecken, außer den Besitzer des Wagens«, erwiderte Helen.

»Ja, sie sollten wirklich abgeschafft werden.«

Tony reichte M. J. den Beutel, und sie untersuchte das Geschoß. »Ein wenig deformiert, wirkt aber größer als eine 38er. Könnte tatsächlich eine 44er sein.«

Während die beiden Frauen miteinander telefonierten, durchsuchte Ruben die Telefonzelle. Auf der Ablage, an der an einer Kette ein zerfleddertes Telefonbuch herunterhing, entdeckte Ruben eine handgeschriebene Nachricht. Er zog einen Gummihandschuh über, ergriff den Zettel vorsichtig an einer Ecke, las ihn aufmerksam und eilte dann an den Tatort zurück.

Auf dem Weg zu M. J. gab Ruben einem der uniformierten Beamten die Weisung, die Telefonzelle ebenfalls mit gelbem Band zu versiegeln. Ein Mann der Spurensicherung rannte unverzüglich hinüber, um Fingerabdrücke zu nehmen.

Bei der Betrachtung von Berkowitz' Datei fiel Helen ein weiteres Detail ein. »M. J., werfen Sie einen Blick auf die Gaffer! Der ›Sohn von Sam‹ hatte die Angewohnheit, am Tatort herumzulungern und den Polizisten bei der Arbeit zuzuschauen.«

M. J. ging zu Bernie, dem Fotografen hinüber und packte ihn am Arm. Zusammen drängten sie sich durch die Menschentraube, doch sobald das Blitzlicht des Polizeifotografen aufflammte, begann sich die Menge der Schaulustigen zu zerstreuen. Ein junger Mann rannte eilends weg. M. J. stürmte hinterher, bis sie plötzlich bemerkte, daß es sich bei dem Mann lediglich um einen Jogger handelte, der auf seinem nächtlichen Lauf zufällig vorbeigekommen war.

Mit dem Telefon in der Hand ging M. J. zu Ruben zurück. Als ihr Ruben einen Zettel zeigte, gab sie mit ungerührter Stimme an Helen weiter: »Wir haben eine Nachricht gefunden.«

Ruben nahm M. J. das Telefon ab und las Helen vor: »Auf einem Zettel steht: ›Polizei: Diese Worte sollen euch Tag und Nacht verfolgen – Ich werde wiederkommen!‹«

Dann zeigte Ruben M. J. die Nachricht, die auf die Rückseite des Zettels gekritzelt war, und legte gleichzeitig den Zeigefinger auf die Lippen, um ihr anzudeuten, Helen gegenüber nichts verlauten zu lassen, bis sie fertig gelesen hätte. Die Nachricht begann mit den Worten: ›An Helen‹, dann folgte offensichtlich ein Gedicht. M. J. wurde ernstlich besorgt. Sie schnappte sich das Telefon wieder, während Ruben bereits auf seinen Wagen zueilte. M. J. bemühte sich, so unbekümmert wie möglich zu klingen. »Hören Sie, Helen, ich weiß, es ist spät, aber Ruben wird noch einmal kurz mit ein paar Fragen bei Ihnen vorbeischauen. Ja ... ich muß jetzt weg. Gute Nacht.«

Sie legte auf und wandte sich unverzüglich an den nächsten Beamten. »Ich brauche sofort eine Einheit für Pier One Fort Mason, Annäherung gemäß Code zwei. Warten Sie dann auf weitere Instruktionen. Und sehen Sie zu, ob Sie den gottverdammten Beamten erwischen, der dort zum Personenschutz abkommandiert wurde.«

Während Helen in ihrem Apartment mit den beiden Detectives telefoniert hatte, war Burt, der vor ihrer Tür wachte, durch das nicht enden wollende Schrillen der Autoalarmanlage immer nervöser geworden. Zum wiederholten Mal stand er auf und spähte durch das Gangfenster. Einige verärgerte Nachbarn hatten sich bereits um den widerspenstigen Cadillac versammelt und versuchten vergebens, den Alarm zum Schweigen zu bringen. Burt warf einen kurzen Blick auf die Apartmenttür, als wolle er um Erlaubnis bitten, zuckte die Schultern und warf seine Zeitung zu Boden. Dann machte er sich auf den Weg in die eisige Nacht hinaus, um das Ärgernis persönlich anzugehen.

Als das Funkgerät an Burts Gürtel piepste, steckte sein Kopf gerade unter der Motorhaube des schrillenden Caddy. Gleichzeitig war der Mann in Schwarz die Treppen zu Helens Apartment hinaufgeschlichen und knackte, das rechte Bein auf Burts verlassenen Stuhl gestützt, mit einem Dietrich ihr Haustürschloß. Er trug nun eine schwarze Skimaske, die sein Gesicht und seine Haare bedeckte, und vor den Augen eine dichtanliegende Schutzbrille. Um die Tür am Zufallen zu hindern, legte er einen schmalen Keil zwischen Tür und Rahmen.

Helen befand sich im Badezimmer, um sich für Rubens Besuch etwas zurechtzumachen. In ihrer Seele und ihrem Körper tobte ein bizarrer Wettstreit an Gefühlen und Empfindungen. Sich steigernde Angst vor der zunehmend komplexen Vorgehensweise des Mörder-Plagiators; Erschöpfung aufgrund nächtelangen Schlafmangels; dumpfe Verwirrung, hervorgerufen durch Cognac und Xanax. Und eine unterschwellige erotische Spannung, verursacht durch den Gedanken an Ruben. So seltsam es auch war, aber Helen fühlte sich erstmals seit langer Zeit wieder lebendig. Etwas in ihr war in Bewegung geraten; etwas, das sie nicht ganz erfassen konnte.

Als sie sich näher zum Spiegel beugte, um ihre Wimperntusche aufzutragen, vernahm sie ein Geräusch. Sofort verließ sie das Badezimmer, ging an die Brüstung der Galerie und schaute in den Korridor hinunter. Sie sah einen schmalen Lichtstreifen, der durch die Eingangstür hereindrang.

Im gleichen Moment hob im dunkeln Wohnzimmer ein Mann, den sie nicht sehen konnte, den Hörer von Helens Telefon ab und legte ihn daneben auf den Tisch. Er trug sehr dünne schwarze Handschuhe.

Helen glitt durch die Dunkelheit, verschwand in der Küche und schnappte sich ein Messer. Dann schlich sie die Treppe hinunter, an der Wohnzimmerwand entlang und weiter um die Ecke zur Diele. Sie spähte durch die angelehnte Tür nach draußen und entdeckte Burts verlassenen Stuhl. Vorsichtig hob sie den Hörer des Telefons neben der Eingangstür ab. Die Leitung war tot.

Als sie ins Wohnzimmer zurückschlich, hörte sie ein weiteres Geräusch und duckte sich hinter die Couch. Jetzt sah sie den Mann in Schwarz zum ersten Mal. Er tauchte hinter ihr aus der Dunkelheit auf, blieb in der Mitte des Zimmers stehen, schaute sich um und bewegte sich dann auf die Stufen zu, die zur Galerie führten. Helen blieb am Boden und schob sich lautlos in Richtung der Eingangstür zurück. Auf halbem Weg stieß sie gegen einen kleinen Tisch am Sofaende. Stellplatz der antiken Tiffany-Lampe. Die Zugleine der Lampe schwang an den Keramikständer und verursachte ein leises Klirren. Die Gestalt auf der Treppe erstarrte und wandte sich nach dem Geräusch um. Ein endloser Moment verstrich, dann setzte der Mann seinen Weg nach oben fort.

Auf allen Vieren kroch Helen in die Diele und stemmte sich am Türgriff hoch. Adrenalin pumpte durch ihren Kreislauf. Das dünne Nachthemd klebte an ihrer feuchten Haut, ihre Brustwarzen waren hart vor Angst. Sie zitterte, japste nach Luft und mobilisierte sämtliche Kraftreserven, um die aufkommende Panik abzuwehren. Nachdem sie ein paar taumelnde Schritte in den Hausflur gewagt hatte, sackte sie erschöpft gegen die Wand. Doch die Wände begannen zu atmen, dehnten sich aus und zogen sich zusammen, verhöhnten und erstickten sie wie ein gigantisches, bösartiges Gummiwesen. Der Boden rollte in Wellen auf sie zu. Ihr wurde übel, und sie krümmte sich hyperventilierend unter den Qualen einer agoraphobischen Attacke.

Der Mann in Schwarz schlich an der Galerie über dem Wohnzimmer entlang, machte kehrt und ging wieder auf die Treppen zu. Als er plötzlich Helens Keuchen von draußen hörte, stockte er und glitt dann rasch die Treppe hinunter. Er durchquerte das Wohnzimmer, erreichte die Eingangstür und schaute nach draußen in den leeren Gang.

Helen war wieder zur Tür getaumelt, und im Schutz der Dunkelheit war es ihr gelungen, durch die Diele und entlang der Wand des Wohnzimmers zurückzukriechen und sich, während der Eindringling in den Korridor schlüpfte, hinter der Couch zu verstecken. Dann huschte sie geduckt aus dem Wohnzimmer ins Arbeitszimmer. Sie hielt das Messer weit ausgestreckt mit der Klinge nach oben, damit es ihr gleichzeitig als Schwert und Schild dienen könnte. Unkontrolliert zitternd rumpelte sie gegen ihren Schreibtisch und stieß dabei eine Flasche Cognac und einen Cognacschwenker um, die mit lautem Klirren zu Boden fielen.

Der Mann in Schwarz drehte sich abermals um und ging dann langsam in die Richtung, aus der das Geräusch gekommen war. Helen machte einen verzweifelten Satz zurück ins Wohnzimmer, schnappte eine Fernbedienung, die neben der Couch lag, und begann damit, die Blenden des zur Straße hinausführenden Wohnzimmerfensters in einer improvisierten SOS-Variante zu öffnen und zu schließen. Aufgeschreckt wirbelte der Mann in der Mitte des Wohnzimmers herum.

Draußen auf der Straße bemerkten Burt und die Nachbarn zwar das Aufblitzen der Jalousien, standen aber noch ganz im Bann der nach wie vor gellenden Alarmanlage. Erst als

Rubens Wagen mit quietschenden Reifen vor Helens Haus stoppte, schaute Burt auf, ließ die störrische Alarmanlage im Stich und eilte hinter Ruben her ins Haus.

Während Ruben durch die Eingangshalle raste, hastete der Mann in Schwarz in Helens Schlafzimmer hinauf.

Ruben stürmte durch die Eingangstür, dicht gefolgt von Burt, und blieb lauschend auf der Schwelle stehen. Mit vorgehaltener Pistole tastete er sich dann durch das Apartment.

Burt hatte seine Waffe ebenfalls gezogen und blieb Ruben dicht auf den Fersen. Ihm war klar, daß er seine Pflicht sträflich vernachlässigt hatte. Er konnte von Glück reden, wenn er seine Dienstmarke behalten durfte.

Sobald sich Ruben davon überzeugt hatte, daß sich der Eindringling nicht im unteren Wohnbereich aufhielt, eilte er mit langen Sätzen nach oben und schlich dicht an der Wandrundung entlang. Als er das Schlafzimmer erreicht hatte, sprang er durch die Tür, wirbelte rasch herum und zielte nach allen Seiten auf etwaige Angreifer. Das Schlafzimmerfenster stand weit offen, die zarten weißen Vorhänge bauschten sich sanft in der Meeresbrise. Ruben rannte zum Fenster und schaute hinunter. Die Straße war leer. Er ließ die Hand über das Fensterbrett gleiten. Ein Stück Holz war herausgebrochen, vermutlich durch einen dreizackigen Haken, einem bei Einbrechern beliebtem Utensil.

»Helen, sind Sie in Ordnung?« brüllte Ruben.

Kurz darauf tauchte Helen benommen und verstört aus der Dunkelheit auf. »Hallo!« stieß sie matt lächelnd hervor, ehe sie in Richtung Badezimmer trottete.

Burt nahm seinen ganzen Mut zusammen und rief Ruben vom untersten Treppenabsatz aus zu: »Verstärkung eingetroffen! Was, zum Teufel, ist hier passiert?«

Ruben knurrte verächtlich. »Schalten Sie irgendein Licht an, okay?« Burt streckte die Hand nach der Tiffany-Lampe aus und zog an der Schnur, dann schaute er sich nach weiteren Lichtschaltern im Zimmer um. Krampfhaft versuchte er, sich irgendwie nützlich zu machen, während er sich gleichzeitig mit Schrecken ausmalte, wie niederschmetternd sich dieser Abend auf seine Personalakte auswirken würde.

Besorgt machte sich Ruben auf die Suche nach Helen.

Die Badezimmertür war abgeschlossen. »Helen? Öffnen Sie die Tür! Der Kerl war harmlos! Nur ein Einbrecher!« Keine Antwort. »Machen Sie auf, Helen! Bitte!«

Durch die Tür hörte er ihre gedämpfte Stimme. »Warum zerschießen Sie nicht einfach das Schloß?« Dann begann sie zu lachen, und das hörte sich grauenvoll an, es klang so, als ob sie einen hysterischen Anfall hätte und kurz vor dem Kollaps stünde. Ruben antwortete. Er hatte sein Leben lang noch nie wirklich gebetet, doch jetzt kamen seine Gedanken einem Gebet sehr nahe. Endlich öffnete sie die Tür.

Ihre Beine gaben nach. Sie sank auf den Boden des Badezimmers, die Knie an die Brust gepreßt. Abwesend begann sie sich hin und her zu wiegen, sie zitterte und weinte, das sorgfältig aufgetragene Make-up war völlig verschmiert. Ruben hob sie hoch und setzte sie auf die marmorne Ablage des Waschbeckens, wie er es bei einem vierjährigen Mädchen tun würde, das sich das Knie aufgeschürft hatte. Dann nahm er einen Waschlappen, befeuchtete ihn im Waschbecken und wischte ihr zart das Gesicht ab.

»Er war in meiner Wohnung!«

»Ich weiß, Baby, ich weiß.«

Plötzlich riß sie sich ohne jede Warnung, in einer Art manischer Phase vor dem endgültigen Zusammenbruch, von ihm los, stürmte aus dem Bad, schoß durch das Schlafzimmer, raste die Treppe hinunter und kreuz und quer durch die Eingangshalle, wobei sie wie ein Gummiball von Wand zu Wand prallte. Ruben versuchte, ihr zu folgen und sie einzufangen, aber sie entschlüpfte ihm immer wieder. Schließlich erwischte er sie.

»Wo bin ich noch sicher!« schluchzte sie. »Bin ich noch irgendwo sicher?«

»Ist ja gut … Sie sind hier in Sicherheit.« Die Arme fest um sie geschlungen, zog er sie mit sich auf einen Stuhl und drückte sie an sich. Er strich ihr über die Haare und massierte ihren Nacken, wiederum genau so, wie er ein Kind trösten würde, das gerade eine jener großen ungerechten Erfahrungen im Leben gemacht hat, die es aus dem Stadium der Unschuld herausreißen und dazu führen, daß sich sein Herz verhärtet. Mit sanfter Stimme redete er ihr zu: »Wenn ich mich als Kind schlecht und traurig gefühlt habe, hat mich mein Dad so gehalten – bis alles wieder gut war.«

Unvermittelt riß sie sich los und verpaßte ihm einen Schlag auf die Nase. »Halten Sie sich etwa für meinen Daddy?« Helen hatte sich vor ihm aufgebaut, knapp ein Meter achtzig gebündelte pure Energie, von einem sexy stahlfarbenen Nachtgewand umflossen. Zum ersten Mal, seit Ruben ihr begegnet war, sah er sie in all ihrer Stärke, eine flammende Athene, bereit, sich in die Schlacht zu stürzen. Sie war schön, lebendig und zornig. Fast ehrfürchtig schaute Ruben zu ihr empor. Die ganze Situation hatte etwas so Perverses und gleichzeitig so Erotisches, daß er aufstand und sie küßte. Sie erwiderte seinen Kuß und brach gleich darauf wieder schluchzend zusammen.

Als verspätete Reaktion auf Helens Faustschlag begann plötzlich Rubens Nase zu bluten. Und während nun über Helens Gesicht die Tränen strömten, rann über Rubens Lippen ein Rinnsal von Blut. Es schmeckte voll, bitter und salzig. Er lächelte. Die Sache zwischen ihnen, die die ganze Zeit im Hintergrund gelauert hatte, war nun endlich geklärt. Jetzt herrschte Befreiung, gab es eine Verbindung. Ein unausgesprochenes Einverständnis.

»Helen … Liebes, ich muß los.«

Er beugte sich herunter und schob sein Hosenbein nach oben. Aus dem Knöchelhalfter zog er eine kleine Pistole, die Cops untereinander als ›Geheimwaffe‹ bezeichnen. Sie gehörte nicht zur Dienstausrüstung, sondern war eine Art persönliche Lebensversicherung.

»Weißt du, wie man mit diesen Dingern umgeht?«

»Zielen und abdrücken.«

»So wie jetzt, mit dem Hebel nach oben, ist sie gesichert.« Er hielt die Pistole zur Seite und führte sie Helen vor. Klick, klick. »Und wenn der Hebel so steht, kannst du losballern.« Klick nach unten.

Mit einem Nicken teilte sie ihm mit, verstanden zu haben, und nahm die Waffe.

»Rühr dich nicht von hier weg, Helen!« Er küßte sie auf die Stirn und ging.

»Was soll ich denn sonst tun!« warf sie der leeren Wohnung vor, wußte sie doch nur allzu genau, daß sie nicht weggehen konnte. Sie mußte sich mit einem lebenslangen, selbstauferlegten Gefängnisdasein abfinden. Denn als sie heute nacht um ihr Leben zu retten hätte fliehen müssen, hatten die Wände außerhalb ihrer Zelle versucht, sie zu verschlucken und zu einem Nichts zusammenzuquetschen. Nein, sie würde wahrscheinlich hier sterben.

Inzwischen wurde das Apartment sorgfältig von der eingetroffenen Verstärkung und einigen Leuten der Spurensicherung durchkämmt. Soweit Burt mitteilen konnte, war nichts zerstört, hinzugefügt oder gestohlen worden. Sicher würde man auch keine Fingerabdrücke finden. Der Kerl war verdammt gerissen gewesen.

Ruben kommandierte einen der neu eingetroffenen Polizisten als Wache vor Helens Haustür ab. Burt schickte er nach Hause, trotz dessen Versprechen, von nun an ein guter Wachhund zu sein.

Nachdem Ruben gegangen war, ging Helen wieder ins Badezimmer. Sie betrachtete die Pistole in ihrer Hand, klein, elegant … tödlich. Mit geübtem Griff zog sie das Magazin heraus. Dr. Helen Hudson verstand etwas von Waffen und wußte, wie man sie benutzte. Aber sie hatte auch gesehen, wie ihr Freund und Beschützer mit seiner eigenen Waffe hingerichtet worden war. Sie öffnete die Schublade, schob die Kosmetikartikel nach vorne und legte Waffe und Magazin nach hinten.

Anschließend wusch sie sich das Gesicht, verließ das Badezimmer und begab sich in ihr Büro, um noch einmal ihre Datei über den ›Sohn von Sam‹ durchzusehen, bis die Polizei die Durchsuchung ihres Apartments beendet hätte. Sie befand sich noch immer in einem Zustand höchster Erregtheit und Angst. Nachdem dann schließlich die Polizei und die Spurensicherung gegangen waren, schaltete Helen ihren

Computer aus und wankte erschöpft ins Schlafzimmer. In Gedanken wappnete sie sich schon gegen die schlimmen Träume, die sie heute nacht sicher quälen würden.

Sie zog sich aus und ließ sich, ohne die Decke wegzuziehen, mitten aufs Bett fallen. Als sie mit letzter Kraft ihren Kopf auf das Kissen schob, fühlte sie unter ihrem Gesicht einen harten, kühlen Gegenstand. Abrupt fuhr sie hoch. Auf ihrem Kissen lag eine brandneue Taschenbuch-Ausgabe von *Daryll Lee, Meine Geschichte.* Von dem glänzenden Einband grinste ihr höhnisch sein Gesicht entgegen, gerahmt von kleineren Fotos, auf denen die Gesichter seiner Opfer abgebildet waren – jene Art von Fotos, die Väter von heranwachsenden Töchtern stolz in ihren Brieftaschen mit sich tragen. Verschmiertes, frisches rotes Blut verunstaltete den Einband und hatte auch ihr Kissen befleckt.

Helen schrie so laut und lange, daß der neue Wachmann von draußen hereinstürmte. Sie weinte in seinen Armen, bis die Spurensicherung zurückgekehrt war, um das Buch mitzunehmen.

NEUNTES KAPITEL

Herz aus Stein

Once that you've decided on a killing,
first you make a stone of your heart,
and if you find that your hands are still willing
you can turn murder into art.
Flushed with your first success,
you must try a twosome or a threesome,
before your conscience bothers you much less.

(Sobald du dich zu einem Mord entschlossen hast,
mußt du zunächst einen Stein aus deinem Herzen machen,
und entdeckst du dann, daß deine Hände noch immer willig sind,
kannst du Mord in Kunst verwandeln.
Berauscht von deinem ersten Erfolg, mußt du es dann
mit zweimal oder dreimal versuchen,
ehe dich dein Gewissen weniger plagt.)

Die Detectives Monahan, Goetz, Nicoletti, Pachulski, Kerby, Kostas und Landis saßen im Zimmer der Spezialeinheit um einen Konferenztisch. Der Raum war kleiner als das Dienstzimmer, dafür aber nüchtern und zweckmäßig ausgestattet. An einer Wandseite stapelten sich diverse audiovisuelle High-Tech-Geräte, in einer Ecke stand eine leere weiße Tafel nebst dazugehörigen Magic Markers. Das Team des Morddezernates saß zusammengedrängt im Halbdunkel und lauschte dem Song der mittlerweile aufgelösten Band ›The Police‹: *Murder by Numbers*, ein Lied aus den 80er Jahren, gesungen von Sting. Auf der Wand hinter ihnen wurde die Nachricht des Nachahmungs-Mörders auf eine große Leinwand projiziert. Die Worte waren in mehreren Schrifttypen gesetzt, als habe der Mörder sich enorm viel Zeit für das Schriftbild genommen. Manche Worte waren größer und auffälliger als andere, ohne daß sich jedoch irgendein deutliches Schema erkennen ließ. Die Strophen des Songs waren ein Teil der Nachricht:

Now you can join the ranks of the illustrious
in history's great dark hall of fame.
All your greatest killers were industrious
at least the ones that we all know by name.

(Jetzt kannst du dich den Reihen der Berühmtheiten zugesellen
in der großen, düsteren Ruhmeshalle der Geschichte.
Unsere größten Mörder waren stets emsig am Werk,
zumindest jene, deren Namen wir alle kennen.)

Lieutenant Quinn betrat in Begleitung von Police Commissioner Victor Petrillo den Raum. Mit dem Erscheinen der beiden hohen Tiere entstand augenblicklich eine angespannte Atmosphäre, und die Detectives setzten sich alarmiert in ihren Stühlen auf. Petrillo konnte man auf fünfzig oder sogar noch jünger schätzen; dank seiner Eitelkeit und seinem Ehrgeiz war er gut in Form geblieben, wenngleich seiner Attraktivität etwas Beamtenmäßiges anhaftete. Er trug einen teuren grauen Trenchcoat, der bestimmt nicht aus dem Kaufhaus stammte, und italienische Lederschuhe. Neben ihm wirkte Quinn in seinem billigen grauen Sakko und mit der Versandhaus-Krawatte schmuddelig und bedeutungslos. Einen Großteil seiner Cop-Instinkte hatte Petrillo schon vor langer Zeit seinen macchiavellistischen Ambitionen als Stadtpolitiker geopfert. Als Ersatz hatte er die Fähigkeit erworben, zu buckeln, zu lügen, zu manipulieren und – im geeigneten Moment – zu drohen. Jeder der echten Cops im Raum wußte, daß der Polizeichef gekommen war, weil er mit jedem Tag, der für die Ermittlung ergebnislos verstrich, immer mehr an Gesicht verlor.

M. J. wurde plötzlich bewußt, daß diese Teambesprechung auf Petrillo wie ein zwangloses geselliges Beisammensein wirken mußte, und schaltete den CD-Player aus. Da dies ihre

Show war, warteten die anderen Detectives darauf, daß sie als erste das Wort ergriff. Also schaute sie zu dem Commissioner auf und sagte: »Guten Morgen, Sir.«

Petrillo erwiderte den Gruß mit einem Nicken und setzte eine joviale Miene auf, ganz nach dem Motto ›Laßt-euch-durch-mich-nicht-stören-Leute‹. M. J. fuhr mit der Teambesprechung fort: »Der Song ist von ›The Police‹ und heißt *Murder by Numbers*. Offenbar möchte der Mörder, daß wir uns das Lied nicht nur zur musikalischen Erbauung anhören. Wir sollen uns also mit dem Text vertraut machen und zusammen überlegen, was der Kerl uns damit sagen will. Gibt es sonst noch etwas?«

Pachulski meldete sich zu Wort. »Wir haben eine Fangschaltung zu Dr. Hudson gelegt, damit wir Anrufe und alles, was in ihr Modem gelangt, aufzeichnen können.«

»Noch jemand?« M. J. warf einen Blick in die Runde und nickte dann Petrillo zu. »Irgendwelche Fragen, Commissioner?«

»Lieutenant Quinn hat mir einen Zwischenbericht gegeben, also bin ich ziemlich auf dem laufenden.« Um der Wirkung willen machte Petrillo eine Pause und schritt gesenkten Hauptes, die Hände hinter dem Rücken verschränkt, durch den Raum. Dies alles wirkte so einstudiert, als sei er einzig aufgrund seiner schauspielerischen Fähigkeiten zum Polizeichef aufgestiegen. »Ich brauche Ihnen sicher nicht zu sagen, daß dieser Fall die Phantasie der nationalen Medien entzündet hat, und so haben wir nicht nur einen frei herumlaufenden Serienmörder, sondern auch einen durch die Medien angeheizten Alptraum für die ganze Stadt. Sprechen Sie weder mit Freunden, Familie noch Nachbarn über die Ermittlungen. Man weiß nie, ob nicht der eine oder andere bereit ist, Ihre Worte für ein paar lumpige Scheine an die Sensationspresse zu verkaufen. Wir haben hier ein großartiges Team, das großartige Arbeit leistet. Schnappen Sie diesen Scheißkerl, und zwar *so schnell wie möglich*!« Zur Unterstreichung seiner letzten Worte erhob er die Faust, ließ sie ein, zwei Sekunden in der Luft und steckte dann die Hände in die Hosentaschen. Seine zufriedene Miene ließ erkennen, daß er der festen Überzeugung war, einzig durch seine Ansprache neuen Schwung in die Ermittlungen gebracht zu haben.

Die Besprechung war beendet, und die Detectives begannen, ihre Unterlagen einzusammeln. Quinn ging mit dem Commissioner zum Fahrstuhl, und die beiden Männer unterhielten sich noch einige Minuten in leisem Ton. M. J. verließ das Zimmer der Spezialeinheit mit einer Armladung von Akten. Allein durch die Art, wie Petrillo Quinn auf die Schulter klopfte, erkannte M. J., daß Quinn der Hintern auf Grundeis ging.

Auf dem Weg zu ihrem Schreibtisch wurde M. J. von Quinn eingeholt.

»Tja, er ist nicht gerade glücklich. Er will das verdammte FBI einschalten. Schätze, ich kann mich demnächst wieder von meinem Schreibtisch verabschieden.«

»Hmmm.« M. J. blieb auf der Hut. Ihr persönlich wäre es nur recht, wenn die superschlauen Spezialisten des FBI einen Blick auf das Original der Nachricht werfen würden. Die Labortechniker des SFPD hatten bislang nichts Bemerkenswertes über das Papier, die Tinte oder den Drucker herausgebracht, alles gebräuchliche Arten und natürlich, wie erwartet, keinerlei Fingerabdrücke. Doch ihr war klar, daß dies ein denkbar ungünstiger Zeitpunkt wäre, Quinn im Hinblick auf eine Zusammenarbeit mit dem FBI zu bedrängen; außerdem spürte sie, daß er ihr gleich etwas sagen würde, das sie lieber nicht hören wollte.

»Übrigens ... für die Sache morgen in Chinatown werde ich Ruben an Nikko abgeben müssen.«

Abrupt blieb sie stehen und schaute ihn an. »Sir, im Moment kann ich unmöglich auf Ruben verzichten! Wir befinden uns gerade in einer sehr kritischen Phase und ...«

»Hören Sie, M. J.!« Er zog sie in sein Büro. »Sie haben ein beschissenes Blatt. Das wissen Sie, und das weiß ich. Das Schlimmste ist, daß auch der Commissioner das weiß.«

»Wenn das der erste Schritt sein soll, um mich aus dem Fall rauszuschmeißen, warum sagen Sie es mir dann nicht gleich, von Angesicht zu Angesicht?«

Er ignorierte ihre Bemerkung, brachte es aber auch nicht über sich, sie anzuschauen. »Da wäre noch etwas ...«

»Was?«

»Diese Hudson.«

»Was ist mit ihr?«

»Der Commissioner glaubt, und ich teile seine Ansicht, daß sie leckt wie ein rostiger Kübel. Wahrscheinlich will sie eine Werbekampagne für ihr neues Buch starten. Wie auch immer, sie ist jedenfalls nicht vertrauenswürdig. Vor allem nicht nach der Lunch-Zeit.«

»Sie nimmt Tranquilizer, die ihr der Arzt verschreibt.«

»Und wer verschreibt ihr den Cognac?«

»Sir, sie ist der einzige Mensch, der uns bei diesem Fall von Nutzen gewesen ist!«

»Sie werden mit ihr den Fall nicht mehr diskutieren, weder direkt noch indirekt. Habe ich mich klar genug ausgedrückt?«

»Glasklar, Sir. Und wenn ich nicht einwillige?«

»Mary Jane, Ihr Dad war der beste Cop, den ich je gekannt habe. Sie könnten noch besser werden. Aber Sie werden die Chance dazu nicht kriegen, wenn Sie die Spielregeln nicht einhalten.«

An Quinns Büro vorbei eilte das Team des Morddezernats an die Schreibtische zurück und richtete sich auf einen langen Tag voll ermüdender Telefongespräche, Überprüfungen und Gegenüberprüfungen ein, die die Grundpfeiler der Polizeiarbeit bilden. Nicht allzu viel Abenteuer und Heldentum, sondern einfach nur sich ständig wiederholende Routine und Wachsamkeit hinsichtlich jeder Details. Die Männer blödelten ein wenig herum, um die durch Petrillos Besuch entstandene Spannung abzureagieren. Jemand erzählte einen schmutzigen Witz, ein anderer setzte einen noch schmutzigeren drauf. Ruben stöhnte gerade in gespieltem Abscheu, als plötzlich, wie aus heiterem Himmel, Quinn neben seinem Schreibtisch stand.

»Goetz! In mein Büro!« Er verschwand wieder.

»Was ist denn nun los?«

M. J. trat an Rubens Schreibtisch. »Das wirst du gleich erfahren.« Sie schaute über seine Schulter auf ein amtlich aussehendes Papier, ein Dokument mit dem Emblem des Coroner-Büros. »Was hast du da?«

»Den toxischen Befund über die Untersuchungsergebnisse von Randi Salvino. Es *war* Windex.« M. J. warf Ruben einen nachdenklichen Blick zu. Sie beide waren die einzigen, die Zugang zu dem einen Menschen hatten, der wie kein anderer das Innenleben und die Handlungsweise von Serienmördern erfassen und verständlich machen konnte.

Die scharfen Worte Quinns noch frisch im Gedächtnis, ging M. J. zu ihrem Arbeitsplatz. Auf ihrem Schreibtisch stand das gerahmte Foto ihres Vaters; er hatte die Arme um ihre Mutter, ihre Schwester und sie selbst gelegt. Ihr Blick wanderte weiter nach rechts zu einem anderen gerahmten Foto, auf dem nur ihr Vater und sie abgebildet waren. Es war an ihrem Abschlußtag in der Akademie aufgenommen worden, und sie war in voller Uniform. Zur Feier des Tages hatte sich auch Mick Monahan in seine Uniform geworfen, obwohl er damals schon längst die Alltagskluft des Revierpolizisten gegen den unauffälligen Mantel und die Krawatte des Zivilbeamten eingetauscht hatte. Mick hatte den Arm um seine Tochter gelegt und blickte auf sie herab, während sie, ein kleines Energiebündel voll brennender Erwartung und Ehrgeiz, direkt in die Kamera schaute. Sein Stolz und seine Liebe umgaben sie wie ein schützender Schild. Nun war Mick Monahan schon seit fünf Jahren tot.

Hast du dich immer an die Regeln gehalten, Daddy? Sie konnte sich verschwommen daran erinnern, wie ihr einst jemand gesagt hatte, Gesetzesregeln seien dazu da, sie nach eigenem Gutdünken auszulegen und zu brechen, falls das Gesetz an die Stelle des Rechts getreten sei. Wäre es anders, hätte ihr Vater sie nie zu einer Polizistenlaufbahn ermutigt. Entschlossen nahm sie den Hörer ab und wählte Helens Nummer.

Dr. Helen Hudson und Inspector Detective Mary Jane Monahan saßen in Helens Wohnzimmer. Draußen regnete es, doch es war nicht die Art von Regen, der die Luft klärt und reinigt, sondern ein kalter, unablässiger Schauer, der zwischen wilden Wolkenbrüchen und diffusem Geniesel hin-

und herschwankte. Die Farben lösten sich in dem gespenstischem Grau auf. Straßen und Autos, Menschen und Natur verblichen zu schemenhaften, kaum noch wahrnehmbaren Umrissen, die sich mit letzter Kraft an das Leben klammerten. Selbst Helens plüschige Samtpolster, die teuren Damasttücher und Seidendecken schienen ihren Glanz ängstlich vor dem Sog des verwaschenen grauen Lichts zu verbergen.

Helen saß auf dem Sofa und las eine Kopie der Nachricht, die der Mörder in der Telefonzelle hinterlegt hatte. Als sie das Blatt umdrehte und die an sie adressierten Gedichtzeilen entdeckte, faltete sie es zusammen und warf es auf den Tisch. Nach einem kräftigen Schluck Cognac stieß sie hervor: »Tut mir leid ... ich ...«

»Hilft das denn irgend etwas?« fragte M. J. mit Blick auf den Cognac. Sie konnte ihre Verachtung für Helens Flucht in Alkohol und Medikamente einfach nicht unterdrücken. Da wurden überall in San Francisco Frauen umgebracht, und diese privilegierte und begnadete Person, die den Schlüssel zur Rettung dieser Frauen besaß, vergrub sich in einem High-Tech-Designerkäfig und ertränkte ihre überragenden geistigen Fähigkeiten in einem Sumpf aus Medikamenten und Alkohol. M. J. war durchaus zu Mitgefühl in der Lage, doch das sparte sie sich lieber für die Opfer auf. Jetzt hoffte sie, daß ihre Entscheidung, Helen durch ein eher konfrontatives Vorgehen aus ihrem Schneckenhaus zu locken, richtig gewesen war.

Helen lächelte sie an, ein übertriebenes Grinsen voll aufgesetzter Ironie. »Sie haben nie Angst, was? Sie gehören vermutlich zu jenen Menschen, die glauben, daß alles, was geschieht, sinnvoll ist, und daß wir alle Kinderlein Gottes sind. Schön für Sie!« Um des Effektes willen kippte sie den Rest des Glases hinunter und fuhr dann fort: »Die Wahrheit ist, daß die Kräfte, die das Universum regieren, Terror und Gewalt sind. Wie ist es möglich, daß gerade Sie als Cop das nicht sehen?«

»Ich habe mit einer befreundeten Ärztin über sie gesprochen.«

»Ach ja? Und?«

»Ihren Namen habe ich nicht erwähnt. Einfach nur Patient X. Wie sie es mir erklärt hat, gibt es die randvoll mit Ängsten angefüllten full-time-Agoraphobiker, und dann gibt es Menschen wie Sie, die zeitweilig dazu werden.«

»Wie überaus beruhigend!«

»Worunter Sie leiden, sind Panikattacken. Und ich frage mich …«

»Unterlassen Sie es doch bitte, eine Psychiaterin über psychische Störungen zu belehren …«

»Was ich mich frage, ist … Weshalb fühlen Sie sich so schlecht, daß Sie sich selbst eine Art Hausarrest auferlegt haben?«

»Hm, lassen Sie mich raten. Ist das die ›Sie-kann-jederzeit-wenn-sie-möchte-rausgehen-Theorie‹?«

M. J. machte tapfer weiter und ignorierte den Sarkasmus. »Ist der Tod dieses Polizisten die Ursache?«

»Brillant, mein guter Holmes!«

»Weil Daryll Lee den Abzug gedrückt hat?«

»Ebensogut hätte ich es selbst sein können!«

»Sie glauben, daß die Menschen Ihnen dafür die Schuld geben?«

»Ich weiß verdammt gut, daß sie es tun!«

»Ich bin Polizistin. Ich gebe Ihnen keine Schuld.«

»Ach, das ist doch absurd …!«

»Nun, Lady, ich habe meinen Arsch riskiert, um Ihnen diese Nachricht zu zeigen. Erklären Sie mir jetzt, was sie bedeutet, oder erklären Sie es mir nicht?«

Helen holte tief Luft. Sie griff nach dem Zettel, als wäre er mit einem tödlichen Virus infiziert. Anfangs kam sie nur stockend voran und brachte kaum ein Wort hervor. M. J. mußte sich zu ihr beugen, um sie zu verstehen. »›Helen, verlier den Kopf nicht.‹ Er schreibt, als würde er mich persönlich kennen. Hält er sich für meinesgleichen? Ist das eine Drohung? Will er mir den Kopf abschneiden? Dahmer hat Köpfe abgeschnitten … Wer sonst noch? Kemper. Rifkin auch? Hat Rifkin …?« Verwirrt brach sie ab, knitterte das Papier in den Händen und schaute hilfesuchend M. J. an. »Das ist sehr kompliziert.«

»Lassen Sie sich Zeit.«

»›Zunächst machst du einen Stein aus deinem Herzen.‹ Lehrbuch der Psychopathologie eines Serienmörders. Dissoziation, Abspaltung – der erste Schritt.« Während sie den Text studierte und kommentierte, gewann ihre Stimme immer mehr an Stärke und Sicherheit.

»Irgendwann ist einem Kind etwas Schreckliches angetan worden, und seitdem glaubt es, anderen Menschen ebenfalls Schlimmes antun zu dürfen.« Sie glättete das Papier und holte noch einmal tief Luft. Ihre Augen schlossen sich. M. J. beobachtete, wie Helen für einige Sekunden abtauchte, sich in die Gefühlswelt eines Mörders hineinversetzte. *Wie sehr habe ich mich doch geirrt!* schoß es M. J. durch den Kopf. *In Wahrheit ist sie ungewöhnlich mutig.* Wahrscheinlich war es genau diese unheimliche Fähigkeit, sich in die krankhafte Welt der Mörder einzufühlen, die Helen in ihre selbstgewählte Klausur getrieben hatte. Sie konnte deren Dämonen teilen, eins mit ihnen werden.

Helen löste sich ein wenig aus ihrer Trance. »Gacys Vater hat ihn einfach so aus Spaß verprügelt. Kempers Mutter hat einen pubertierenden Jungen in einem dunklen, nach Tod riechenden Keller eingesperrt, weil er seine Schwestern in Verlegenheit brachte. Ich bin sicher, unser Nachahmungstäter verfügt über seine eigene private Horrorgeschichte.« M. J. hatte einmal von einer Psychotikerin gehört, die hundertfünfzig Kilo gewogen hatte. Sie hatte gegessen, um die Gefühle und Gedanken anderer Menschen zu vergessen; ihr Fett war ihr Schutzschild gegen das Leid und die Schrecken der Welt gewesen, die von außen blindlings auf sie einstürmten. M. J. wurde nun klar, daß Helens unglaubliche Einfühlungsgabe auch zur Folge hatte, daß sie, wenn sie auf diesem Level arbeitete, vom Bösen gleichsam bombardiert wurde.

»Was hat nun ›einen Stein aus seinem Herzen‹ gemacht? Vermutlich Ablehnung und Demütigung. Wehrt sich das Kind, wird es nur noch schlimmer bestraft. Noch mehr Demütigungen. Ein Kind, das versucht, alles wieder ins Lot zu bringen, kann nur auf die ihm zur Verfügung stehenden

Möglichkeiten zurückgreifen ... Bettnässen, Feuerlegen, Tierquälerei. Wut und Durchsetzungswille, Durchsetzungswille und Wut.«

»Klingt fast so, als würden Sie den Kerl entschuldigen.«

»Nein, aber es ist nun mal so, daß alles auf Ursache und Wirkung beruht. Zuerst muß man das gequälte Kind sehen. Dann kann man den Menschen hinter dem Monster erkennen.«

M. J. bemerkte, wie Helens Gesicht vor Leidenschaft zu glühen begann. Konzentriert beugte sie sich wieder über die Nachricht. »›Sobald du dich zu einem Mord entschlossen hast ...‹ Sind dies seine ersten Morde? Ja, ich glaube schon. Doch vorher hat er lange Zeit darüber phantasiert. Er greift nach dem, was er, wie er fühlt, nicht haben kann. Was außerhalb seiner Reichweite liegt. Kemper sagte einmal, daß er, um die ersehnten Erlebnisse mit Frauen zu haben, diese zunächst von ihren Körpern loslösen müsse. Dann, nur dann könne er spüren, daß er die Kontrolle über sie hat.« Sie warf M. J. einen Blick zu. »Wollen Sie noch mehr hören?«

»Ja, bitte! Machen Sie weiter!«

»›Und entdeckst du dann, daß deine Hände noch immer willig sind, kannst du Mord in Kunst verwandeln.‹ Kunst ... Warum will er uns glauben lassen, daß das, was er tut, Kunst ist? Ich denke, es handelt sich um einen Menschen, der verzweifelt nach Anerkennung sucht. Wahrscheinlich hat er keine besonderen akademischen Leistungen vorzuweisen und macht jetzt irgendeinen Allerweltsjob. Möglicherweise einen, der ihn in Kontakt mit Frauen bringt. Die primäre Antriebskraft in seinem Leben ist Wut, vor allem auf Frauen. Jede Frau wird zur Stellvertreterin für eine Mutter, die grausam oder abwesend war. Er ist wahnhaft und schwülstig. In seinen Phantasien malt er sich aus, Macht über Leben und Tod der Frauen zu haben. Bei seinen Opfern kann er das verwirklichen.«

Ehrfürchtig saß M. J. da. Ihr kam es vor, als würde die andere Frau mit ihrer Deutung der Verszeilen den Code für eine Art von psychologischen Hieroglyphen knacken. »›Berauscht von deinem ersten Erfolg, mußt du es dann mit zweimal oder dreimal versuchen, ehe dich dein Gewissen weniger plagt …‹ Zweimal? Heißt das, zwei an einem Tag? Wer hat das gemacht? Kemper hat die beiden Studentinnen umgebracht. Und dann war da vor ein paar Jahren der Gainesville-Ripper. Bundy tötete im Chi-Omega drei. ›Jetzt kannst du dich den Reihen der Berühmtheiten zugesellen, in der großen, dunklen Ruhmeshalle der Gesichte.‹ Tja, er will ein Held werden. Er will zu Ruhm gelangen.«

»Vielleicht spielt er die Helden für die Ruhmeshalle der Mörder nach. Erst den Boston-Würger, dann den Hillside-Würger und jetzt den ›Sohn von Sam‹. Helen, hat diese Reihenfolge etwas zu bedeuten?«

»Sie ist nicht chronologisch. Der ›Sohn von Sam‹ agierte vor dem Hillside-Würger.«

»Er schickt Ihnen Nachrichten. Als wollte er uns förmlich herausfordern, ihn zu schnappen.«

»Wenn er berühmt werden will, muß er geschnappt werden …«

»Damit Sie ein Buch über ihn schreiben können. Vielleicht möchte er, daß Sie ihn zu einem Helden machen.«

»Das Traurige dabei ist – er wird es werden. Er wird sein Gesicht, zusammen mit denen der anderen Kriminellen, auf einem Kaugummiautomaten-Kärtchen zu sehen kriegen. Wenn dir das Zeug zum Football-Spieler oder zum Filmstar fehlt, dann wirst du eben ein Serienmörder! Ramirez hat acht Frauen umgebracht – und bekommt jeden Monat hundert Heiratsanträge!«

Etwas an dieser letzten Bemerkung ließ M. J. von ihrem Stuhl hochfahren. Sie ging zum Fenster. Der Regen hatte aufgehört. Der in der Ferne aufragende Mount Tamalpais hatte die Wolkendecke durchbrochen und spaltete den Himmel in zwei blaue Flecken. Den Blick weiterhin in die Ferne gerichtet, fragte M. J.: »Was machen Menschen für gewöhnlich, wenn sie ein Idol anhimmeln?«

»Um ein Autogramm bitten.«

»Genau. Oder Fan-Post schicken.«

»Sie glauben, er schreibt an die inhaftierten Mörder?«

»Das zu überprüfen, wäre doch einen Versuch wert!«

Dr. Helen Hudson verstand, was Peter Foley zu dem gemacht hatte, was er war, obwohl sie nur ihre Ausbildung, ihren Instinkt und ihre Vorstellungskraft zur Verfügung hatte, um den Lebenslauf eines Mörders zu rekonstruieren. Sie wußte sehr gut, daß es Menschen gab, in deren Herzen das Gute nicht existierte, denen alles, was man gemeinhin mit Seele oder Gott oder Liebe verbindet, so fremd war wie ein anderer Planet. Peter Foley entstammte solch einer Ahnenreihe, die an ihre Nachkommen Leid und Lieblosigkeit weitergab wie andere Familien Religion oder Traditionen oder Besitz.

Als Peters Mutter ein Kind gewesen war, hatte sie sich, wie jedes kleine Kind, nach der Liebe ihres Vaters gesehnt – hatte ihr Herz dem vertrauten Daddy-Geruch, der vertrauten Daddy-Wärme geöffnet. Statt geliebt zu werden, wurde sie jedoch vergewaltigt, und der Gestank nach abgestandenem Bier und Old Spice klebte an ihrem Körper als Erinnerung an die erzwungene Demütigung. Tagelang trug sie diesen Geruch mit sich herum, selbst dann noch, nachdem ihre Mutter sie in der Wanne abgeschrubbt hatte. Ihre Mutter hatte krampfhaft den Blick auf die blauen Flecken an den Schenkelinnenseiten des dreijährigen Mädchens vermieden, und schon bald begann Sandra ihre Mutter zu hassen, weil die nachts allein in ihrem eigenen Schlafzimmer lag, während Daddy in Sandras Zimmer kam. In dieser Zeit entwickelte Sandra eine bestimmte Fähigkeit: die Fähigkeit, sich selbst zu verlassen. Sie ließ Sandra einfach hinter sich und betrat einen Ort, an dem es kein Nachdenken, keine Gefühle gab – ein seelenloser Ort, den sie bald ganz zu ihrer Heimat erkor. Sie fühlte nichts. Und als sie dann später selbst einen Ehemann hatte, lag sie, wenn er in sie eindrang, reglos da und begab sich wieder an jenen Ort.

Das Ergebnis dieser seelenlosen Verbindung war Peter. Er war – was in gewisser Weise unheimlich anmutete – ein bildschöner Junge mit bleichen, fragenden Augen und einer ausgeprägten Kopfform, die ihm das Aussehen eines kleinen Philosophen oder Staatsmanns verlieh. Trotz seiner gefühlskranken und unglücklichen Mutter war er ein kluges und aufgewecktes Kind. Sein Vater war stolz auf ihn, was bei

Sandra dazu führte, daß sie den kleinen Jungen verabscheute. Als Peter drei Jahre alt wurde, klickte etwas im Kopf der erwachsenen Sandra – jener Sandra, die jetzt Mutter war. Vielleicht war es ein genetischer Code, der an der richtigen Stelle einrastete. Vielleicht waren ihr Haß und Mißbrauch so in Fleisch und Blut übergegangen, daß sie gezwungen war, dies an die nächste Generation weiterzugeben.

Jedenfalls ersann sie von da an für jede Aufmerksamkeit, die Peter von seinem Vater zuteil wurde, einen akribisch ausgetüftelten Racheplan, den sie dann am nächsten Tag in die Tat umsetzte. Und je weiter Peters junges Leben voranschritt, desto dunkler und abgründiger wurden die Qualen, denen sie ihn aussetzte. Am Anfang liebte er Sandra, ihre weiße Haut und ihr dunkles Haar. Schließlich war sie seine Mommy. Und nachdem sie ihn verprügelt oder stundenlang in den Schrank eingesperrt hatte, nahm sie ihn immer in die Arme, küßte ihn, fütterte ihn mit Milch und Plätzchen, trocknete seine Tränen mit Küssen und wisperte ihm zärtlich zu, daß sie ihn weit, weit wegbringen und verhungern lassen würde, wenn er seinem Daddy je etwas von ihrer beider Spiele erzählen sollte.

Bald fiel dem Vater das verstockte und nervöse Verhalten seines Sohnes auf. Peter spielte stundenlang allein im Freien. Abends hatten sein Vater und seine Mutter darüber lautstarke Auseinandersetzungen, die immer damit endeten, daß der Vater auf der Couch schlief. Als der Vater eines Sonntags seinen kleinen Jungen zum Angeln mitnahm, gestand ihm dieser schließlich: »Mommy haßt mich.« Mehr konnte er aus seinem Sohn nicht herausbringen, aber es reichte aus, daß er Sandra an jenem Abend klarmachte, wer hier zu bestimmen hatte, und sogar überlegte, mit seinem Sohn für eine Weile auszuziehen.

Also traf Sandra mitten in der Nacht eine Entscheidung. Brauchte sie denn tatsächlich einen Ehemann? Was war ihr wichtiger: ein Mann in ihrem Bett oder ein kleiner Sohn, mit dem sie jene Spiele der Grausamkeit und Lust zelebrieren konnte, die ihrem Leben endlich eine Bedeutung gegeben hatten?

Als ihr Mann am Montag bei der Arbeit war, lief sie mit Peter weg. Durch das ganze Land bis in den Westen. Sie änderte ihren Namen. Peter sah seinen Vater nie wieder und erfuhr auch nie, wo er ihn hätte finden können. Schon bald, nach etlichen Prügelorgien und tagelangem Eingesperrtsein, glaubte er Sandra, wenn sie ihm erzählte, daß sein Vater sie beide verlassen habe. Sie begann ihn auch darüber aufzuklären, wie gefährlich und verabscheuungswürdig Sex sei, und daß es böse Folgen habe, wenn Männer und Frauen zusammen schliefen. Nach einer Weile konnte er sich nicht einmal mehr an seinen wirklichen Namen erinnern. Er wußte nur, daß er traurig war, traurig, einsam und sehr wütend.

Und so hielt er nach Möglichkeiten Ausschau, dem großen Schmerz, den er in sich trug, ein Ventil zu verschaffen. Er ging öfter in den Wald, suchte Käfer, Würmer oder anderes Kleingetier und schlug sie mit Stöckchen. Dann fühlte er sich ein wenig besser. Aber noch nicht gut genug. Eines Tages fand er ein paar Blocks von seinem Haus entfernt Mrs. Harveys Katze mit ihrem neuen Wurf. Er nahm drei der neugeborenen Kätzchen mit in den Wald und spielte mit ihnen jene Spiele, die Mommy so gefielen. Nur starben bei seinem Spiel die Kätzchen, eines aus Angst, die beiden anderen als Folge der Quälerei. Peter merkte, daß ihm dies eine Art Vergnügen und Erleichterung verschaffte, etwas, das er seit vielen Jahren nicht mehr empfunden hatte. Damals war er sechs Jahre alt.

Bald entdeckte er Streichhölzer. Sandra rauchte und ließ Zigaretten und Streichhölzer achtlos herumliegen. Peter gewöhnte sich an, nach draußen in die Auffahrt zu gehen und kleine Laubhäufchen anzuzünden. Manchmal lief er auch in den Wald, machte dort ein Feuer und warf Käfer und andere kleine Tiere hinein. Er liebte es, auf der Jagd nach Beute durch den Wald zu streifen. Stundenlang pirschte er sich an das jeweilige Tier – oft das Haustier eines Nachbarn – heran, ehe er schließlich zupackte. Für jedes Tier ersann er eine eigene Tötungsart, für gewöhnlich eine langsame und schmerzhafte. Er liebte es, sich jeden seiner Schritte genau zu überlegen, und manchmal sezierte er nach der Vollstreckung die toten Tiere – vielmehr das, was von ihnen übriggeblieben war.

Schnell ist Helen dem Serienmörder auf der Spur – und dann nimmt er tatsächlich per Computer Kontakt zu ihr auf!

Was Helen nicht ahnt: Der Killer kann sich bereits nach Belieben Zutritt zu ihrer Wohnung verschaffen und sie beobachten ...

Ein scheinbar harmloser junger Mann (William McNamara) …

… folgt in einem Keller seiner grausam-sadistischen Berufung.

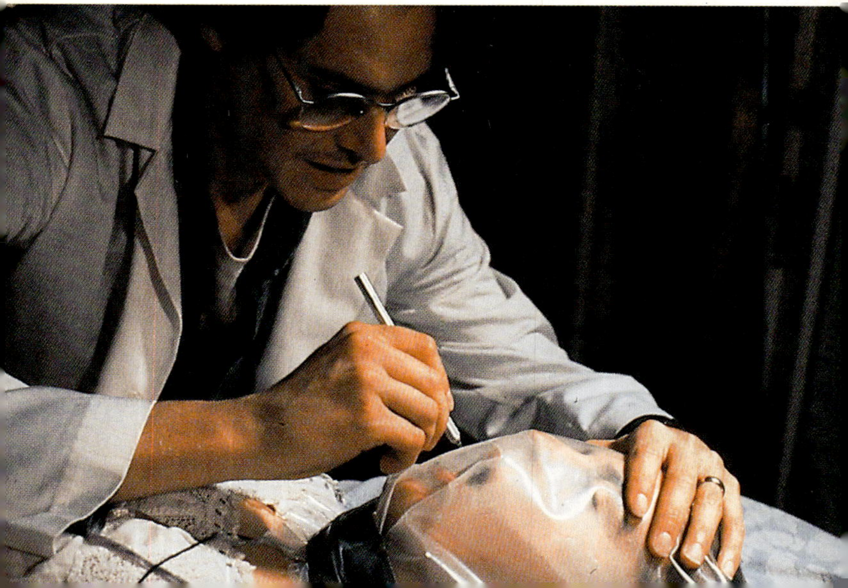

Bald führte Peters sonderbares Wesen Sandra zu einigen Problemen; die Kinder aus der Nachbarschaft fürchteten sich vor ihm. Aber ihr war es sowieso lieber, daß er von anderen Kindern und deren Familien gemieden wurde; dadurch blieb ihrer beider private Welt intakt und unversehrt und einzigartig. Allerdings mußten sie im Verlauf von Peters Kindheit mehrfach umziehen, weil es immer wieder vorkam, daß bei dem gewaltsamen Tod eines verhätschelten Haustiers die Spur zu Peter zurückverfolgt werden konnte.

Peters Liebe zum Zündeln nahm immer weiter zu. Einmal sperrte ihn seine Mutter zur Strafe für sein Bettnässen – was häufig vorkam – in einen Wandschrank unter dem Stiegengeländer. Peter hatte seine jüngst ergatterten Streichhölzer einstecken, und als er im Schrank einige alte Zeitungen entdeckte, zündete er sie an. Plötzlich stand der enge Raum in Flammen; Peter brüllte und brüllte, bis ihn seine Mutter endlich herausholte. Sie behielt ihn wochenlang zu Hause und pflegte die Brandwunden an seinen Händen. Bald darauf zogen sie erneut um.

Als Peter in die Pubertät kam, begannen die Prügel nachzulassen. Da er Sandra mittlerweile an Körpergröße überragte, war sie gezwungen, ihre Taktik zu ändern. Nun wurden psychische Qualen zur Tagesordnung. Peter hörte mit dem Zündeln auf und quälte auch keine Tiere mehr. Um seiner Mutter aus dem Weg zu gehen, verbrachte er, unter dem Vorwand, lernen zu müssen, soviel Zeit wie möglich in seinem Zimmer. Oder er spazierte stundenlang durch die Straßen und beobachtete, wie sich die anderen Jugendlichen zusammen vergnügten, während er stets allein war. Nie brachte er andere Kinder mit nach Hause. Peter sah bestimmt nicht schlecht aus, doch seine krankhafte Schüchternheit und seine Unfähigkeit, sich mit Mädchen zu unterhalten, brachten ihm den Ruf eines Sonderlings ein. Die ein, zwei Jungen, mit denen er sich anfreundete, waren ebenfalls verschrobene Typen, die seine Begeisterung für Mathematik, Biologie und Chemie teilten. Peter liebt die Naturwissenschaften, da sie präzise, ordentlich und überprüfbar waren. Und am Sezieren fand er natürlich besonderen Gefallen. Leider waren seine

Kreativität und seine Vorstellungskraft durch Angst und ein enormes Minderwertigkeitsgefühl blockiert. Er gab sich zwar alle Mühe, seinen Lehrern zu gefallen, verfügte jedoch nicht über die nötige Ausstrahlung oder Brillanz, um deren Aufmerksamkeit auf sich zu lenken. Tief innen war er jedoch fest überzeugt, daß sich dies eines Tages ändern würde.

Das Wichtigste, das Peter auf der High-School für sich lernte, war es, wie man unauffällig und normal erscheinen konnte. Er begann den Wert von Konformismus zu verstehen. Stülpte man sich eine bestimmte Maske über, wurde man weder belästigt noch fühlten sich andere belästigt. Man konnte sich in Gedanken die schlimmsten Sachen vorstellen, ohne daß jemand etwas davon merkte.

Mit siebzehn, kurz vor dem Abschluß an der High-School, brachte Peter ein Mädchen mit nach Hause. Sie war etwas dicklich und ebenso schüchtern wie Peter, dafür aber sehr klug. Eine Zeitlang spielte Sandra die Rolle der freundlichen Mutter, bis sie das Mädchen dann unvermittelt fragte, weshalb sie ihre Zeit mit einem Versager wie ihrem Sohn verschwenden wolle. Schließlich wisse sie, Sandra, am besten, daß er dieselbe Null wie sein Vater sei und vermutlich ebenso lausig im Bett. Dem Mädchen wurde es unheimlich, und sie verabschiedete sich rasch. Sobald sie gegangen war, bombardierte Sandra ihren Sohn mit Vorwürfen. Ob er denn nicht bemerkt habe, daß das Mädchen eine kleine Nutte sei? Und was könne ein Mädchen wie dieses überhaupt mit ihm anfangen, wenn er schon zu blöd sei, um zu erkennen, was es mit dieser Schlampe auf sich habe?

Solange er auf der High-School war, lud Peter nie mehr ein Mädchen zu sich nach Hause ein. Statt dessen träumte er nun von phantastischen Dingen, die er tun wollte, um sich an seiner Mutter zu rächen. Es waren seltsame, komplizierte Phantasien, die sich mit den Mädchen an seiner Schule beschäftigten. In diesen Tagträumen machte er mit ihnen dasselbe, was er als Kind mit den Tieren gemacht hatte. Anschließend empfand er jedesmal eine unglaubliche Hochstimmung, wurde dabei auch sexuell erregt und ejakulierte sogar. Ihm war nur unklar, weshalb er Sandra nicht in seine Vorstellung mit einzubauen vermochte. Er wußte, daß er seine Mutter haßte und daß sie die Ursache für sein Leid war. Dennoch konnte er sie nicht töten, nicht einmal in Gedanken.

Mit Müh und Not gelang Peter der Absprung nach Berkeley. Das war nicht allzu weit von zu Hause entfernt, so daß er an den Wochenenden heimfahren und Sandra besuchen konnte. Nach wie vor war er außerstande, Kontakte zu Mädchen zu knüpfen, außer in seinen Phantasien, die immer bizarrere Formen annahmen. Die Mädchen am College waren noch schöner als die auf der High-School, und zudem waren sie intelligent, selbstbewußt und ungemein scharf. Ihm kamen sie wie eine Sprache aus der Antike vor, komplex und unverständlich. Und daß niemand ihm je diese Sprache beigebracht hatte, machte ihn nur noch zorniger.

Er beschloß, Psychologe zu werden, und entwickelte großes Interesse an der Psychopathologie Krimineller. Das war ein Gebiet, das ihm lag und auf dem er, wie er glaubte, exzellente Arbeit leisten könnte. Er lernte eifrig, um seinen Lehrern zu gefallen, erzielte jedoch, wenn überhaupt, nur durchschnittliche Ergebnisse. Ohne Stipendien und Fürsprache seitens der Dozenten war an ein weiterführendes Studium nicht zu denken. Bald erledigte sich dieses Thema jedoch von selbst, denn Sandra erkrankte an Lungenkrebs. Im Verlauf von Peters letztem Studienjahr war ihr Krebs schließlich so weit fortgeschritten, daß Peter sein Studium aufgab. Er machte nie seinen Abschluß. Statt dessen kehrte er nach Oakland zurück und pflegte seine Mutter, bis sie starb.

Nach ihrem Tod ging Peter wieder nach Berkeley und erhielt dort einen Job im Labor eines Klinikums, das auf Fertilitätsdiagnostik spezialisiert war. Eines Tages begegnete er einer der Sekretärinnen, einer zartknochigen, exzentrischen Frau, die fast zehn Jahre älter war als er: Georgette. Mit ihr hatte er seinen ersten sexuellen Kontakt. Es schien ihr nichts auszumachen, daß er keine Ahnung davon hatte. Sex war für Georgette nicht sonderlich wichtig. Und Lebenserfahrungen oder Gespräche genausowenig. Derlei Beschäftigungen hielten sie nur von ihren Fernsehshows und Liebesromanen ab.

Als Georgette ihren Job in Berkeley verlor, beschlossen sie, nach Daly City umzuziehen, wo sie für wenig Geld ein Haus mieten konnten. Peter fand im nahegelegenen San Francisco State Hospital einen anderen Klinik-Job, und so führten sie nach außen hin das Leben einer typischen Mittelstandsfamilie. Zwei traute kleine Herzen aus Stein. Er sparte sein Geld, kaufte eine Menge Spezialspielzeug – und schwebte in einer phantastischen Traumwelt voll sadistischer Wonnen und sexueller Foltern. In seinen Mittagspausen beobachtete er die Studentinnen, die in ihren knappen Oberteilen und Bikinis herumhüpften, und die fröhlichen Studenten, die Gitarre spielten oder ihre Frisbees durch die Luft schleuderten. Dann stellte er sich vor, daß er der König ihrer Welt sei, daß sie auf allen Vieren in sein Vergnügungsschloß gekrochen kämen und er mit der bloßen Hand ihre erbärmlichen Leiber zermalmen würde. Ihre Jugend und ihre Stärke wären dann für immer sein. Und er würde größer und größer werden, ein Monument aus Stein.

Doch dies waren nur Phantasien – bis eines Tages jemand in seiner ehemaligen Universität einen Vortrag hielt, eine Frau, die ihm mehr Respekt einflößte als alle Menschen der Welt, ausgenommen vielleicht seine tote Mutter. Ihre Worte sollten für ihn zur Heiligen Schrift werden, auf der er die Legende seines Lebens aufbauen wollte.

ZEHNTES KAPITEL

Brieffreunde

»Sagen Sie ihm, Dr. Hudson möchte ihn sprechen!« Andy saß neben Helen in deren Arbeitszimmer und war damit beschäftigt, Charles Mendoza an den Apparat zu bekommen. Mendoza war stellvertretender Direktor des Staatsgefängnisses von Florida, das einst den mittlerweile hingerichteten Ted Bundy beherbergt hatte und in dem nach wie vor berühmtberüchtigte Insassen inhaftiert waren, wie beispielsweise Danny Harold Rolling, den Floridas Medien sensationslüstern als den Gainesville-Ripper bezeichneten.

In Helens Arbeitszimmer herrschte dasselbe hektische Chaos wie im Büro einer Boulevardzeitung nach einem aufsehenerregenden Zwischenfall. Vor den Holzregalen stapelten sich Berge von Aktenordnern. Alle drei Terminals waren in Betrieb; zwei davon auf E-Mail-Kommunikation zu und von Strafanstalten im ganzen Land eingestellt, das dritte mit einem speziellen Programm zum Sortieren von Daten geladen. Zwei Faxgeräte liefen gleichzeitig, das eine für die nach draußen gehende Korrespondenz, das andere für die ankommende. Das auf Empfang laufende Faxgerät spuckte eine endlose Liste von Namen aus, die Helen entrollte und vorbereitete, um sie anschließend in ihr Netzwerk zu scannen. Die Namensliste würde dann auf dem Terminal unter der Dateibezeichnung ›Serienmörder-Fanclub‹ auftauchen.

Als Mendoza sich meldete, knuffte Andy mit dem Ellbogen Helen in die Seite. Sie entriß ihm den Telefonhörer.

»Hallo, Helen! Lang, lang ist's her!«

»Ja, das kann man wohl sagen. Wie geht's Ihnen, Charles? Haben Sie mein Fax erhalten?«

»Ja. Aber wir führen nur dann Akten über den Briefwechsel der Insassen, wenn er gefährlicher oder illegaler Natur ist. Wie beispielsweise bei dem Kerl, der Dahmer vor einiger Zeit Strychnin-Plätzchen geschickt hat. Die Liste ist zwar nur teilweise vollständig, aber Sie dürfen sich dennoch auf gut vierzig Seiten gefaßt machen.«

»Ich werde neben dem Faxgerät warten.«

Am anderen Ende der Stadt, im Dienstzimmer des SFPD-Morddezernats, saß Inspector Mary Jane Monahan ebenfalls über einer Liste; es war die Liste mit den Namen sämtlicher noch lebender Serienmörder Nordamerikas, die nun mit Hilfe der Strafanstalten, in denen sie gegenwärtig untergebracht waren, überprüft werden sollten. Sie hatte sich die Liste mit Helen geteilt und Helen die Anrufe bei den ihr bekannten Gefängnisdirektoren überlassen. Das waren nicht wenige. Schließlich hatte Helen mehrere Jahre ihre Runde von Strafanstalt zu Strafanstalt gemacht und war als Gutachterin bei Vorverfahren und Hauptverhandlungen herangezogen worden. In der Vergangenheit hatte sie diese Gefängnisbeamten oft um einen Gefallen bitten müssen, vor allem zu jener Zeit, als sie Recherchen für ihr Buch angestellt hatte. Und gelegentlich hatte auch der eine oder andere Beamte sie um eine Auskunft oder einen Rat gebeten.

Gigi knallte ein Fax mit einer langen Namensliste auf M. J.s Schreibtisch. »Alles Bewunderer von Mr. Rifkin.«

Bis vor etwa zwei Jahren war Joel Rifkin ein sanftmütiges Muttersöhnchen gewesen, das nach wie vor bei seinen Eltern gelebt hatte. In der Nachbarschaft lebende Freunde und Familienangehörige erzählten gern die abgedroschene Geschichte, daß sie sich, wenn sie allein nach Hause gekommen wären, sehr sicher gefühlt hätten, weil Joel fast immer daheim gewesen sei und in seiner Garage herumgebastelt habe. An einem Sommertag wurde er von einer Streife zum Anhalten aufgefordert, da von seinem Kleinlaster das Nummernschild heruntergefallen war. Statt anzuhalten, raste er jedoch weiter und konnte erst nach zwanzig Minuten von der Staatspolizei gestoppt werden. Einem der Polizisten fiel der unverkennbare Gestank nach verwestem Fleisch auf, was zur glücklichen Festnahme eines der produktivsten Prostituierten-Mörder führte, den es in der Geschichte des Staates New York je gegeben hatte. Joel war so erleichtert über seine Festnahme, daß er die Polizei willig zu den zahlreichen oberflächlich ausgehobenen Gräbern führte, in denen seine siebzehn Opfer ruhten. Wie Peter Foley war auch Joel, was Frauen anbelangte, ein schüchterner Mann. Nie hatte er eine Verabredung, es sei denn, er zahlte dafür. Und die meisten der bedauernswerten Prostituierten, mit denen er seine Zeit verbrachte, endeten als Leichen. Jetzt hatte er ganze Heerscharen von verrückten Fans, wie sie nur in Amerika existieren – jene ganz spezielle Sorte einsamer Herzen, die Gefallen daran finden, Männern im Gefängnis zu schreiben. Und dabei galt die Regel: je perverser ein Verbrechen, desto größer die Fangemeinde.

M. J. wartet am Telefon auf den Anstaltsdirektor, der Richard Ramirez unter Gewahrsam hatte. Sie strich Rifkins Namen durch und bedeutete Gigi mit einem Nicken, seine Liste auf den Stapel mit den anderen zu legen.

Helen verbrachte an diesem Tag etliche Stunden damit, die Namen durch den Scanner laufen zu lassen und ein Programm zu fertigen, mit Hilfe dessen sie die Listen auf gleiche Namen überprüfen und gliedern könnte. Neben ihr stand der unvermeidliche Cognac, ein Teller mit einem angebissenen, mit Räucherlachs und Kapern belegten Rosmarinbrötchen sowie ein Aschenbecher mit halb gerauchten Zigaretten. Das Sandwich stand schon seit Mittag da. Jetzt war es kurz vor halb sechs Uhr abends. Helen arbeitete nur mit dem Licht, das von den Bildschirmen strahlte, in ihrem Schaffensrausch bemerkte sie nicht einmal, daß die Sonne unterging und sie im Halbdunkel saß.

»Bis morgen, Schätzchen!«

Andy tauchte in Begleitung seines Freundes Hal in der Tür auf. Hal war groß, dunkel und gutaussehend, wenngleich er in seiner 60er-Jahre-Kluft, bestehend aus weißer Nehru-Jacke, weißer Hose, weißem Hemd und einer Kette aus Liebesperlen, ziemlich kurios, um nicht zu sagen lächerlich wirkte. Andy hatte sich à la 70er-Jahre kostümiert. Er trug eine Jacke, die er die letzten zwanzig Jahre über im Schrank aufbewahrt haben mußte – ein Patchwork-Gebilde aus grell orangen, gelben und roten Dreiecken und Kreisen. Auch er hatte sich eine Kette aus Liebesperlen umgeschlungen, die jedoch vor dem Hintergrund der schrillen Jacke völlig unterging. Helens Blick klebte an ihrem Bildschirm, doch Andy war entschlossen, sie auf sein kühnes Outfit aufmerksam zu machen.

»Helen, verabschieden Sie sich auch von Hal!«

»Gute Nacht, Helen!« rief Hal.

Endlich schaute sie auf. »Sie beide haben doch nicht ernsthaft vor, in dieser Aufmachung an die Öffentlichkeit zu gehen?«

»He, das Festival der Liebe ist angesagt! *Power to the people* und dieses ganze Zeug!« Beide Männer warfen ihr ein *Peace*-Zeichen zu.

»Na, dann wünsche ich viel Spaß! Ich werde ein kleines Gebet sprechen, damit man Sie nicht wegen Erregung öffentlichen Ärgernisses verhaftet!«

Die beiden gingen und ließen sie allein mit dem Serienmörder-Fanclub. M. J. hatte ihr die Liste der Namen, die sie zusammengetragen hatte, durchgefaxt. Helen zündete sich eine Marlboro an und betrachtete stirnrunzelnd die Tausende von Namen. Sie war nervös, erregt. Ihre Intuition verriet ihr, daß sie ganz nah am Ziel waren.

Jetzt ließ sie das Programm durchlaufen, das die Namen all jener Briefeschreiber, die an mehr als einen Insassen geschrieben hatten, aussiebte. Aus dieser Liste wiederum eliminierte sie sämtliche Personen mit weiblichen Namen. Als sie beim Buchstaben ›K‹ angelangt war, erregte ein Name ihre Aufmerksamkeit: PETER KUERTEN.

Verdutzt schüttelte sie den Kopf und murmelte: »Das darf doch nicht wahr sein!« Dann griff sie zum Telefon und rief M. J. an.

Binnen zwanzig Minuten war M. J. bei ihr und spähte Helen über die Schulter, die ihr erklärte, weshalb sie der Meinung sei, den richtigen Burschen, oder zumindest einen seiner Decknamen, gefunden zu haben.

»Zweifellos ist Kürten nicht sein richtiger Name. Das ist nur wieder eines seiner Spielchen.«

»Aber weshalb benutzt er den Namen eines Mörders, der in den dreißiger Jahren in Deutschland gelebt hat?«

»Vermutlich, weil auch der echte Peter Kürten von Zeit zu Zeit seine Adresse gewechselt hat. Einfach nur, um die Polizei abzuschütteln. Er hat Frauen umgebracht, aber auch Männer, Kinder, Tiere – alles, was er in die Hände bekam.«

»Sympathisches Kerlchen!«

»Nicht umsonst wurde er das Monster von Düsseldorf genannt.«

M. J. nickte in Richtung des Bildschirms und tätschelte das Gehäuse der Festplatte. »Kann uns dieser kleine Schlaumeier auch sagen, an wen Kürten geschrieben hat und wie oft?«

»Schlaumeier!« Helen war über M. J.'s primitive Computer-Kenntnisse amüsiert. Sie lächelte. Das Eis zwischen den beiden Frauen begann langsam zu schmelzen, und Helen spürte, wie sie wieder zu alter Form auflief.

Sie tippte einen Befehl ein:

»GEFÄNGNISINSASSEN, DIE VON PETER KUERTEN POST ERHALTEN HABEN.«

Unmittelbar darauf erschien auf dem Bildschirm eine neue Liste:

CULLUM 5
DAHMER 1
GACY 2
MANSON 1
RIFKIN 2

Die Frauen starrten entgeistert auf den ersten Namen, bis schließlich M. J. aussprach, was beide dachten: »Wir sollten herausfinden, warum er und Daryll Lee Cullum so gute Brieffreunde sind.«

Helen zuckte merklich zusammen. »Ich kann nicht. Das kann ich nicht tun.«

»Ich werde mit ihm reden.«

Es bedurfte einiger Mühen, die bürokratischen Hindernisse zu beseitigen, aber um acht Uhr abends war dann alles bereit für eine über Video-Monitor laufende Konferenzschaltung zu Daryll Lee.

Seit Beginn ihrer selbstauferlegten Isolationshaft bezahlte Helen die für die Telekommunikation anfallenden Gebühren. Da sie sich aus ihrem Berufsleben zurückgezogen hatte, war sie nur selten veranlaßt gewesen, von dieser Technologie Gebrauch zu machen. Einmal hatte ihre Mutter anläßlich von Helens Geburtstag auf eine Videokonferenzschaltung mit ihrer Tochter gedrängt. Helen stand nur in losem Kontakt zu ihrer Mutter. Die letzten zwanzig Jahre über war ihre Beziehung sehr schwierig gewesen, vor allem nach dem Selbstmord ihres Bruders Matt und ihrer Heirat mit Carter. Mit ihrem Vater redete Helen überhaupt nicht. Nachdem sich Helen von Carter getrennt hatte, war ihre Mutter jedoch wieder häufiger mit ihr in Verbindung getreten. Mrs. Ashland konnte freilich nur heimlich mit Helen telefonieren oder ihr schreiben, denn ihr Mann hatte Helen nie ihre linke politische Einstellung und ihren linksradikalen Ehemann verziehen. Caroline Ashland begab sich damals also zum Copy-Center, das Online mit einer der Gesellschaften verbunden war, die Videokonferenzschaltungen über weite Entfernungen anbot. Als dann auf dem Bildschirm tatsächlich Helens Gesicht auftauchte, geriet sie vor Staunen über die Wunder der Technik schier außer sich. Helen war erleichtert, daß dieses Gespräch hauptsächlich durch die begeisterten ›Ooohs‹ und ›Aaahs‹ ihrer Mutter bestimmt wurde. Die Tatsache, daß ihre einzige Tochter wegen einer extremen Panikstörung ans Haus gefesselt war, hielt Caroline nicht davon ab, ihr ein Kompliment über ihr gutes Aussehen zu machen. Das einzig Positive an diesem Gespräch lag für Helen in Carolines Enthüllung, sie spiele mit dem Gedanken, Helens Vater nach all den vielen Jahren nun doch zu verlassen. »... bisher ist es nur so eine Überlegung, ich bin mir noch nicht sicher.« Helen war so unterstützend und bestärkend, wie es ihr unter den gegebenen Umständen möglich war. Immerhin war ihre Mutter zu diesem Zeitpunkt bereits fünfundsechzig Jahre alt.

Für die Unterredung mit Daryll Lee wollte Helen zum ersten Mal seit ihrem Geburtstag wieder auf diese Kommunikationsform zurückgreifen. Doch diesmal würde die Kamera nur nach einer Seite hin eingeschaltet sein: Helen und M. J. konnten Daryll Lee sehen, aber er konnte lediglich M. J.s Stimme hören. Helen war fest entschlossen, sich zurückzulehnen und M. J. das Gespräch zu überlassen – trotz des morbiden Kitzels, der sie angesichts der Vorstellung ergriff, Daryll wieder unter die Lupe nehmen zu können. Zwischen ihnen bestand eine Beziehung, die von Liebe und Haß zugleich geprägt war und die sie mit derselben Dauerhaftigkeit aneinanderkettete, wie es bei geschiedenen Ehepaaren der Fall ist, die durch ihre Kinder lebenslang miteinander verbunden bleiben.

Helen und M. J. saßen nebeneinander und starrten gebannt auf den Bildschirm in Helens Arbeitszimmer. Ein Aufenthaltsbereich im Hochsicherheitstrakt von San Quentin kam ins Bild, doch noch war kein Mensch zu sehen. Helen rauchte Kette und wippte mit den Beinen. Aus dem bereitstehenden Sprecher-Mikrofon kam nur ein verwehtes Krachen und Rauschen. Das Gespräch würde auf Video und Tonkassette aufgenommen werden.

Plötzlich ertönten Schritte und ein Gewirr von Stimmen, aus dem Daryll Lees näselnder Tonfall unverkennbar herauszuhören war. Der Oberkörper eines Mannes in grauen Anstaltshosen und Handschellen tauchte auf, flankiert von zwei Wachmännern. Dann kam Daryll Lee Cullum in ganzer Größe ins Bild.

Die Off-Kamera-Stimme des Gefängnisdirektors wies Daryll Lee an, in die Kamera zu schauen. Wichtigtuerisch drehte er den Kopf nach rechts und links und setzte eine telegene Miene auf. Sein Haar war mit Gel, das er einem Knastkumpan aus der Bibelstunde geklaut hatte, zurückgekämmt. Er wollte für Helen gut aussehen.

»Auf dem Ding da kann sie mich sehen? Cool! He, Doc! Wie geht's denn so?«

»Hier spricht Inspector Monahan. Dr. Hudson hat mich gebeten, mit Ihnen zu sprechen.«

»He, da mach' ich nicht mit! Ich rede nicht mit Bullen!«

Er kippelte mit dem Stuhl zur Seite und beugte sich aus dem Bild zu dem ebenfalls nicht sichtbaren Wachmann.

»He, Mann, Sie haben mich angelogen! Sie sagten ...«

M. J. fiel ihm ins Wort. »Peter Kürten – Ist Ihnen dieser Name ein Begriff?«

»Klar doch! Aber das ist alles, was ich sage, wenn die schöne Lady nicht selbst mit mir redet.«

M. J. warf Helen einen Blick zu, doch sie mußte sie nicht lange bitten und überreden. Helen wußte selbst, daß sie sich wie ein eigensinniges Kind verhalten würde, wenn sie ihre Mithilfe zur Erlangung der dringend benötigten Informationen verweigerte. Also wappnete sie sich und begann zu sprechen.

»Hallo, Daryll Lee.«

»He, Doc! Und jetzt erzählen Sie mal, so von Autor zu Autor – wie gefällt Ihnen mein Buch?«

»Ihr Buch?«

Daryll war empört und gekränkt zugleich. »Mein Buch! Das Buch, das ich geschrieben habe! Ich habe es Ihnen extra durch einen persönlichen Boten überbringen lassen! Haben Sie es etwa nicht erhalten?«

»Doch, ich bin nur noch nicht dazugekommen, hineinzuschauen.«

»Es ist wirklich gut geschrieben. Sie sollten es unbedingt lesen. Sie kommen nämlich auch darin vor.«

»Gut, ich werde es lesen. Doch jetzt möchte ich mit Ihnen über Peter Kürten reden.«

»Belästigt Sie der Kerl etwa? Er sollte Ihnen nur das Buch bringen und gleich wieder verschwinden.«

M. J. und Helen wechselten einen kurzen Blick. Sie hatten ins Schwarze getroffen. Als Helen ihre Befragung wieder aufnahm, ließ sie sich jedoch nichts von ihrer Erregung anmerken.

»Ja, in gewisser Hinsicht belästigt er mich tatsächlich. Ich muß ihn irgendwie zu fassen kriegen. Irgendwelche Ideen, wie ich das anstellen könnte, Daryll Lee?«

Daryll Lee wurde ein wenig eifersüchtig auf Peter Kürten, obwohl er ihn selbst in diese Richtung manipuliert hatte. Gleichzeitig fand er es aber auch ungemein aufregend, Helen zu Diensten zu sein. Außerdem wollte er dieses Gespräch bis zum letzten Tropfen auskosten, denn es bedeutete eine willkommene Unterbrechung im erdrückenden Gefängnis-Alltag und würde ein wenig Glanz in den Nordflügel bringen.

»Wollen Sie meinen Rat hören, Doc? Halten Sie sich von dem Burschen fern! Der Kerl ist ein Irrer! Er sagt, er zahlt mir fünfhundert Piepen für ein bißchen ...« Er stockte und blickte dann auf seine Hose hinunter. »Sie wissen schon ... Lebensenergie. Er sagt, er kann mich unsterblich machen, wenn er etwas von meinem ... von meiner Lebensenergie kriegt. Verstehen Sie, was ich meine? Das ist ziemlich peinlich. Ich möchte es nicht direkt sagen.«

»Ich denke, ich weiß, worauf Sie anspielen. Wie haben Sie reagiert?«

»Natürlich habe ich sofort den Irren dahinter gewittert. Ich habe ihm ein Plastiksäckchen mit etwas flüssiger Seife geschickt und dazu die Nachricht von Jesus, er solle sich bessern. He, Doc, haben Sie eigentlich schon gehört, daß ich zu Jesus gefunden habe?«

»Wie wollten Sie mit Kürten in Kontakt treten?«

»Über einen Kumpel von mir, der entlassen wurde. Kürten sollte mit ihm Verbindung aufnehmen.«

M. J. flüsterte Helen etwas ins Ohr. Helen bemühte sich zwar, gelassen zu bleiben, konnte aber nicht verhindern, daß in ihrer Stimme ein dringlicher Unterton mitschwang.

»Wann? Wissen Sie wann und wo die Begegnung stattfinden sollte?«

»Ich glaube, sie wollten sich am Freitag abend um zehn an den Laderampen von Danver's Meatpacking treffen.«

»An welchem Freitag?«

»Was für ein Tag ist heute? Im Knast verliert man jedes Zeitgefühl. Diese Woche. Freitag.«

Unverzüglich rief M. J. von einem anderen Telefon aus im Revier an und bat, Ruben für sie ausfindig zu machen. Währenddessen fuhr Daryll Lee damit fort, auf Helen einzuschwatzen.

»Und, wie sieht's aus Doc, geht's Ihnen gut? Kommen Sie doch mal auf einen Plausch bei mir vorbei. Die ganze Zeit denke ich an Sie, mach' mir um Sie Sorgen. Wissen Sie, Sie sind von Jesus gesegnet.«

M. J. trommelte per Telefon ihre Mannschaft zusammen und gab Helen ein Zeichen, das Gespräch zu beenden. Doch in Helen hatte mittlerweile die Psychologin übernommen, die fasziniert dem Mann auf dem Bildschirm lauschte. Sie hatte sich einen Block hergezogen und machte sich, während er sprach, Notizen. Achselzuckend eilte M. J. hinaus und fuhr zum Revier.

»Deshalb müssen Sie mich auch besuchen kommen, weil Jesus einen Grund gehabt hat, Sie am Leben zu lassen, und ich war dabei sein heiliges Werkzeug. Satan saß in meinem Herzen und hob meinen Arm, um Sie zu töten, aber Jesus hat meine Hand geführt und mich davon abgehalten. Ich bin für Sie das Leben und der Tod. Doc, der Tod und das Leben ...«

Helen redete noch weitere zehn Minuten mit Daryll Lee. Dann zog der Wachmann den Stecker heraus.

Daryll Lee wurde zu seiner Zelle im Nordflügel zurückgebracht, vorbei an den johlenden Insassen des Südflügels. Er wollte seinen Moment im Rampenlicht so lang wie möglich ausdehnen, doch keiner der Wachen hatte Lust, bei ihm zu bleiben und seinen Ergüssen zu lauschen.

Joe Dellums war damit beschäftigt, mit den Fingernägeln den Dreck unter seinen Zehennägeln herauszupuhlen. Er bearbeitete sorgfältig einen Zeh nach dem anderen, wobei er zwischendurch den Fingernagel mit Mund und Zähnen reinigte. Das war eine Tätigkeit, die seine ganze Konzentration erforderte, und abgesehen davon war ihm Darylls Geprahle keinen Kakerlakenschiß wert. In der Tat beinhaltete Joes nächste geplante Aktion die Folterung dreier Kakerlaken, die er für sein zweiwöchentlich stattfindendes ›Folter-Theater‹ seit drei Tagen in einem Schuhkarton unter seinem Bett aufbewahrte. Die Show sollte heute abend stattfinden, weil die drei Hauptakteure vor der morgigen Inspektion verschwunden sein mußten. Joe war ein echter Erfinder, wenn es darum ging, die ereignislose Gefängniszeit mit ungewöhnlichen und unterhaltsamen Projekten zu beleben.

Der Typ in der anderen Zelle neben Daryll hatte es geschafft, zur Beobachtung in den Trakt für psychisch Kranke gebracht zu werden, indem er geschlagene zwölf Stunden geschrien und sich Arme und Beine blutig aufgekratzt hatte. Er war der Nachfolger von Conrad Chow gewesen, der sich während der Dauer seines Aufenthalts als echt guter Zuhörer und Freund erwiesen hatte. Und damit nicht genug: Um seinem alten Zellennachbarn einen Gefallen zu tun, würde sich Connie demnächst mit Peter Kürten treffen. So blieb dem armen Daryll Lee nun nichts anderes übrig, als seinen triumphalen Video-Auftritt allein zu zelebrieren.

Er nahm seine Bibel und seine Ausgabe von Helens Buch, die ihm beide himmlischen Trost zu spenden vermochten. Liebevoll strich er mit den Händen über die glatte Fläche des Schutzumschlags, blätterte dann nach hinten und betrachtete Helens Foto auf der Rückklappe. Helen war wirklich unwahrscheinlich schön, und es erregte ihn ungemein, daß sie ihm so viel Aufmerksamkeit widmete. Nachdem er sich kurz umgeschaut hatte, um sicherzustellen, daß keine Wachmänner oder Spitzel in seine Zelle spähten, nahm er den Schutzumschlag ab. An die Innenseite hatte er Peter Kürtens letzten Brief geklebt. Seit dem Zwischenfall mit dem Messer in der Bibelstunde wurde seine Bibel regelmäßig inspiziert, aus irgendeinem Grund überprüften sie jedoch seine anderen Bücher nicht so sorgfältig. Die ersten paar Briefe von Kürten hatte er weggeworfen, da er den Burschen sowieso für einen Freak hielt, doch die letzten Zuschriften hatten sein Interesse entfacht, und er hatte begonnen, zurückzuschreiben. Peters jüngster Brief war auf einem gemieteten Computer in einem Copy-Center in Oakland getippt worden:

»Lieber Mr. Cullum,

danke für Ihre Zeilen, mit denen Sie Verständnis für eine verwandte Seele bekunden. Diesen Brief werden Sie nicht beantworten können, weil ich meine P.O.-Box abgemeldet habe.

Je tiefer ich in die Materie eindringe, desto mehr schätze und bewundere ich Ihr Werk. Sie können sich glücklich schätzen, eine Beziehung zu einer wahrlich außergewöhnlichen Frau gehabt zu haben. Ich muß gestehen, ich beneide Sie darum, daß es Ihnen gelungen ist, einen derart intimen Kontakt zu ihr herzustellen, der mir bisher leider versagt geblieben ist.

Wie von Ihnen angeregt, habe ich in dem Buch die Seiten 246 bis 252 wieder und wieder gelesen. Jetzt weiß ich, worauf Ihr Werk abzielt und was getan werden muß, um es fortzuführen.

Nun muß ich ein etwas anstößiges Thema zur Sprache bringen, das ich Ihnen schon vorher einmal kurz angedeutet habe. Falls Sie irgendeine Möglichkeit sehen, mir eine Probe Ihres Spermas zukommen zu lassen, würde ich mich dafür sehr erkenntlich zeigen – mindestens 1000 Dollar, die Hälfte davon im voraus. Ich kann Ihnen jetzt nicht erläutern, wofür ich es brauche, doch versichere ich Ihnen, daß Ihnen der Grund bald klar sein wird und daß Sie mir dafür danken werden. Es wird jedenfalls ganz bestimmt nicht zu Zwecken der Befruchtung verwendet.

Sollten entsprechende Arrangements gemacht werden können, so kann jemand am Montag, Mittwoch oder Donnerstag der nächsten Woche mit mir in Kontakt treten, jeweils zwischen 13 Uhr 30 und 13 Uhr 50 unter der Nummer (415) 822-7603. Danach wird es nicht mehr möglich sein. Seien Sie bitte noch einmal versichert, daß Sie überaus zufrieden sein werden, wenn ich mein Vorhaben beendet habe, auch wenn ich Ihnen jetzt noch nicht alles erklären kann.

Bitte seien Sie so freundlich, diese Nachricht zu vernichten, so wie Sie es auch mit den anderen getan haben. Ich kann Ihnen gar nicht genug für alles danken, was Sie bereits getan haben, und hoffe, Ihre Geduld nicht allzusehr zu strapazieren, indem ich Sie so im unklaren lasse. Verzeihen Sie, daß ich mich nicht deutlicher ausdrücke, aber am Ende werden Sie alles verstehen.

Mit der größten Hochachtung
Ihr Peter Kürten.«

Daryll Lee gefiel es, daß ihn Peter Kürten von Anfang an als Mr. Cullum angeredet hatte. Und ihm gefielen auch die Schmeicheleien und die Tatsache, daß Peter seiner Aufforderung gefolgt war und in Helens Buch nachgelesen hatte. Seiner Ansicht nach war Kürten, so hochgestochen, wie er sich ausdrückte, ein ziemlich gebildeter Bursche.

Die Erkenntnis, daß Kürten ganz offensichtlich ein kranker Irrer war, hatte ihn nicht wirklich gestört, auch wenn er sich Helen gegenüber anders geäußert hatte. Ausgeflippte und perverse Brieffreunde waren die Rädchen im Getriebe von Daryll Lees neuer Knastwelt. Nein, etwas anderes störte ihn. Seine Intuition sagte ihm, daß dieser Typ auf ein Stück Ruhm aus war, das von Rechts wegen ihm, Daryll, zustand. Falls Kürten vorhatte, sich an Helen heranzumachen, so hoffte er wahrscheinlich, daß Daryll Lee ihm dabei helfen würde, indem er einige Türen für ihn öffnete und ein paar Vorschläge machte. Andererseits wäre es überaus unterhaltsam zu beobachten, wie sich seine eigenen kleinen Neigungen im Werk des Nachahmungs-Mörders widerspiegelten. Ja, wenn Peter Kürten die Absicht haben sollte, Helens Aufmerksamkeit auf sich zu lenken, was ihm offenbar bereits gelungen war, dann hatte er, Daryll, nichts dagegen. Aber bei seinem eigenen Sperma, seinem ›kostbaren, heiligen Samen‹, hörte für ihn der Spaß auf. Wahrscheinlich war Peter Kürten selbst impotent.

Daryll gefiel die Vorstellung, daß er die Information über das Treffen heute abend ausgeplaudert hatte. Mal sehen, ob der gute Peter durchkommen würde, ohne erwischt zu werden. Das konnte für seinen Lieblings-Brieffreund ein netter Eignungstest werden.

Er löste den Brief aus dem Schutzumschlag und zerriß ihn in winzige Stücke. Im Verlauf der nächsten vier Stunden spülte er jedesmal, wenn er auf die Toilette ging, ein paar Papierschnitzel mit hinunter.

Bei der im Brief angegebenen Telefonnummer handelte es sich um ein Münztelefon am Ghirardelli Square; zuvor hatte Peter die Nummer durch zehn andere Telefon-Vermittlungen geleitet, ehe er sie auf drei verschiedene Telefonzellen – eine für jeden Tag und alle auf dem Gelände nahe der Klinik, an der er arbeitete – zurückgeschaltet hatte. Das komplizierte Telefonnummern-Hopping hatte er durch Hacken im internationalen Telefonnetz vervollständigt, ein Meisterstück, das Peter durch die Lektüre von *The Phreak Phantasy Phanzine*, einer Underground-Hacker-Zeitschrift, möglich geworden war. Sollte irgend jemand seinen Brief an Daryll Lee abfangen, wäre es unmöglich, ihn vor Ende des Gesprächs am anderen Ende der Leitung aufzuspüren.

Nachdem er den Brief an Daryll Lee abgesandt hatte, war Peter Kürten dann tatsächlich am Mittwoch der darauffolgenden Woche um exakt 13 Uhr 45 von Conrad Chow, Darylls altem Zellennachbarn, angerufen worden.

ELFTES KAPITEL

Chinatown

Der städtische Bus Nummer 30 fährt entlang der Stockton Street ins Herz von Chinatown. Dies ist der Weg, auf dem Chinesen, nicht Touristen, ihre Stadt in der Stadt erreichen. Besuchern wird meist der Weg entlang der Grant Avenue empfohlen, mit dem eindrucksvollen Drachen-Tor und den teuren Läden und Straßenbuden, in denen Seide, Edelsteine, Kleidung, Antiquitäten und Ramsch zu Touristenpreisen verschachert werden. Die eigentliche Chinatown ist auf vierundzwanzig Blocks begrenzt, umgeben von den Straßen Kerny, Bush, Powell und Broadway. Schon weit vor Morgengrauen erwacht das Viertel zum Leben, wenn Gemüse- und Fischverkäufer jene Zutaten in die Chinatown befördern, die dann am Abend zu einer überwältigenden Vielzahl exotischer Düfte transformiert sind, ein Sinneseindruck, den Jack Kerouac einst als ›diese von Gebratenem und Chow Mein durchtränkte Luft‹ bezeichnet hat. Durch die Marktstraßen Stockton und Broadway, die noch mit den Überresten der vergangenen Nacht übersät sind, rollen unzählige Handkarren, voll beladen mit Mandarinen, Melonen, Senfkraut, Ingwer und Kohl. Händler kippen zerstoßenes Eis in Wannen, in denen später die frischgefangenen Fische gekühlt werden.

Ein typischer Tagesanfang in Chinatown: Der mit asiatischen Figuren und Antiquitäten vollgestopfte Keller im Canton Bazaar an der Grant Avenue ist um diese frühe Stunde noch nicht geöffnet. In den Tee- und Kräuterläden an der Washington huschen ein, zwei einsame Verkäufer in ihren bestickten schwarzen Schuhen durch die halbdunklen Läden und wiegen Wurzeln, Pilze und seltsame exotische Arzneimittel ab. Ein alter Mann und sein kleines Enkelkind unterhalten sich gedämpft auf kantonesisch, während sie in ihrer winzigen Garküche an der Beckett Street Nudeln vorbereiten. Auf einer Wiese abseits von der Hang Ah zelebrieren fünf

Männer und Frauen, alle über siebzig Jahre, ihre langsamen T'ai-chi-Bewegungen, die sie zu Gesundheit, langem Leben und spirituellem Wachstum befähigen. Hoch oben im vierten Stock, im Tin-Hau-Tempel am Waverly Place 125, haben sich einige Menschen, einschließlich eines jungen Paars, zur Totenfeier für einen dahingeschiedenen Großvater versammelt und bringen in einem Nebel von Räucherwerk, durch das geheimnisvoll das weiche Licht der Lampions glüht, der Himmelsgöttin ihre Opfergaben dar.

In seiner frühen Geschichte galt Chinatown lange Zeit als eine Bastion von Verderbtheit und Vulgarität. Aufgrund des diskriminierenden *Chinese Exclusion Act* war es der vorwiegend männlichen chinesischen Bevölkerung nicht möglich, ihre Ehefrauen aus der Heimat nachkommen zu lassen. Als Folge davon wurden illegal Prostituierte und Sex-Sklavinnen eingeschleust. Opiumhandel, Glücksspiel und Gewaltverbrechen florierten. Die legitimen Bruderschaften, die Tongs, hatten auch ihre dunklen, kriminellen Seiten; sie kontrollierten und erweiterten ihr grelles, lasterhaftes Ghetto, bis dann 1906 das große Feuer Chinatown fast völlig zerstörte. Aus der Asche erhob sich im Lauf der Zeit eine moderne Chinatown, die mit ihren Kuriositätengeschäften, den geschwungenen Dächern, den Tempeln und den mit Drachen verzierten Lampions ganze Heerscharen von Touristen anlockt.

Die Chinesen machen mindestens fünfundzwanzig Prozent von San Franciscos Einwohnern aus und bilden damit die größte asiatische Bevölkerungsgruppe im Westen. Chinatown verfügt über eigene Zeitungen, Geldinstitute und eine eigene Regierung, und die geheimnisvollen Tongs haben überall die Hand im Spiel, auch in den dunklen, verbotenen Bereichen, die nie gänzlich verschwunden sind.

Abends spielen dann in Chinatown die zahllosen chinesischen Restaurants die Hauptrolle, deren Palette vom schlichten Dim-Sum-Lokal zum scharf gewürzten Setzchuan-Restaurant bis hin zum teuren Fisch-Restaurant reicht. Die berüchtigte Li-Po-Bar mit ihrer tiefroten Tür und dem düsteren Inneren zieht die eher dem Alkohol zugeneigte Menge an.

Und in dieser Nacht würde wieder einmal eine geheime Allianz aus Tongs und Triaden eine Schiffsladung verängstigter Illegaler in die kalte Bucht werfen, geradeso, als handelte es sich um Säcke mit toten Fischen. Die Starken würden es bis zum Ufer schaffen. Die Schwachen würden schlucken und husten und schreien, bis sich ihre Lungen mit dem brackigen Wasser gefüllt hätten und ihre Leiber vom gierigen Schlund des Meeres verschlungen würden.

Etwa um dieselbe Zeit, als jenes Schiff aus Hongkong im Hafen einlief, hatte Nicoletti sein Team um sich versammelt. Am Morgen zuvor hatte er von Kwok Tung den Anruf erhalten, daß heute die Nacht der Nächte sei. Ruben stand in seiner schwarzen SFPD-Windjacke da und versuchte, sich unauffällig unter die anderen Cops zu mischen. Er wollte Nikko heute nacht aus dem Weg gehen. Unwillkürlich kam ihm immer wieder die Geschichte von David und Bathseba in den Sinn. David war von Bathseba besessen gewesen, und so hatte er ihren Gatten an die vorderste Front der Schlacht geschickt, damit er getötet würde. Als Nikko nun an Ruben vorbeiging, grunzte er ihm nur kurz zu und schritt dann zu einem der Mannschaftswagen. Heute nacht würden sie nicht zusammen fahren. Die Cops verteilten sich auf drei Mannschaftswagen und ein paar andere Autos, dann fuhren sie im Konvoi über die Market in Richtung Stockton Street.

Ihr Ziel war jener Ort, an dem sich alle Illegalen, die ihren nächtlichen Schwimmausflug überlebt hatten, versammeln würden: der New China Buddhist Temple in der Ross Alley. Die Ross Alley war eine der eher düsteren Straßen Chinatowns, in der sich der Handel mit alten Kleidern und die Herstellung von Glücks-Plätzchen, einschließlich jener mit obszönem Inhalt, abspielten. Der Tempel war nichts weiter als der vierte Stock einer ehemaligen zu einem Warenhaus umfunktionierten Fabrik, verfügte jedoch über alle notwendigen sakralen Gegenstände, und darüber hinaus sogar über einen safranfarben gewandeten Priester, der für die wohlhabenden Glaubensbrüder aus Hongkong, die so großzügig gewesen waren, bei der Finanzierung ihrer neuen Gebetsstätte zu helfen, Gebete sang. Der New China Buddhist Temple war fast vollständig von den Wo Hop To ausgestattet worden, die keinerlei zusätzliche Ausgaben scheuten, wenn sie sich dafür die guten Geister geneigt machen konnten. Auch in Südostasien gab es nicht wenige Ashrams und Tempel, die durch Drogengelder finanziert worden waren.

Die örtlichen Tong-Führer und deren Gefolgsleute hatten die Illegalen im Tempel zusammengetrieben und händigten ihnen neue trockene Kleidung und Essensrationen für einen Tag aus. Je nachdem, was die Leute zu Beginn ihrer Reise im voraus bezahlt hatten, erhielten einige von ihnen kleinere Beträge in amerikanischen Dollars. Manche hatten auch Verwandte, die gekommen waren, um sie abzuholen, andere wurden zu diversen, von den Tongs kontrollierten Restaurants gebracht, wo sie sich als billige Küchenhilfen verdingen konnten. Die meisten würden jedoch abends auf dem Fußboden des Tempels schlafen, bis sie Arbeit und eine Wohnung gefunden hätten.

Die beiden jungen Wo-Hop-To-Mitglieder trafen als letzte ein. Sie waren mit dem Schiff angekommen und verfügten über legale Reisedokumente. Keiner von beiden hatte irgendeine Vorstrafe.

Der Priester kniete vor einem friedlich dreinschauenden Jade-Buddha nieder und setzte seine Betgesänge fort.

Unten auf der Straße war mittlerweile der Polizei-Konvoi eingetroffen, und die Cops hatten bereits die an der Straße postierten Wachen überwältigt. Einem Mann gelang es, wegzurennen und die anderen zu warnen, doch gab es nur eine unbedeutende Schießerei, bei der niemand verletzt wurde. Alle konnten festgenommen werden.

Nicoletti und sein Team drängten sich mit ihrer Horde Gefangener ins Revier. Gigi und die anderen Schreibtischbeamten empfanden angesichts der chaotischen Schar aus knallharten Gang-Verbrechern und vor Angst und Wut hysterisch schnatternden Illegalen sichtlich Unbehagen. Die Streifenbeamten wiederum waren an alle Arten von Kriminellen und Opfern gewöhnt, da sie tagtäglich mit den Gestrandeten der

Gesellschaft in mehr oder weniger engen Kontakt gerieten. Dennoch traf auch sie der erbärmliche und verdreckte Zustand der Illegalen völlig unvorbereitet. Die Leute waren unterernährt, zitterten vor Panik am ganzen Leib, und die meisten sprachen kein Wort Englisch. Sie wurden von den Cops, die sie festgenommen hatten, mit Geschrei und unter Androhung von physischer Gewalt durch das Revier getrieben. Es gab nur zwei chinesische Polizeibeamte, die als Dolmetscher herangezogen werden konnten; kein Mensch hatte damit gerechnet, daß sich diese Operation zu einer derartigen Massenverhaftung ausweiten würde. Im Raum summte ein Sprachgewirr wie beim Turmbau zu Babel.

Die Tong-Gangster und deren minderjährige Getreue waren dagegen wohlgenährt und gesund. Die beiden jungen Mitglieder der Wo Hop To, die gerade aus Hongkong angekommen waren, hatten sich unter die Tongs gemischt und versuchten, unauffällig im Hintergrund zu bleiben. Die Illegalen hatten vor ihnen fast genausoviel Angst wie vor der Polizei. Sie drängten sich aneinander wie hilfesuchende Waisenkinder. In der Luft hing die erstickende Ausdünstung von Schuld und Angst. Natürlich wußten die Illegalen, daß man sie wieder nach China zurückschicken konnte, und diese Vorstellung flößte ihnen kaltes Grauen ein.

Einige der Bandenführer verlangten bereits nach ihren Anwälten, und manche der jüngeren Mitglieder lachten und demonstrierten spielerische Kung-Fu-Übungen, um den Polizisten zu zeigen, wie gleichgültig ihnen dies alles war.

M. J. bahnte sich durch das Meer von Leibern einen Weg zu Ruben. Ruben hatte sich gerade einen chinesischen Polizeibeamten geschnappt, Sergeant Ng, und versuchte, ihn als Dolmetscher für eine Familie Illegaler einzuspannen.

»Das kann ich nicht! Ich spreche Mandarin, und diese Leute hier sind Kantonesen.«

»Und wie soll ich dann eine Aussage erhalten?«

»Ich wünschte, ich könnte helfen.«

Ng schüttelte Rubens Hände ab und ging in eine andere Ecke des Mannschaftsraums. M. J. mußte Ruben zuschreien, um sich in dem Stimmengetöse verständlich zu machen.

»Ich brauche dich! Wir müssen runter zu den Docks! Kannst du dich loseisen?«

»Wenn du Quinn dazu bringt, mich aus den Klauen dieser Fu Manchus zu befreien, werde ich alles tun, was du willst.«

»Alles?«

Er lachte und schaute ihr nach, wie sie sich durch das Menschengewimmel schob. Melancholisch überlegte er, warum gerade die beiden erotischsten Frauen, die er kannte, aufgrund bestimmter Vorschriften für ihn unerreichbar bleiben mußten.

Aus den Reihen der Verdächtigen pickte er sich ein junges Bandenmitglied heraus.

»He, du, hierher!«

Auf der Suche nach Quinn kam M. J. an Nicolettis Schreibtisch vorbei, der gerade seine Pistole aus dem Halfter zog und sie in eine Schreibtischschublade legte. Neben ihm stand der junge Wo-Hop-To-Rekrut, der in Los Angeles aufgewachsen war. Ohne den jungen Chinesen aus den Augen zu lassen, kramte Nicoletti in seiner Tasche nach dem Schlüssel. Der junge Chinese trug einen teuer wirkenden weißen Rollkragenpullover und ein maßgeschneidertes graues Jackett. Sein dickes schwarzes Haar war lang und zu einer Art Schüsselform zurechtgestutzt. Er sah aus wie ein chinesischer Schlagerstar, der sich entschlossen hatte, den bösen Buben zu markieren.

»Sprichst du englisch? Splechen englis?«

Der Junge blickte ihn nur finster an und weigerte sich zu antworten.

»Du kannst mich auch mal, kapiert, Blödmann?«

M. J. rollte die Augen über Nikkos einfallsloses Vorgehen. Als sie an ihm vorbei in Quinns Büro marschierte, zuckte er resigniert die Schultern. Quinn unterhielt sich am Telefon gerade lautstark mit dem Polizeichef.

»Auf die verdammten Illegalen war ich gar nicht scharf! Ich wollte nur die Dreckskerle kriegen, die sie in die Bucht schmeißen!« Er schnitt eine frustrierte Grimasse in M. J.s Richtung und winkte sie herein. »Sir, sagen Sie diesen aufgeblasenen kleinen Klugscheißern von der Einwanderungsbehörde doch einfach, sie sollen ihren Hintern hierherbewegen, und zwar so schnell wir möglich! Moment, bleiben Sie bitte dran …«

Draußen im großen Mannschaftsraum war ein Tumult ausgebrochen. M. J. und Quinn schauten von Quinns Bürotür aus zu. Ruben hatte einen der Tong-Führer verhört, einen üblen Burschen mit langen Rasta-Locken und dunkler Sonnenbrille. Plötzlich rastete der Kerl aus irgendeinem Grund aus. Er versetzte einem in der Nähe stehenden Cop einen Tritt, der daraufhin rückwärts auf Nikkos Schreibtisch fiel und den Rollkragen-Jungen, den Nikko gerade in der Mangel hatte, vom Stuhl warf. Nikko erhob sich, um Ruben zu helfen, den tobenden Tong zu überwältigen.

Ruben zog sich aus dem Handgemenge zurück, schubste den Wo-Hop-To-Knaben, der vom Stuhl gefallen war, aus dem Weg und drängte ihn an Nikkos Schreibtisch. Während der Junge mit dem Rücken zum Schreibtisch stand, gelang es ihm, unbemerkt die Schublade aufzuziehen, denn Nikko hatte in dem ganzen Durcheinander keine Möglichkeit mehr zum Absperren gefunden. Seine nach wie vor mit Handschellen gefesselten Hände tasteten den Inhalt der Schublade ab und berührten dabei auch die Waffe. Gleich darauf zog er behutsam die Schublade wieder zu und setzte sich ruhig hin.

Quinn registrierte, daß alles wieder unter Kontrolle war und begab sich mit M. J. zurück in sein Büro. Er würgte ohne Wasser ein paar Aspirin hinunter, während M. J. auf ihn einzureden begann.

»Ich muß Ruben unbedingt …«

Plötzlich fiel Quinn sein abgebrochenes Telefongespräch wieder ein, und er griff hastig nach dem Hörer. »Hallo, Sir? Nein … alles in Ordnung …« Er wandte sich wieder nach M. J. um, doch die war entnervt in den Flur hinausgegangen, um dem lärmenden Trubel im Mannschaftsraum zu entfliehen. Außerdem störte es sie ungemein, wenn sich ihr Boß gegenüber dem Polizeichef wie ein devoter Speichellecker benahm, obwohl er doppelt soviel Format wie der hatte. Als dann Quinn schließlich zu ihr in den Flur kam, erklärte sie ihm eindringlich, weshalb er Ruben für den Fall des Nachahmungs-Mörders nicht abziehen dürfe.

Im Mannschaftsraum gab währenddessen Gigi einen Pappkarton mit Donuts und einen Styroporbecher mit lauwarmem Kaffee an Ruben weiter.

»Danke, Gigi! Sie retten mir das Leben!«

Er nahm die Schachtel mit den Donuts und beugte sich über den Rollkragen-Jungen, der ruhig auf seinem Stuhl saß und starr geradeaus schaute; die Stuhllehne stand noch immer dicht an Nikkos nicht abgeschlossener Schreibtischschublade. Ruben sperrte dem Jungen die Handschelle auf und bot ihm ein Donut an. Der Junge warf ihm nur einen finsteren Blick zu.

»Was für schlechte Manieren! Wenn du meine Gastfreundschaft abweist, werde ich dich in eine Zelle stecken müssen!«

Ruben packte den Jungen am Arm und zog ihn auf die Beine, doch der schüttelte ihn ab und zerrte plötzlich an Nikkos Schreibtischschublade. Die Schublade knallte zu Boden, und der Junge hatte gleich darauf Nikkos Kanone in der Hand. Er glitt hinter Ruben, legte ihm seinen mageren Arm um den Hals und riß ihm den Kopf nach hinten. Ruben hielt in der linken Hand noch immer sein Donut-Paket. In der herrschenden Verwirrung dauerte es einige Sekunden, bis die anderen Cops bemerkten, was sich da vor ihren Augen abspielte.

Dann trat eine tiefe Stille ein. Irgendwie schaffte es Ruben, ein paar Worte hervorzukrächzen:

»Ruhig bleiben, Junge. Niemand wird dir etwas tun. Leg einfach die Waffe hin, damit nichts passiert.«

Sergeant Ng wiederholte Rubens Worte auf chinesisch. Zum ersten Mal begann der Junge nun zu sprechen, und zwar auf englisch.

»Keiner geht durch diese Tür!«

Mit Ruben als Geisel bahnte er sich rückwärts einen Weg in Richtung der Tür. Seine Augen flitzten unaufhörlich durch den Raum. Das Adrenalin, das durch seine Adern flutete, vermischte sich mit dem Metamphetamin, das er etwas früher am Abend geschluckt hatte.

Durch die doppelte Glastür gegenüber der Tür, auf die sie sich zubewegten, konnte Ruben sehen, daß M. J. gerade durch den Korridor auf den Mannschaftsraum zueilte. Als sie realisierte, was vor sich ging, öffnete sie die Tür und blieb dann abrupt stehen. Sie zog ihre Waffe und begab sich, beide Arme ausgestreckt, in Schußposition. Sich dessen bewußt, keinen unbedachten Schritt tun zu dürfen, bewegte sie sich vorsichtig ein Stück nach rechts, um den Jungen vor den Lauf zu kriegen. Ruben stand noch mitten in der Schußlinie, wie auch etliche andere Cops im Raum. Obwohl diese nun vorsichtig zur Seite wichen, hatte sie noch immer keine freie Schußbahn.

Ruben und sein Geiselnehmer waren mittlerweile am Korridor angelangt und bewegten sich rückwärts auf die Ausgangstür des Reviers zu. Der Junge hatte M. J. noch nicht bemerkt. Sie schrie ihm durch den Raum hinweg zu: »He, du!«

Der Junge drehte sich um und entblößte dadurch seine rechte Seite. M. J. hatte freie Sicht auf seinen Kopf, Hals und oberen Rumpf. Sie zielte, drückte ab und traf ihn direkt in die rechte Schulter – nervus brachialis. Die Donuts purzelten aus ihrer Verpackung. Der Junge geriet ins Taumlen, wirbelte unter dem Einschlag der Kugel herum und landete schließlich hinter Ruben auf dem grünen Marmorboden – außerhalb M. J.s Sichtweite. Sie konnte keinen weiteren Schuß abfeuern. Während der Junge zu Boden ging, war ihm Nikkos Waffe aus der Hand geglitten, aber direkt neben seiner linken Hand liegen geblieben. Als er jetzt nach der Waffe langte, griff Ruben reflexartig nach seiner ›Geheimwaffe‹ am Fußgelenk, doch sie war nicht da. Er hatte sie Helen gegeben. Der Junge schoß Ruben mit Nikkos Waffe in den Rücken. Die Kugel durchschlug seinen Oberkörper, und er fiel mit dem Gesicht nach vorn zu Boden.

Unmittelbar darauf warf der Junge die Waffe weg und ergab sich mit erhobenen Händen. Sein Grinsen glich dem eines Wahnsinnigen. Ein karminroter Blutstreifen befleckte die Schulter seines teuren weißen Rollkragenpullovers und seines grauen Jacketts. Drei, vier Polizisten eilten zu ihm und stießen ihn flach gegen die Wand. »Ich bin noch ein Jugendlicher!« kreischte er. »Ich bin ein Jugendlicher!«

Quinn hastete zu Ruben und legte ihm eine Hand auf die Schulter. M. J. beugte sich bereits über ihren Partner. Er war tot; das Geschoß hatte seine Lunge und sein Herz zerfetzt. Blut quoll aus seinen Wunden. M. J. kniete in der tiefroten Blutlache und nahm Ruben in die Arme.

»O Gott!« murmelte sie wieder und wieder. »Warum hab' ich ihn nicht getötet?« Sanft nahm ihr Quinn die Waffe aus der Hand. Nikko stand geschockt daneben, noch zu benommen, um die Schuldgefühle und die Traurigkeit fühlen zu können, die ihn bald darauf überwältigen sollten. Er legte die Arme um M. J., zog sie sacht hoch und führte sie in Quinns Büro, damit der Rettungsdienst seine routinemäßigen Wiederbelebungsmaßnahmen durchführen könnte – so sinnlos diese auch wären. Teilnahmslos beobachtete M. J. von Quinns Büro aus, wie der Junge abgeführt wurde.

Mehrere Minuten saß M. J. reglos da, erstarrt in Zeit und Raum. Sie versuchte, sich auf ihre Atmung zu konzentrieren, sich daran zu erinnern, daß sie weiteratmen müsse. Diese Körperempfindungen, diese Gefühle hatte sie schon einmal erlebt, und die Erinnerung daran verschmolz nun mit der Gegenwart ... Sie sitzt im Krankenhaus vor dem Zimmer ihres Vaters nach dessen Koronarthrombose. Warten auf den Tod. Ein unbekanntes Land. Um sie herum bewegen sich Menschen – Quinn, Nikko, Pachulski. Ist ihre Mutter da? Und Karen, ihre kleine Schwester? Ach nein, das war Gigi. Jemand brachte ihr ein Glas Wasser, jemand gab ihr ein paar Tabletten. *Wenn jemand stirbt, kannst du nichts anderes tun, als dich um die Hinterbliebenen zu kümmern.* Der übermächtige Drang zu schlafen überrollte sie gleich einer riesigen Woge.

Plötzlich begann sich irgendwo in ihrem Inneren der Cop zu rühren. Für wenige Momente teilte sich der Vorhang aus Trauer, und eine Stimme bahnte sich gewaltsam einen Weg in ihr Bewußtsein. Sie erinnerte sich an ihr Rendezvous mit Peter Kürten, zwang sich auf die Beine und weiter in den Mannschaftsraum, wo sie Gigi zu sich rief.

»Machen Sie eine Eildurchsage! Alle verfügbaren Einheiten sollen auf der Stelle das Gebiet um Danver's Meatpacking, China Basin, observieren! Gesucht wird ein Mann zwischen zwanzig und fünfunddreißig. Vermutlich ein Weißer. Er benutzt den Decknamen Peter Kürten.«

Es war 22 Uhr 30.

In der schwarzen Höhle einer Laderampe verborgen, wartete Peter Foley auf Conrad ›Connie‹ Chow, den Boten mit Daryll Lee Cullums ›Lebensenergie‹. Neben ihm ragte bedrohlich eine gigantische Tür empor, auf der die Zahl zwei aufgemalt war. Hin und wieder verließ er sein dunkles Versteck, spazierte ein paar Schritte über die stille Rampe und spähte wachsam am Pier entlang, ehe er wieder in der Dunkelheit verschwand.

Peter trug über seiner Hose und seinem Frackhemd einen beigen Trenchcoat. Sein Haar hatte er mit reichlich Gel zurückgekämmt, da dies seiner verschwommenen Vorstellung von ›schick‹ entsprach. Heute abend wollte er nämlich tanzen gehen.

Die Discothek hatte er bereits ausgesucht. Es war die *Sound Factory*, ein Schwulen-Club im Herzen des Castro Districts. Er war schon einmal in diesem Club gewesen, weil dort jemand ganz Bestimmter verkehrte, an dem er interessiert war. Peter wußte, daß dieser Jemand heute abend wieder dort war; von seinem Auto aus hatte er beobachtet, wie der Betreffende in Begleitung seines Freundes die Disco betreten hatte. Um seine Verabredung mit Conrad Chow einzuhalten, war Peter den beiden nicht sofort gefolgt. Doch dafür war er nun von bebender Vorfreude erfüllt, so wie sich ein kleiner Junge auf sein Schokoladenplätzchen freut, das er sich mittags aufgehoben hat, um es dann nachmittags genüßlich verspeisen zu können.

Um 21 Uhr 15 hatte Peter Foley seinen Beobachtungspunkt vor der Disco verlassen, war die Beale Street entlanggefahren und hatte seinen Wagen nördlich der Embarcadero geparkt. Dann war er zu Fuß die zwölf Minuten bis zu seinem Zielort im China Basin gegangen.

Während er an der Rampe wartete, schaute er zu, wie sich der Nebel über Treasure Island legte. Die roten Warnsignale blitzten und funkelten durch den milchigen Dunst wie die Lämpchen eines Weihnachtsbaums. Tausende von Autos huschten gleich winzigen fluoreszierenden Ameisen über die Interstate 80 und die Bay Bridge in Richtung Oakland und Berkeley.

Ganz in der Nähe seines Standorts waren etwa eine Stunde zuvor Dutzende von Chinesen in dem kalten, trüben Wasser an Land geschwommen, ohne zu ahnen, daß ihre Freiheit nur von kurzer Dauer sein würde.

Heute hatte Peter seinen weißen Laborkittel im Keller verbrannt. Der Rauch hätte Georgette beinahe aus dem Bett getrieben. Doch dann hatte sie sich doch darauf beschränkt, zu ihm hinunterzubrüllen, daß das Haus brenne. Unverzüglich war er ins Schlafzimmer geeilt und hatte ihr erzählt, daß er nur ein paar alte Notizbücher verbrannt habe. Anschließend war er wieder in den Keller zurückgekehrt, um die rituelle Vernichtung des Laborkittels und einiger anderer Gegenstände aus seinem alten Leben zu vollenden. Nachdem er den Rauch aus dem Keller herausgewedelt hatte, war er auf die Leiter gestiegen, um den Feuermelder wieder anzuschließen.

Nie mehr würde er in seinen alten Beruf zurückkehren. Angesichts seines neuen Lebens und seines großen Werks, das kurz vor der Vollendung stand, war alles andere bedeutungslos geworden. Er würde die wirbelnden Schwaden des gefrorenen Nitrogens, das die Haut von den Fingern wegbrennen konnte, nicht vermissen. Der Mann, der die mit milchigem weißem Sperma gefüllten Phiolen gelagert hatte, existierte nicht mehr. Klinik zur Fertilitätsdiagnostik! Sahen die Leute denn nicht die Absurdität dieser Sache? Sie sollten keine Babies mehr haben. Die Zeit der Schöpfung war vorbei. Jetzt war die Zeit gekommen, Leben hinzugeben – oder es zu nehmen. Das Sperma konnte nur ein Symbol sein. *Ein Symbol.*

Aus diesem Grund könnte er auch nie seinen eigenen Samen benutzen. Er mußte ihn tief im Inneren seines Körpers aufbewahren. Seine Macht und die Bedeutung von allem, was er jetzt tat, war in dieser Flüssigkeit gespeichert, und die konnte er nicht einfach weggeben. Vor allem nicht an eine Frau. Daryll Lee würde dieses Opfer bringen. Und dann wollte Peter jenes Werk vollenden, das Daryll Lee unbeendet zurückgelassen hatte.

Er warf einen Blick auf seine Armbanduhr. Es war 22 Uhr 25. Wo blieb nur Conrad Chow? Peters Gedanken wanderten wieder zu Daryll Lee zurück. *Vielleicht ist er nicht imstande, die Bedeutung dessen, was ich tue, zu begreifen?* Oder vielleicht ist Conrad Chow etwas zugestoßen? Erneut blickte Peter auf die Uhr. Er fühlte sich unbehaglich. Irgend etwas stimmte nicht. Und wenn er noch sehr viel länger wartete, würde er womöglich die sehr viel wichtigere Arbeit dieses Abends verpatzen.

In diesem Augenblick tauchte am anderen Ende des Piers eine dunkle Gestalt auf, die sich langsam näherte. Es war ein Mann in schwarzen Jeans und abgewetzter Lederjacke, genauso, wie Daryll Lee es Peter angekündigt hatte. Der Mann hatte eine Baseball-Kappe tief in die Stirn gezogen. Aus der Ferne wirkte er wie ein junger Mann, doch als er näher kam, registrierte Peter sein narbiges, lädiertes Gesicht und die Narben von Messerstichen auf seiner rechten Wange – Kriegsverletzungen, die von einem jahrelangen Überlebenskampf im Knast herrührten.

Peter wartete, bis der Mann vor ihm stand. Wortlos tauschten sie dann ihre Päckchen. Peter übergab einen kleinen Umschlag mit Bargeld; Connie Chow überreichte Peter eine zerknitterte Papiertüte, in der sich ein mit Geschirrspülmittel gefülltes Plastikbeutelchen befand. Am nächsten Tag, nachdem Peter die Wahrheit über den Inhalt des Beutels herausgefunden hätte, sollte sich sein Zorn, ganz gegen seine sonstige Gewohnheit, im häuslichen Bereich entladen, und die arme Georgette würde für Daryll Lees kleinen Scherz den Kopf hinhalten müssen.

Nach der Übergabe glitt Peter aus dem Schatten und machte sich auf den Weg zu seinem Wagen. Zufrieden tätschelte er die leichte Wölbung seiner Jackett-Tasche, in der sich das kostbare Beutelchen verbarg. Nach wenigen Minuten hörte er aus der Ferne das Geräusch nahender Polizeisirenen. Lächelnd beglückwünschte er sich zu seinem Weitblick; heute abend würden sie ihn nicht schnappen.

Nein. Er würde erst dann geschnappt werden, wenn er beschloß, daß sie ihn kriegen sollten.

M. J. und Nikko saßen zusammen im Verhörzimmer Nummer vier. Die Fenster waren vergittert und die Wände von Nikotin vergilbt. Ihrer beider Hände lagen auf dem Holztisch, der da und dort mit Kugelschreiber und Bleistift bekritzelt war und kleine Vertiefungen aufwies, die jemand aus Angst oder Nervosität mit den Fingernägeln eingekerbt hatte. Vor ihnen standen unangetastet zwei Becher Kaffee aus dem Revier-Automaten.

Vernehmung und Geständnis. Dies waren die Gesetzmäßigkeiten, die dem Verhörzimmer Nummer vier zugrunde lagen. Dazwischen gab es nur freigelegte nackte Emotionen. Sonst nichts.

Als M. J. zum Sprechen ansetzte, konnte sie ihren einstigen Liebhaber nicht anschauen.

»Quinn wird jede Minute hier sein. Was wirst du ihm sagen?«

»Ach, verdammt! Ich habe die verfluchte Schublade nicht abgeschlossen! Da bist zu zwanzig Jahre tagtäglich darauf gefaßt, daß irgendein übler Typ dich linkt oder daß du deinen Wagen zu Schrott fährst. Und was passiert dann? Du reitest dich selbst in die Scheiße!«

Er lachte, ein heiseres, gepreßtes Lachen.

»Du kannst dir nicht vorstellen, wie oft ich euch beide beobachtet habe ... wie ihr herumgealbert und über irgendeinen Schwachsinn gelacht habt, und glaub mir – dann wünschte ich mir jedesmal, er wäre tot. Jedesmal. Aber soll ich dir was sagen? Jetzt würde ich mein eigenes Leben dafür geben, um ihn wieder lebendig zu machen.«

»Du steckst ziemlich in der Klemme, Nikko.«

Er begann lautlos zu weinen.

»Wen kümmert das schon?«

Zwei gegensätzliche Frauen, ein gemeinsames Ziel. Den Mörder stoppen …

… und dabei den attraktiven Ruben für sich zu gewinnen.

Ein weiterer Mord – und am Tatort ein deutlicher Hinweis darauf, daß Helen sich in höchster Gefahr befindet.

M. J. versucht Helen beizustehen, nachdem ihr bester Freund und Mitbewohner ein Opfer des Serienmörders geworden ist.

»Mich kümmert es.« Mit aller Macht kämpfte sie nun gegen ihre eigenen Tränen an, doch sie waren nicht zu stoppen.

»In all den Jahren, seit ich dich kenne, hab' ich dich nie weinen sehen.«

Er schaute sie an, und sie blickte schließlich zu ihm auf. »Hast du ihn geliebt?«

»Wen kümmert das schon!«

Quinn kam herein und fand seine beiden langjährigen Mitarbeiter in Tränen aufgelöst vor.

»Nikko, kommen Sie in mein Büro! M. J., mit Ihnen möchte ich dann anschließend sprechen!«

Nikko stand auf und folgte Quinn. M. J. schritt zum Fenster und schaute auf die Straße hinunter. Unten fuhr gerade der Ambulanzwagen ab. Sie schloß die Augen und ließ in Gedanken jeden Moment der Schießerei noch einmal Revue passieren, von dem Augenblick an, wo sie stehengeblieben war, bis dahin, wo sie sich über Rubens Leiche gebeugt hatte. Diese genaue Rekapitulation der Ereignisse hatte den Charakter einer Selbstbestrafung, als wäre sie mit Stricken an einen Stuhl gefesselt und gezwungen, sich eine Videoaufzeichnung anzusehen, in der die ihr liebsten Menschen unentwegt gefoltert wurden. Doch sie mußte herauskriegen, weshalb ihre Instinkte sie im Stich gelassen hatten. Sicher, ein gute Cop schießt nicht, um zu töten; ein guter Cop schießt, um Leben zu retten. Aber diese Haltung durfte nicht so festgefügt sein, daß sie die Intuition blockierte. Und genau dies war geschehen, das wurde ihr nun klar. Ein Cop ohne Intuition war kein guter Cop. Ihr selbstgerechter Anspruch hatte sie das Leben ihres Partners gekostet und das Leben eines miesen kleinen Gangsters gerettet. Jetzt verstand sie, wie sich Beryl Ann gefühlt haben mußte, und ihr Herz quoll über vor Mitgefühl für ihre alte Freundin, ein Mitgefühl, auf das sie allerdings selbst keinen Anspruch erheben konnte. Abermals spulte sie das Band der Ereignisse zurück, ließ es in Gedanken wieder und wieder ablaufen. Würde sie noch einmal so handeln? *O Ruben, bitte vergib mir! Heilige Maria, Mutter Gottes …*

Quinn kam ins Zimmer. Schweigend folgte sie ihm in sein Büro. Er beobachtete, wie ihre Augen zu seinem Schreibtisch wanderten. Nikkos Waffe und Dienstmarke lagen dort.

»Er ist vorläufig beurlaubt. Ich habe mit dem Polizeichef geredet, aber es war sinnlos.«

M. J. zog ihre Dienstmarke heraus und legte sie neben die Nikkos.

»Wenn Sie seine genommen haben, müssen Sie auch meine nehmen.«

»Heißt das, ich verliere auf einen Schlag drei gute Polizisten?«

»Sir, ich habe versucht, die Situation in den Griff zu bekommen. Ich habe es versucht ...« Abermals kämpfte sie gegen ihre Tränen an. »Und habe eine Entscheidung getroffen. Sie war falsch ... Ein Polizist wurde getötet.«

»Mary Jane! Ja, Sie haben eine Entscheidung getroffen. Und es war die richtige. Nur das Resultat ist das falsche. Und jetzt gehen Sie und betrinken Sie sich. Ich bin es schon.«

M. J. ging in ihr Büro, zog ihre blutverschmierte Kleidung aus und schlüpfte in die Ersatzhose und Bluse, die sie an der Innenseite ihrer Bürotür aufgehängt hatte. Dann fuhr sie zu Helen, um ihr die schlimmen Neuigkeiten dieses Abends zu überbringen.

An Helens Haustür wurde M. J. von Mike begrüßt, dem neuen uniformierten Bodyguard, der Burts Stelle eingenommen hatte. Mike war jener junge Polizist, der bei der Auffindung von Jennifer Lyles Leiche als erster am Tatort gewesen war. M. J. hatte sich seine Gewissenhaftigkeit und seinen Eifer gemerkt und ihn Quinn nach Burts peinlicher Schlappe als Nachfolger vorgeschlagen. Mike wollte gerade zu einer Dankeshymne ansetzen, registrierte dann aber, daß M. J. völlig abwesend war; sie sah aus, als hätte sie geweint. Als Helen die Tür öffnete, trat Mike beiseite, um M. J. einzulassen, und zog sich dann diskret zurück, da er fühlte, daß die beiden Frauen allein sein wollten.

Bis zu dem Moment, als Helen vor ihr stand, hatte M. J. nicht gewußt, welche Hiobsbotschaft sie ihr als erste überbringen sollte.

»Wir haben ihn verpaßt!« platzte sie nun heraus.

»Verdammt – wie konnte das nur passieren? Das darf doch nicht wahr sein!«

»Es ist meine Schuld. Wir hatten ein Problem im Revier. Ein Ganove drehte plötzlich durch und ... Ruben ... er ist tot.«

»O Gott! Was ... kommen Sie rein! Kommen Sie ...»

M. J. unternahm einen heroischen Versuch, Haltung zu bewahren.

»Nein, wirklich, ich bin schon in Ordnung. Ich wollte es Ihnen nur persönlich mitteilen, damit Sie es nicht durch die Nachrichten erfahren. Ich weiß, Sie und er ... Sie und er ... zwischen Ihnen lief etwas.«

Über ihr Gesicht rannen Tränen. Wütend wischte sie sie ab. Helen schaute sie mitleidig an. Sie spürte, daß M. J. hilflos ihren verworrenen Gefühlen für den toten Partner ausgeliefert war, Gefühle, die ihr vorher nie bewußt gewesen waren. Wie oft geschieht es, daß man die Zuneigung eines Menschen als selbstverständlich hinnimmt, bis es plötzlich zu spät ist. Helen war klar, daß M. J. Ruben sehr viel besser gekannt und sehr viel mehr gebraucht hatte, als sie selbst.

»Ruben und ich? Ich glaube, er hatte Mitleid mit mir. Er ließ es zu, daß ich ein wenig mit ihm flirtete, und war lieb genug, zurückzuflirten. Er war ein Schatz von einem Mann.«

»Für mich war er ein Junge. Das letzte Weihnachtsfest habe ich als das glücklichste seit sechs Jahren empfunden. Und wissen Sie, weshalb? Weil es seit sechs Jahren das erste Weihnachten war, an dem ich nicht verliebt herumhing.« Während sie rastlos durch das Zimmer tigerte, teilte sie Helen Dinge mit, die sie noch nie zuvor jemandem anvertraut hatte. »Zur Hölle mit den verheirateten Männern! Wen interessiert schon eine Ehe? Man teilt sich das Bett und streitet gelegentlich ... Ihr Telefon klingelt. Ich muß gehen.«

M. J. schritt zur Tür und hoffte inständig, aus Helens Apartment herauszukommen, bevor sie endgültig zusammenbrechen würde. Doch Helen war nicht gewillt, M. J. in diesem Zustand gehen zu lassen, und ließ das Telefon weiterklingeln. Der Anrufbeantworter, den Andy für Helen besprochen hatte, schaltete sich ein: »Wenn Sie richtig gewählt haben, sind Sie auch richtig verbunden. Und jetzt dürfen Sie sprechen.« Während der Text des Anrufbeantworters ablief, dirigierte Helen M. J. mit sanfter Gewalt ins Wohnzimmer und bot ihr ein Glas Cognac an.

»Wer ist der verheiratete Mann?« fragte Helen behutsam.

Der Anrufbeantworter piepste und gab damit dem Anrufer das Startzeichen, seine Nachricht zu hinterlassen. M. J. schaute Helen an und zuckte die Schultern.

»Was spielt das für eine Rolle? Gehen Sie lieber ans Telefon.«

Plötzlich hallte der Song ›YMCA‹ von den *Village People* durch den Raum. Die beiden Frauen starrten einander an. Das Lied wirkte in diesem Moment, in dieser Nacht, völlig absurd. Dann ertönte über den Song hinweg laut und deutlich Helens Stimme aus dem Anrufbeantworter.

»Gut. Und die Mädchen – was sehen Sie jetzt? Ein paar nette, hübsche Jungs. Würde einer dieser jungen Männer Sie auf ein Glas Bier einladen, oder zum Dinner, zum Tanzen, so würden Sie womöglich mit ihm gehen. Vielleicht würden Sie mit ihm sogar ein heißes Wochenende in Big Sur verbringen … Nun, lassen Sie mich dazu etwas bemerken – neunzig Prozent der Serienmörder sind Männer weißer Hautfarbe im Alter zwischen zwanzig und fünfunddreißig, genau wie diese Herren hier. Würden Sie es ahnen, wenn einer dieser netten Jungs süchtig nach Töten wäre? Gibt Ihnen irgend etwas in ihren Gesichtszügen einen Hinweis?«

Während die gespenstische Nachricht durch das Apartment hallte, rannten die beiden Frauen in Helens Büro, wo sich das Telefon mit dem Anrufbeantworter befand. Als sie dort ankamen, redete Helens Stimme noch immer weiter.

»Albert DeSalvo, Bianchi und Buono, der ›Sohn von Sam‹, Dahmer ... Ted Bundy. Sie waren ruhige, bescheidene, sogar nette Männer. Sie machten ihre Jobs, zeigten sich als gute Nachbarn. Ihre Opfer vertrauten ihnen ...«

Helen griff nach dem Telefonhörer.

»Peter Kürten?«

Peter Foley hängte ein, sobald er Helens Stimme hörte, und ließ den Walkman-Kassettenrecorder in seine Jackentasche gleiten. Dann wandte er sich um und kehrte in den Club zurück. Eine Schar Männer, im Stil der 60er und 70er schrill zurechtgemacht, wiegte sich lasziv zu den letzten Klängen der *Village People.* In dem dichten Gedränge waren auch einige wenige Hetero-Frauen und lesbische Paare zu erkennen. Über die Tanzfläche blitzten grellbunte Lichter, und in der Mitte des Raums drehte sich langsam eine verspiegelte Kugel, die von der Decke herabhing. Der Discjockey legte jetzt Lou Reeds ›Walk on the Wild Side‹ auf.

Peter ging zur Bar und bestellte zwei Cocktails, einen Martini und eine Piña Colada. Ehe er damit auf sein Ziel zusteuerte, blieb er an einem Seitentisch kurz stehen, drehte der Menge den Rücken zu und kippte eine kleine Menge weißen Puder in die Piña Colada. Dann schob er sich durch das Gewühl auf einen in der Ecke stehenden Tisch zu, wobei er fast in einen riesigen Schwarzen mit gigantischer Afro-Frisur und gestreiften Gymnastikhosen gerannt wäre. Am Ecktisch, vor einem großen schmiedeeisernen Wandschirm, saßen Andy und Hal, Peters neue Freunde. Peter reichte Hal den Martini und Andy die Piña Colada. Andy kippte den Drink hinunter; er war bereits ziemlich vollgeknallt. Peter warf ihm einen verführerischen Blick zu und streckte die Hand nach ihm aus. Mit affektierter Gebärde zog Andy seine lächerliche Jacke aus, schleuderte sie theatralisch in Hals Schoß und winkte Hal noch einmal zu, ehe er Peter auf die Tanzfläche folgte. Unglücklich blieb Hal zurück und nippte düster an seinem Drink, während er zuschaute, wie sein Freund mit dem niedlichen jungen Fremden über die Tanzfläche hüpfte.

Peter und Andy tanzten ziemlich lange. Durch das Menschengewühl hindurch erhaschte Peter einen Blick auf Hal, der nervös mit seinen übereinandergeschlagenen Beinen wippte und wütend und ungeduldig wirkte. Als der Tanz vorbei war, wollte Peter Andy wieder zum Tisch zurückdirigieren, doch in diesem Moment begann Andy zu wanken, griff sich an den Magen und klammerte sich hilfesuchend an Peter, der fast in die Knie ging, als sich Andy an ihm festhielt. Nach einem verzweifelten Blick auf Peter preßte sich Andy die Hand auf den Mund, schüttelte entschuldigend den Kopf und stürmte in die Toilette.

Peter lächelte zufrieden vor sich hin. Alles lief genau nach Plan. Er schaute zu Hal hinüber, der trotzig die Wand anstarrte. Als Peter an den Tisch geschlendert kam, blickte er auf.

»Wo ist Andy?«

»Hast du das nicht mitbekommen? Jemand hat ihn mir ausgespannt. Die beiden sind durch den Hintereingang verschwunden. Ich hab' das dumpfe Gefühl, daß du deinen Freund heute abend überhaupt nicht mehr zu Gesicht bekommst.«

Düster starrte Hal in seinen Martini. Es entsprach überhaupt nicht Andys Art, einfach grußlos zu verschwinden; allerdings hatte Andy heute abend ziemlich viel getrunken und war vielleicht nicht mehr ganz zurechnungsfähig. Plötzlich fühlte er, wie sich Peters Arm um seine Schulter legte, und als er ihn erstaunt anschaute, lächelte Peter. Wieder einmal fiel Hal auf, daß der Knabe wirklich niedlich aussah; er hatte diese jungenhafte Intellektuellen-Ausstrahlung, auf die Hal gnadenlos abfuhr.

»Hättest du Lust auf eine Spritztour nach Sausalito?« fragte Peter. »Es ist eine wunderbare Nacht.«

Hal nickte und erhob sich. Beim Aufstehen torkelte er ein wenig; er hatte wohl auch etwas zuviel getrunken.

Sie gingen nach draußen und spazierten zu Peters Wagen, der in einer Seitenstraße geparkt war. Hal trug Andys Jacke über dem Arm. Beim Gehen legte Peter seine Hand leicht auf Hals Kreuz – und Hal gefiel dieses Gefühl.

Kurz vor Peters Wagen verlangsamte Hal plötzlich seinen Schritt. Die Straße war menschenleer. Hal fand, daß es ein guter Zeitpunkt für eine kleine Kostprobe wäre, wandte sich Peter zu und legte versuchsweise den Arm um ihn – Peter lächelte ihn an und drängte sich näher, als wolle er ihn küssen. Einen kurzen, verheißungsvollen Moment schaute er Hal tief in die Augen, ehe er ihn mit einem harten Schlag in den Magen außer Gefecht setzte.

Unmittelbar nach Peters Anruf rief M. J. die Spezialeinheit an. Während sie sich verbinden ließ, spulte Helen den Anrufbeantworter zurück, setzte sich an eines ihrer Terminals und begann, Befehle in die Tastatur zu tippen.

»Inspector Monahan am Apparat. Überprüfen Sie die Fangschaltung für Dr. Hudsons Anschluß. Sehen Sie zu, daß Sie den Anruf, der vor etwa zwei Minuten getätigt wurde, zurückverfolgen.« Sie warf einen Blick auf ihre Uhr. »Ja. Er hat gerade aufgelegt. Diskutieren Sie jetzt, verdammt noch mal, nicht mit mir herum, sondern machen Sie sich an die Arbeit!«

»Sie hatten recht mit dieser Verbindung zu mir. Er muß irgendwann einmal eine Art Student von mir gewesen sein!« rief Helen.

»Wo haben Sie diesen Vortrag gehalten?«

»Ich habe ihn ein dutzendmal gehalten. Überall, im ganzen Land. Es war meine bekannteste Vorlesung.«

»Wann haben Sie das letzte Mal in San Francisco vor Studenten gesprochen?«

»Letztes Jahr in Berkeley. Kurz bevor ...« Helen stockte und starrte konzentriert auf den Monitor, auf dem der Ausschnitt des Vortrags, den sie gerade gehört hatte, aufflimmerte.

Dann hob sie mit Hilfe des Cursors die Namen der Serienmörder hervor. »Hier haben wir die Reihenfolge. Ich habe sie ihm vorgegeben.«

Den Telefonhörer nach wie vor ans Ohr gepreßt, um auf das Ergebnis der Fangschaltung zu warten, beugte sich M. J. über Helens Schulter und las die Namen laut vor.

»DeSalvo, Bianchi und Buono, ›Sohn von Sam‹ und Dahmer ... Also wird er als nächstes Dahmer kopieren.«

»Was bedeutet, daß er einen Mann umbringen muß. Und danach ...«

»Bundy. Das ist der letzte in Ihrem Vortrag.« Sie unterbrach sich und konzentrierte sich wieder auf ihr Telefongespräch, da sie jetzt das Ergebnis der Überprüfung erhielt. »Ja. Die *Sound Factory*! Wunderbar! Nein, ich weiß, wo das ist. Ich fahre sofort los, fordern Sie schon mal Verstärkung an!« Sie legte auf »Himmel, Helen! Vielleicht, nur vielleicht ...«

M. J. rannte zur Wohnungstür. Helen blieb vor dem Terminal sitzen, klickte sich in ihre alte Lehrstoff-Datei ein und studierte die darin enthaltenen Aufzeichnungen.

Mit quietschenden Reifen hielt M. J. vor der *Sound Factory* und sprang aus dem Wagen. Als sie zur Tür rannte, sah sie durch die getönten Fensterscheiben, daß der Laden gerade dichtmachte. Kellner und Barkeeper waren bereits mit Aufräumen beschäftigt.

Sie schlug mit der Faust an die geschlossene Tür, worauf ihr der Geschäftsführer aufmachte.

»Warum könnt ihr Bullen uns nicht einfach in Frieden lassen?« klagte er.

»Wo sind Ihre Münzfernsprecher?«

Sie wartete seine Antwort gar nicht erst ab, da sie in einer Nische hinter der Männertoilette das Zeichen für ›Münzfernsprecher‹ entdeckte. Sofort stürmte sie darauf zu. Am Telefon stand ein Mädchen, das sich gerade heftig mit ihrem Freund am anderen Ende der Leitung stritt. Sobald M. J. das Mädchen sah, blieb sie stehen. Ihre Schultern sackten nach unten. Schon wieder hatte er gesiegt; nicht einmal deutliche Fingerabdrücke würden sie heute abend erhalten.

Während sie langsam auf den Ausgang zuschritt, traf draußen die Verstärkung ein. M. J. schüttelte den Kopf. Die Polizisten hatten keine Ahnung, weshalb man sie herbestellt hatte, und M. J. gab Befehl, die Spurensicherung zu informieren, um die Fingerabdrücke am Münzfernsprecher sicherzustellen. Doch sie machte sich nichts vor; es würde sowieso sinnlos sein.

Sie konnte sich nicht mehr daran erinnern, wie sie nach Hause gekommen war oder sich ausgezogen hatte. Als man sie am nächsten Morgen um 6 Uhr 40 anrief, träumte sie gerade von Ruben.

ZWÖLFTES KAPITEL

Feuer

In Sausalito zog über der Bucht die Morgendämmerung herauf. Der Nebel der vergangenen Nacht hatte sich aufgelöst. Im Schein der aufgehenden Sonne schimmerten die Wälder von Angel Island in leuchtendem Grün.

Den Stammgästen von Sarah's Bay-Side Diner und den Anglern am Hafen sollte sich dieser Sonnenaufgang unvergeßlich einprägen. Als man die Leiche fand, saß nur noch der alte Tommy im Lokal und kaute an seinem fettigen, mit Zwiebeln bedeckten Hamburger, den er um 5 Uhr 45 bestellt hatte. Auf die öligen braunen Zwiebeln hatte er eine Ladung Ketchup und Senf gekippt, und angesichts all dieser glitschigen Zutaten war es ein Wunder, daß der Hamburger nicht aus seinem Brötchen rutschte, durch das Lokal flog und geradewegs wieder auf Sarahs Grill landete. Tommy hatte seinen Hamburger zur Hälfte verzehrt, als er unten, bei den Booten, den Aufruhr bemerkte. Er legte den Burger auf den Tisch und ging hinunter zum Ufer, um nachzuschauen, ob mal wieder einer dieser Mörderhaie mit einem halben Menschenbein im Maul von der Strömung angeschwemmt worden war. Nachdem er dann gesehen hatte, worum es sich handelte, verging ihm schlagartig der Appetit auf die andere Hälfte seiner Burgers.

Carl Woods stand in seinem baufälligen Dinghi und zog ein längliches Bündel mit einem Fischhaken an den Bootsrand heran. Es war der Körper eines großen Mannes, der die seltsamste Jacke trug, die man hier je gesehen hatte. In solch einer närrischen Jacke würde sich kein Einwohner von Sausalito auf die Straße wagen, geschweige denn tot auffinden lassen. Der Mann mußte ein Städter sein. Tommy gesellte sich den anderen Umstehenden zu, die gebannt die Leiche anstarrten und ihre Kommentare abgaben. »He, ich weiß, warum er keinen Kopf hat. Sein Aufzug war ihm so peinlich, daß ihn niemand erkennen sollte!«

»He, Tommy, setz ihm 'nen Hut auf!«

Nachdem M. J. den Anruf erhalten hatte, wünschte sie, sie hätte Quinn gezwungen, ihre Dienstmarke anzunehmen. Sie hatte eine der schlimmsten Nächte ihres Lebens hinter sich, und jetzt stand ihr auch noch die traurige Aufgabe bevor, Helen die furchtbare Nachricht zu überbringen.

In der Jacke hatte man Andys Brieftasche und Ausweis gefunden. Der Mörder hatte Dahmer kopiert, und zwar auf eine Art und Weise, die speziell für Helen ersonnen war. M. J. versuchte, sich irgendwie zu sammeln, indem sie in Gedanken sämtliche Fakten, die ihr über den Nachahmungstäter bekannt waren, miteinander verglich und zu einem Gesamtbild vereinte. Letzten Endes liefen sämtliche Fäden bei Helen zusammen. Er hatte ihre Internet-Adresse und ihre Telefonnummer herausbekommen. Er hatte eigens für sie die für den ›Sohn von Sam‹ typische Botschaft hinterlassen. Er war bei ihrem Vortrag gewesen. Er tötete gemäß der Reihenfolge, die sie vorgegeben hatte. Und jetzt hatte er jemanden umgebracht, den sie liebte.

Jemand, den sie liebte. Beide hatten sie binnen vierundzwanzig Stunden einen Mann verloren, der ihnen lieb und teuer gewesen war. War dieser Fall etwa mit irgendeinem merkwürdigen Karma verknüpft? Energisch schüttelte M. J. diese Vorstellung ab. Jetzt war keine Zeit für abergläubische Spekulationen. Ihre Gedanken an Ruben konnte sie nicht abschütteln, doch vergrub sie ihren Schmerz tief in sich; sie durfte ihn erst dann wirklich zulassen, wenn dieser Fall gelöst wäre. Dann würde sie sich hinsetzen und ein Gespräch mit ihm führen, ihm alles erzählen, was sie ihm nie gesagt hatte. Etwa eine Minute lehnte sie sich reglos in ihrem Bett zurück und starrte an die Decke. Das Verlangen, wieder unter die warme Bettdecke zu kriechen, war übermächtig. Einen Moment wünschte sie sich, sie wäre wieder ein kleines Mädchen und könnte sich von ihrer Mutter trösten lassen. Wenn sie als Kind krank gewesen war, was selten geschah, hatte sich ihre Mutter immer an ihr Bett gesetzt, die Arme um sie gelegt und ihr ins Ohr geflüstert, sie solle an ihren Schutzengel denken. Ihr Schutzengel war sehr klein, dafür aber sehr mächtig. Er hatte lange goldene Locken und hauchdünne weiße Schwingen. Manchmal saß er am Kopfteil ihres Bettes, manchmal auf ihrer Schulter.

M. J. nahm ihres Dienstwaffe und steckte sie ins Halfter. Erneut wanderte ihr Blick nach oben zur Decke. *Ich brauche dich, Rube. Bitte, bleib noch eine Weile hier. Ich brauche einen Schutzengel.*

Dann stand sie auf, zog ihre Jacke über, ging zu ihrem Wagen und fuhr zu Helen Hudson.

Das Gesicht in den Händen vergraben, saß Helen schluchzend da. Sie hatte das Gefühl, sich aufzulösen, auseinanderzufallen. M. J. hatte das Fläschchen mit den Xanax in der Hand.

»Helen …«

»Ich will nicht darüber sprechen.«

»Wieviele brauchen Sie, um schlafen zu können? Wirklich schlafen? Es fällt mir schwer, Sie jetzt alleinzulassen, aber ich muß gehen, Helen?«

M. J. stellte das Fläschchen vor Helen hin. Helen starrte es nur an. Dann schaute sie durch ihre Tränen zu M. J. auf.

»Jetzt wird er Ted Bundy kopieren. Bundy war der letzte auf der Liste.« Trotz ihres elenden Zustandes zwang sie sich, M. J. sämtliche Details zu geben, die ihr im Moment einfielen. »Wahrscheinlich wird er sich Bundys extravagantesten Mord aussuchen. In dem Song ist die Rede von ›dreimal‹. Bundy hat drei Mädchen in einer Nacht umgebracht. In einem Schwesternheim, dem Chi Omega, soviel ich weiß. Sein Trick war es, den Verletzten zu spielen, einen Gipsverband um den Arm zu tragen oder auf Krücken zu gehen, und dann irgendwelche Mädchen um Hilfe zu bitten. Er fuhr einen sehr ausgefallenen Wagen. Was war das nur für eine Marke? O Gott, ich kann nicht mehr klar denken …«

Helen rieb sich die Stirn. Der Schock über Andys Tod so kurz nach Rubens tragischem Ende trübte ihr Denkvermögen. Obendrein hatte sich in ihrem von Trauer und Schuld zermarterten Hirn auch noch eine Migräne angesiedelt. Mühsam erhob sie sich und winkte M. J. zu, ihr ins Arbeitszimmer zu folgen. Fasziniert beobachtete M. J. dort, wie Helen irgendwelche kryptischen Befehle in die Tastatur tippte, worauf wie durch ein Wunder auf dem Monitor Bundys Kurzbiographie auftauchte. Helen hatte die Fakten am Abend zuvor, nachdem M. J. sie verlassen hatte, zusammengetragen. Der 1989 hingerichtete Bundy hatte in den 70er Jahren mutmaßlich mindestens fünfzig junge Frauen und Mädchen in einem halben Dutzend verschiedener Bundesstaaten umgebracht. Helen hatte alle wesentlichen Details über Bundys Vorgehensweise herausgefiltert und für M. J. in einer Liste zusammengefaßt. Anschließend hatte sie sämtliche Morde aufgelistet nebst einer Beschreibung der Opfer, der Zeiten, der Tatorte und so weiter. Während Helen nun die Unterlagen ausdruckte, stand M. J. stumm und dankbar daneben. Bis M. J. ging, redeten sie kein Wort mehr miteinander. Beim Abschied fühlten beide Frauen das elementare Verlangen, einander zu umarmen und Trost zu spenden, wie es Frauen aller Zeiten immer getan haben, wenn sie einen Sohn, einen Mann oder einen Vater im Krieg verloren hatten.

Doch jetzt waren auch sie Soldaten im Krieg. Und so umarmten sie sich nicht. Die Unterlagen über Bundy fest an sich gepreßt, verließ M. J. Helens Wohnung und betete, daß ihr diese Informationen endlich den Schlüssel liefern würden.

»Wir suchen nach einem goldfarbenen VW-Käfer. Setzen Sie sich mit dem DMV in Verbindung. Wir benötigen Unterlagen über alle goldfarbenen oder gelben VW-Käfer sämtlicher Baujahre. Jeder registrierte Besitzer soll überprüft werden.«

Inspector Jane Monahan hatte eine Vollversammlung einberufen. Um den Tisch saßen und standen uniformierte und zivile Mitarbeiter des Morddezernats und zwei Mitarbeiter des hiesigen FBI, die die Stellung halten würden, bis die Schwergewichte aus Virginia eingeflogen kämen. Der riesige Tisch war übersät mit gelben Blöcken, IBM-Notebooks, Telefonapparaten und Cola-Dosen.

M. J. stand neben der Projektionsleinwand. Sie war in ihr braunes Kostüm gekleidet und hatte ihr langes Haar mit zwei Klammern hinter den Ohren aus dem Gesicht gesteckt. Trotz ihrer Jugend, ihrer Weiblichkeit und ihrer kleinen Figur strahlte sie eine enorme Intensität und Kraft aus, die durch ihren Zorn und ihre Entschlossenheit noch mehr verstärkt wurden. Jede ihrer Gesten verriet Intelligenz und die Fähigkeit, einen Mitarbeiterstab zu leiten. Es war beinahe so, als wäre die Lebensenergie all der Toten, mit denen sie in den letzten Wochen zu tun gehabt hatte, auf sie übergegangen und würde nun in einem gebündelten Strahl aus ihr herausbrechen. Hinter ihr befand sich eine Tafel mit einigen Angaben über Ted Bundy.

»Überprüfen Sie zunächst die Mietwagenfirmen und lassen sie sich, falls derlei Autotypen vermietet worden sein sollten, die Namen der Fahrer geben. Setzen Sie sich mit der Campus-Security von jedem College im Umkreis von achtzig Kilometern in Verbindung.«

Lieutenant Quinn schlüpfte herein, stellte sich in den Hintergrund des Raums und beobachtete M. J.s Auftritt. Während sie ihre Checkliste durchging, nahm sie mit jedem dafür zuständigen Mitarbeiter Augenkontakt auf. Alle Anwesenden waren von ihrem effektiven, kompetenten Auftreten gleichermaßen beeindruckt. Jeder hatte natürlich von der Schießerei am Vortag erfahren und war sich bewußt, welch schlimmen Verlust sie erlitten hatte. Jeder Cop weiß um die intensive Beziehung zwischen Partnern. Dein Partner ist die Person, von der dein Leben tagtäglich abhängt, wie umgekehrt auch seines von dir abhängt. Partner sind lebenslange Blutsbrüder.

In den letzten fünfzehn Stunden hatte M. J. zahlreiche Mitleidsbekundungen erhalten. Immer wieder war ein Cop auf sie zugegangen und hatte ein paar aufmunternde Worte gemurmelt. Diejenigen, die als Augenzeugen dabeigewesen waren, hatten ihr versichert, daß sie genau richtig gehandelt habe, daß es nichts gäbe, was sie hätte besser oder anders machen können, und daß Rubens Stunde, so schlimm das auch sei, eben vorgezeichnet gewesen wäre.

»Alle Studentinnen müssen vor jeglichem Kontakt mit unbekannten Männern gewarnt werden, vor allem Frauen mit langem, glattem, in der Mitte gescheiteltem dunklem Haar, denn das ist der Frauentyp, auf den es Bundy abgesehen hatte. Außerdem sollen sie sofort melden, wenn sich ihnen ein Mann mit einer Verletzung oder einer Behinderung nähert und sie um Hilfe bittet ... wie beispielsweise, ihm die Bücher zu tragen, die Lebensmitteltüte und so weiter ...«

Während Quinn M. J. beobachtete, wuchs in ihm die Gewißheit, daß es richtig gewesen war, sie mit der Leitung der Ermittlungen zu betrauen. Sie brauchte Nikko nicht, hatte ihn schon weit überholt. Dieses Mädchen ... diese Frau verfügte über jene Art von Mut und Intelligenz, wie er es nur wenige Male bei Cops erlebt hatte, unter anderem bei ihrem Vater. Quinn mußte diese Überlegungen anstellen, denn die letzte Stunde hatte er damit verbracht, die Typen vom Innenministerium hinzuhalten, die sich wie die Geier auf die gestrige Schießerei stürzten und mit ihren langen Schnäbeln darin herumstocherten. Er hatte ihnen Nikko zum Fraß vorgeworfen, weil er wußte, daß dies unvermeidlich war. Doch er konnte es sich nicht leisten, M. J. als Leiterin dieser Ermittlungen ebenfalls zu verlieren. Irgendwie hatte er das dumpfe Gefühl, daß die Mordserie kurz vor der Aufklärung stand.

»Wir müssen eine Pressekonferenz einberufen, um die Warnungen über TV und Radio auszustrahlen, vor allem bei den College-Sendern. Kann jemand einen polizeilichen Pressesprecher herholen lassen, damit ich ihn kurz unterrichte? Setzen Sie sich auch mit der Vollzugsbehörde in Verbindung und entsenden Sie in jedes umliegende Viertel mit einem Chi-Omega-Clubhaus eine Security-Einheit. Denn dort wird er vermutlich zuschlagen.«

Quinn war natürlich nicht entgangen, daß M. J. seine unmißverständliche Anweisung, Helen Hudson aus der Ermittlung herauszuhalten, nicht befolgt hatte. Wohl oder übel mußte er sich eingestehen, daß sie damit wieder einmal richtig lag. Dennoch würde er mit ihr darüber noch ein ernstes Wörtchen zu reden haben.

Auch nachdem sie mit ihrer Ansprache fertig war, blieb Quinn im Raum und verfolgte das weitere Geschehen. Die Leute, mit denen M. J. noch persönlich zu reden hatte, scharten sich in kleinen Grüppchen zusammen. Gerade unterhielt sich M. J. mit Pachulski, Kerby und Landis. Quinn bezeichnete dieses Trio für sich immer als die drei Flaschen. Sie waren zwar gute Detectives, aber die größten Trottel in seinem Revier. Er trat hinter die drei und lauschte M. J.s Instruktionen. Sie wollte, daß das Trio im Mord an Andy Friedman ermitteln sollte. Kerby und Landis wurden in die *Sound Factory* geschickt, um dort das Personal zu verhören. Pachulski sollte den Mann aufspüren, mit dem Andy an jenem Abend zum Ausgehen verabredet gewesen war. Die drei Detectives hingen förmlich an M. J.s Lippen.

Respekt. Genau das war es, schoß es Quinn durch den Kopf. Sie hatten Respekt vor M. J. Ganz gleichgültig, wie gerissen oder ehrgeizig oder skrupellos ein Detective auch sein mochte, ohne die Fähigkeit, sich Respekt zu verschaffen, würde er nie aufsteigen. Quinn schätzte, daß M. J. keine fünf Jahre mehr brauchte, bis sie seinen Job übernehmen könnte. Und keine Frage – wäre sie ein Mann, würde es schneller gehen.

Einen Moment trafen sich ihrer beider Blicke. Er lächelte ihr zu, ein anerkennendes Lächeln mit einer ordentlichen Portion Stolz darin. Sie nahm sein stummes Lob entgegen und machte sich wieder an die Arbeit.

Dr. Helen Hudson saß in ihrem dunklen Arbeitszimmer, umringt von ihrem Computer-Trio. Die Monitore waren abgeschaltet und starrten sie aus blinden grauen Augen an. Helen beugte sich vor und schaltete die mittlere Festplatte und den Monitor an. Dann schloß sie die Augen, entspannte sich, ließ ihre Gedanken frei treiben und ihren Geist sich klären, während der Computer seine einleitenden Arbeitsprozesse durchlief. Auf dem bleichen rötlichen Hintergrund blitzten nacheinander diverse Symbole auf, ein jedes eine Software, ein Programm oder eine CD-Rom repräsentierend. Helen öffnete die Augen wieder und legte mit einer langsamen und bedächtigen Gebärde die Hand auf die glatte, abgerundete Maus, die neben ihrer Tastatur wartete. Graues Plastik, kühl und fest. Das einzige Geräusch im Loft war das leise Summen des Computers. Helens Miene war gefaßt. Sie sah aus wie eine unendlich traurige Hohepriesterin, die sich für ein düsteres Ritual bereitmacht.

Geschickt rollte sie die Maus-Kugel auf ein winziges Symbol – eine Kamera und eine Schere – und klickte es an. Es war ein Graphik-Programm, das sie bisher kaum benutzt hatte.

In Gedanken schloß sie sich mit dem Mann kurz, der sich Peter Kürten nannte – die zeitgenössische Verkörperung eines Psychopathen. Auch er besaß diese Software, zumindest eine vergleichbare. Auf diese Weise hatte er ihr, unabhängig vom jeweiligen Datum, all die netten Grüße zum Valentinstag geschickt. Jetzt würde sie ihm zur Abwechslung einen Gruß übersenden.

Mit der Maus glitt sie durch die zahllosen graphischen Symbole und Bilder, die in ihrem Programm gespeichert waren. Sie wußte genau, wonach sie suchte und wo das, was sie wollte, zu finden war. Es war keine systematische Suche, sondern ein intuitives Vorgehen, als ob jene Entschlußkraft, die sie vorantrieb, sie direkt zu den Bildern, die sie benötigte, dirigieren würde.

Das Foto eines Brautpaars in klassischer Hochzeitskuchen-Pose erschien auf dem Bildschirm. Daneben materialisierte sich ein Totenschädel. Das Bildnis ihres eigenen Gesichts schob sich über das der Braut. Der Totenschädel glitt auf den Hals des Bräutigams.

Nun wandte sie sich dem rechten Terminal zu, demjenigen, der über ein Modem an das Internet angeschlossen war, und schaltete ihn an. Während er anlief, tippte sie unter ihre Collage:

PETER KUERTEN. ICH BIN BEREIT.

HUDSONHEL UNIVOLD.COM

Dann gab sie die Befehle ein, die ihre Hochzeitseinladung an all die offenen Bulletin-Boards schicken würden.

Eine Weile saß sie reglos da und starrte auf die Collage. Plötzlich hörte sie an der Eingangstür das unmißverständliche Geräusch eines sich im Schloß drehenden Schlüssels. Schritte ertönten, näherten sich achtsam und bedächtig.

Ohne einen Laut von sich zu geben, schaute sich Helen verzweifelt nach einem Gegenstand um, mit dem sie sich verteidigen könnte. Sie versuchte, leise und flach zu atmen. Ihr Herz hämmerte wie wild, aber es gelang ihr, die aufsteigende Panik niederzukämpfen. Ihre rechte Hand umfaßte den kühlen Metallgriff eines Brieföffners, der halb verborgen unter einem Stapel Notizen und Papierbögen auf ihrem Schreibtisch lag. Seit Monaten hatte sie ihre Post nicht mehr selbst geöffnet. Das hatte Andy für sie übernommen.

Das scharfe Papiermesser in der Hand, erhob sich Helen aus dem Stuhl. Sie schlich zur Tür und blieb dort mit erhobener Waffe stehen. Die Schritte kamen näher; es waren die schweren Schritte eines Mannes. Jetzt trat er ins Arbeitszimmer … Sie stürzte sich auf ihn, ließ das Messer niedersausen – und hielt dann mit einem gellenden Schrei inne.

»Andy!« Sie kreischte wie eine Irre.

»Hören Sie auf!«

Sie schrie weiter, und dann fiel sie ihm um den Hals und küßte ihn.

»O Gott, nein, lassen Sie das! Mein Kopf! Ich hab' den schlimmsten Kater, den man sich vorstellen kann. Ich brauche Ruhe, absolute Ruhe.«

Wild klammerte sie sich an ihn. »Wo sind Sie gewesen? Man hat mir gesagt, Sie seien tot. Oh, Gott sei Dank sind Sie nicht tot!«

»Ich bin um drei Uhr früh nach Hause gekommen. Von der Trinkerei war mir so übel, daß ich den ganzen Tag völlig weggetreten war. Worüber reden Sie eigentlich? Und warum soll ich tot sein?«

»O Gott, Andy, wissen Sie, wo Hal ist?«

Als er ihren Gesichtsausdruck sah, wurde ihm beklommen zumute. Hastig teilte er ihr mit, daß Hal vermutlich mit dem süßen Knaben, mit dem er, Andy getanzt hatte, mitgegangen sei. Vielleicht sei Hal ein wenig eifersüchtig gewesen. Aber schließlich sei in der Liebe und im Krieg doch alles erlaubt. Allerdings könne er sich nicht vorstellen, weshalb Hal seine Jacke mitgenommen habe. Neben Hals Auto wäre er noch eine Weile herumgehangen, aber Hal sei nicht mehr aufgetaucht.

Helen unterbrach seinen Redefluß und erzählte ihm von der Leiche ohne Kopf, die man mit Andys Jacke und Ausweis gefunden hatte. Sie erklärte ihm auch, daß der Täter mit diesem Mord Dahmer habe nachahmen wollen und daß die Polizei leider zu spät gekommen sei, um noch einzugreifen.

Jetzt mußte sie die Rolle der Trösterin übernehmen und ihn stützen, wie er es so oft mit ihr getan hatte. Er sank auf die Knie, legte den Kopf in Helens Schoß und weinte um seinen toten Freund. Sie gewährte ihm ein paar Minuten der Trauer, dann beugte sie sich zu ihm herunter und redete leise auf ihn ein.

»Sie haben ihn gesehen, Andy. Sie sind ihm begegnet und haben mit ihm gesprochen. Sie müssen jetzt zur Polizei gehen.«

Er hob den Kopf, nickte unter Tränen und ließ sich von ihr aufhelfen.

» … Dann gab er mir diese Piña Colada, und ich wurde richtig scharf … und irgendwie auch stoned. Und dann wurde mir plötzlich schlecht. Ich reagiere nämlich allergisch auf Schmerzmittel, Schlafpillen und all dieses Zeug. Na ja, jedenfalls mußte ich dringend auf die Toilette. Mir war speiübel, wirklich hundeelend.«

Lieutenant Quinn saß fast Knie an Knie vor Andy, und M. J. stand hinter ihm. Sie befanden sich im Dienstzimmer der Sondereinheit. Pachulski saß daneben und hantierte am Mikrophon.

»Ihnen war schlecht. Und was passierte dann?«

»Ich muß es auf meine Weise erzählen.« Andy machte eine Pause, um klarzustellen, wer hier der Boß war. Trotz der Tatsache, daß er sich wegen seines toten Freundes und seines Katers miserabel fühlte, genoß er den Star-Auftritt vor seinem gebannten Publikum. »Ich blieb ziemlich lange auf der Toilette. Und als ich zurückkam, waren beide weg. Und mit ihnen meine Jacke. Als ich tanzen war, hatte ich sie Hal gegeben. Hal war mein …« Er ließ den Kopf sinken und schluckte einige Male. Wie sollte man heterosexuellen Polizisten diese Art von Freundschaft erklären?

Andy und Hal waren kein Liebespaar gewesen, aber sehr gute und enge Freunde. Ihre Beziehung war geprägt durch jene tiefe Loyalität und Fürsorge, wie man sie mittlerweile überall in der Schwulen-Gemeinschaft antrifft – eine Freundschaft, die geteiltes Leid zur Grundlage hat. Wenn ein Schwuler im San Francisco der 90er Jahre noch am Leben war, dann konnte man annehmen, daß er viele seiner Freunde hatte sterben sehen. Andy und Hal waren so eine Leidensgemeinschaft gewesen.

»Könnte ich ein Glas Wasser haben?«

Gigi kam mit einem Stapel Computerausdrucken zurück. Es waren Kopien von Führerscheinen mit den jeweiligen Fahrer-Fotos.

»Hier, M. J. Die DMV-Ausdrucke von allen Männern, die in den letzten sechs Monaten einen goldfarbenen VW-Käfer gemietet oder gekauft haben.«

M. J. reichte den Stapel an Andy weiter. Er blätterte die Führerscheine durch und stieß nach einer Weile tatsächlich auf Peter Foleys Foto.

»Das ist er!«

Wie von der Tarantel gestochen sprang Quinn auf. »Okay! Dann mal los! Patch, informieren Sie die SWAT-Leute! Bei diesem Arschloch werde ich kein Risiko eingehen.«

Alle rannten hektisch durch die Gegend, um sich für die Schlacht bereit zu machen. Auf dem Weg zum Mannschaftsraum rief M. J. Gigi zu: »Rufen Sie Helen Hudson an und teilen Sie ihr mit, daß wir ihm auf der Spur sind!«

M. J. stürmte ins Mannschaftszimmer, um sich eine kugelsichere Weste zu holen. Am anderen Ende des Raums war Nikko damit beschäftigt, seinen Schreibtisch auszuräumen. Außer ihnen beiden war niemand da. Sie ging zu einem Schrank, zog die Weste heraus, begab sich damit in ein angrenzendes leeres Büro, zog ihr weißes Baumwoll-Shirt aus und legte die Weste an. Dann streifte sie ihr T-Shirt wieder über, stopfte es in ihre schwarze Hose und ging zurück, um noch ein paar Dinge von ihrem Schreibtisch zu holen. Sie warf einen Blick zu Nikko hinüber; in seiner Alltagskleidung wirkte er verwundbar und irgendwie fehl am Platz.

»Mit der Weste nutzt einem der ganze Wonder-Bra nichts mehr. Aber wer schaut schon hin?«

»Ich habe gehört, du bist ihm auf der Spur. Gute Arbeit!«

»Ach, einfach nur verdammtes Glück.«

»Das sehe ich anders. Paß auf dich auf!«

»Tu ich das nicht immer?«

Sie setzte sich an ihren Schreibtisch. Er kam näher, stellte sich hinter sie und beugte dann seinen Kopf so weit zu ihr herunter, daß er mit den Lippen fast ihr Haar berührte.

»Ich liebe dich, weißt du das?«

»Ja, ich weiß es.«

Er ging.

Allein im Mannschaftszimmer, in dem Nikkos Stimme noch nachhallte, überkam sie erneut der Schmerz über Rubens Tod. Obwohl sie eigentlich unverzüglich aufbrechen mußte, wartete sie noch eine Minute ab, eine der längsten Minuten ihres Lebens. Sie wollte sicher sein, daß Nikko nicht mehr da wäre, wenn sie das Revier verließ.

Etwas südlich von San Francisco, kurz hinter dem Lake Merced, liegt das kleine Küstenstädtchen Daly City. Die Stadt befindet sich in einer Art Kessel, zu beiden Seiten durch den Pacific Coast Highway begrenzt, der links vom Skyline Drive und rechts von der Highway 280 gekreuzt wird. Die Nordgrenze bildet der riesige Olympic-Country-Club-Golfplatz, die Südgrenze der Thornton State Beach. An vielen Stellen hat man einen herrlichen Ausblick auf Teile der Santa-Cruz-Gebirgskette.

Georgette und Peter Foley wohnten in einem alten Holzhaus auf einem kleinen Hügel. Es lag in einer netten Mittelschicht-Gegend, umgeben von Eichen und Eukalyptusbäumen. Das Haus wirkte von außen etwas schäbig, doch weder Georgette noch Peter stießen sich daran. Das äußere Erscheinungsbild spielte für beide schon lange keine große Rolle mehr.

Während M. J. über die 280 brauste und dann auf den John Daly Boulevard abbog, fragte sie sich, welche Art von Wohnhaus sie vorfinden würde. *Welchen Haustyp bevorzugt der durchschnittliche amerikanische Serienmörder?* Als sie in die Seitenstraße einbog, die zu Foleys Viertel führte, stellte sie fest, wie normal alles aussah. Sie konnte sich sogar vorstellen, hier selbst zu wohnen – falls sie jemals einem Mann begegnen sollte, mit dem sie zusammenleben könnte.

Eine SWAT-Bus folgend, fuhr sie den Hügel hinauf und wartete, bis er geparkt hatte. Dann fuhr sie ein ganzes Stück weiter, entfernte sich von dem Ort, der sich sehr bald in ein Tollhaus verwandeln würde. Es war ein Trick, den ihr damals, als sie noch Anwärterin war, ihr Vater beigebracht hatte. Wenn man weiß, daß es eine spektakuläre Festnahme sein wird, bei der es anschließend von Presseleuten und Beamten der Spurensicherung nur so wimmelt, dann sollte man ein paar Blocks weiter parken. Auf diese Weise kann man sich hinterher ohne Schwierigkeiten aus dem Chaos entfernen.

Als sie zum Bus zurückrannte, sah sie, daß dessen Türen bereits offen standen. Die SWAT-Truppe war ein speziell ausgebildetes Sondereinsatzkommando, auf das man bei brenzligen und gefährlichen Aktionen zurückgriff. Einer nach dem anderen verließen nun die SWAT-Jungs ihr schimmerndes tiefschwarzes Gefährt und hüpften geschmeidig auf die Straße wie Indianer, die in feindliches Gebiet vordringen. Sie waren ganz in Schwarz gekleidet, schwer bewaffnet und mit kugelsicheren Ganzkörper-Unterziehjacken ausgerüstet. Manche hatten Helme mit eingesetzten Lampen auf, wodurch sie wie Minenarbeiter aussahen. Lautlos umringten sie das Haus und nahmen ihre Positionen ein.

M. J. stieg in den SWAT-Bus und fand dort Quinn vor, der dicht vor dem Infrarot-Überwachungsmonitor saß. Die SWAT-Männer waren auf dem Bildschirm nur als verschwommene Schatten zu erkennen. Begleitet von Rauschen und Krachen, ertönten aus dem Radio ihre heiseren Zurufe.

M. J. glaubte, in einem Kellerfenster den Umriß eines Menschen zu sehen. Die Sicht wurde jedoch kurzzeitig durch einen der bewaffneten Schatten versperrt, der an dem erleuchteten Fenster vorbeiglitt und zwischen den Bäumen untertauchte. Um Quinn ihre Beobachtung mitzuteilen, deutete sie auf den Bildschirm, aber genau in diesem Moment ging das Licht im Kellerfenster aus.

Draußen vor dem Haus vernahm der in der Nähe des Kellers postierte SWAT-Mann ein Stöhnen. Durch das Fenster konnte er verschwommen einen Mann erkennen, der etwas aufhob, das wie ein Gewehr aussah. Er wisperte seine Beobachtung über Funk weiter. Der SWAT-Commander führte sein Megaphon an den Mund:

»Peter Foley, hier spricht die Polizei! Kommen Sie mit über dem Kopf erhobenen Händen durch die Vordertür heraus!«

Im Keller bewegte sich der vermeintliche Waffenlauf nach oben, und Flammen schossen heraus; es handelte sich um einen propangasbetriebenen Grill-Anzünder. Die Feueralarmanlage begann zu schrillen. Im Keller loderten Flammen.

Der Commander gab das Signal zum Stürmen. M. J. beobachtete, wie die tödlichen Schatten die Haustür aufbrachen, Fenster eintraten und von allen Seiten in das Haus eindrangen.

Einige Nachbarn kamen neugierig an ihre Gartenzäune gelaufen. Überall in der Straße wurden Lichter angeknipst. Etliche Anwohner waren freilich ängstlich und klug genug, in ihren Häusern zu bleiben.

Als das SWAT-Team ins Haus stürmte, war der Rauch bereits aus dem Keller nach oben gedrungen. Das Wohnzimmer und die Diele lagen völlig im Dunkeln, und die SWAT-Männer schalteten ihre Helmlampen an. Die Rauchpartikel wirbelten in den Lichtstrahlen wie bösartige Gespenster und ließen die Luft schwer und lebendig erscheinen. Die Männer hoben die Waffen und legten an. Dünne rote Laserstrahlen der Nachtsichtgeräte schossen im Zickzack durch das verrauchte Wohnzimmer. Überall roch es nach Benzin; die Männer stellten fest, daß Möbel und Teppiche damit getränkt waren, und gaben diese Meldung über Funk nach draußen weiter.

M. J. und Quinn wechselten einen Blick. Das Haus war eine Zeitbombe, die jederzeit explodieren konnte.

Einige Männer drangen zum Schlafzimmer vor und traten die abgesperrte Tür ein. Georgette lehnte vor einem laufenden Fernsehapparat und mit einem Essens-Tablett auf dem Schoß im Bett. Ein kleines rotes Loch in ihrer Schläfe zeigte die Stelle an, wo die Kugel sie getroffen hatte. Blutspritzer verunstalteten die hübsche Tapete mit den pinkfarbenen Rosen hinter ihrem Bett.

Einer der Männer stieß mit dem Lauf seiner Maschinenpistole die Badezimmertür auf. An der Duschstange baumelte der kleine Rattenhund mit dem Kopf nach unten, sein rostfarbenes Fell war blutgetränkt.

Das Feuer breitete sich rasend schnell im ganzen Haus aus. Die Männer im Schlafzimmer erhielten Befehl zum Rückzug.

Aus dem Keller, der Quelle des Feuers, vernahmen sie laute Schreie. Ein beherzter SWAT-Mann, der sich gerade in der Küche aufhielt, trat die Tür zum Keller auf und schaute in das Flammenmeer hinunter. Wie eine Ausgeburt der Hölle kam plötzlich ein am ganzen Leib lichterloh brennender Mann laut schreiend die Treppen heraufgerannt. Er schaffte es bis zur Hälfte, dann stürzten die Kellertreppe ein, und er wurde in das Inferno hinabgerissen. Die Flammen saugten die Luft aus der Küche, und der SWAT-Mann spürte, wie er in das heiße Vakuum gezogen wurde. Gerade noch rechtzeitig packten ihn zwei seiner Kameraden und rannten mit ihm hinaus.

M. J. beobachtete auf dem Monitor, wie die Flammen aus den unteren Fenstern des Hauses zu züngeln begannen, und hörte das Kommando zum Rückzug. Quinn warf ihr einen Blick zu; er wußte, daß auch sie kurz vor dem Explodieren stand. Noch ehe Quinn sie festhalten konnte, sprang M. J. auf und stürzte nach draußen.

Sich krümmend vor Husten, rannte die SWAT-Mannschaft auf den Rasen hinaus. Das Schrillen von Feuerwehrsirenen gellte durch die Nacht. Und dann explodierte das Haus, in dem Georgette und Peter Foley seit ihrer Hochzeit gewohnt hatten, in einem gewaltigen Feuerball. M. J. stand da und schaute zu, wie sich ihr Fall in Rauch auflöste.

Während die Feuerwehr den Hügel hinaufraste und die SWAT-Mannschaft sich nach und nach wieder auf der Straße einfand, versuchte M. J. ihre Empfindungen zu analysieren. Sie fühlte nichts, außer einer allgemeinen Benommenheit, als hätte ihr jemand ein Narkosemittel verpaßt. Quinn kam zu ihr herüber und klopfte ihr auf die Schulter. »Gute Arbeit, Mädchen! Es ist vorbei.«

Pachulski, Kerby und Landis eilten auf sie zu und umarmten sie. »War ein langer Weg zum Ziel, M. J.!« Jemand sagte etwas über Ruben, aber sie hörte nicht hin. Ein Gefühl tiefer Leere ergriff sie, wie es mitunter geschieht, wenn man ein lang ersehntes Ziel dann tatsächlich erreicht hat. *O ja, wir haben den Kerl geschnappt. Er hat mindestens fünf Menschen umgebracht. Und jetzt hat er sich selbst verbrannt.* Zumindest einmal hätte sie ihn gern gesehen. Ihm in die Augen geschaut, von Angesicht zu Angesicht, so wie er alle jene Mädchen angeschaut hatte, die ihm hilflos ausgeliefert gewesen waren. Gerne hätte sie ihn fühlen lassen, wie es war, ein Opfer zu sein. Welch kindischer Gedanke ... Sie wünschte, Helen wäre hier. Und am meisten wünschte sie sich Ruben herbei. Irgendwie erwartete sie noch immer, daß er jeden Moment mit irgendeinem ungenießbaren chinesischen Take-away-Gericht um die Ecke kommen würde.

Der KXBU-Wagen fuhr vor, und die ›Quatsche‹ stieg aus. Sie hatte ihre gesamte Crew dabei und war wie immer tadellos zurechtgemacht. Weitere lokale Nachrichten-Sender trafen nach und nach ein. Heute abend war für Schlagzeilen gesorgt.

Susan Schiffer war in ausgezeichneter Stimmung. Sie hatte diese Sache von Anfang an verfolgt und stürzte sich nun zielstrebig auf Quinn, ehe ihr die anderen Geier womöglich zuvorkämen. M. J. wurde von ihr keines Blickes gewürdigt – die Vergeltung für M. J.s unkollegiales Mauern. M. J. war das nur recht. So konnte sie sich weiterhin ungestört ihrer Benommenheit hingeben.

»Ich spreche jetzt mit Lieutenant Quinn von der Mordkommission. Können Sie mir sagen, was heute nacht hier geschehen ist?«

Quinn war nur allzu gern zu einer Antwort bereit. In den letzten Wochen war er permanent dem Druck des Ministeriums ausgesetzt gewesen und hatte nur noch von Alka Seltzer und Pepto-Bismol gelebt. Jetzt war der ruhmreiche Moment gekommen, an den er selbst schon nicht mehr geglaubt hatte.

»Das San Francisco Police Department hat Beweise zusammengetragen, wonach es sich bei dem Mörder, bekannt als der Nachahmungs-Mörder, um einen Mann namens Peter Foley handelt, der unter dieser Adresse wohnhaft war. Auf die polizeiliche Weisung hin, aus dem Haus zu kommen und sich festnehmen zu lassen, hat vermutlich besagter Mr. Foley sein Haus in Brand gesteckt. Vielleicht, um die Beweise für den Mord an einer weiteren Frau, die erschossen im Haus aufgefunden wurde, zu vernichten. Man nimmt an, daß es sich bei der Erschossenen um seine Gattin handelt.«

M. J. beobachtete, wie nun auch Polizeichef Petrillo eintraf. Er würde die Pressekonferenz leiten. Natürlich erwartete man von ihr, daß sie dabliebe, sich mit dem SWAT-Leiter in den Hintergrund stellte und stolz die Lobeshymnen entgegennähme. Sie wünschte sich, zumindest für einen Moment jenes Gefühl der Erleichterung zu verspüren, mit dem sie gerechnet hatte, die gehobene Stimmung, die eintritt, wenn der Böse endlich geschnappt worden ist. Doch dieses Gefühl wollte sich einfach nicht einstellen.

M. J. wandte sich an Pachulski, der gerade mit einem SWAT-Mann redete, den er von der Akademie her kannte. »He, Patch! Richten Sie Quinn aus, daß ich gegangen bin!«

»Wo wollen Sie hin, Mary Jane? Das ist doch die Stunde Ihres Ruhms!«

»Sagen Sie ihm, ich mach einen Ausflug nach Disneyland!«

Unbemerkt stahl sie sich aus dem chaotischen Gedränge und eilte zu ihrem Wagen. Das Viertel war erleuchtet wie ein Jahrmarkt. Am Himmel kreiste ein Helikopter. M. J. Konnte es kaum erwarten, diesem Gewirr an Geräuschen zu entfliehen: dem Brüllen des Feuers, den lauten Rufen der Feuerwehrmänner, den heulenden Polizeisirenen, dem Geschnatter der Presseleute. Die ätzende Ausdünstung der Feuerlösch-Chemikalien wehte durch den Dunst. Blaue und rote Lichter rotierten und blitzten durch die Nacht, und die Luft war dick von Rauch. Als M. J. endlich ihren Wagen erreicht hatte, begannen Ascheflocken auf sie herabzuregnen. Ein wahres Vorstadt-Vietnam.

Sie sperrte ihr Auto auf, setzte sich hinein und schlug die Tür zu. Erleichtert gab sie sich eine Weile der Stille und dem vertrauten, muffigen Kunststoff-Geruch hin. Innerlich war sie noch immer unruhig, gehetzt …, als könnte sie nicht glauben, daß es tatsächlich vorbei war. Sie schaltete das Radio ein. Die Pressekonferenz hatte begonnen, und Quinns vertraute Stimme zerriß die Stille ihrer Zufluchtsstätte.

»… Etliche Zeugen haben Mr. Foley in dem brennenden Gebäude gesehen. Doch ihre Versuche, ihn zu retten, blieben erfolglos. Zum jetzigen Zeitpunkt müssen wir davon ausgehen, daß er in den Flammen umgekommen ist …«

M. J. konnte nicht länger zuhören. Sie legte die Kassette mit den *Motown*-Hits ein, die Ruben und sie während ihrer gemeinsamen Fahrten immer am liebsten gehört hatten. Die Kassette begann mitten in einem Song von Marvin Gaye und Tammi Terrell, und die ersten Worte, die M. J. hörte, waren: »You're all I need to get by …«

M. J. knallte die Faust gegen das Armaturenbrett und schaltete den Kassettenrecorder aus. Irgend etwas an dieser Sache behagte ihr nicht, war einfach zu perfekt – das dramatische Feuer, die passende Leiche im Keller. Mehr als alles andere hatte der Nachahmungstäter die Begegnung mit Helen gesucht, und genau dieses wesentliche Element fehlte in dem ganzen Puzzle. M. J. schloß die Augen und massierte mit sanften Bewegungen ihre angespannten Bauchmuskeln. Sie ließ ihren Geist dorthin wandern, in das Zentrum ihrer Cop-Intuition. Nach einer Weile wußte sie, was sie zu tun hatte. Sie griff nach ihrem Funktelefon und wählte Helens Nummer.

Nachdem Helen Hudson über den Polizei-Scanner die jüngsten Entwicklungen gehört hatte, stürmte sie aus dem Arbeitszimmer, um sich die Neuigkeiten auf dem Fernsehbildschirm anzuschauen. Nervös auf und ab schreitend, zappte sie sich durch die einzelnen Kanäle, um den Sender zu finden, der die umfassendste Berichterstattung aus Daly City lieferte. Sehnsüchtig betrachtete sie eine einsam umherstehende Flasche Cognac, griff dann entschlossen danach und verstaute sie in der untersten Schublade einer Kommode.

Auf dem Fernsehbildschirm interviewte Susan Schiffer gerade Lieutenant Quinn. Hinter den beiden war die Feuerwehr zu sehen, die das brennende Haus zu löschen versuchte. Quinns Stimme triefte vor selbstgefälliger Zuversicht; endlich war er aus dem Schneider, gerettet dank der Kooperation eines toten Mannes.

»... eine Reihe von Zeugen haben Mr. Foley in dem brennenden Gebäude gesehen. Doch ihre Versuche, ihn zu retten, blieben erfolglos. Zum jetzigen Zeitpunkt müssen wir davon ausgehen, daß er in den Flammen umgekommen ist ...«

»Idioten!« knurrte Helen den flimmernden Figuren auf dem Fernsehbildschirm zu. Sie mußte unbedingt M. J. erreichen. Nur sie würde verstehen, daß der Nachahmungstäter unmöglich tot sein konnte – denn noch war eine Sache mit Helen offen.

Die Türklingel ertönte. Genervt von der falschen Euphorie der Pressekonferenz, schaltete Helen den Ton ab und ging zur Tür. Sie schaute durch den Spion und meinte, Mike zu erkennen, obwohl sein Gesicht abgewandt und durch die Linse etwas verzerrt war. Als er sich umdrehte und sie sein Gesicht deutlich sah, war sie erleichtert.

»Mike?«

Durch die Linse des winzigen Spions konnte Helen einen zweiten Mann erkennen, ebenfalls einen uniformierten Polizisten, der dicht bei Mike stand. Auf seinem glitzernden Abzeichen fing sich der Widerschein der gelbgestrichenen Hausflurwände. Sein Gesicht wurde durch das schimmernd schwarze Schild seiner Mütze verdeckt. Helen kniff die Augen zusammen, um besser sehen zu können, doch das Bild blieb dasselbe: die Teilansicht zweier Männer, die darauf warteten, daß sie ihnen die Tür öffnete. Sie schienen sich leise zu unterhalten, ihre Worte wurden jedoch durch die massive Tür zu einem undeutlichen Gemurmel gedämpft.

Im gleichen Augenblick, als Helen die Tür aufsperrte, klingelte im Hintergrund das Telefon. Momentan etwas verwirrt, ließ Helen den Blick von der sich öffnenden Tür zum Wohnzimmer schweifen, in dem das Telefon stand, und sagte abwesend: »Ich habe es gerade in den Nachrichten gesehen. Teilen Sie Ihren Leuten mit, daß es sich um einen Irrtum han …«

Ein Schwall warmer Flüssigkeit ergoß sich über sie und brachte sie zum Verstummen. Erschrocken schaute sie an sich herunter: Sie war über und über mit Blut bedeckt. Als sie schreiend zurückwich, erkannte sie Mike, der langsam auf die Knie sank; aus seiner durchtrennten Halsschlagader spritzte das Blut in einer leuchtend roten Fontäne.

Der andere Cop sprang über ihn hinweg und flog durch die Tür gleich einer riesigen schwarzen Fledermaus. In seiner ausgestreckten Hand hielt er ein feuchtes, glitzerndes Messer. Helen versuchte wegzurennen, doch der Mann in der Polizeiuniform kam ihr zuvor und fiel sie von hinten an, so daß sie mit dem Gesicht nach vorn zu Boden stürzte. Panisch versuchte sie, sich ihm zu entwinden, obwohl ihr klar war, daß sie gegen sein Gewicht und seine Körperkraft keine Chance hatte. Dennoch gab sie nicht auf, kämpfte mit dem verzweifelten Mut eines in der Falle sitzenden Tieres, bis er es schließlich leid wurde und ihr dreimal brutal ins Gesicht schlug. Entsetzt keuchte sie auf, aus ihrer Nase tropfte Blut, doch sie kämpfte gegen ihre Benommenheit und ihre Angst an und versuchte mit aller zur Verfügung stehenden Kraft, sich zu konzentrieren und einen klaren Kopf zu bewahren. In diesem Moment schaltete sich der Anrufbeantworter ein, und durch den pochenden Schmerz in ihrem Kopf und das wilde Keuchen ihres eigenen Atems hindurch vernahm Helen M. J.s Stimme:

»Hier ist M. J. Sie haben die Neuigkeiten sicher über Polizeifunk gehört. Irgendwas an der Sache ist faul. Ich weiß, es ist spät, aber ich schau nochmal rasch bei Ihnen vorbei. Wir müssen uns unbedingt unterhalten.«

Der Anrufbeantworter schaltete sich aus. Peter Foley grinste auf Helen Hudson hinab, deren Augen panisch von links nach rechts schossen – dann entdeckte sie die Spritze in seiner Hand, die sich, lang und grauenvoll, aus dem Nichts materialisiert zu haben schien.

»Wir kriegen Gesellschaft!« wisperte er ihr zu.

Er hob den Arm und rammte ihr die Nadel in den Bizeps. Sie brüllte vor Schmerz auf, ehe sie gleich darauf von gnädiger Schwärze umfangen wurde.

DREIZEHNTES KAPITEL

Endspiel

Vor Helens Apartmenthaus angekommen, parkte M. J. ihr Auto hinter Mikes schwarzweißem Polizeiwagen. Auf dem Weg zur Haustür warf sie einen Blick in Mikes Wagen; auf dem Armaturenbrett stand ein Pappbecher mit kaltem Kaffee.

Im Treppenhaus überfiel M. J. plötzlich ein merkwürdig ungutes Gefühl. Ihr Cop-Instinkt regte sich, witterte die Ausdünstung von Angst und Blut, noch ehe M. J. es selbst benennen konnte. »Mike?« rief sie argwöhnisch.

Auf halbem Weg blieb sie erstarrte stehen. Die Stufen vor ihr waren bedeckt mit Spuren getrockneten Blutes. Sie riß ihre Pistole heraus, glitt lautlos an die Wand, schaute nach oben und lauschte. Außer dem Pulsieren ihres Blutes, das dumpf in ihren Ohren dröhnte, war nichts zu hören. Mit gezogener Waffe stürmte sie die Treppen hinauf.

Der Hausflur vor Helens Wohnungstür war voller Blut; die Wände waren bespritzt und verschmiert. M. J. machte einen langen Schritt über einen verwischten Blutstreifen, der von einer Seite des Flurs bis zur anderen reichte. Beim Gedanken an den jungen Cop, für den sie das Schlimmste befürchtete, murmelte sie leise: »Verdammt.« Ihre Waffe auf Helens offenstehende Apartmenttür gerichtet, schlich sie langsam weiter, kämpfte mit jedem Schritt ihre Angst nieder. Ihre Augen wanderten zur Türschwelle. Dort erstreckte sich eine riesige, klebrige Blutlache, die Quelle der Blutspuren im Hausflur.

Vorsichtig stieg M. J. über die dunkle, grauenerregende Lache. Sie verbannte jeden Gedanken an den netten jungen Cop in den hintersten Winkel ihres Bewußtseins und gab sich ganz ihrem Zorn hin, um nicht von ihrer Angst, die sie zum Wegrennen drängte, überrollt zu werden. Irgendein Gefühl sagte ihr, daß Helen noch am Leben war, und dieser Gedanke gab ihr den Mut, weiterzugehen.

Mit einem Satz sprang sie in das Apartment, wirbelte herum und zielte dabei mit ihrer Waffe nach allen Seiten. Doch um sie herrschte nur Stille und Dunkelheit.

M. J. schaute auf den Boden. Überall waren blutige Schuhabdrücke zu erkennen. Jemand hatte Mikes Blut durch das ganze Apartment geschleppt. Sie folgte den grausigen Spuren und zuckte immer wieder vor den Schatten zurück, in denen Dämonen zu hausen schienen, die in der Dunkelheit lauerten wie die Schrank-Monster in Alpträumen von Kindern.

Aus den Augenwinkeln nahm sie ein Flimmern wahr, wirbelte herum und sah sich plötzlich ihrem eigenen Bild von Angesicht zu Angesicht gegenüber. Fassungslos stand sie da, die Waffe auf ihr eigenes Abbild gerichtet, das sich auf einem Fernsehbildschirm widerspiegelte. Als sie näher heranging, vergrößerte sich ihre Gestalt auf dem Bildschirm. Auf dem Fernsehgerät befand sich ein Camcorder, der ihre lebende Gestalt einfing. Seitlich des Camcorders war ein Merkzettel befestigt, auf dem in sorgfältiger Handschrift stand: »Drücken Sie ›Play‹.«

M. J. zögerte, zielte auf die Schatten vor sich und entfernte die Schweißtropfen von ihren Augen durch bloßes Zwinkern, damit sie die Hände an der Waffe behalten konnte. Sie wollte kein Risiko eingehen. Mit einer Hand nestelte sie dann den Walkie-Talkie aus ihrem Gürtel, hob ihn an den Mund und sagte leise: »Monahan. Fordere Verstärkung für Pier One Fort Mason. Ein Polizist wird vermißt. Over.«

»Verstanden. Verstärkung wird angefordert«, krächzte eine Stimme aus dem Walkie-Talkie zurück.

M. J. drückte den Startknopf des Camcorders. Augenblicklich blitzte ein Bild auf dem Monitor auf. Helen lag ausgestreckt und bewußtlos in einem Sessel, gekleidet in dasselbe rote Kostüm wie damals in Berkeley, als ihr Daryll Lee aufgelauert hatte. Eine dunkle Gestalt trat ins Bild und begann, tonlos vor sich hinsummend, Helens schlaffen Körper umzudrapieren.

Mit einer Art perverser Faszination starrte M. J. jenen Sessel an, der nur etwa zwei Meter von ihr entfernt stand und jetzt

Schließlich gelingt es Helen mit Hilfe eines »alten Freundes«, die Identität des Killers aufzudecken.

M. J. wappnet sich für die Festnahme des Mörders.

Der Mörder ist der Polizei wieder einen Schritt voraus und läßt sie direkt in ein Inferno laufen.

Showdown! Kann Helen ihre eigenen Ängste überwinden?

leer war. Ihr Blick wanderte wieder auf den Monitor zurück. Während der dunkle Schatten Helens neue Position begutachtete und da und dort noch ein wenig an ihre herumzupfte, näherte er sich der Kamera. Sein Körper war ein verschwommener Umriß, der sich von einer Seite zur anderen bewegte und dabei gelegentlich achtlos die Linse streifte. Plötzlich drehte er sich um, beugte sich nach unten und schaute direkt in das etwa dreißig Zentimeter entfernte Objektiv. Der Autofocus gab sein Gesicht wider, unheimlich nah und durch die Froschperspektive monströs verzerrt. Peter Foley, der Mörder-Plagiator, hatte diese kleine Show eigens für M. J. inszeniert.

»Hi! Willkommen in unserer Sendung! Das Programm hat bereits begonnen!« Er trat ein Stück zurück. »Inspector Monahan, geht es Ihnen nicht auf die Nerven, immer einen Tag zu spät zu kommen und einen Dollar zu wenig zu haben?«

Peter glitt hinter Helen, ging in die Hocke und begann, ihr Kostüm aufzuknöpfen, wobei er seinen Gesprächston beibehielt.

»Hm, was meinen Sie? Soll ich ihr gleich jetzt die Kehle aufschlitzen? Meine Sache sozusagen aufgeben?« Er schien M. J. direkt anzuschauen. »Na ja, schließlich haben Ihre Leute dafür gesorgt, daß ich die Ted-Bundy-Nummer nicht machen konnte. War es der Wagen? Ja, ich wette, es war der goldene VW. Vermutlich stolpern sogar Cops hin und wieder aus Versehen über das Naheliegende.«

Mittlerweile hatte er Helens Kostüm aufgeknöpft und fummelte mit einem Gegenstand in seiner Hand herum. Es war die Fernbedienung des Camcorders, mit der er nun Helens und sein Gesicht näher heranzoomte.

»Also, was soll ich tun? Die Sache hier und jetzt beenden? Was würde Helen sagen, wenn sie sprechen könnte? Wie würde ihre fachliche Meinung lauten?« Peter tätschelte der bewußtlosen Helen die Schulter und glättete den Stoff ihrer roten Kostümjacke. »Vermutlich würde sie sagen, nein, Peter hält sich an die Vorlage. Und dann würde sie irgendeinen rührseligen Scheißdreck über mein tiefes Verlangen nach

Aufmerksamkeit vom Stapel lassen, über das mißhandelte Kind in mir. Ja, ja ich kenn mich gut aus, ich hab' nämlich alle ihre Bücher gelesen.«

Er schaute wieder in die Kamera, als wollte er M. J. interviewen. »Aber war für eine Vorlage soll das sein? Ted Bundy vollends kippen? Auf irgendein gigantisches Finale zusteuern? Nein, eher das zu beenden, was ein anderer unvollendet hinterlassen hat. Das klingt doch irgendwie plausibel, finden Sie nicht auch?«

Er stand auf und erweiterte gleichzeitig mit Hilfe der Fernbedienung den Einstellungswinkel. »Aber wer bin ich, um mit einer so klugen Lady wie ihr herumzudiskutieren. Okay, eine kleine Kostprobe …«

Peter zog ein funkelndes Bowiemesser aus seinem Gürtel und stieß einen gellenden Südstaaten-Schlachtruf aus: »Oooooo-weeee! Ich und die sexy Lady werden verdammt viel *Spaaaß* haben!«

Er hielt inne und blickte in die Kamera, als erwarte er von M. J. irgendeine Reaktion. Da nichts passierte, zuckte er die Schultern. »Okay, für Begas bin ich vielleicht noch nicht gut genug …« Mit verschwörerischer Miene, als wollte er M. J. ein Geheimnis anvertrauen, näherte er sich dem Objektiv. »Aber ich glaube, Sie haben kapiert, worum es geht, stimmt's? Wenn Sie ein kluger Cop sind, dann kommen Sie allein zu mir …« Jetzt ging er noch näher ans Objektiv heran und senkte die Stimme zu einem vertraulichen Flüstern. »Denn wenn Sie mit Ihrer Mannschaft anrücken, werde ich dafür sorgen, daß unsere liebe Dr. Hudson unter gräßlichen Qualen stirbt. Das verspreche ich Ihnen.«

Er richtete die Fernbedienung auf die Kamera, drückte einen Knopf, und sein Bild erlosch. M. J. starrte wieder ihre eigene Live-Aufnahme an, umzingelt von dem gespenstisch leeren Apartment, das stummer Zeuge von Helens Entführung war.

Dann sprintete M. J. los, sprang über die Blutlache und ließ die Haustür hinter sich genauso offen, wie sie sie vorgefunden hatte. Sie nahm drei Stufen auf einmal und jagte dann zu ihrem Wagen. Nachdem sie bereits über drei rote Ampeln gefahren war, knallte sie das Polizeilicht auf das Verdeck. Der blaue, nicht gekennzeichnete Chevy fuhr von Fort Mason aus in östliche Richtung nach North Point und weiter in die Columbia Avenue, die in einer südöstlichen Diagonale durch die Stadt verläuft; von dort aus gelangte man ohne Umwege auf die Interstate 80 und die Bay Bridge. Während M. J. durch die Nacht raste, mußte sie sich mit drei Polizeifunk-Vermittlern herumärgern, ehe sie endlich Quinn an der Strippe hatte, der noch immer in Daly City beschäftigt war. Überlagert von Gesprächsfetzen anderer Funkteilnehmer und atmosphärischen Störungen, knisterte Quinns Stimme durch den Äther.

»… Sie werden da nicht allein hingehen, ist das klar? Sie warten auf Verstärkung!«

»… sorgen Sie unbedingt dafür, daß alle Einheiten Code zwei einhalten!«

»… und Sie werden, verdammt nochmal, dafür sorgen, daß Sie meine verdammte Anweisung befolgen! Sie halten sich von diesem Gebäude fern, bis Verstärkung eintrifft! Verstanden, M. J.? Los, bestätigen Sie meine Anordnung!«

»Ja, ja!« M. J. trat das Gaspedal durch und jagte über die Bay Bridge.

Helen erwachte in erstickender Schwärze. Voll klaustrophobischer Panik stellte sie fest, daß sie in irgendein schwarzes Material gehüllt war, das sich mit jedem Einatmen an ihr Gesicht haftete. Dieses gräßliche Gefühl wurde noch durch die Angst gesteigert, womöglich eine Panikattacke zu bekommen. Sie konnte ihren Mund nicht öffnen: irgend etwas, vermutlich ein Klebeband, preßte ihre Lippen zusammen.

Sie betete um einen raschen Tod. Er wäre eine Gnade, verglichen mit dem Martyrium, das ihr wahrscheinlich bevorstand. Es gab, wenn überhaupt, sicher nur sehr wenige Menschen auf Erden, die über die Rituale und Gepflogenheiten von Lustmördern besser Bescheid wußten als Helen. Peter Foley war im Hinblick auf seine Morde von geradezu genialer Perfektion, und die Kaltblütigkeit und Gewissenlosigkeit, mit der er vorging, ließ darauf schließen, daß auch er als Kind den fürchterlichsten Qualen ausgesetzt gewesen war. Nun hatte er Helen als Gefäß für seine angestaute Wut erkoren, für all die Schuldgefühle, erlittenen Grausamkeiten und Demütigungen, die ihn ein Leben lang verfolgt hatten. Helen wußte, daß sie für Peter Foley die Erfüllung seines Traumes verkörperte. Er wollte das versiegelte Grab seiner Leiden aufbrechen und die gesamte Summe seiner Schrecken über sie ergießen. Wie du mir, so ich dir. Danach könnte er sterben, weil für ihn nichts mehr wirklich von Bedeutung wäre. Helen machte sich nichts vor: Sie sah einem Tod entgegen, der so unendlich grauenvoll war, daß er jede noch so schreckliche Phantasie bei weitem übertraf.

Plötzlich merkte sie, wie Peter Foley das schwarze Tuch, das über ihrem Kopf lag, wegzog. Sie tat, als wäre sie nach wie vor bewußtlos, was ihr nicht schwerfiel, da sie sich aufgrund der Drogen, die er ihr injiziert hatte, noch immer benommen fühlte. Jetzt kauerte er sich vor Helen nieder und zerdrückte direkt unter ihrer Nase eine Phiole mit Ammoniak. Keuchend zuckte Helen zurück, wandte das Gesicht ab und kniff die Augen gegen das helle Licht zusammen.

In vorgetäuscht beschwichtigendem Tonfall raunte Peter ihr zu: »Keine Bange, Helen. Sie werden bald wieder in Ordnung sein, Sie sind nur noch ein wenig groggy von dem Zeug.«

Er war entzückt von der Intimität zwischen ihnen. Ihr Name zerging ihm auf der Zunge wie süßer Likör, teuer und erlesen. Kaum konnte er es glauben, daß sie tatsächlich so nah bei ihm war und daß es ihm möglich war, so mit ihr zu reden.

Abrupt stand er auf und verließ sie, ein dunkler, undeutlicher Schatten, der ihrem verschwommenen Gesichtsfeld entschwand. Sie blinzelte mehrere Male heftig mit den Augen, die von den Drogen und der Dunkelheit schmerzten. Mit aller Willenskraft zwang sie sich dazu, sich zu konzentrieren und ihre Umgebung zu sondieren. Alles war weiß, kalt, hart. Sie war in einen engen Raum mit metallenen Wänden eingesperrt. *O Gott!* Die Erkenntnis traf sie wie ein Peitschenhieb; ihr Schrei geriet zu einem grauenerregenden

Stöhnen, da ihr Mund noch immer fest verklebt war. Als sie die Augen schloß, sah sie Daryll Lee vor sich, wie er sie auslachte, verspottete. Seine laute, vulgäre Stimme marterte sie. *»Es ist noch nicht vorbei, Helen. Der kleine Dreckskerl hat Pläne mit dir. Und ich sitze in seinem Hirn und halte die Fäden in der Hand.«* Dann sah Helen, wie die häßliche Klinge seines großen Messers Joe Shields Hals aufschlitzte. Ihr schreckliches *déjà vu*, hervorgerufen durch die Erkenntnis, wo sie sich befand, wurde jählings durch die nicht minder schlimme Realität beendet, denn nun fiel von oben ein Seil über ihren Kopf und zog sich unerbittlich um ihren Hals. Dann spürte sie, wie ihre Arme an dem um ihre Handgelenke gewickelten Strick in die Höhe gerissen wurden, wodurch sie auf den glatten Porzellanfliesen ins Rutschen geriet. Der Strick wurde an demselben Seil befestigt, an dem die um ihren Hals liegende Schlinge herabhing. Und dann wurde sie an dem Seil nach oben gehievt. Verzweifelt trat sie um sich, sog panisch die Luft durch die Nase ein. Ihre Beine schlugen gegen die Metallwände der Kabine, bis sie mit den Füßen auf dem Toilettensitz Halt fand.

Von ihrem neuen Aussichtspunkt aus sah Helen Mikes Leiche. Er lehnte an der gegenüberliegenden Wand und war von Peter in dieselbe Position drapiert worden, wie Daryll Lee damals Joe Fields hinterlassen hatte. Um der Vorgabe möglichst treu zu bleiben, hatte Peter sogar für theatralische Blutspritzer an der Wand gesorgt.

Nachdem er das Seil gesichert hatte, das Helen an ein unterhalb der Decke verlaufendes Leitungsrohr bannte, kehrte er in ihre Kabine zurück. Zufrieden seine Konstruktion begutachtend, schaute er lächelnd zu ihr empor. Doch plötzlich schwand sein Lächeln und machte einem mißbilligenden Ausdruck Platz. Er runzelte die Stirn wie ein Vater, der sein Kind gerade bei etwas Unartigem ertappt hat.

»Nein. Das ist falsch.«

Entschlossen betrat er die Kabine, zog Helen, die angstvoll aufwimmerte, den rechten Schuh aus und ließ ihn genauso, wie es vor etwas über einem Jahr passiert war, auf den Boden fallen. Helens Gedanken rasten. Woher kannte er dieses winzige Detail? Es war, als hätte ihm Daryll Lee einen maßstabsgetreuen Plan gezeichnet, eine militärische Order gegeben, um sein Waterloo noch einmal neu zu erschaffen. Doch hatte er auch das Ende neu geschrieben?

Peter trat zurück und begutachtete sein Werk.

»Besser«, verkündete er.

Er verließ die Kabine und ging zu den Waschbecken. Dort stand auf einem Stativ ein Camcorder bereit. Er nahm die Objektivkappe ab, spähte durch das Okular und überprüfte die Einstellung.

»Wissen Sie überhaupt, wie wertvoll diese Filmkassette einmal sein wird? *Hard Copy ... 20/20 ... Amerikas grusligstes Home Video*, oder wie immer man den Film nennen könnte ... Verdammt, sie werden einander für die Übertragungsrechte umbringen! Das gibt absolut sensationelle Einschaltquoten!«

Er richtete den Camcorder auf die erste Kabine und rief Helen zu: »Lächeln, Helen! Schließlich werden Sie das berühmteste Opfer aller Zeiten sein!«

Nachdem er den ›Aufnahme‹-Knopf gedrückt hatte, flammte ein rotes Licht auf. Aus dem Waschbecken nahm er ein fest zusammengerolltes dunkles Stück Stoff und kam damit auf Helen zu.

»Und ich? Wenn dies eine Olympiade wäre, müßte ich die Goldmedaille bekommen! Und wäre es ein Football-Spiel, bekäme ich den Pokal!« Seinen Plauderton beibehaltend, betrat er Helens Kabine. »Wissen Sie, daß über Jack the Ripper mehr Bücher geschrieben wurden als über Abraham Lincoln?«

Als wollte er um Helens Hand anhalten, ließ er sich auf die Knie sinken und entrollte auf dem Boden langsam und feierlich den Stoff. Taschen waren darin eingenäht, die jeweils ein glitzernd poliertes spitzes Operations-Utensil enthielten – eine ausgewählte Sammlung, eigens dafür zusammengestellt, die menschliche Haut auf mannigfache Art und Weise zu bearbeiten. Verlangend und prahlerisch zugleich blickte er zu Helen empor.

»Verdammt kranke Welt, was?«

Im Verlauf der letzten Wochen hatte sich Peters Verhalten grundlegend gewandelt. Trotz der morbiden und sadistischen Triebe, die seit Jahren in ihm brodelten, hatte er sich nach außen hin immer eine Fassade von Normalität bewahrt, hatte so gut wie nie geflucht oder vulgäre Redensarten gebraucht. Doch nachdem er damit begonnen hatte, seine Mordphantasien in die Tat umzusetzen, war eine neue Persönlichkeit sichtbar geworden. Vielleicht hatte auch seine Korrespondenz mit Daryll Lee ihren Teil dazu beigetragen, ihm den Übergang vom bloßen Tagträumer zu einem zeitgenössischen de Sade zu erleichtern. Endlich hatte Peter zu sich selbst gefunden, war es ihm gelungen, die einengende Maske des netten Jungen von nebenan abzuwerfen und zum Selbstdarsteller zu werden.

Etwas früher an diesem Abend hatte er bereits in Helens Apartment die Zweisamkeit mit ihr in vollen Zügen genossen. Er hatte sie an dem erregenden Nachbeben eines frisch verübten Mordes teilhaben lassen, auch wenn sie zu diesem Zeitpunkt bewußtlos gewesen war. Behutsam hatte er sie auf ihr Bett gelegt und sie bis auf die Unterwäsche ausgezogen. Der Spiegel an der Innentür des Schlafzimmerschranks hatte ihrer beider Bild zurückgeworfen – Helen und Peter, Peter und Helen. Er hatte sich an dem Anblick, wie er da in der blutigen Polizeiuniform über ihren halbnackten Körper kauerte, kaum sattsehen können. Gerne hätte er sie noch intimer berührt, vielleicht sogar Sex mit ihr gehabt, doch er hatte gewußt, daß dafür nicht genügend Zeit wäre. Er wollte sein Werk vollenden, und um das Setting perfekt vorzubereiten, mußte er geraume Zeit vor Inspector Monahan in Berkeley eintreffen.

Anschließend hatte er ihren Schrank nach dem roten Kostüm durchwühlt. Nach jenem Abend, als er das erste Mal bei ihr eingebrochen war und das Kostüm auf ihrem Bett ausgebreitet hatte, war es von ihr in den hintersten Schrankwinkel verbannt worden. Es war schwierig gewesen, das Kostüm über ihre schlaffen Glieder zu ziehen. Zu guter Letzt wählte er noch ein Paar Pumps aus, von denen er annahm, daß sie diese Schuhe an jenem Tag getragen haben könnte.

Es ärgerte ihn, daß er nicht genau wußte, welche Schuhe die richtigen waren. Details hielt er für ungemein wichtig; schließlich wollte er Daryll Lee beeindrucken. Doch dafür beruhigte es ihn, Helen anzuziehen; er wurde entspannter und konnte sich auf die nächsten, weit komplizierteren Schritte vorbereiten.

Zunächst mußte er Mikes Leiche in den Wagen schaffen, ohne Aufmerksamkeit zu erregen. Für diesen Zweck hatte er ein Transportwägelchen besorgt, wie es Möbelpacker benutzten, sowie einen Müllbeutel und einen leeren Pappkarton, in dem einst ein Fernsehgerät verpackt gewesen war. Eigens für diesen Tag hatte er einen brandneuen grünen Nissan-Lieferwagen gemietet. Sein eigener Wagen mußte neben seinem Haus stehenbleiben, damit man ihn nach dem Feuer finden würde. Nachdem er Mike in den Nissan gebracht hatte, trug er Helen, unbemerkt von irgendwelchen anderen Mietern, über die Hintertreppen nach unten. Sie auf den Vordersitz zu hieven, war etwas schwieriger, doch das Adrenalin, das ihn schon den ganzen Abend über beflügelt hatte, befähigte ihn, auch diese Hürde zu bewältigen. Lächelnd schlug er schließlich die Tür des Lieferwagens zu. Dieser Teil wäre erledigt.

Kurz darauf fuhren sie über die Bay Bridge. Das vertraute Brummen, wie es für eine befahrene Brücke typisch ist, vibrierte durch den Nissan. Als sie den Yerba Buena Island Tunnel passierten, stellte er sich kurz vor, sie seien ein Ehepaar auf einem Ausflug, und er würde sie, während sie schlief, sicher durch die Nacht geleiten.

Und jetzt befanden sie sich in dem großen weißen Waschraum und näherten sich ihren letzten gemeinsamen Minuten. Wieder malte er sich aus, daß sie ein Liebespaar wären, irgendeine bizarre Romeo-und-Julia-Variante – vom Schicksal zu einem ruhmreichen Tod erkoren, der diesmal der Nachwelt freilich nicht in dichterischer Form erhalten bliebe, sondern hautnah auf Video.

Peter wählte ein Skalpell und zog es vorsichtig aus der Stofftasche. Dann näherte er sich Helen langsam und geziert, als wollte er sie zum Tanz auffordern. Behutsam hob er den Saum ihres roten Rockes an. Mit angstgeweiteten Augen starrte Helen zu ihm hinunter. Der Stoff teilte sich mit einem raschelnden Wispern, während sich Peter sorgfältig von unten nach oben arbeitete. Schließlich lag ihr Bauch entblößt vor ihm, konvulsisch zuckend unter ihren flachen, gepreßten Atemzügen.

»Vorsicht, vorsicht!« mahnte er sanft. Genau in diesem Moment streifte das Skalpell ihre Haut, und ein einzelner roter Blutstropfen quoll hervor. »Sehen Sie? Jetzt haben Sie sich selbst geschnitten!«

Das Skalpell setzte seine Bahn über ihren Körper fort. Vor Angst schier außer sich, atmete Helen schnell und flach durch die Nase. Sie kniff die Augen fest zusammen, ihre einzige Möglichkeit, sich dem Alptraum zumindest optisch zu entziehen.

»Tun Sie das nicht! Lassen Sie die Augen offen! Helen?«

Sie ignorierte seinen Befehl

»Helen! Öffnen Sie Ihre verdammten Augen, ober ich schlitze Ihnen die Augenlider auf, wie es Kemper bei einem der Mädchen getan hat, damit sie zuschauen *mußte*!«

Sie zwang sich, ihre Augen zu öffnen, und spähte zu ihm hinab. Seine Augen glitzerten hinter seiner Brille wie zwei Glasmurmeln, eisblau und grau und kalt. Helen konnte nicht verhindern, daß ihr die Tränen über die Wangen strömten.

»Wir wissen doch, worum es geht, nicht wahr?«

Nach einem Moment des Zögerns nickte sie.

»Schauen Sie, ich kenne all die Tricks. Und ich habe meine Hausaufgaben erledigt. Die Frage ist nur, haben *Sie* das auch? Sie wissen, was ich tun werde, oder? Sie haben doch das Buch gelesen? Daryll Lees Buch?«

Sie antwortete mit einem Kopfschütteln. Seufzend zog er ein Taschenbuch aus der Gesäßtasche; die Knicke und Eselsohren zeigten, daß es oft gelesen worden war. Auf dem Einband starrte Helen das Foto Daryll Lees entgegen. Helen kannte das Buch natürlich. Es war ein Geschenk von Peter, das er in jener Nacht für sie in ihrem Bett versteckt hatte, doch sie war nicht bereit, ihm in irgendeiner Weise entgegenzukommen. Peter blätterte durch die Seiten, bis er die gesuchte Stelle gefunden hatte.

»Lasset uns Kapitel zwölf unserer Gesangsbücher aufschlagen! Diese Hymne eignet sich allerdings weniger zum Singen als zum Vorlesen.« Peter wechselte zu einem übertriebenen Südstaaten-Slang über. »Mein Daddy hat mir das Jagen beigebracht. Das war das einzige, worin ich je gut war.« Er musterte Helen intensiv. »Daddy hat mir auch beigebracht, im Alter von vier meinen Arsch hochzurecken, aber das spielt jetzt keine Rolle.« Er überflog die Seite. »… Ja, diese Sache mit der Jagd ist von Bedeutung. Hören Sie, was Daryll Lee vorhatte!« Bei diesen Worten riß er ihr den zerschlitzten Rock noch weiter auf; ihr Bauch, nur wenige Zentimeter von seinem Gesicht entfernt, lag jetzt völlig frei. »Tja, also was er wirklich vorhatte, war, Sie als Hirschkuh zu verkleiden. Bei der Jagd hatte er es nämlich am meisten genossen, wenn sie das Tier aufhängten … ihm das Fell abzogen … den Bauch aufschlitzten.«

Sie schauderte, als er sein Gesicht an ihren Bauch legte und seine Wange an ihre Haut schmiegte. »Und dann haben sie das ganze weiche Zeug herausgeholt … die gesamten Innereien … Das ist wie ein Striptease, nur daß es dabei bis auf die Knochen geht. Dann gibt es nichts mehr, das Sie vor mir verbergen könnten … vor mir nicht und vor niemand sonst.«

In diesem Moment ertönte in der Ferne ein elektronisches Piepsen. Peter trat ein Stück zurück und legte das Skalpe unter Helens Füßen zu Boden, als wolle er ein Opfer darbringen. Verblüfft über ihre plötzliche Gnadenfrist, blickte Helen nach unten.

»Ah, das ist das Signal, auf das ich gewartet habe. Wir werden etwas Abwechslung bekommen.« Er schob das Bündel mit dem chirurgischen Besteck zu ihr in die Kabine. »Unser letzter Mitspieler betritt die Bühne. Cop Nummer zwei, komm zu uns! Kommt an den Ort, der Daryll Lee zum Verhängnis wurde! Der wußte nicht, daß noch ein zweiter Cop im Gebäude war! Aber ich weiß es! Und diesmal werden wir alles richtig machen!«

M. J. fuhr so schnell, wie es das Gelände erlaubte, durch den Campus, bis dann endlich zwischen den dunklen Bäumen die McClumsky-Halle in Sicht kam. Sie wurde vom Erdboden aus von kleinen Scheinwerfern angestrahlt. Es war ein eindrucksvolles Gebäude mit einer modernen, aus Stein und Stahl gestalteten Fassade. Heute abend würde es dort ruhig sein, menschenleer – bis auf die drei letzten Schachfiguren im Spiel um Leben und Tod. Sie parkte ihren Wagen neben Peters grünem Nissan, dem einzigen Auto auf dem Parkplatz.

Entschlossen betrat M. J. das nicht abgeschlossene Gebäude. Plötzlich ertönte ein lautes Piepsen. Alarmiert blieb sie stehen und entdeckte auf dem Boden neben der Tür einen jener billigen Plastikdetektoren, die auf Bewegungen reagieren. Sie bückte sich und schaltete ihn aus, obwohl es eigentlich überflüssig war. Peter würde bereits alarmiert sein. Das Echo ihrer Schritte hallte gespenstisch durch die Stille. Der riesige Vorraum mit den Holzbänken war dunkel, bis auf das weiche Licht, das von draußen durch die kirchenartigen Fenster hereinströmte. Langsam glitt sie durch die Schatten, ihre Haut juckte; von irgendwoher ertönte ein Geräusch, und sie blieb eine Weile erstarrt stehen. Schließlich gewann sie ihre Fassung wieder, öffnete die Tür zum Vortragssaal und spähte hinein. Wachsam machte sie einige Schritte in den Saal, obwohl ihr bereits klar war, daß sie dort niemand finden würde. Sie wußte genau, wo er auf sie wartete.

M. J. begab sich in die Eingangshalle zurück und bog dann in den langen, dunklen Korridor ein, der zur Damentoilette führte. Ihr Atem kam stoßweise und hart; ihre Hände suchten an den Wänden nach Lichtschaltern, doch da waren keine, und sie mußte sich weiterhin durch die Dunkelheit vorantasten.

Der Korridor machte eine Biegung und näherte sich der Nische, in der sich die Damentoilette befand. M. J. lehnte sich lauschend gegen die Tür, aber es drang kein Laut heraus. Tief Luft holend, stieß sie entschlossen die Tür auf.

Die Lichter drinnen strahlten gleißend gegen das sterile Weiß und blendeten M. J. für einen Moment. Sie wartete einen Moment, bis sich ihre Augen an das Licht gewöhnt hatten, und schob sich dann hinein. Der Raum wirkte leer und kalt, eine Leichenhalle, die auf die Ankunft neuer Toter wartete. Das tröpfelnde Geräusch aus einem undichten Wasserhahn wurde von den weißen Kacheln zurückgeworfen, die sich vor M. J. wie eine Balustrade aus glitschigen Steinen erstreckten. Zu ihrer Linken befand sich der Besenschrank. Rechts von ihr waren die Toilettenkabinen. Ihre Waffe mit ausgestreckten Armen vor sich haltend, schob sich M. J. Zentimeter um Zentimeter voran.

Alle Kabinentüren waren geschlossen, bis auf die erste … Als M. J. den Blick nach oben wandern ließ, entdeckte sie voller Entsetzen die an einem Seil aufgeknüpfte Helen, die sich krampfhaft bemühte, mit den Füßen auf dem Toilettensitz die Balance zu halten. Ihr Mund war zugeklebt, und ihre Hände waren an demselben Seil, das sie zu erwürgen drohte, über ihren Kopf gebunden. Verzweifelt versuchte Helen, M. J. mit ihren Augen eine Botschaft zu übermitteln, doch M. J. konnte darin nur unendliche Angst lesen.

M. J. deutete Helen mit einer Geste an, Ruhe zu bewahren, aber Helen hörte nicht auf, mit den Augen immer wieder warnend auf den Boden zu blicken. Aufmerksam spähte M. J. durch den Raum und bemerkte jetzt erst in einer Ecke den blutüberströmten, in eine Uniform gekleideten Körper. Demnach hatte Peter also nicht nur Helen nach Berkeley entführt, sondern auch noch die Leiche von Mike mit hierhergeschleppt. M. J. wurde bewußt, daß Peter völlig wahnsinnig war. Und dennoch war es ihm gelungen, sie alle zu überlisten. Mit nahezu genialer Raffinesse hatte er seine Fährte ausgelegt, um ungehindert seinen eigentlichen Plan zu verwirklichen. Sie mußte ihn unbedingt finden. Doch das Überraschungsmoment war, gleich einer todbringenden Trumpfkarte, auf seiner Seite.

Als M. J. den Blick über die Kabinentüren schweifen ließ, fiel ihr schlagartig wieder der Besenschrank ein. Sie wirbelte herum und feuerte zwei Schüsse in die Schranktür.

Außer Helens angestrengtem Atmen herrschte Totenstille. Langsam bewegte sich M. J. auf den Besenschrank zu und riß ihn auf. Ein Wirrwarr aus Mops und Eimern donnerte auf den gekachelten Boden. Der letzte Mop, in einem Eimer festgeklemmt, neigte sich M. J. entgegen. Auf das Stielende war der Kopf von Andys Freund Hal gespießt, seine Haut von blutleerem Blau, seine Augen offen und anklagend. Fassungslos vor Entsetzen wich M. J. zurück. In dem verzweifelten Versuch, M. J.s Aufmerksamkeit auf sich zu lenken, begann Helen zu stöhnen und um sich zu treten. Als sich M. J. nach ihr umwandte, schüttelte Helen heftig den Kopf. M. J. verstand, daß Helen sie warnen wollte, vermochte ihre stummen Gesten jedoch nicht zu deuten.

»Kommen Sie mit erhobenen Händen aus der Kabine!« schrie M. J., ehe sie die Waffe hob und in die Tür der zweiten Kabine schoß; die Kabine war leer. M. J. holte Luft, wandte sich der dritten Kabine zu und schoß abermals. Leer. Sie nahm die vierte Kabine ins Visier ... ebenfalls eine Niete. Als sie auf die fünfte und letzte Kabine zielte, wurden Helens gedämpfte Laute immer dringlicher. M. J. mißdeutete dies als Warnung, feuerte in die letzte Tür und trat sie mit dem Fuß auf.

Im ersten Moment, glaubte sie ihren Augen nicht trauen zu können, denn auf dem Toilettensitz vor ihr kauerte Mike, weiß und blutleer und tot. Schlagartig blitzte in ihr die Erkenntnis auf, daß es sich bei der Leiche in der Ecke um Peter handeln mußte. Sie wirbelte herum, doch es war bereits zu spät.

Er packte sie von hinten; die Waffe fiel ihr aus der Hand und schlingerte über die glatten Kacheln. Mit dem linken Arm umklammerte er ihren Hals, hielt ihr ein Messer an die Kehle und drehte sie gleichzeitig um, so daß sie in Helens Richtung blickte. Dann zerrte er sie in die Mitte des Raums und hob mit der rechten Hand ihre Waffe auf. Für die Dauer eines Lidschlags trafen sich die Blicke der beiden Frauen, beide voll Entsetzen und tiefer Hoffnungslosigkeit.

»Na, was is', Doc? Erstech' ich sie oder erschieß' ich sie? Erschieß' ich sie oder erstech' ich sie?«

M. J. hatte nicht die Absicht, sich diesem Ungeheuer ohne Gegenwehr zu ergeben, und rammte mit aller Gewalt ihren Absatz auf seinen Fuß. Peter heulte vor Schmerz auf, stieß sie von sich, streckte den rechten Arm aus und schoß ihr mit ihrer eigenen Waffe in die Schulter. Durch die Wucht des Einschlags wurde M. J. gegen die Wand geschleudert; aus ihrer Wunde neben der Achsel spritzte hellrotes Blut. Peter zielte noch einmal und traf sie in die Brust. Eine lange, verschmierte Blutspur über die weißen Kacheln ziehend, sackte M. J. an der Wand entlang zu Boden.

Peter drehte sich zu Helen um und rief triumphierend: »Zwei in die Brust! Zwei Treffer! Jetzt müssen wir ihr nur noch die Kehle durchschneiden!« Siegessicher erhob er sein Bowiemesser. »Und dann gibt es nur noch Sie und den guten alten Daryll Lee!«

Peter wandte sich wieder um, um sein Werk zu begutachten. M. J. blutete stark und verlor in diesem Moment das Bewußtsein. Das gleißende Messer in der Faust, schritt Peter zu ihr. Eine Spiegelscherbe zerknirschte unter seinem Schuh.

Ungeachtet ihres zugeklebten Mundes entrang sich Helen ein Schrei, der zu einem hohen, klagenden, hilflosen Wimmern geriet.

Peter beugte sich über M. J., ergriff ein Büschel ihrer Haare und riß ihren Kopf zurück, um ihre Kehle freizulegen. Ihre Augen rollten besinnungslos nach hinten.

»Ich will Sie nicht belügen! Das wird jetzt wirklich ihr Ende sein!«

Helen geriet bei der Aussicht, hilflos zuschauen zu müssen, wie ihre Freundin zu Tode gemetzelt wurde, völlig außer sich. Sie mußte handeln, mußte dem Grauen, das sie erfüllte, etwas entgegensetzen. Solange sie ein Ziel hatte, konnte sie den Dämon der Angst bekämpfen, der drohte, ihr den Atem aus dem Körper zu saugen. *O Gott, nicht M. J.!* betete sie stumm. *Ich muß M. J. retten!* In dem winzigen Bruchteil einer Sekunde, bevor Peter sein Messer senkte, überfiel Helen plötzlich das Gefühl, der Auslöser für alles zu sein, was geschehen war. So viele Menschen waren gestorben. Schuldgefühle, Abscheu und Angst drohten sie zu ersticken. Sie mußte M. J. retten! Sie würde alles in ihrer Macht stehende tun, um M. J. zu retten ... und sich selbst zu erlösen. Der eigentliche Grund, für ihre selbstgewählte Isolation tauchte nun gewaltsam an die Oberfläche empor. Alle psychischen

Ängste krochen über ihre Haut wie eine dünne, giftige Membran. Und die Stimme ihres Unterbewußtseins erzählte wispernd von ihrer wahren Sünde: *Du bist von Grund auf schlecht. Jeder, der mit dir in Berührung kommt, wird unweigerlich ins Verderben gezogen.*

Helen wußte nun, was sie zu tun hatte.

Ihre Augen blickten kalt, abwesend. Sie stieß sich mit den Füßen vom Rand des Toilettensitzes ab.

Peter nahm die Bewegung wahr, wirbelte zu ihr herum und brüllte: »Neeeeiiin!«

Er ließ M. J. liegen, rannte in Helens Kabine und packte bei dem Versuch, sie wieder auf den Toilettensitz zu stemmen, ihre Beine.

»Was tun Sie da? Stellen Sie sich wieder hin! Stellen Sie die Füße wieder auf den Sitz!«

Bereit zu sterben, blieb Helen schlaff im Würgegriff des Seils hängen.

»Helen – hören Sie mit dem Quatsch auf!« Jetzt drohte sie wirklich zu ersticken; ihr Gesicht lief dunkelblau an, auf ihrer Haut erschienen Sprenkel. Der Todesschmerz war qualvoll, aber Helen hielt durch. Außer sich hob Peter sein Messer und zerschnitt das Seil, an dem sie hing. In einem Chaos aus Stricken und zerschmettertem Porzellan landete Helen auf dem Fußboden. Sie befreite ihre Hände aus dem Seilgewirr, riß das Klebeband von ihrem Mund und zerrte an der Schlinge um ihren Hals. Gierig sog sie einen Schwall Atemluft in sich hinein und kämpfte gegen die drohende Ohnmacht an. Dann zog sie sich die Schlinge über den Kopf und war frei. Reflexartig schoß ihre Hand auf das vor ihr liegende Skalpell zu.

Wutentbrannt beugte sich Peter über sie. »Verdammt! Sie haben alles vermasselt!«

Sie lehnte schlaff an der zerbrochenen Toilettenschüssel. Gepeinigt von der Angst, sie könnte sterben, noch ehe er sein Werk an ihr vollendet hätte, wollte er sie hochreißen, doch sie stieß mit einem furchterregenden Schrei ihren Arm nach oben und zielte mit dem Skalpell auf sein Auge – im letzten Moment drehte er den Kopf zur Seite, so daß die Klinge in seine Wange fuhr und dort steckenblieb.

Aufheulend taumelte Peter zurück. Das Skalpell noch immer in der Wange, fiel er zu Boden. »Oh, du gemeine Schlampe! Das tut weh!« Er riß das Skalpell heraus, wobei er sich vor Schmerzen krümmte. Als er sich instinktiv die Hände vor das Gesicht hielt, quoll Blut zwischen seinen Fingern hervor.

Helen rappelte sich auf und sprang, auf dem Weg zum Ausgang, mit einem Satz über Peter hinweg. Seine Hand schoß vor, packte ihren Knöchel, und sie stürzte zu Boden. Peter versuchte, sie an den Beinen festzuhalten, während sie wild um sich schlug und strampelte.

»Du willst mit mir spielen? Spielen willst du?« kreischte er hysterisch.

Ihre Finger schlossen sich um eine gezackte Spiegelscherbe. Ohne auf ihre blutende Hand oder den Schmerz zu achten, warf sie sich herum und schlitzte ihm mit der Scherbe quer über das Gesicht. Dabei fiel ihm die Brille herunter und rutschte blutverschmiert über den Boden. Noch einmal griff sie ihn mit der Scherbe an und erwischte ihn diesmal am Kiefer. Brüllend vor Wut schlug er ihr die Scherbe aus der Hand, packte sie und trommelte mit den Fäusten auf sie ein, während sie verzweifelt versuchte, wegzukriechen.

Seine Hand stieß gegen das Bowiemesser, das er fallengelassen hatte. Sofort packte er es und schwenkte es triumphierend in der Luft. Im selben Moment geriet Helen eine Flasche mit einem Reinigungsmittel, die zusammen mit den Mops aus dem Besenschrank gefallen war, in die Finger. Sie schleuderte ihm die Glasflasche mitten ins Gesicht, und sie zerschellte in einer Explosion aus Scherben und ätzendem Ammoniak. Peter stieß einen markerschütternden Schrei aus, wälzte sich auf dem Boden und preßte die Hände an sein brennendes Gesicht.

Helen stemmte sich hoch, stürzte wankend aus der Tür und rannte durch den Korridor in die Eingangshalle, während sich Peter zu den Waschbecken hinüberschleppte. Stöhnend hielt er seinen Kopf unter den Wasserhahn und spülte sein Gesicht ab.

So schnell sie konnte rannte Helen weiter, doch schon Sekunden später stürmte auch er zornbebend und halbblind aus dem Waschraum. Sie legte an Tempo zu, rannte kreuz und quer durch die Eingangshalle, kopflos in ihrer Panik. Endlich entdeckte sie den Eingang zu einem Treppenhaus, riß die Tür auf und jagte die Stufen empor, bis sie schließlich am Ende der Treppe auf einen Notausgang stieß. Mit bebenden Fingern schob sie den Riegel zur Seite, die Tür schwang auf, und Helen stürmte in die Nacht hinaus. Als sie sich keuchend umschaute, entdeckte sie, daß sie sich auf dem Dach befand.

Es war seit über einem Jahr ihr erster bewußter Moment in der Außenwelt. Die Lichter der Stadt blinkten verloren inmitten der unendlichen Dunkelheit, und Helen erstarrte; eine Woge von Angst schwappte in ihr hoch. Die Luft begann vor ihren Augen zu rotieren, sich zu gespenstischen Ornamenten zu verflechten. Der leere, dunkle Raum, bar jeglicher Decken oder Wände, erschien ihr wie eine Manifestation des Schwarzen Todes, der jede Sekunde seine Knochenhand nach ihr ausstrecken und sie mit sich reißen konnte. Sie warf sich in den Schutz des Treppenhauses zurück und schlug die Tür zu, um die bedrohliche Nacht auszusperren. Keuchend lehnte sie sich gegen die Wand und gab sich für einen kurzen, trügerischen Moment dem Gefühl der Sicherheit hin.

Gleich darauf hörte sie das Echo von Peters Schritten, die unaufhaltsam näher kamen. Er atmete schwer vor Anstrengung und Schmerzen.

Helen drehte sich um und glitt in die Ecke neben dem Notausgang. Sein Schatten schob sich von unten über die Wand, und dann kam er selbst auf dem unteren Treppenabsatz in Sicht, eine dunkle Gestalt mit einem funkelnden Messer in der Hand. Das beleuchtete ›AUSGANG‹-Zeichen spiegelte sich in den Gläsern seiner Brille, die jetzt schief und verbogen auf der Nase hing. Seine Augen schienen zwei glühende rote Löcher zu sein, glichen den Augen eines halbblinden Dämons.

Erschöpft hielt er einen Augenblick inne und setzte sich auf die unteren Stufen, um wieder zu Atem zu gelangen. Er stieß ein mattes, krächzendes Kichern aus.

»Das war ein guter Trick, den Sie da versucht haben, Helen … Sich selber aufzuhängen …! Und ich bin darauf reingefallen!«

»Das nennt man angewandte Psychologie!« Noch während sie das sagte, kam sie sich selbst töricht vor, so als würde sie sich auf seinen Wahnsinn und sein kindisches Spiel, den anderen immer eine Nasenlänge voraus zu sein, einlassen.

»Es war nicht schlecht. Aber welche Psychologie wollen Sie jetzt anwenden?«

Er zog sich am Geländer hoch und setzte seinen Weg nach oben fort, wobei er sich an der Wand abstützte. Abermals lachte er, doch diesmal klang es hohl und verzweifelt. »Ganz schön komisch, was? Ich meine, Sie brauchen einfach nur durch diese Tür zu gehen …, aber Sie können es nicht, stimmt's?«

Er hatte recht. Sie preßte sich an die Wand, ihr Arm baumelte sinnlos neben dem Riegel des Notausgangs.

»Ist Ihnen schon einmal in den Sinn gekommen, Helen, daß Sie wahrscheinlich die erste Person in der Geschichte sein werden, die an Agoraphobie stirbt?« Amüsiert über seinen eigenen Witz, kicherte er leise, während er Stufe um Stufe näher kam. Jetzt war er fast schon in Reichweite.

Helen schloß die Augen und wog in Gedankenreflexen den einen Schrecken gegen den anderen ab. Es gab nur eine Möglichkeit … Mit zitternder Hand griff sie nach dem Riegel. Im selben Moment, in dem Peter sie packen wollte, stieß sie die Tür auf und warf sich in die Nacht hinaus. Sie versuchte zu rennen, doch die aufwallende Panik lähmte ihre Schritte, zog ihr den Boden unter den Füßen weg. Wild entschlossen, sich ihre Freiheit zu erkämpfen, kroch sie auf allen Vieren weiter, ohne zu spüren, wie der feine Schotterbelag des Dachs ihre Knie aufschürfte.

Peter kam aus der Tür gestürzt; sein Gesicht eine blutig entstellte Maske. Mit langsamen, stolpernden Schritten näherte er sich ihr, als wäre er ein unsicherer Verehrer.

Mit aller noch verbliebenen Kraft zwang sich Helen auf die Beine und tappte ein paar zögernde Schritte nach rechts, dann nach links und wieder zurück, um ihn irgendwie zu überlisten.

»Das nützt nichts, Helen. Sie können nicht mehr gewinnen.«

Eine Weile setzten sie dieses Katz-und-Maus-Spiel fort, beide verwundet und beide davon besessen, den anderen mit trickreichen Finten zu täuschen. Sie wirbelte zu ihm herum, worauf er sein Messer schwang und sich auf sie stürzte. Im letzten Moment taumelte sie zurück ... Er stach ins Leere und geriet aus dem Gleichgewicht.

»Ach, kommen Sie, lassen Sie das Helen! Sie wissen, es ist unvermeidlich! Wir sind füreinander bestimmt!« Er drängte sie immer weiter zum Rand des Daches, und dort glitt sie aus und drohte rückwärts nach unten zu fallen; gerade noch rechtzeitig konnte er sie festhalten. Er war nicht gewillt, sie einfach so zu verlieren, nicht gewillt, den letzten tödlichen Schlag einem lächerlichen Aufprall auf der Erde zu überlassen.

Während sie keuchend auf dem Boden des Daches lag, trat er ihr brutal in die Rippen.

Plötzlich hielt er inne, da er bemerkte, daß zwischen den Bäumen unter ihnen rote und blaue Lichter pulsierten. Vorsichtig spähte er über den Rand des Daches hinunter. Überall standen Polizeiautos, und ständig kamen neue hinzu. Ein SWAT-Team schwärmte aus, bereit zum Großangriff.

Andächtig stand Peter da. Dies alles hatte er geschaffen! Dies war sein Moment! Seine ruhmreiche Stunde! »Wow! Sehen Sie sich das an!«

Um kein leicht erkennbares Ziel abzugeben, trat er von der Dachkante zurück. »Den gottverdammten Bullen sollte man nie trauen!« bemerkte er zu Helen.

Helen japste nach Luft – doch ihr Widerstand war ungebrochen. »Ja, die Welt ist schlecht!« entgegnete sie mit allem Sarkasmus, dessen sie noch fähig war.

Sie starrten einander an gleich kampfesmüden, verwundeten Gladiatoren, die sich in dem Wissen, daß nun das tragische Ende, wie immer es auch aussehen mochte, kurz bevorstand, eine kleine Waffenpause gönnen.

Plötzlich flammte am Himmel über ihnen das gleißende Licht eines Suchscheinwerfers auf, der die Nacht zum Tag machte. Das Licht war hart, grell, fast surreal. Das Dröhnen von Rotoren durchpflügte die Stille. Helen und Peter schirmten mit den Händen ihre Augen ab, als der über ihnen kreisende Helikopter sie in einen magischen Kreis aus blendend weißem Licht bannte.

»Wow! Schauen Sie nur!« rief Peter noch einmal. Er packte Helen und zog sie auf die Beine. Dann schwenkte er sie in einer Art tödlichem Hochzeitstanz im Kreise, während der Helikopter weiterhin über ihnen schwebte.

»He, das ist ein Nachrichten-Helikopter! Einfach *perfekt*! Sogar noch besser als die Videokassetten denn das hier wird *live* übertragen!«

Er hob sein Bowiemesser an ihre Kehle, um mit einem raschen, endgültigen Schnitt das Finale einzuläuten. »Live und obendrein zur besten Sendezeit!«

In dem Lärm des Helikopters hörte keiner von beiden den Schuß. Die Kugel schlug durch seine Schulter und hinterließ ein klaffendes, blutiges Loch. Verwirrt zurücktaumelnd, ließ er das Messer fallen und sank auf die Knie. Helen wandte sich zum Notausgang um und entdeckte dort M. J., die am ganzen Leib zitterte. Die Pistole bebte in ihren Händen, doch hielt sie sie ganz nach Lehrbuch, waagrecht vor sich ausgestreckt.

Einen kurzen Moment verharrten alle drei in völliger Reglosigkeit, gleich den Hauptakteuren einer in Raum und Zeit erstarrten Tragödie. In der Dunkelheit über ihnen kreiste der Helikopter wie ein riesiger Geier, der nur darauf wartete, sich auf die Überreste der Beute zu stürzen.

M. J. forderte Helen mit einem Nicken auf, zu ihr zu kommen.

Langsam und benommen humpelte Helen über den feinen Schotterbelag auf M. J. zu.

»Ihr Schlampen seid alle gleich!« kreischte Peter.

Helen drehte sich um und sah, wie er mit seinem unverletzten Arm nach dem Messer griff. Mit aller ihm noch verbliebenen Kraft versuchte er dann, auf die Beine zu kommen.

»Nein, nicht!« schrie Helen unwillkürlich auf. Trotz der unendlichen Qualen, die er ihr und seinen Opfern zugefügt hatte, wollte sie, daß er am Leben blieb. Vielleicht waren es die letzten Regungen der Wissenschaftlerin in ihr, die sie dazu bewogen; vielleicht war es auch nur ein Anflug von Menschlichkeit.

»Du bist genau wie all die anderen Frauen, die ständig versucht haben, mir das Leben auszusaugen!« brüllte er zurück, ehe er aufsprang und mit einem wilden, klagenden Schrei auf Helen zustürzte.

M. J. begann zu schießen. Und schoß ihr ganzes Magazin leer.

Helen warf sich hin und rollte sich von Peter weg.

Brüllend und kreischend krümmte sich Peter unter jeder einzelnen Kugel und taumelte bis an den Rand des Daches zurück. M. J.s letzte Kugel traf ihn zwischen den Augen, zersplitterte seine Brille und warf seinen Kopf und ihn selbst zurück, so daß er vom Rand des Daches in die Tiefe stürzte. Er war tot, noch ehe er auf einem der unten stehenden Polizeiwagen landete. Beim Aufprall zerschmetterte er das Blinklicht, und eine makabre Fontäne aus Blut und mehrfarbigem Plastik sprühte hoch. Es war ein Tod, der auch Peters anspruchsvollen Vorstellungen genügt hätte.

Von allen Seiten näherten sich Polizisten und umringten die Leiche. Sie wirkten vom Dach aus wie Spielzeugsoldaten, die in einem geheimnisvollen Kaleidoskop aus roten und blauen Lichtfragmenten umherhuschten.

Es dauerte einige Minuten, bis die SWAT-Mannschaft, Quinns Leute, die Spurensicherung und die FBI-Beamten auf dem Dach angelangt waren. M. J. und Helen wurden sofort von Sanitätern auf Bahren verfrachtet und in die Eingangshalle hinuntergetragen.

Obwohl M. J. wie Espenlaub zitterte, setzte sie sich auf, um den Sanitätern und Ärzten die Untersuchung zu erleichtern. Sie war blutüberströmt von der Wunde an ihrer Achsel. Ein Notarzt zog ihr die kugelsichere Weste aus, die M. J. vor Peters zweitem tödlichen Schuß gerettet hatte, wenn auch für den Preis einer massiven Prellung. Noch immer stand sie unter Schock und war sich gar nicht bewußt, wie schwer sie verletzt war.

»Vermutlich sind ein paar Rippen zu Bruch gegangen«, sagte sie matt.

Der Notarzt nickte einem Helfer zu. »Machen wir einen Druckverband.«

Zusammen verarzteten sie die Wunde und drängten M. J. dann mit sanfter Gewalt, sich wieder hinzulegen.

»Gottlob gibt es kugelsichere Westen«, flüsterte sie.

Als Quinn an ihre Trage trat, wurde M. J. mit einem Mal so kleinlaut wie ein Kind, das sich einem strikten Befehl seines Vaters widersetzt hat.

»Ich habe es versaut!«

»Sie waren großartig!«

»Aber ich habe ihn getötet ...«

»Verschwenden Sie an diesen Scheißkerl bloß keinen Gedanken mehr, M. J.! Ist das klar? Irgendwo an einem Strand im Süden liegt ein Badetuch, auf dem Ihr Name steht. Spannen Sie ein paar Wochen aus, bis sie wieder zu Kräften gekommen sind. Und dann nehmen Sie Ihre Arbeit wieder auf.«

Neben ihr hockte Helen und ließ sich von einem uniformierten Beamten befragen, während sich ein Sanitäter ihrer Schnitte und Quetschungen annahm. Ihr Hals war von der Schlinge blutig aufgeschürft und verfärbt. In wenigen Stunden würde er blauschwarz angelaufen sein.

Als Helen sah, wie M. J. auf der Trage zum wartenden Ambulanzwagen gebracht wurde, stand sie auf und ging zu Quinn hinüber. Er schenkte ihr ein unsicheres Lächeln, da es ihm peinlich war, wie sehr er sie unterschätzt hatte.

»Kann ich mit ihr fahren?«

»Selbstverständlich!« Erleichtert nahm Quinn ihren Arm und geleitete sie durch das Menschengetümmel. »Macht Platz für die Lady!«

Nachdem er ihr in den Ambulanzwagen geholfen hatte, wurden die Türen zugeschlagen, und der Wagen fuhr los, vorbei an den Kamerascheinwerfern, den Blitzlichtern und den hektisch umherlaufenden Fernseh-Teams.

EPILOG

Jack

Daryll Lee lag auf seiner schmalen Gefängnispritsche, den Kopf gegen ein Kissen gestützt, und schaute sich im Fernsehen den Rummel vor dem McClumsky-Vortragssaal an. *Verdammt!* dachte er. *Dieser Peter Foley war ein echtes Arschloch! Aber Helen, o Junge, nein, er würde sie nie wieder unterschätzen!* Zumindest hatte Foley ihr ganz schön zugesetzt, und das allein zählte. Daryll Lee war kein Trottel – und bestimmt nicht so bescheuert, alles auf eine Karte zu setzen. *Nein, Sir!* Er hatte noch allerlei Trümpfe im Ärmel versteckt.

Schnell erhob er sich von der Pritsche und schaltete das kleine Fernsehgerät aus. Dann preßte er die Finger auf die Lippen, befeuchtete sie und strich über ein winziges Zeitungsfoto von Helen, das er an eine Seite des Fernsehgeräts geklebt hatte. »Mensch, Mädchen, du hast ungefähr neun Leben! Na ja, ein paar davon haben wir schon erledigt!«

Er schnappte seine Bibel und zog aus dem Buchrücken einen eng zusammengefalteten Brief hervor, der ihm erst gestern zugestellt worden war. Nachdem er ihn noch einmal sorgfältig durchgelesen hatte, faltete er ihn wieder zusammen und steckte ihn in die Bibel zurück. Dann griff er nach seinem Filzstift und einem Blatt Papier, setzte sich an seinen kleinen, selbstgebastelten Schreibtisch und begann zu schreiben:

»Lieber Jack,

ich habe Ihren Brief erhalten und kann Ihnen gar nicht sagen, wieviel es mir bedeutet, von Ihnen zu hören. Ich spüre, daß Sie ein sehr tiefgründiger und wertvoller Mensch sind, und das ist auch der Grund, weshalb die meisten Menschen Sie nicht verstehen. Sie unterschätzen Sie, und ich weiß, wie kränkend das ist.

Ich freue mich auch, daß Sie mein tiefes Interesse an Dr. Helen Hudson teilen. Zufällig bin ich im Besitz eines Dessous, das sie mir persönlich gewidmet hat und das ich Ihnen gerne schicken werde. Betrachten Sie es als ein spezielles Geschenk von einem speziellen Freund. Wenn es Ihnen nicht zuviel Umstände bereitet, gäbe es da auch etwas, das Sie für mich tun könnten ...«

Daryll Lee schrieb ein paar weitere Zeilen, las den Brief zum Abschluß noch einmal durch und legte ihn zufrieden beiseite. Dann machte er es sich wieder auf seiner Pritsche bequem und lauschte den Lauten seiner Mitinsassen, den gepeinigten Schreien, den wütenden Rechtfertigungen, den abgestumpften Grunzlauten. Inmitten dieses Meeres der Qualen fühlte sich Daryll Lee als Insel der Ruhe, kam sich vor wie ein Zen-Mönch, eins geworden mit dem Gefängnisleben. Er hatte gelernt, seine Wut zu kanalisieren, und konnte aufrichtig von sich behaupten, daß er keinerlei Langeweile empfand.